JN101384

戦闘妖精・雪風〈改〉

〔愛蔵版〕

神林長平
Chōhei Kambayashi

早川書房

戦闘妖精・雪風〈改〉

〔愛蔵版〕

目　次

戦闘妖精・雪風〈改〉

妖精を見るには
妖精の目がいる

目次

登場人物

深井零中尉……………………………………雪風のパイロット
ジェイムズ・ブッカー少佐…………………ＦＡＦ特殊戦の出撃管理担当
リディア・クーリィ准将……………………ＦＡＦ特殊戦の副司令
バーガディシュ少尉…………………………雪風のフライトオフィサ
カール・グノー大佐…………………………ＦＡＦ技術開発センターの技師
アンディ・ランダー…………………………地球の軍事評論家兼作家
トマホーク・ジョン大尉……………………ＦＡＦシステム軍団の電子工学者
天田守少尉……………………………………ＦＡＦ基地整備軍団の除雪隊員
ヒュー・オドンネル大尉……………………ＦＡＦ実験航空隊のパイロット
リン・ジャクスン……………………………地球のジャーナリスト

ＦＡＦ・特殊戦隊

いつの時代のものでもよい、世界地図を広げたとき、そのどこにも戦争、紛争、対立の示されていない地図など例外中の例外である。

紛争地域を赤く塗るならば、現在の世界地図も、とび散った血のように赤く染まる。人間の歴史は戦いの記録でもある。人類は、人間同士、あるいは大自然を相手に闘ってきた。今も昔もそれは変わらない。

しかし現在の地図を過去のものと比べたとき、過去のあらゆる戦争とまったく意味を異にする赤い印を、南極大陸の一点に見つけることができる。ごく小さい点にすぎないから、見すごしてしまうかもしれない。実際、現代人はこの一点のことなど忘れているかのようだ。だが、それはある。

地球南極点から一〇〇〇キロ、西経およそ一七〇度、ロス氷棚の一点。その大きさは、わずか半径五〇〇メートルにすぎない。

これが超空間〈通路〉だ。異星体ジャムの地球侵略用〈通路〉である。

その〈通路〉は巨大な紡錘形をしている。最大直径約三キロ、高さは一〇キロを越え、下部はロス氷棚に突き刺さる格好をしている。条件がよければその形を見ることができる。それはまさしく、天空から撃ち込まれた巨大なミサイルの形をした、とてつもなく大きな白い霧柱だ。

いつからその〈通路〉が存在していたかはよくわかっていない。三十年前、この〈通路〉からとび出してきたジャムの先制第一撃で人類はその存在をはじめて知った。そしてジャムに反撃、対抗するために〈通路〉をくぐりぬけた。そこに、地球防衛軍の偵察部隊は未知の惑星を発見した。彼らの背後には、いま突き抜けてきた白い巨大な霧柱がそびえ立っていた。そして周囲は深い森。この惑星・フェアリイは、いまだに多くの謎を秘めている。宇宙のどの星系に属するのか。地理も、生態系の研究もさほどすすんでいない。

地球側〈通路〉の周囲から、たとえばレーザーを〈通路〉に向けて照射すると、その光はそのまま〈通路〉を貫き、あたかも〈通路〉から発射されるようにフェアリイの空間に向かって伸びてゆく。たしかにこの白い霧柱は〈通路〉として機能しているのかもしれない。だが、このように考えることもできる。つまり、白い霧柱は〈通路〉などではなく、その霧の中に別の宇宙があるのだ、と。幻想的か？　しかしジャムは幻ではない。人類はジャムと戦ったし、いまも戦っている。ただ戦場が地球上から〈通路〉向こうのフェアリイ星に移っただけだ。ジャムの脅威が消えたわけではない。

＊

現在、地球防衛機構の主戦力はＦＡＦ（フェアリイ空軍）である。ＦＡＦの主力は、フェアリイ側〈通路〉を中心にほぼ同円周上に配置された、シルヴァン、ブラウニイ、トロル、サイレーン、ヴァルキア、フェアリイの六大基地で構成される。全軍の総合参謀本部はフェアリイ基地にある。中枢部であるフェアリイ基地はもっとも規模が大きい。

＊

現在FAF最強の戦闘機は、シルフィードと呼ばれる双発の大型戦術戦闘機である。高度な電子兵装を有し、改良を重ねられたエンジンはフェアリイ星の空に合った高性能なものである。このシルフィードは高価であり数はさほど多くないが、現在FAFではより生産性にすぐれた改良型を増産中だ。その数少ないオリジナルのシルフィードのうち、十三機が戦術偵察用に改造されている。この十三機は戦闘機タイプよりさらに高度な電子頭脳を搭載している。これらのシルフィードはスーパーシルフと呼ばれることもあり、他のシルフィードとは姿こそ似ているものの、まったくの別物といってよい。それはまさしく大出力エンジンと翼を有する空飛ぶコンピュータである。

この十三機の戦術戦闘電子偵察機タイプのシルフィードはFAF・特殊戦第五飛行戦隊に配属されている。

公表されているFAFの軍団・師団・部隊の構成図を見ると、この特殊戦第五飛行戦隊は戦術空軍団・フェアリイ基地戦術戦闘航空団に所属する一部隊にすぎない。実際には、しかし、独立した司令部を持つ、軍団レベルの存在である。現在、単に〈特殊戦〉といえば、この特殊戦第五飛行戦隊を指す。制式の部隊略号はSAF－Vだが、公式文書以外ではVはつけないことが多い。FAF内ではSAFで通る。

FAF創立当時、この〈特殊戦〉はさほど重要な存在ではなかった。それが現在FAFの陰の参謀といわれるまでになったのは、より高度で正確な戦術戦闘情報が必要になってきているからだ。最前線であらゆる電子情報を収集することを主任務とする〈特殊戦〉に最強のシルフィードが与えられたのは偶然ではなく、真に必要だったからである。現在の対ジャム戦には、高速演算能力のあるコンピュータが不可欠だ。コンピュータなくしてジャムとは戦えない。実戦時におけるその動作情報などを収集するスーパーシルフに搭載される中枢コンピュータは高性能だ。他の戦闘機にはない、高度な、リアルタイムでの情報分析能力を特徴とする。その中枢コンピュータは、フェアリイ基地の地下深く守られた特殊戦作戦司令室の戦略コンピュータや同戦術コンピュータとダイレクトに接続するためのインターフェイスを有し、いわばそれら固定されたスーパーコンピュータの一部といってもよい。〈特殊戦〉はＦＡＦ戦闘部隊中、もっともコンピュータ化の進んだ戦隊である。

この特殊戦に下された至上命令は、必ず還れ、である。特殊戦の戦隊機は最前線で貪欲に情報を収集し、戦闘情報ファイルに記憶して帰投する。攪乱されやすい無線通信回線は非常時以外は使用しない。

所属する十三機のスーパーシルフが全機そろって発進することはめったにない。いつも一機、あるいはせいぜい二機で、他の戦隊機の後ろについてゆく。そして、たとえその味方の戦隊機が全滅しようとも、それを援護することなく、戦闘情報を収集して帰るのだ。スーパーシルフはその任務をこなすために、哨戒機にも劣らぬ警戒レーダーを持ち、外部燃料タンクを抱き、自機と情報ファイルを守るための、ただそれだけが目的の、強力な火器を有する。

友軍機を見殺しにしてでも帰投せよという任務は非情である。この任務を遂行する戦隊機の乗員にはコンピュータなみの冷徹な心が要求される。〈特殊戦〉の戦士たちは、まさしくその要求を満足させる、常識的な人間性基準から逸脱した〝特殊〟なパーソナリティを持っている者が選ばれている。彼らは人間よりもコンピュータの判断を信頼し、完璧に愛機を操る。彼らはシルフィードに搭載されたもう一つのコンピュータ、〝有機系〟戦闘コンピュータであるかのように、非情に任務をこなす。

彼ら戦士は、出身国も育ちもさまざまだろうが、ＦＡＦは戦士たちの過去を記録したパーソナルデータ・ファイルを公開してはいない。特殊戦にとって重要なのは戦士の過去ではなく、彼らの〝なにかの手違いで人間になってしまった機械〟というべき人格なのだ。

現在の対ジャム戦闘にはこうした人間が求められているのだ。そして、そのこと――人間の非人間化――こそがジャムの目的かもしれないと、最近わたしはそう思う。そうでないにしても、〈特殊戦〉がもっとも対ジャム戦力として有能であるとするならば、ジャムとの戦闘が続くかぎり、こうした戦士が増え続けることになろう。これは地球人類にとって脅威である。

＊

現在、ジャムが地球に姿を現すことは、まずない。ジャムの侵攻は〈通路〉の向こう側、惑星フェアリイでＦＡＦにより食い止められている。〈通路〉はあまりにも小さく、フェアリイ星の戦いは地球の毎日の出来事からは遠く隔っているように感じられ、ジャムの脅威は忘れられたかのような現代の国際情勢だ。

現代人の多くはＦＡＦとジャムの戦闘を、絵本の中の妖精たちの戦いくらいにしか思っていない。しかし現にジャムは地球を狙っているのだ。その脅威は消えてはいない。ジャムは第二次の大侵攻を計画しているかもしれず、いまこうしているうちにも、間接的な侵略作戦を展開しているのかもしれない。

ジャムはいまだ正体不明の異星体だ。ジャムの考えはわからない。それがわかったときはもはや手遅れかもしれないのだ。ジャムを忘れてはならない。ジャムは〝肌の色は違っていても同じ人間〟ではない。全人類に対する現実の脅威である。

〈リン・ジャクスン『ジ・インベーダー』第15版〉より抜粋

I　妖精の舞う空

様様なものを愛し、ほとんどに裏切られ、多くを憎んだ。愛しの女にも去られ、彼は孤独だった。いまや心の支えはただそれのみ、物言わぬ、決して裏切ることのない精緻な機械、天翔ける妖精、シルフィード、雪風。

フェアリイ空軍（FAF）の前線基地TAB－16所属、戦術空軍第一六六六戦術戦闘飛行隊－666thTFSの格闘戦闘機二十四機は戦闘編隊を組んで敵基地上空へ侵攻する。純白の砂漠が近い。

乾燥した砂漠地帯だった。湿った空気は砂漠手前の山脈を越えることができなかった。雨を降らすほどの水分を含んでいないときでも、広大な森林と無数の森林生物が、わずかな水気をも貪欲に吸収した。それでその森を抜ける風はからからに乾いた。だがほんの短い期間、春には、雪融けの大量の水が、さすがに森林生物たちも飲みきれずに、地下水脈を通じて砂漠付近に滲み出た。

時は春だった。砂漠に滲む水の広がりを上空から見ることができた。砂漠入口の一帯が薄紫色に染まっている。丈の低い植物が萌える。新芽は金属光沢があり、太陽の光を反射してきらめいている。砂漠の奥へいくほど発芽が遅れるので、砂漠とこの薄紫の草原の境界は、いま発芽したばかりの新芽のきらめきで、輝く線となって見えた。その様子は、純白のまるで砂糖のような砂漠を燃やしつくそうと広がってゆく妖しい紫の野火のようだった。

その薄紫の草原に敵の要撃機がひそんでいるのを早期警戒管制機が感知する。

「ジャムの小型要撃機だ。垂直離着陸タイプが発進する。こいつらはおとりだぞ」666th－リーダーが指示を出す。「アルファ、ブラボー、チャーリーはこれを叩く。他は上昇しろ。戦闘上昇」

草むらから、ジャムの黒い戦闘機が三、四、五機、ブースターの炎の尾を引いて上昇してくる。666thTFS機は二手に分かれる。一隊はパワーダイブ、一隊は急速上昇。はるか高空から、ジャムの迎撃機群が迎撃降下を開始。

黒いジャムと666thTFSの灰色の戦闘機が空中格闘戦。そのすきにフェアリイ基地戦術戦闘航空団の攻撃機の編隊がジャムの防衛ラインを超低空超音速で突破。砂漠に点在するジャムの補給基地の建物はカムフラージュのために砂丘と見わけがつかないが、対地攻撃システムの受動探知機はそれを見逃がさない。対地攻撃を受け持つ攻撃機群は目標手前で急上昇、目標を確認して電子照準。ロックオン。データを対地ミサイルにインプットしたのち再び超低空侵攻。ミサイルの射程に入るとただちにミサイルを放って離脱する。666thTFSがこれを援護。

戦いが終わる。666thTFSは編隊を組みなおして砂漠をあとにする。編隊にすきまが四。666thTFSは四機を失った。

666th‐リーダーは、その還らぬ僚機がどういう戦いをして、どのようにジャムに撃墜されたのか、わからない。彼の目のとどかぬ戦いだった。

だが、この戦いの一部始終を、戦いには加わることなくモニタしていた一機の戦術戦闘電子偵察機がいた。フェアリイ基地所属の特殊戦三番機。機種はシルフィード。パーソナルネーム、雪風。

雪風の戦闘情報ファイルには、666th‐リーダーが知らない、ジャムに墜とされた666thTFS機の戦いの様子が収められていた。脱出した乗員はなかった。四機のパイロットたちは愛機とともにフェアリイの空に散った。

雪風のパイロット、深井零少尉はそれを666thTFSに伝えた。その声は数値データを読みあげるように感情がこもっていなかった。

「撃墜された貴部隊機の生存者なし。こちら雪風。任務終了。帰投する」

６６６th－リーダーは部下の死を伝えてきた雪風を無言で見送る。６６６thＴＦＳ編隊の上空を飛びすぎる単独の戦闘偵察機を。雪風はきらりと輝く。アフターバーナを点火、急上昇して夜が近い高空へ消え去った。

「あいつは死神だ」

６６６th－リーダーはつぶやく。雪風は、味方が殺られるのを黙って見ていたのだ。助けることなく。戦闘空域から離れている雪風は、積極的に他機を援護することはなかった。警告することもめったにない。それは戦術管制機の役目だった。

援護などするな。情報を収集し、必ずもどってこい――それが雪風に与えられた任務だった。６６６th－リーダーもそれは知っていた。しかし、と彼は思う。あの大出力機、高性能の戦闘機が戦闘に参加していれば、自分の部下は死ななかったかもしれない。あの機にはどんなパイロットが乗っているのか。味方が殺されてゆくのを平然と見ていられるなんて、人間とは思えない。やつらはブーメランのようにもどってゆく。獲物に命中することなくもどるブーメランだ。

「役立たずめ」

６６６th－リーダーは所属前線基地、ＴＡＢ－16に帰投を告げる。６６６thＴＦＳ編隊は言葉を交わさず、帰路についた。

＊

雪風は高度三〇〇〇〇メートルを超音速巡航。フェアリイ基地を目ざして飛ぶ。単独だった。

深井零少尉はコクピットの外を見る。濃紺の空が広がる。ほとんど黒だ。星が見える。下は黄昏色の惑星フェアリイが明るい。やがて空と同じ色になるだろう。地平線の上にフェアリイの太陽が赤い。連星だ。互いの重力のために潰れた楕円形をしている。その一方の太陽から噴き出す紅のガスが、ここからはっきりと認められる。天頂にむけて立つその様子は、まるで天の川のようだ。しかし乳白色ではない、血を連想させるその色から、ブラッディ・ロードと呼ばれた。連星の一方から噴き出すガスが巨大な渦巻状の「血まみれ路」をつくっているのだ。

零は照度を最低レベルにセットした各種計器に目を移す。異常はない。静かだ。零は666thTFSの戦いを思い出す。

――デルタ-4、エンゲージ。右へブレイク。右だ。スターボード。

――こちらデルタ-4。見えない。

――ロックオンされている。危ない。

――ジャムはどこだ。レーダーには

デルタ-4は右急旋回、しかしジャムを振り切ることはできなかった。

完璧に機を操れない者は殺される。当然だと零は思う。戦いに感情はいらない。戦闘機に感情はない。パイロットはその戦闘機の一部だ。戦闘機になりきれないパイロットは戦士とはいえない。そんな人間を乗せては、いかに高性能な戦闘機でも敵には勝てない。それではその戦闘機が――

突然、雪風の広域警戒レーダーが警告を発する。

「なんだ。確認しろ」

零は後席の相棒、電子戦オペレータに訊く。

「わからない。受動警戒システムが作動しているが、位置不明。戦闘機か」

「なにを言っている。戦闘機か、だ？　ジャムだ。捜せ」

ＦＣＳ（火器管制システム）、オン。レーダーが遠距離‐移動目標自動捜索モードになる。目標がレーダーレンジに入る。

「目標発見。小さい。戦闘機だ。かなり速い。速度二・九、ヘッドオン。約二分ですれちがう」

零はＭＴＩ（移動目標インジケータ）を見る。敵か、味方か。しかしＭＴＩ上の表示は〝不明〟だった。

「なんだ、あれは」

「ＩＦＦ（敵味方識別装置）の応答がない」

「では、敵だ」と零。

零は戦術コンピュータに正体不明機を敵としてインプット。戦術コンピュータはレーダーのサーチパターン、周波数、出力、パルス幅を最適状態にし、目標を追跡する。

「機長、深井少尉、確認したほうがいい。味方かもしれない。ＩＦＦの故障だろう。ジャムがこんなところを飛んでいるはずがない」

なおも接近中。不明機は針路を変更せず、一直線に雪風に向かってくる。

「まるで大型ミサイルだ」

「回避しろ、深井少尉」

急速接近する目標に対して、戦術コンピュータはレーダーモードをスーパーサーチに。目標を自動ロックオン。

「もう一度確認しろ。あいつはなんだ。緊急回線でコンタクトをとれ」

「やっているが応答がない。通信機を作動させていないようだ」

雪風は左へほぼ九〇度旋回降下。正体不明機は急上昇、雪風から遠ざかる。雪風のスーパーシルフならではの全方位パルスドップラー・レーダーは正確に目標を捕捉、位置、速度、加速度情報をMTIに表示する。

目標が急旋回、雪風を追って急速降下を開始。

「やつは交戦する気だ」と零。「エンゲージ」

「ジャムではない」

「なぜわかる」

雪風のフライトオフィサ＝電子戦オペレータは、急激に大G回避旋回を開始する雪風の後席から、雪風にくらいつくその不明機を視認した。距離は七、八〇〇メートルというところだ。夕陽を浴びて輝くそれは、大型の戦闘機だった。特徴のある鋭い双垂直尾翼を戦術偵察ポッドの電子カメラが捉える。

「あれは、深井少尉、シルフだ。シルフィードだ」

「シルフ？　どこの所属機だ」

「不明」

零は旋回半径をゆるめる。首を曲げて、相棒のいう方向を見た。不明機が接近してくる。たしかに、雪風と同型機だった。大G旋回で雪風に向かってくる。零はIFFを再確認する。不明、と雪風の返答。そして雪風は、不明機が攻撃態勢にある、と警告した。敵のレーダー照準波をキャッチ。零は素早くマスターアームをオン。ストアコントロール・パネルに搭載武装が表示される。

RDY《レディ》　GUN、RDY　AAMⅢ‐4。

対空ガンと短距離ミサイルが四発。長射程のミサイルは射ちつくしていて、ない。

「撃墜する」

零、ドグファイト・スイッチをオン。

「やめろ。敵ではない。あれはシルフだ」

その声より早く雪風は急旋回、ズーム上昇、目標と対向、一八〇度ヘッドオン・スナップアップ攻撃態勢。レーダーモードはボアサイト。零はトリガーを引く。対空機関砲作動。命中しない。不明機は回避機動。雪風は急旋回でその後方九〇〇メートルに占位、リアタック。残弾表示がゼロになる。命中せず。

「気でも狂ったのか、深井少尉！」

不明機、右旋回降下。雪風も追撃。不明機、六Gで引き起こし。雪風の後方占位をかわそうとする。雪風、最大迎え角で六・五Gをかけて、四〇〇メートルまで接近する。零の目にその不明機がはっきりと見えた。シルフィードだった。しかし零は攻撃を中止しようとはしなかった。IFFはその不明機を味方と確認してはいない。味方でなければ、敵だ。雪風の中枢コンピュータは警告を解除していない。不明機も攻撃態勢にあるのだ。味方かもしれないなどと攻撃をためらっていたならば、すでに雪風は撃墜されていただろうと零は思う。肉眼で見るかぎり、それはFAF機だった。しかしジャムだ。零は確信する。強敵だ。雪風と互角の機動性能がある。

零はミサイルレリーズを押す。発射しない。FCSは零に、HUD（ヘッドアップ・ディスプレイ）を通じて、目標距離が短すぎると警告していた。FCSは不明機と雪風の相対速度を測り、短距離ミサイルのミニマムレンジを計算し、五四〇メートルという数値をはじき出した。それより近い距離で発射すると母機も危うい。

零は中枢コンピュータに、FCSの警告を無視するよう、緊急攻撃の意志を伝えるため、レリーズをもう一度押し、押し続ける。このチャンスを逃がしたら次の一瞬にはこちらが殺られるかもしれない。中枢コンピュータはＦＣＳより優位の戦術コンピュータに高速で攻撃を命じる。戦術コンピュータはＦＣＳに割り込み、ミサイルシーカーのアーマメントコントロールのミニマムモードを消去《キル》。その瞬間、ミサイルが雪風の腹部から発射された。

距離三七〇メートル弱。雪風は急速離脱。不明機はミサイルをかわすために急激に半転逆宙返り、そして、ミサイルを雪風に返そうとでもいうように、まるで雪風に体当たりするような行動をとった。ミサイルが急旋回、不明機に突っ込む。ミサイルは不明機の右をすり抜ける。二〇〇メートルと離れていないところに雪風がいた。雪風のＦＣＳはミサイルに誘導情報を発信していたが、危険を察知し、誘導制御を解除。ミサイルは雪風からの誘導情報を切られて、ドップラー周波数の変化による起爆能力を失う。雪風のレーダーのパルスと目標からの反射パルスのドップラー周波数を比較、目標に最接近するときのミニマム・ドップラーゲートを捉えて起爆する装置が作動停止。しかし光学感応信管が目標の熱を感知し、熱電池が作動、起爆信号を発生させた。ミサイル、爆発。

発射してから三秒とたっていなかった。不明機の右主翼が吹きとんだ。破片が高速で四散する。不明機は撃墜される。

ミサイルの弾体は八方に爆散する。その一部が雪風にも襲いかかった。一瞬の出来事だった。弾体片がキャノピを突き破り、零の額を直撃した。零のヘルメットバイザが砕け散った。激痛。零はうめく。

「少尉、両エンジンとも停止している。フライトコントローラもおかしい」

雪風は緩ロール、回りながら落ち始める。

零は傷口に手をやる。フライトグローブが血に染まる。もう少し近くで爆発していたら、弾体片は零の頭を貫通し、頭部を吹き飛ばしていたろう。零はしかし恐怖は感じなかった。そんな余裕はなかった。雪風が墜ちる。

「脱出しよう」

「待て……雪風は捨てられない」

出血がひどい。右額部と右肩が痛んだ。

「エンジンが破壊された。もうだめだ」

「あわてるな。雪風が墜ちるはずがない」

「少尉！」

「タービンは回転している。再始動できる」

「再始動に手間どっていたら、危ない」

雪風がほぼ水平姿勢に。後席のフライトオフィサはその一瞬を逃がさず、座席射出コマンドレバーが後席のみ射出のモードにあるのを確認するより早く射出レバーを引いている。

キャノピ、射出。後席が射出。雪風はその震動で再びきりもみ状態になる。

零は高度を確認する。肌を刺す冷気。耳が鳴る。高度の余裕はあった。エンジンのバーナ圧が低い。自動再始動スイッチが入ってもいいはずだったが、反応がない。再始動に必要な電力がないのだ。低電圧発電機が十分な電力を発生していない。ジェットフュエル・スタータを始動している暇はない。二次パワーユニットを使用すると、コンピュータ系統が死ぬおそれがある。

右エンジンの燃料がもれている。自動的に燃料移送がカットされる。零はタービン回転計を見る。

零は雪風を急降下させる。雪風は大地へとび込むかのように機首を下に向ける。ダイブ。

タービンが対気流で回転をあげる。発電回路が生きかえる。零はエアスタート・ボタンを押す。エンジン点火機構作動。イグニッション・イクサイタ・スパークプラグ、点火。エアスタート・ランプが点灯している。雪風、降下。左エンジンが息を吹きかえした。タービン吸気温度が上昇する。回転が急上昇。点火操作をやめる。零はサイドスティックを握りなおす。雪風、急上昇。きりもみ。

零は右コンソール上のサイドスティック、操縦桿に神経を集中し、きりもみをおさえる。とたん、反対側へ急激にローリング。

フライトコントローラがフェイルしたのだ、と零は思う。スティックを慎重に操作。ローリングはおさまったが、雪風は背面降下を始める。順面にするため、緩ロール。突然急上昇。まるで暴れ馬のような雪風の振る舞いだった。零は疲労を感ずる。計器を見てどこが故障しているのか探る余裕がない。キャノピのないコクピットは寒く、風圧で目がよく見えない。腕がしびれてくる。雪風はますます暴れ狂う。

メイン・フライトコンピュータ・システムの異常サイン。飛行データを高速並列処理する五台のフライトコンピュータのうちの、三台が完全に沈黙。残る二台のコンピュータのうちの一台が作動不良。どちらのコンピュータが異常なのか不明。双方の計算結果が一致していない。中枢コンピュータはこのため、フライトコンピュータを全系統から切り離す。ダイレクトコントロール・アセンブリに操翼信号を入力する。

零はそれを複合ディスプレイ上に見てとった。そして、雪風の混乱した飛行振る舞いの原因を悟った。零はスティックを握る手の力をゆるめる。オートパイロットをオン。雪風の動揺はぴたりとおさまる。

雪風をおかしくさせていたのは零自身の腕だった。負傷で腕の感覚がまともではなかった。雪風はサイドスティックに加えられる通常よりも過大な零の力に忠実に従っていただけだった。スティックは圧力感応型だ。パイロットの右手の握力変化を検知して各動翼を制御する。スティックは固定されており——圧力を検知するのだから動く必要はない——パイロットの意志に敏感に、高速に、反応するのだ。零の、傷ついた腕の、痛みをこらえて緊張する無意識の動きにも。

零はオートパイロットの高度数値を操作、対地相対高度三三〇メートルにセット。雪風が降下を開始。電波高度計が相対高度を測定。気圧高度一二六〇メートルで雪風はほぼ水平飛行。低い山地だ。山の起伏にそって雪風は飛ぶ。レーダーはリアルビーム・グランドマップ・モード。前方監視システム作動。

「帰るぞ、雪風」

帰投針路のデータも失われている。後席のフライトオフィサがいないので、零は自機の位置を中枢コンピュータの支援で割り出す。航法コンピュータが上空の航法支援衛星とリンク。中枢コンピュータが現在位置を計算する。オートマニューバ・スイッチ、オン。戦術コンピュータは戦術誘導を開始。目標、フェアリイ基地。雪風は自動索敵しつつ、もしも接敵した場合は自動戦闘、目標上空まで飛び、自動爆撃する。ただし、雪風は爆装していないから、基地を爆撃する危険はない。

オートパイロットのみでも基地に帰れそうだったが、敵と出会った場合、いまの零には戦う力がなかった。右目の視界は赤い。まぶたを閉ざしたままでいると血糊が乾いて目をふさいだ。左目も風圧でまともに開いていられない。ヘルメットバイザは衝撃で飛んでいてなかった。零は戦術コンピュータに目標をインプット——左の指先だけで目標を選択できた——シートに身を任せた。オートパイロットに座標を入力するよりも、戦術操作のほうがらくだった。零はナビゲータではなく、戦士だった。HUDの照度を最大にする。通常の夜間戦闘では輝度を最低にし、闇に目を慣らして戦うのだが、いまはそうしないとよく見えない。HUD上のステアリングキューがフェアリイ基地に向けて一直線に引かれている。雪風は低空をフェアリイ基地に向かう。亜音速。片肺飛行。

出血がひどい。基地上空まで達するのに三十分とかからなかったが、零は半分眠っていて、目標上空に来たことを知らせる雪風の警告音も遠くに聞いた。

フェアリイ基地から通信が入る。

『B‐3、どうした。状況を報告しろ』

「……メーデー……聞こえる……おかしいな……爆撃モードになっている……フェアリイ基地か？」

『そうだ。いつまで旋回しているつもりだ』

「これから降りる。緊急着陸する。負傷している。目がほとんど見えない」

『着陸に支障はありそうか』

「おれがくたばっても雪風は無事に降りるだろう。降りる。ALS誘導を頼む」

オートマニューバ・スイッチ、オフ。オートランディング・システム作動。オートスロットル・コントロール、ダイレクト・リフトトコントロールが自動作動。雪風は自動アプローチ。ギア‐ダウン、ロック。

太陽は沈み、フェアリイ基地が明るい。だが零は見ていなかった。血の味がする。ブラッディ・マリーのようだ。少し塩辛くて、ふと気の遠くなるような、酔い心地。

雪風、ファイナルアプローチ。接地。自動ブレーキ。スピードブレーキ最大拡張。

おれよりうまい着陸だ、零は気を失う直前そう思った。フェアリイの夜の匂いがした。

空気の妖精、シルフが翔ぶ。白い肌、亜麻色の長い髪をなびかせ、透明な翼をきらめかせて。金色の光粉をふりまいて翔ぶ。アーモンド型の銀の眼、妖しい笑みを刻む紅い唇。乳頭のないやわらかな曲線の胸、ひきしまった腰、すらりと伸びた脚。

シルフ、風の妖精。自在に大空を舞い、そよ風を立て、暴風をまきおこす。

シルフが両膝を直角に曲げる。折られた下腿はすっと厚みを失い、鋭いナイフのように垂直に立つ。シルフは腕を後ろにし、翼をつかむ。翼が後退して、不透明に変わる。シルフの頭部が伸びる。灰色に。

大推力エンジン点火。シルフィード。双垂直尾翼、クリップドデルタの主翼。キャノピシルの下にパーソナルネーム。小さく、漢字で、雪風。

超音速で雪風が飛ぶ。フェアリイの森が超音速衝撃波でなぎたおされる。

雪風だ。零は雪風が飛ぶのを見る。あのコクピットには自分が乗っている。では、それを見ているこの自分は、だれだ？　雪風が旋回して接近してくる。零はコクピットを見る。だれも乗っていない。

超音速で雪風が遠ざかり、虚空に消えてしまう。雪風、雪風、どこへ行くんだ……このおれをおきざりにして？

「雪風」

「気がついたか」

零は目を開く。汗まみれだった。現実の痛み。頭が包帯でぐるぐる巻きにされていて、右眼の視界が黒い。

「眼が——おれの右眼は」

「落ち着け」

フェアリイ基地軍医が起きあがろうとする零の肩をおさえつける。

「たいした傷じゃない。しかし失明しなかったのは奇跡だ。ヘルメットバイザの破片が右こめかみに突き刺さっていた。もう少しできみはもう二度と飛べなくなっていただろう。運が良かった」

「雪風の状態はどうだ。破損の程度は」

「きみの愛機か。わたしは戦闘機の治療はやらんのでね、そちらのことは知らない。少し休んだらベッドを出ていい。特殊戦の副司令が呼んでいる。出頭しろとのことだ」

「クーリィ准将が？　鬼のような婆さんだな。おれが死体でも、墓から掘り出して出頭しろとわめくに違いない」

「きみは軍法会議にかけられるそうだ」

「どうしてだ」

「鎮静剤、いるか」

「ラリっていては空は飛べない」

「なにをしでかしてフェアリイに送り込まれた。反政府活動か。痴話喧嘩のはてか。悪いことは言わん。おとなしくしていろ。上には逆らわんことだ。それであと二、三年もすれば軍役が切れる。早く地球にもどりたかったら、問題をおこすような真似はしないことだ」

「地球は苦い思い出を溜めた大きな水球でしかない……早くもどりたかったら、おとなしくしてろ、だ？　おとなしくジャムに殺られろ、と言うのか。冗談じゃない。殺らなければ殺られる」

「地球にいたときもそうやって生きてきたのか」

「おれの過去など、あんたには関係ない」

「普通の人間なら、戦場から一刻も早く逃がれたいと思うものだ。しかし最近はきみのような人間が増えているな。特殊戦の戦士は、まさに特殊だ。リン・ジャクスンの『ジ・インベーダー』を読んだことがあるか？　ジャクスン女史は、きみのような人間が増加するだろうことをその著書内で予言していた。地球を舞台にした戦いはあっけなく終わったが、あとが問題だった。〈通路〉の管理をどうするかで各国がもめたんだ。地球上での戦いの主力だった超大国が〈通路〉を独占管理することは、その他の国から宇宙天体条約を盾に反対された」

「宇宙天体条約か。そんなものがあったのか」

「フェアリィ星が発見されるずっと以前からあったんだ。『月その他の天体を含む宇宙間の探査および利用における国家活動を律する基本原則に関する条約』だよ。結局、国連から地球防衛機構が独立することになり、フェアリィ空軍が設立された。この構成員には、偏ったイデオロギーを主張しない、持たない、人間が要求された。いまやFAFは超国家集団だ。聞こえはいい。しかし実際は、だんだん質が落ちて、地球でつまはじきにされた、国家のお荷物の犯罪者が送られてくるようになった。FAFは人間の屑箱のようだ。刑務所別館だ。先が思いやられる。正常の犯罪者とは違うような気がする。きみを見ているとわかる。冷酷、非人間的殺人鬼、というのとは異なるが、ある意味ではそうなんだ。戦闘ロボットのようだ」

「あんたもそうなんだろう。あんたもフェアリィに送り込まれたんだから」

「わたしは研究のために自分の意志で来た。きみとは違う。犯罪を犯し、国の刑務所に入るのがいやでFAF行きを選択したわけではない。きみは戦闘機に乗るために訓練を受け、反射条件を直接脳内に学習させられたろう」

「ああ」

「その訓練以前のきみの人格データが欲しいな。いまのきみのパーソナリティは、その訓練によるものなのかどうか、以前の人格を破壊する訓練なのかどうか、わたしは知りたいんだ」

「知ってどうする。もしそうなら、非人道的だと主張するのか？　ジャムと戦うのに人道など関係ないだろう。ジャムは人間じゃない」

「そうだ。わたしは人道云云を問題にしているわけではない」

「あんたも訓練を受けたんだな？」

「いいや。わたしは戦闘機には乗らない」

「あんたもおれに似ているじゃないか。自分の興味だけが重要で、その他のことなど知ったことじゃない。訓練なんかなんの影響もない。おれは昔から変わってはいない。おれは性能の悪いやつは嫌いだ。人間も機械もだ。もういいだろう。話したくない。医療コンピュータのデータを見せてくれ。おれのカルテだ。ベッドから出るか出ないかは医療コンピュータの判断に従うことにする。あんたはもういい。出ていってくれ。目ざわりだ」

零はベッドから下りて包帯をはずし、傷に触れる。軍医の言うとおり、さほど深い傷ではないようだった。右眼は見えた。まぶしさに右眼を細くする。傷口が開いて血が流れた。軍医はなにも言わず病室を出ていった。零は包帯をもとのように巻こうとはせず、丸めて傷口をおさえた。

看護師がやってきて、包帯をなぜとったのかと文句を言った。巻きなおそうとする看護師に、零は包帯はいい、絆創膏にしろと言った。看護師は零の言うとおりにした。


他人はいつも訊く、なぜそう思うのか、どうしてそんなことをしたのか、と。

軍服を着た軍予審判事もそう言った。

「なぜ味方を撃ち墜としたのか、深井少尉」

「あれはジャムだった」

「ガンカメラにはシルフィードが写っていた」

「ジャムだよ。IFFは不明、と判定していた。応答もなかった」

「雪風のトランスポンダ《IFF》は正常でした」弁護役のクーリィ准将が言った。「異常は認められませんでした」

「相手側のIFFや通信装置が故障していたのかもしれん」と判事。

「攻撃しなければ、殺られていた。敵ではなかったが、味方でもなかった。ということは敵だ」と零。

「しかし明らかにシルフィードだ。深井少尉、自分の眼が信じられんのか。きみはそのシルフを視認したはずだ」

「おまえは――あなたは自身の眼を信じておられるのですか。自分は雪風の警告を信じます。――あたりまえだ、おかげで生きていられる」

「弁護人として要求します」クーリィ准将が度の強い近眼用眼鏡を人差指であげて言った。「そのシルフィードはどの戦隊に所属しているのか調べていただきたい」

「そうだ」零はうなずいた。「戦隊マークもパーソナルマークもつけてなかったように思う。少なくともブーメラン戦隊機ではない」

「航空宇宙防衛軍団・防衛偵察航空団の機だと思われる」

「戦略偵察用のシルフなら増速用ラムジェット・ブースターをつけて高度四五〇〇〇メートルを飛んでるよ。攻撃してくるわけがない」

「攻撃されたのか」

零は絆創膏のある額を指した。

「この傷は戦闘負傷だ」

「雪風のミサイルによるものだろう」

「撃墜しなければ雪風が墜とされていた。そうだ、女房役はどうした。おれと組んでた少尉、彼に訊いたか」

「死んだ」ちょっとした沈黙の後で判事が言った。「原住恐竜にやられた」

「だから言ったのに……もっともエンジンの再始動に成功してなかったら同じことか」

「パラシュートが木にひっかかり、脱出する途中、下から襲われたらしい……。そちらの要求は認める。きょうはこれで閉廷。深井少尉はいっさいの作戦行動から離れて謹慎すること」

フェアリイに営倉はない。死刑以外の有罪なら地球へ逆送りだ。出身国によってその再犯罪人の扱いは異なるが、良くて原犯罪判決に脱走罪を加えての刑執行、悪ければ問答無用で処刑。日本はどちらだろうと零は思い、そして、自分が国を意識するときはいつも厄介事といっしょだとため息をついた。

臨時予審法廷、戦術空軍団・第七作戦小会議室を出た零はクーリィ准将に呼び止められ、言葉遣いがなってなかったとたしなめられた。

「私の顔を潰す気か、中尉」

「耳をやられたかな——中尉だって？」

「予審無罪になればの話だが。なんにせよ、無事帰還できたのは喜ばしい」

シルフィードはフェアリイ空軍中でもっとも高価な万能機だった。准将が喜ぶのも無理はないと零は思った。

「予備審査会の判定が下るまで自分はどう扱われるのですか。軟禁されるのでしょうか」

「ブッカー少佐の補佐を命ずる」

「ジャックの補佐？　地上勤務は当然としても、いっさいの作戦行動は禁じられたはず――」

「いま少佐の頭を悩ませている仕事は対ジャム戦とは関係ない。詳細は会えばわかる。以上だ。質問は？」

「ありません」敬礼。


唯一の友人ともいえるジェイムズ・ブッカー少佐に会う前に零は空軍病院へ行き、絆創膏を貼り替えてもらった。特殊戦にも医療室はあるが、零が今回収容されたのは基地の中央空軍病院だった。その医療データ・コンピュータで傷が悪化していないのを確かめた零は第五戦隊区へ向かった。

フェアリイ基地は地下にある。

全軍の総合参謀本部のあるフェアリイ基地は中枢部だけに規模も大きかった。非番の人間の帰る居住区は軍作戦行動施設とは別であり、とてつもなく大きな地下空洞内にビルが建ち並んでいた。街路を歩けば地球の地上と変わらない。ビルの切れ目からのぞく空がいつも明るく晴れていることを別にすれば。そのいかにも人工的な空を気にとめる人間はここにはいない。たぶん、故国の空も似たようなものだったのだ。ときおり晴れた空から地下水が噴き出した。青い空なのに雨とはおかしいと思い、それでであれは本物の空ではないと知るのだ。

ブーメラン戦隊区は基地中枢部から少し離れている。他の戦隊機はスクランブル発進を考慮に入れた配置がなされているが、スーパーシルフは箱入りだ。格納庫は手狭で、空母内を思わせた。零はその格納庫に来た。雪風が工場から引き渡されるから、運が良ければその場に立ち会えるだろうと准将に聞かされていた。

十機をこえるスーパーシルフが機首をそろえて並ぶ様は壮観だった。天井が低いのでいかにも窮屈だ。低いとはいえ天井の高さは七メートルを越える。シルフの垂直尾翼と天井の最低部との間は一・二メートルほど。そして狭いとはいえ最大十六機を格納できる庫の長さは三〇〇メートルに近い。隣り合う機の主翼と主翼の最小間隔は三メートル強。スーパーシルフは巨大な妖精だ。

格納庫の上階は整備・発進準備階だった。よほどの故障でないかぎり機はそこで精気をとりもどせる。ほとんどの部品がユニットごと交換可能な設計だった。しかし今回の雪風はそうはいかなかった。新しい機をも生産可能な能力を持つ空軍工場に入らねばならなかった。

雪風はすでに三番機位置に帰ってきていた。つごうの良いことにブッカー少佐もいた。独りだった。修理レポートらしきぶ厚い書類を片手に雪風の操縦席に乗り込み、電子機器の点検をやっていた。零は雪風の周りを一回りし、機体腹部から下がる外部電源の太いコードをよけて左側面に出、乗降用ラダーを上った。ハンドグリップを右手で握り、左手を挙げる。

「深井中尉、ただいまよりブッカー少佐の補佐を務めます——ヘイ、ジャック」

「大丈夫か、零——中尉だって？　そりゃあめでたい」

下で待っていろと零は言われた。雪風を見ながら経過する十五、六分は長くはなかった。ブッカー少佐は降りてくると書類を零に手渡した。修理、整備、改装の各報告書だった。ラダーを折りたたんで機体に収納したブッカー少佐は、雪風モニタ用のヘッドセットを機体から切り離して床のポケットに収めながら言った。

「姿こそ変えないが雪風はいっそう高性能になったよ。エアボーンウェポン・コントロールセット。ガンコントロール・ユニット。セントラル・エアデータ・コンピュータ。デジタルデータ・リンク。スタンバイ・コンパス。エトセトラ。明日、動力テストをやる。——だめだ、おまえにやらせたらおれは銃殺だ。もう壁の前に立たされてる気分だ」

「手を煩わせて申し訳ない」

「そんなんじゃない」

ブッカー少佐は頬に一筋切傷痕のついた顔をしかめた。凄味がある。大量の人間を殺してフェアリイに送られてきたというもっぱらの噂だったが、面と向かって確かめた者はいない。零は他人よりはいくらか少佐のことを知っていた。

ジェイムズ・ブッカー少佐は零よりも日本通だった。雪風のコクピットの下に小さく、品よく書かれた漢字の「雪風」の文字は少佐の筆によるものだった。達筆で、零にも読めないほどだったが、美しかった。過去はともかく零の知るブッカー少佐は顔の印象とは逆だ。ブッカー少佐は軍役終了後も自らの意志でその継続を申請し、フェアリイにもう長い。かつては戦闘機乗りだったが、いまは地上でおもに機体整備の指導と人員のスケジュール調整をやっている。下手に怒らせると休暇を取り上げられることもあったから、ますます少佐は敬遠された。こんな少佐にある日突然、おまえは神を信じているかと言われたとき、冗談なのか試されているのか嘲笑われているのか、零にはわからなかった。黙っていたら殴られた。空からもどった地上では階級など無視してもかまわないという、ほとんど全員が承認している不文律がフェアリイにはあった。だから殴り返してもその場はまったく平静だったろう。しかし零はそうしなかった。むろん左の頬を出したりもしなかった。血をなめ、装備点検表を読む仕事にもどっただけだった。なるほどな、と少佐は言った。おれと同じだ、と。少佐とのつき合いはそれ以来だ。

「補佐役と言ったな、零。まったく、上がなってないと下が苦労だよ。クーリィ婆さん、なにか言ってたか。まあ上へ行こう、話はそれからだ」

二人は小さな人間用エレベータで上階へ行き、広い整備場を見渡せるガラス張りの戦隊専用ブリーフィングルームに入った。出撃予定がないのでだれもいない。狭い部屋だが天井が高く、視界が良いため開放的だ。天井は普通でより広い談話室もあったが、ブーメラン戦士たちはこの飾り気のない部屋を気に入っている。自分の部屋を与えられていながらも、ここに趣味の道具などを置いたりしていた。哲学書からグラフ誌、抽象画の載ったイーゼル、電子パーツ入りの箱、はては編物道具を入れたバスケットまであった。全員が集合することはまずないから、個室のように使える。

その壁に立てかけてある、くの字型の木片を手に取り、なでながら、まあ腰を下ろせとブッカー少佐が言った。

「中尉どの」

「まだ決まったわけじゃない」零はコーヒーメーカーの注ぎ口に紙コップを置いた。「でもべつにどうってことないさ」

フェアリイには兵隊は一人もいない。すべて将校であり、士官だった。地球での予備訓練を終え、フェアリイへの実戦配備が決定すると少尉となる。フェアリイ空軍の性格を対外に主張する手段かもしれなかったが、指揮官ばかりで構成された、兵卒が一人もいない軍隊なぞ前代未聞だった。割を食うのは少尉クラスだった。実質的な兵士だからだ。戦闘時は別にして、地上に降りたら平等にやろうという気運はそこから生まれた。少尉クラスは多く、したがって、まとまれば力があった。自分につごうの良い意見でも規律は規律――などといって反対する者はフェアリイにはいない。

一般的な意味でまともな者といえば、将官クラスと、それから、歓楽街の女たちくらいのものだった。たとえば慰安婦のほとんどは犯罪者ではなく――売春が犯罪でなければの話だが――志願してフェアリイにやってきた。彼女たちも興醒めな階級を持っている。彼女たちに制服は必要でなく、しいて言うならドレスだが、むろんそこに階級章などつけてはいない。だが化粧をおとした顔を見ればだいたいの見当はついた。年増ほど偉い。とはいえ彼女たちはめったに素顔は見せない。仕事熱心なのだ。もし本物の恋愛を経験したければ相手は他にたくさんいた。文字どおりの軍服を着た女たちもフェアリイにはほぼ男と同数いた。もっとも、彼女たちはまともではなかった。正当防衛の名の下に射殺される男が年間一人は必ずでた。女たちはしたたかだった。

「いや」とブッカー少佐は言った。「給料が上がるということはいいことだ。おれなぞ来た当初は別れた女房に慰謝料を払うと、後は酔っぱらうこともできなかった」

少佐の妻君は日本人かもしれないと零は思ったが口には出さなかった。

「コーヒーはどう。——いいブーメランはできたのか」

「いや——ありがとう——しかし完璧な物も考えものだよ。この頬の傷は……まあ、どうでもいい。実はクーリィ准将が貧乏くじを引き当てたんだ」

少佐は一メートルほどのブーメランを置いてコーヒーをすすった。

「フェアリイで初めて抱いた女が」零は向かい合った席に腰を下ろした。「准将にそっくりだった。大尉でね、敬礼したらはり倒された。情けなかったよ」

「フフン……それが青春ってやつさ」

「青いか？　貧乏くじって、なんのことだ」

「おまえ、並ばされるのは嫌だろう」

「なに？」

「日本空軍の御大将がわがフェアリイ空軍を視察に来るんだと」

「それで」

「それで、だよ、問題は」

「つまり」隊員が並ばされている情景を思い浮かべて零は察した。「整列して、儀仗兵役をやるって？　おれが？　天下のブーメラン戦士が？　ブーメランでも肩にかつぐのか？　冗談だろう」

「どこの戦隊も『冗談だろう』と言ったのさ。で、くじ引きだ。特殊戦副司令官クーリィ准将がめでたく当選し、師団中、いまだそういった行事に出ていないわれわれ第五飛行戦隊に御鉢が回ってきた、というわけだ」

「嫌だね」

「皆もそう言った。ボイコットだ。おれはどうなる。ブッカー少佐、すべて君に任せる、だと。あのしわしわ准将め。おれを殺す気だ」

「正式な儀礼兵団がないのが悪い」

「いまそれを言っても始まらない。――なにかいい知恵はないか」

「少佐独りで立つっていうのはどうだ。あんたがだ」零はコーヒーのおかわりをついだ。「銃殺刑にはならんと思うよ」

「しずく、雨だれ、ほんの少し」少佐は言った、「ゼロ。――おまえの名だ、零」

「おれは余計者として生まれたんだ」コーヒーメーカーの前に立ったまま、零は振り返らなかった。「おれが生まれてすぐ両親は別れた。育ての親はプロだったよ。同じような子供が何人もいた。実にしあわせな毎日だった」

「気の滅入る話だな。何時だ――五時か」

「１６５８時であります、少佐。――上に出てみないか、ジャック」

「よかろう」少佐は言った。「許可する」

ブリーフィングルームを出た二人は、対面壁にあいている大きなエレベータ坑口に向かった。エレベータは四基ある。いちばん近い三号基まで、牽引車や整備用タラップなどを避けて、一〇〇メートルはある。二人とも黙って歩いた。ここには人間専用の地表行エレベータはない。少佐はブーメランを手に持っていた。

零は壁にかかっている三機のリモコンボックスのうちの一つを取り、その箱の上部にIDカードを差し入れて作動状態にし、広いエレベータフロアに入った。さあ行こうと少佐が言った。奥行三〇、幅二〇メートルの大きな床が上がり始めた。見上げれば垂直に伸びる帯状のパネル照明が美しい。床は途中で一旦停止し、天井の隔離壁が開くのを待つ。地上までにこんな扉が三枚あり、各各のレベルを気密に保っている。エレベータの動力システムもそこで切り換わった。故障時には他のレベルのシステムがバックアップする。階の中間には独立動力系統を持つ緊急用シャッターもある。対火、対爆、対汚染防御壁だ。最後のレベルでは床とともに周りの厚い壁も同時に押し上げられる。動きが止まり、巨大なコンクリート直方体の穴から出ると、そこが地表だった。収容庫の内。庫というよりは大きな屋根だ。射し込む陽がまぶしい。電源車、非常用動力支援機、消火車が静かだ。

二人は滑走路へ通ずる側ではなく、裏手へ出た。草原が青い。かなり向こうに、とはいえたいした距離ではない、せいぜい五〇〇メートルあたりから深い原生林が始まっている。フェアリイが正式な陸軍を持たないのはその森があまりに頑固だからだと零は聞かされていた。もっともだと零は思う。

三機の空中哨戒任務の迎撃機が轟音をたてて編隊発進していった。少尉と少佐は収容庫屋根の作る影から逃がれて陽のあたる所に出ると、草の上に腰を下ろした。フェアリイの小植物たちはやわらかく、弾力があり、ちくちくしたところがまったくなかった。色は緑だが青みが強く、中には紺色のものもあった。折ると菖蒲のように香った。

「風がうまい」零は深呼吸する。「フィルターを通した空気とは違う」

「昼はいい、ブラッディ・ロードが見えんからな。どうも不吉で好きになれん」

「あんたとは思えん言葉だな」

ブッカー少佐は腰の大きなナイフを抜き、手にしたブーメランの翼形を測るように見ると慎重に削り始めた。「人間の直観は」と手を休めず少佐は言った、「精密ではないが正確だよ。めったに故障しない」

飛ばしてみろと零はうながした。少佐は削りくずを吹くと、立ち、慣れたきれいな動きでブーメランを投げた。わずかに雲のかかった午後の晴天に、かすかな風切音をたててブーメランが舞った。

「返ってこない」大きく輪を描いた木片は一四、五メートル先に落ちた。「風のせいか」

「こんなのは風のうちに入らん」

もっと強風下、しかもどんな下手な飛ばし方でも必ず返ってくるものを作ったことがある、と少佐はブーメランを取り上げながら言った。再び腰を下ろして木片にナイフをあてる少佐のわきに、零は仰向けに寝そべって空を見上げた。

「壊れたのか」

「なにが」

「完璧なブーメランさ。作ったと言ったろう」

「壊したのさ。――正しくは、おれが作ったんじゃないんだ。コンピュータが生み出した。おれに条件を与えられたコンピュータは自分で作った空間の中で何万回も試行錯誤をくり返して翼形データをはじき出した。そのデータを数値制御工作機に入れて翼を作った。一号機だ」

「その口ぶりでは失敗だったな」

「現実の空間はコンピュータの数値空間とは違うんだ。で、次に思いついたのが翼の内に加速度計とコンピュータを組み込むことだった。可変ピッチにしたり、いろいろやった。前縁フラップ・コントロールを載せたやつがいちばん良かったな。これが二号機」

「それで、三号機は」零は口にしていた苦い茎をとばした。「完全だったのか」

少佐は手を止め、頬の傷痕をナイフの切っ先で示した。

「結果がこれだ。フェアリイに来てからの傷なんだ。人相が悪くなった」

「知らなかったな」零は身を起こした。「ブーメランが、その傷を作ったのか」

「速かった。予想もつかない角度で急旋回して突っ込んできた。よけきれなかった。この傷をつけるほどの負荷抵抗を受けてもそいつは飛びすぎてゆき、もう一度旋回してもどってきた。かろうじて手で受け取ったよ。取り易い位置に返ってくるように作ったんだ。だがどんな飛び方をするかは——そのときの状況によってそいつ自ら判断する……二度と投げる気にはなれなかったね」

「ロケットモーターでもつけたのか」

「いや。あくまでもブーメランだ。ただ、そいつは知能を持っていた。ワンチップ人工知能超層状LSIを入れたんだ。フィードバック制御ではどうしてもだめでね、先を見とおせる制御法が必要だった」

「予測制御か」

「試作ブーメランは何回も何回も投げたよ。そのたびにLSIは状況を判断し、覚え込み、失敗の原因を探り、一瞬先をだんだん正確に予想して反応するようになった。学習機能は人工知能ユニットの基本回路にハードウエアで入ってるから基礎手順は教えてやらなくてもよかった。おれが命令したのは各センサの情報をつかって姿勢制御をし、射出地点にもどってこい、それだけだ。半年ほど飛ばしたかな、そのうちこちらがその飛び方を予想できなくなった。危ないなと思ってた矢先——シュッ！

三針縫ったよ。医者が不器用でね、痛いのなんのって、訴えてやろうかと思ったが、彼も特殊戦の軍医だ。その不始末は、おれの責任でもある。人員監督はおれの仕事だからな」

少佐はナイフをもどして伸びをした。それから立って草くずを払い、ブーメランを投げた。ほとんど水平に飛んでゆき、二〇メートルほど先で急上昇、大きな弧を描く。

「あれは本物だ」とブッカー少佐は言った。「機械は自然の空を舞うには硬すぎる」

木製のブーメランはしなやかに舞い、軽やかに落ちた。電子機器は嫌いだと少佐は言った。

「忠告か。それとも皮肉か」

零は自身の信条を思い返して訊いた。

「おまえのことなぞどうでもいい」少佐はごく普通の調子で答えた。「おれの好き嫌いなどおまえには関係のないことだ」

言葉を返そうとした零だったが、しかしもっともだと思い、無言で、ブーメランを取りにゆく少佐を見送った。再び大地に身を任せようとしたとき、制服の胸に入れてあったエレベータリモコンが鳴った。

「こちら深井少尉。三号基は使用中――」

ブッカー少佐を知らないかとの声。クーリィ准将が呼んでいると声は言った。

「少佐、しわしわ婆さんがお呼びです」

少佐は肩をすくめた。

「どうか、日本の御大将が墜死したというニュースでありますように」

「歓待スケジュールが決まったそうだ。予定表を渡すからって」

「独りでは死なんぞ。仲よく壁の前に立とう。全員を道づれにしてやる」

人間二人を運ぶにはもったいない巨大なエレベータシステムを動かして下りる途中、零はブッカー少佐の対電子技術はたいしたものだと感心し、なぜ手で木片を削るのか理解に苦しみ——安全性などいくらでも高められるだろうに、ようするに危険だからという理由ではなく、直観的に電子機器が嫌いになったんだ——それから儀仗兵がみんな鉛の人形になった光景がふと頭に浮かんだ。

「あの、ジャック」少少ためらった後、零は考えを口にした。「人形を作ったらどうかな」

いらいらとブーメランで肩を叩いていた手を止めて、少佐は首をかしげた。

「アンドロイドだよ」と零は説明した、「いや、ロボット、人形でいい。どうせ並んで、せいぜい挙手するくらいだろう。人工知能ユニットも必要ないと思うよ。顔つきと膚の質感さえうまくでれば……たしかあの空軍参謀司令は近眼で老眼だ、無限遠から眼の表面までどこにも焦点は合わないはずだ——大丈夫だよ、近よるのは彼だけなんだから」

「おお坊や——馬鹿なことを」

「あんたならわけなく作るだろう」

「准将に馬鹿呼ばわりされるのはこのおれなんだぞ。彼女が許可するものか」ブーメランを持ち直して、しかし、とブッカー少佐は続けた。「しかし——一考の価値はあるな。滅茶苦茶だが、なんとなくもっともらしいアイデアではある」

ブッカー少佐は、深井少尉、とあらたまって、言った。

「准将に提言し、説得することを命ずる。少佐命令だ。計画書はおれがでっちあげるから——」

「嫌だよ、スーパー婆さんは苦手だ」

「上官命令服従違反・抗命罪、反逆罪、逃亡罪で軍法会議に訴えてやる」

「冗談言うな。なんで逃亡——」

「上官侮辱罪が加わる。──なあ零、考えてもみろよ、三十人からの隊員を説得するのと、一人の女をまるめこむのと、どっちがいい？」

「女のほうがおとすには難しいよ」

整備場階についた。零はリモコンを壁にもどした。

「女なら隊員にもいる──いいか、おまえが言い出したんだ。おれは忙しくなる」

早足で歩きながらブッカー少佐が言った。

「本気でやるのか」

「部屋で可能性をあらってみる。おれの代わりに准将のところに出頭してくれ。補佐役を命じられたのが運のつきだ。忘れるな、おれとおまえは『同ジ穴ノ狸』なんだから」

「ムジナ、だよ」

「なんだ、知ってるのか。言い替えることもなかったか……穴熊のほうがよかったかな」

零は負けた。とんだやぶ蛇だった。意気消沈して特殊戦司令部のある階へ向かった。


電子機器が嫌いなはずのジェイムズ・ブッカー少佐をして電子人形作りに着手させたのも、隊員たちの利己的性格が原因だった。他の部隊の戦隊員にしてもそうした性向はあったが、ブーメラン戦士の場合は際だっていた。育った環境、境遇、その他もろもろのパーソナルデータから数種のパーソナリティに分類し、その中でも社会性や協調性の点数の低いものをコンピュータが選び出して一つのグループにまとめた、その結果が特殊戦第五飛行戦隊だった。そのようにしたのはクーリィ准将だ。

本来ならば賓客を迎える役目は名誉なはずだ。しかしブーメラン戦士たちはそれを屈辱と受け取った。そもそも賓だなどと思ってはいなかった。儀礼役の拒否はたしかに戦隊の総意に違いなかったが、これも協議の結果ではなく、他人がどうあろうとも、自分は嫌だと言い、その他人も同じことを言ったから表面的にたまたま——なるべくして——そうなったにすぎない。

もちろんブッカー少佐もブーメラン戦士の一人だった。しかし彼は他の戦隊員とは立場も性格も異なっていた。少佐は降格したくなかったろう、それに対して、隊員は格下げのしようのない最低クラスがほとんどだった。ブッカー少佐はまた他の隊員のように、出撃すればもしかしたら帰れないかもしれないという不安ゆえ、大胆に、あるいは虚無的に、物事を見ることはすでになかった。少佐はそういう境遇をへて生き残った勝者だった。現実をわきまえるようになるには勝ち残らねばならなかったのだ。ジェイムズ・ブッカー少佐は、一言でいうならば、恐れを知っている男だった。

零はそうした少佐の立場を理解してはいたが、しかし少佐の見ている現状と自分の考えている現実とは少し、あるいは大きく、違っているらしいことに気づいていた。結局のところ零はブッカー少佐の心情を完全には理解できないでいた。零は戦士だった。そしてなにより、少佐ほど老練ではなかった。

それでもなんとか零はクーリィ准将を説き伏せる困難な仕事に成功した。よくやったとブッカー少佐は握手して迎え、自分が進言したのではこうはいかなかったろうと言った。零の「熱心な若さ」が効を奏したのだと、雰囲気はつかめるが抽象的な表現で成功を分析してみせた。

もっとも、人形の出来が良かったら、という条件つきではあった。そしてもし水準以上なら以後もその人形を儀礼用に使おうとクーリィ准将は言った。話は零の思っている以上に早く、大きく、膨らんだ。任せておけとブッカー少佐はアイデアスケッチを広げ、心配するなと言った。もはや計画は自分の手から離れ、自身が生み出したアイデアでありながらもう制御の利かぬ巨大な怪物になったことを零は感ぜずにはおれなかった。

二週間しかなかった。

クーリィ准将はシステム軍団の高分子材料部門にかけあって、人造皮膚を短時間で作ることを約束させた。またクーリィ准将は、ブッカー少佐の仕事部屋のコンピュータを空軍工場機械加工システムとデータバンクに直結させるということまでやった。おかげで少佐はいながらにしてコンピュータ支援設計・製作システムを駆使することができた。グラフィックディスプレイとキーボードとライトペンを使ってコンピュータと相談しながら、少佐自身は一本の線をも引くことなく、直接、部品が即時加工されていった。

このあざやかなブッカー少佐の手並みを見ながら零は再度、なぜ完璧なブーメランを壊したのかといぶかった。実際、コンピュータを操る少佐は楽しんでいるように見えた。ナイフで木を削るより、よほど楽しそうだった。少佐は鼻歌まじりで仕事をこなしていった。

この間、零はクーリィ准将とブッカー少佐とのパイプ役を務め、軍加工工場まで自動モノレールに乗って使い走りにゆき、工場側の小言の聞き役になり、試作品を組む手伝いなどをやった。つまらない仕事だった。

零は早く雪風とともに空へ舞い上がりたかった。いつ次の法廷が開かれるのかと准将と顔を合わせるたびに尋ねた。

「証拠をつかめなくて焦っているらしい。中尉になったも同然だ。おめでとう、中尉」

などと准将は言ったが、具体的な話になると言を左右にして答えようとしなかった。もしかしたら准将は巨大な組織を当局には内緒で動かし、証拠の湮滅を図っているのではないか、などと零は疑った。可能性は低かったが、事実であったとしても、それはしかし零にとってはつごうの良いことだった。

日本空軍参謀司令のやってくる五日前になって試作人形の骨格が完成した。零は准将に報告にいった。

准将の広い副司令官室に入った零は、その大きなデスク上に置かれた生首を見て嫌悪を覚えた。人形の首と知っていてもなお真に迫っている。おまけにその顔は、かつての零のフライトオフィサ、恐竜に食われたという、死者のものだった。

「悪趣味の極みですね、准将」

「はい閣下、光栄であります」生首が言った。「はい閣下、光栄であります」

デスクの上で組んでいた手の指をほどいて、准将は人形の首筋を押し、黙らせた。

「名誉の戦死者で儀礼兵を編制する、私の決定に文句は言わせない」

「骨格に少少不備があるそうです。お聞きおよびでしょうが」立ったまま零は言った。「もっと強度の高い材料を使うつもりで設計したのが、安いものしかもらえなくて――」

「かまわない。今回はともかく間に合わせなさい。すぐに量産ラインにのせるように」

「了解」

「待ちなさい。――あさって予審法廷が開かれる。おそらく大丈夫だと思う」

「シルフでなかったとすると、あれは――」

「優美な乙女《シルフ》でなければ、あばずれ《ビッチ》だろう。ジャムに決まっている。細かい打ち合わせは明日行なう。退室してよし」

不起訴とする、同じ第七作戦小会議室で同じ軍判事が言った。

「違法行為を立証する物的証拠が認められなかったためである」

「おれは無実だ」零は立って言った。「はっきりしてもらいたい。あの機の撃墜地点は戦闘記録にあるはずだ。機体破片を調べてみろ、ジャムの機だということがひとわかりのはずだ。なにをやっている」

「予審会を告訴するつもりなら受けて立ってもいいんだぞ」

「不満はありません」クーリィ准将が零を制して立ち上がった。「少尉は感情的に不安定な状態にあります」

「深井少尉は自らの意志で、自身の信念に従って、ここに署名するかどうか決めよ」

割り切れない気持ちながらも、これ以上の煩わしさはごめんだったから、零は渡された書類に署名した。

「閉廷」軍判事が言った。

立ち寄れと言われた准将の部屋で、零はクーリィ准将に嫌味をさんざん聞かされた。

「あれほど口出しするなと言っておいたのに、なんてことだ。――コーヒーは」

「いりません」

「そうでしょうとも」

「しかし准将、なぜ現場検証に行かなかったのでしょうか。さほど遠くありませんし。撃墜した機の、破片一個、一片あれば、それを分析することにより、自分の無実は証明――」

「おだまりなさい」准将はうって変わった低い、力のこもった声でさえぎった。「あなたには関係のないことだ、深井中尉。あなたは本日付けで中尉だ。……退室してよし。いまの任務は続けること。以上だ。質問は」

「ありません」敬礼。

本番を翌日にひかえ、どうにか三十六体の人形が完成した。制服を着た幽霊戦士の誕生だった。工場から戦隊の整備階に運び込んで、さあ試運転をしようということになった。ブッカー少佐は命令伝達用ワイヤレスマイクを胸に差した。

ガラス張りのブリーフィングルーム内で、あるいは壁によりかかって、ブーメラン戦士たちがこの奇妙な部隊を無表情に、ある者は薄笑いを浮かべて、見守っていた。整列させた各人形の首筋にあるメインスイッチを入れて歩いた零は、その肌の冷たさに戦慄した。

「敬礼！」少佐が命じた。人形たちは従った。

拍手と笑いと歓声。

「どうもやりにくくていけない」右向け、右。前へ進め。「おまえたち、ブーメラン戦士の諸君、幽霊に感謝しろよ」

人形たちは巨大なエレベータで地表に連れてゆかれ、初めて陽の光をあびた。曇り空ではあったが。零もついていった。収容庫から滑走路に通ずる側へ人形たちは行進した。と、一体が倒れた。倒れながらも手と足は行進をやめない。

「だめ、だめ、だめ、くそう、全体止まれ！」

転んだ人形に後から来た人形も倒される、という状態だった。少佐の命令で馬鹿騒ぎは一瞬におさまる。ブッカー少佐はため息をついて工具箱に腰を下ろした。

「行進はとりやめにしたほうがよさそうだ」

一言も口を利かなかった零だったが、少佐につられたようにため息をついた。

「この世はまったく不可解だ」

「なにか言ったか」

電源車によりかかったまま零は肩をすくめた。

「予審のことさ。准将の態度も腑に落ちない。なんでガミガミ言われるのかわからん」

「シルフでもジャムでもなかったのかもしれない。ガンカメラの撮った絵はおれも見たが——似てるが、はっきりシルフだとはいえん」

「どういうことだ」沈んだ声で零。

「地球からの侵入機の可能性がある、ということだ。〈通路〉への無断侵入は国際法で禁じられているが」

「なんでそんなことを？　幽霊機の目的はなんだ」

「この緑の大地を見ろよ。空気もうまい……その国はスパイ機を墜とされたのだから文句はいえない。公になれば国際世論が黙ってない。一方フェアリイとしても、主権を持った独立国ではないのだから地球側の機を撃墜したなどと自慢したら、これまた大問題だ。——おれの、考えだ。真実はわからん。ジャムだったのだろう。忘れたほうがいい」

「おれにはまったくわけがわからん」

「手を貸してくれ。木偶《でく》の坊を起こす」

「ああ。——しかし不明機にやられたこの額の傷は消えない。相棒は死んだ」

「脛にある傷はどうだ。人はいずれ死ぬ」

天気は下り坂だがどうにかもつだろうというFAF気象軍団の予想だった。

賓客は〈通路〉を抜けてフェアリイ基地にやってきた。急激な環境変化は老体にはかなりの負担だったろう。しかし式典好きで有名な大将はそんなことで背を丸めたりはしなかった。

零とブッカー少佐は式典準備の任務から解放されて、地上の収容庫裏の草原へ行った。零はポータブルテレビを、少佐は趣味のブーメランを持って。草はやわらかく、空気は暖かだった。青い空が見えないことをのぞけば、上上の休暇日和だった。

うとうとと昼寝をしていた零は、少佐に起こされた。

「なに」

「そろそろ始まる。TVをつけろよ」

「なにが……そうか」零は身を起こした。

セレモニーは管制塔付近の広場で行なわれているはずだった。草原からは遠い。滑走路は広大だ。テレビを入れると、いきなり「フェアリイ空軍を讃える歌」の録音軍楽隊演奏が響いた。

「長ったらしい挨拶が終わったところだろう……さあて、観兵が始まるぞ」

日本空軍参謀司令はフェアリイ空軍将校を一人従えて幽霊戦士のほうへ歩き出す。胸を張り、しかし腹のほうが威厳がある。

「さあ……うまくいったらおなぐさみ」

「ジャック、あの将校——」

「他にだれがやる？　あれくらいはやってもらわなくては。責任は彼女にある」

案内役はクーリィ准将だった。

TVの声。

『よくやっておるかね』と大将。

『はい閣下、光栄であります』と一戦士。

『出身はどこかね』

『はい閣下、光栄であります』

TV画面に白い文字が流れる。

〈こちらはフェアリイ空軍・TVサービス……解説提供はブーメラン飛行戦隊……これらの人形たちは「はい閣下、光栄であります」としか言えません……こちらはFAF・TVサービス……〉

「だれだ、だれだ、こんなことしたのは」ブッカー少佐は身を乗り出した。だが、すぐに力を抜いた。

「まあ、いいか。おれには関係ない」

真面目な顔の大将がクローズアップされる。

『実に素晴しい。微動だにしない』

「あたりまえだ」と零。少佐が笑う。

『捧げ、銃！』とクーリィ准将。

幽霊戦士たちは小銃を前に立て、捧げ、銃。と、後列のほうでなにか落ちた。金属的な音をマイクが捉える。大映しになると——銃をしっかりと握った両腕骨格が転がっていた。

〈……調整が不完全なものもあります……前列でなかったのは幸運でした……FAF・TVサービス……〉

「まったくだ」と零。

ブッカー少佐は吹き出した。

『あれはなんだね、准将』

『なんでありますか？　大将閣下、あれがわが空軍の誇るシルフィードであります』

さりげなく准将は大将を人形たちから離す。爆音。零は空を見上げた。五機の編隊、ファイブカード・フォーメーションを組む。

〈……訓練用標的機の高等飛行をお楽しみください……動力はターボプロップ、可変ピッチプロペラ……もちろん全自動ラジコン機であります……こちらはFAF・TVサービス……〉

クーリィ准将は生真面目に本物のシルフィードの諸性能を披露し始める。

『ふむ、ふむ、フーム、わが空軍にもあのような機が欲しいものだ……』

編隊は見事なファイブカード・ループを見せる。

ブッカー少佐は笑った。

「どうして……笑わん、零。見ろよ、准将も、笑ってる、初めて見た」

「……おかしくはない」

「カルシウムにビタミンKの不足だな」

「こんなもの、やめろ！」

零はいきなり少佐のブーメランをひったくり、立った。反射的にブッカー少佐も中腰に、ナイフを構えた。が、すぐに恥じたように頭を振り、ナイフをおさめて背を伸ばした。零の振りかぶったブーメランは震えていた。零は激昂していた。

「ブーメランは武器だ。返ってくる必要なんかない」

零はブーメランをテレビに叩きつけた。TVセットは壊れず、ブーメランは跳ねた。零は腰を下ろして膝をかかえ、身を震わせた。

「……零」

「おれは――あの大将と同じ立場にあるような気がする。ジャムってなんだ。叩いても叩いても出てくる……なぜ最終的手段に出てこない……なぜここにいる？　おれはなにをしている、どうしてここにいる……」

「考える時間はたっぷりあるさ」ブッカー少佐はブーメランを拾い上げ、いとおしそうになでた。

「生きてさえいれば」

「休暇が……長すぎたよ、長すぎた」

零は言った。


翌早朝、通常任務にかえる。フライトスーツをつけた零はブリーフィングルームに入る。作戦行動の細かい指示を受ける前に、作戦要項に目を通す。

ミッションナンバ、帰投要領、雪風の任務、通信周波数とチャンネル、ボイスコールサイン、航法支援、天候と視界、搭載武装……

打ち合わせを終えるころ、雪風の仕度も完了する。Gスーツをつけ、新任のフライトオフィサと一緒に雪風の機体点検。乗り込み、イジェクションシートとインテリア類のチェック。点検項目は山ほどある。

エレベータで地表に出てプリスタート点検。キャノピを下ろす。エンジン・マスタースイッチ-オン。エンジン始動。回転計が上がる。スロットルを入れ、点火。アイドルにもどして各種点検。調節。外は雨。

ミサイルシーカー点検、外部武装グランド・セイフティピンが引き抜かれる。安全装置解除。

「グッドラック」

ブッカー少佐が機体に接続していた通話ジャックを外す。パーキングブレーキ-オフ。滑走路へ向から。

発進してよし。ブレーキをはなすと脚ストラットが伸びる、瞬間、スロットルをMAXアフターバーナに入れられた雪風は弾かれたように前に出る。ノズル全開。離陸。上はいつも晴れだ。ブラッディ・ロードが暁の光に色を失うころ、雪風は第一飛行戦隊と合流する。哨戒管制機の敵機発見の知らせで第一戦隊機はアフターバーナに点火して飛び去る。雪風は戦闘空域の外縁を大きく回る。

「敵機」フライトオフィサが告げた。「一〇時の方向。低空を高速で接近中」

零はレーダーモードをA／A（空対空）のルックダウンに入れ、探す。ディスプレイ上にブリップが八、八機か、八機編隊。コンピュータが目標データをはじき出す。敵、速度、高度、加速度、接近率、脅威の度合――「足の長いミサイルは持ってないな」

「攻撃しますか」

「対空戦闘用意」

フライトオフィサは電子妨害と対電子妨害除去の点検。零はストアコントロール・パネルを見る。RDY　GUN、RDY　AAMⅢ-4、RDY　AAMⅤ-4、RDY　AAMⅦ-6――

対空兵装は完全装備。

敵機は上昇を始めた、と後席。HUD上にHマークが出ている。「第一種射程距離。敵機八、距離二五〇、ヘッドオン、接近中」

パルスドップラー・レーダーが高速移動するジャムを捉えている。零は外を見る。肉眼では機影は見えない。サイドスティックにあるミサイル発射レリーズを押して、火器管制コンピュータに攻撃してよしのサインを入れる。FCSの判断により六発の長距離ミサイルが全部同時に放たれた。振動。かすかに白い航跡が目に見えぬ敵に向かって伸びてゆく。妖精が見える、ふと零は思った。

ＨＵＤ上の数字が減ってゆく。ミサイル到着時間。……３、２、１、０──。

「命中四、不明二……敵機三、なお急速接近中。二手に分かれて攻撃態勢」

敵のミサイル誘導波を感知した警戒レーダーが警報を鳴らしている。

雪風は増槽を切り離す。

II

騎士の価値を問うな

彼にとって地球は生命をかけて守るべき対象ではなかった。地球防衛の使命感に燃える者がそんな彼の心を知ったなら、激しい口調でこう言っただろう、「そんなことでは地球は滅びてしまうぞ」彼はそんな批難に対してこのようにこたえる男だった。「それがどうした」

もう三十年も地球はジャムと戦っているのだ、三十年も。ジャムのいない世界など深井零には想像できない。零が生まれたとき、この戦争はもう始まっていた。ジャムの侵略から地球を守るための地球防衛軍が存在している、それがあたりまえの時代に育った零は、あたりまえゆえにその戦争の意味を深く考えたことがなかった。それに戦場は地球ではなくジャムの地球侵略拠点であるフェアリィ星だったし、ジャムの戦力も地球側に比べてそれほど優位でないなど、さほど緊迫感もなかったから、考えなくても生きてこられたのだ。

いま零は戦士だった。南極点に近い白い大地にそびえ立つ巨大な円柱形の靄、地球とフェアリィ星を超空間がつなぐ〈通路〉を通って最前線の戦場にやってきた戦士だった。しかしそれでも零は、ここで見聞きする対ジャム戦の掛け値なしの本物の情報、愛機上から目撃した光景でさえ、地球の祖国で見るニュース報道以上の現実感は持たなかった。ジャムがいるのはあたりまえ、だから戦うのであり、なぜ戦わなければならないのかを自問したことなど一度としてなかった。ジャムはそんな疑問を抱かせる余裕を与えなかった。一つの戦いから帰って非番になると、零は一人で基地の娯楽街に出かけ、バーで黒ビールを飲んだ。だれも話しかけてこなかったし、だれにも話しかけなかった。

零は黙ってグラスを傾けて、次の出撃を思った。雪風のことを。だれも零に、「なぜ戦うのか」などと問う者はなかった。敵がいるから戦うのだ。あたりまえのことだった。しかし零はある日、それがあたりまえではない、と言う男に出会った。その男はこう言った、「ジャムとの戦いに人間など必要ない。機械のほうが優秀だ」と。

＊

「人間なんか必要ないんだ」

隣の男が話しかけてきた。零はひとりカウンターで黒ビールを立ち飲みしていた。非番の士官たちでバーは混んでいる。

「なあ？」と男は同意を求めた。「きみは戦闘機乗りだな。雰囲気でわかる」

「戦術空軍団、フェアリイ基地戦術戦闘航空団、特殊戦第五飛行戦隊」

「フム、かの有名なブーメラン戦士、最強の戦闘機スーパーシルフを操る――シルフドライバーか」

男は、システム軍団・技術開発センターのカール・グノー大佐であると自己紹介し、握手を求めたが、零は手を出さなかった。

「噂どおりブーメラン戦士というのは非社交的人種らしいね」グノー大佐は笑った。「勝てるかね、きみ――」

「深井零中尉」

「深井中尉、フリップナイトに。新しく制空格闘戦用にわたしのチームが開発したＲＰＶ（遠隔操縦機）なんだが。いかに高性能な特殊戦のスーパーシルフとはいえ壊れやすい卵のような人間を乗せていては実力を完全に発揮できまい。シルフはナイトに勝てないだろう」

「騎士が乙女を殺すって？」

「戦技テストフライトをやりたいと思っているんだが——そう、それもおもしろいな」大佐は左手にグラス、右手に葉巻を持ち、陽気にしゃべった。「お相手ねがえるかね」

「システム軍団にはフライトテスト・センターがある。それで物足りないのなら戦術空軍の空技飛行隊に協力してもらえばいい。特殊戦は実戦部隊だ。筋が違う」

「わからないかな」大佐はにこやかに言った。「騎士が手袋を投げたんだ。決闘さ。筋は通っている」

零はジョッキを空にし、大佐を無視してバーを出た。グノー大佐の高笑いが表まで聞こえてきた。

フェアリイ基地の住居および娯楽施設は地下大洞窟の底に広がる小都市だった。各派教会からバー、銀行、なんでもある。一つ角を曲がればまったく異国の文化様式が出現する不思議な街だった。

零はそのどこにも寄らず、小さな共用電気ビークルに乗って、戦術空軍・第三〇三舎の自分の部屋に帰った。居住区域には街の喧騒は入ってこない。決闘だって？　ばかばかしい。


翌朝目覚めたときにはもう大佐のことは忘れていた。出撃予定はなかった。きょうは一日中デスクワークかと思うと零は憂鬱になる。

舎を出て街とは反対方向、洞窟の、おおいかぶさってくるむき出しの壁面に向かって歩く。道はすぐにトンネルに吸い込まれていて、三〇〇メートルほど先で広いホールに突きあたる。道はそこで上下左右に分かれる。戦闘基地区は地中の立体迷路だった。零はその分岐点ホールでエレベータに乗り、降りて、だんだん細くなる廊下を抜け、各ブロックの入口ごとにＩＤカードを警備士官に見せ、ブーメラン戦隊区の自分の部屋にたどりつく。ひと苦労だ。室内の隊員管理コンピュータの端末にＩＤカードを差し込んで出勤を確認させ、それでゴールイン。

デスクワークは退屈だ。しかしおろそかにしているとシルフドライバー失格になるおそれがあった。愛機雪風をとりあげられた自分になにができるだろうと、零はデスクについて思った、雪風とともに大空に舞い上がれると思えばこそ退屈にも耐えているのだ。

こんな出撃レポートがいったいなんの役に立つのかと考えて、ふと零はタイプライターを打つ手を止めた。人間など必要ないというカール・グノー大佐の言葉が思い出された。

雪風はこのおれを不必要だというだろうか。そんなことはないと零は否定した。雪風は零にとって唯一の信じられる対象であり、それに裏切られるかもしれないなどとは考えたくなかった。これだけ自分は雪風を必要としているのだから、彼女もこんなおれを見はなすわけがないと、不合理だったが、零はそう信じた。

早めに数種のレポートを仕上げて雪風に会いにいった。機体の点検チェックは毎日のルーチンワークの一つだ。これは退屈ではなかった。

地下格納庫は静かだ。五、九番機が出ている。零は三番機雪風の機体を点検する。前部左側から始まり、後部、右側に出て機首にもどる。その間、機体外形のチェック、油漏れはないか、などを調べる。点検項目は一〇〇以上あり、点検レベルによっては省いてもよい個所もあったが、零はすべてを実行した。

それを終えるとコクピットに乗り込んで機上テスト。雪風は腹部から太いコードを垂らし、それで外部電源と特殊戦コンピュータに接続されていて、電力はつねに供給されている。

マスター・テストセレクタを機上チェックモードにセット。スロットル－OFF、武装マスターアーム－SAFEを確認してから、セルフテスト・プログラムのスケジュールに従ってプログラマブル電子機器類のテスト。飛行・航法用各種センサにテスト用疑似信号を入力しながら、エアインレット・コントロール・プログラマ、オートマチック・フライトコントロール・セット、セントラル・エアデータ・コンピュータ、スロットルコントロールのオートモードなどの機能をシミュレートチェックする。

その他、通信機類、燃料移送制御系統、各種ディスプレイの動作、キャノピの開閉状態などを調べ、これでエンジンがかけられないというのはいかにも中途半端な気がする。だがしかたがない。零は恋人からひきはなされるような気持ちで雪風を降りた。

「零、やっぱりここか」庫内にジェイムズ・ブッカー少佐の声が響いた。「無断で部屋を出て、雪風となんの相談だ」

機体点検に出ることを管理コンピュータに告げ忘れていた。ブッカー少佐はそのコンピュータを使ってブーメラン戦隊を管理している。零の友人だが、勤務中だから私用でここに来たわけではない、少佐の声もいまは上官のものだった。

「罰はなんでありますか、少佐」

「よくもぬけぬけとそんなことが言えるな」

「なんだよ。なにがあったんだ、ジャック」

ついてこいと少佐は言った。零は少佐に従って庫を出た。

「まったく、零、この忙しいのにたいした難題を持ち込んでくれたよ」

「なんの話だ」

「決闘だ、グノー大佐だ。——わかってる、おまえが悪いんじゃない、こんな決闘にのせられるブーメラン戦士じゃないからな。おだてられようが無表情、けなされようが無関心、泣きつかれようが冷酷、脅されようが冷徹、そんな戦士たちの答えは聞かずと知れてる。『関係ないね』さ。しかしクーリィ准将はブーメラン戦士じゃない」

「スーパー婆さん、グノー大佐の口車にのったのか」

「絶好の戦技訓練だとさ。大佐にはおれも会った。口のうまい男だ。技術屋よりセールスマンが似合ってるよ。とにかく上はなんでも言いたいほうだいおれに押しつけてくる。実際にブーメラン戦士を動かすおれの身にもなってもらいたいね」

「こんな戦技フライトはごめんだな」

「おれだってせっかく組んだ出撃スケジュールを乱されるからやらせたくない。これは極秘だが、ちかぢか大きな攻撃作戦が予定されている。その前にこんなお遊びはやりたくない」

少佐と肩を並べて歩きながら、噂は本当だったのかと、零はその作戦を思った。たぶんジャムの最大級前進基地を叩くことになるだろう。いわば公然の秘密だった。ジャムのスパイが入っていたらつつぬけだろう。

「その作戦には戦隊の全機を出撃させる」自室のドアを開けて、入れ、と少佐。「各機のオーバーホールのローテーションもそれに合わせてスケジュールを立てたのに、そこへ今度の戦技フライトの話だ。まいってしまう」

「ことわればいい」ドアを閉めて、零。

「おまえ、あの准将のところへ行って、そう言ってきてくれるか」少佐はデスク上の書類を零に手渡した。「これを叩き返してこいよ」

フリップナイト・システムの概要解説書だった。

「説得する自信はないな」

ガミガミとクーリィ准将という女王にかみつかれるよりは、機械の騎士であるナイトの相手をするほうがましな気がする。

ブッカー少佐は零を立たせておき、自分はデスクについて、フリップナイト・システムの講義を始めた。

「よく聴いておけよ、零」

フリップナイトは小型無人の格闘戦闘機だった。数機まとめて母機に搭載され、戦闘空域で空中発進、母機からの指令で戦う。

「人間が母機から操るわけか。人間などいらないというわりにはたいしたことないな」

「いや、完全自動攻撃機能もある。それより、問題はその武装だよ」

少佐は机上の金属円筒を指した。長さ三〇〇、直径四〇ミリほど。

「レーザーガンのエネルギーカプセルだ。これ一発で〇・七秒ほど発光する。さほど気象条件に左右されない高性能レーザー機関砲をナイトは装備している」

機関砲の砲身は基準線から全周方向に一・九五度可動する、と少佐は身ぶりを入れて説明した。一〇〇〇メートル先の半径三四メートルの円内に目標が入ったとすれば、砲身は照準レーダーと連動して常に目標のど真ん中を狙える。

「弾頭がのんびり飛んでいくわけではないからな。命中率はほぼ一〇〇パーセントだろう。ロックオンされたら射程外へ逃げないかぎり、まず確実に殺られる。光と競争はできん。おまけにナイトの旋回機動性はシルフよりすごい。スーパーシルフの格闘性能もすごいが、もとになったシルフィードは全天候迎撃機、あるいは一撃離脱攻撃機だ。フリップナイトとの格闘戦にもつれこんだらスーパーシルフに勝ち目はない」

よく読んで研究しろと少佐は言った。

「おれは戦隊スケジュールを調整しなくちゃならん。大仕事だよ。ミスは許されん。ちょっとした思い違いが戦士を殺すことになるかもしれないからな」

「ベストをつくします、とでも言えばいいのかな」

「戦技フライトプランの詳細が決定したら知らせるよ。大作戦の前だからあまり大がかりな戦技訓練はできないだろう。クーリィ准将から正式な命令が下る。楽しみにしていろ」

互いにラフに敬礼。


零はフリップナイト・システムの解説書をじっくり読んだ。その結果、どう考えてもシルフ対ナイトの戦技訓練など意味がないと思った。まるで短距離ランナーと長距離ランナーを呼んで、「あんぱん食い競走」をやらせるようなものだ。

シルフがナイトに勝つには、決して近接格闘戦をやってはならない。搭載する六発の長距離ミサイルを全部放って離脱すればいい。ナイトの相手はこのミサイル群だろう。シルフにしても、真の相手はナイトではなくその母機だ。母機の戦闘情報支援がなくなれば、たとえナイトが自己判断で戦えるにしても、もはやシルフの敵ではない。電子索敵能力はシルフのほうが桁違いに優秀だ。ナイトは飛んでくるミサイルをかわすのに精いっぱいで、とてもシルフを攻撃するなんてできっこない。この戦いはナイト対シルフのミサイル、ナイトの母機対シルフという図式になる。

結局フリップナイト・システムとは、かの昔の重爆撃機についていた対空機関砲に翼をはやして飛び回らせるような代物である、零はそう解釈した。母機の性能によってフリップナイトの価値も変化する。システムから切り離したナイト単独での性能を云云するのは空論だ。いい武器を持っている者は絶対有利だが、有利すなわち勝ち、ではない。宝の持ち腐れという言葉もあるし、要はそれをどう使うか、腕しだいだ、人間の。戦いには人間が必要だ。

「しかしなぜだろうな」

零はつぶやいた。あまりにもあたりまえすぎて考えたこともない、なぜ人間が戦っているのか。機械に任せておけばよいものを。部門によっては完全無人化が可能なのに、なぜわざわざ人間がついていなくてはいけないのだろう。

零は、人間は機械に対して絶対上位に立っていなければならない、などという信条は持っていなかった。人間など必要ないとグノー大佐にいわれて生じた反発心は、その言葉に雪風と自分との仲を否定されたからだったが、その個人的な感情を別にしても、フェアリイ星から人間がいなくなるとは思えなかった。どんなに機械が優秀になったとしても。

「戦いには人間が必要だ」

零は口に出して、自分の言葉を吟味した。なぜ。なぜそう思うのか。

「たぶん」と零は言ってみる。「予算獲得のためだ。機械が壊れてもだれも涙は流さない。しかし死体は無言でジャムの脅威を地球に訴える」

フェアリイ空軍予算は十分とはいえない。そもそも予算とはそういうものだ。無限ではない。有限であれば必要を強く訴える者のところへ多くいくのは当然で、だからこそ説得力がないといけない。コンピュータがはじき出した必要経費の数字よりは、一体のフェアリイ空軍旗に包まれた棺のほうがジャムのおそろしさをより雄弁に語る——零はそう考えた。だから人間が必要だ。

それでは、自分は死体になるためにここにいるのか。考えを押し進めればそういう結論に達する。自分で自分の首をしめている気分になった零は頭をふって不吉な考えをおいやった。ばかなことを考えたものだと零はため息をつく。

午後おそくクーリィ准将に呼び出されたときも重い気分はそのままだった。特殊戦副司令官室には雪風のフライトオフィサ、零の女房役がすでに来ていた。雪風の機上では頼りになる相棒だが、地上ではそっけない男だった。お互い様だ。零は自分の分身のような彼、バーガディシュ少尉を見てますます沈んだ気持ちになった。まるで生きている死体だ。生かしつつ死体を保存する、などというおかしな思いにとらわれた。

クーリィ准将はフリップナイト相手の戦技訓練が行なわれることになったいきさつをまわりくどく説明した。零はほとんど聞いていなかった。准将は熱っぽく続けた。光栄に思え、と准将は言った、最強の部隊として認められていればこそブーメラン戦隊が選ばれたのである——零はしらけた。それに気づいたのか、准将も醒めたように口をつぐんだ。

「目的はなんです」零は訊いた。

「目的？」クーリィ准将は眼鏡を指で上げた。「深井中尉、いったいなにを聞いていた」

「われわれの戦闘技術の向上が目的なら、雪風の対空兵装の実射を許可してください。ナイトは無人機だ。問題はないでしょう」

「ばかなことを」

「ということは、つまりグノー大佐を喜ばすのが目的なわけですね。われわれは大佐の犠牲になるわけだ」人間など必要ないという彼の。「まったくばかげている」

「なにをおそれている」

「くだらない、といっているのです」

「勝敗は問題ではない」

「それが気に入らない」

「入ろうが入るまいがこれは命令だ。ジャムだと思え」

「われわれは現実のジャムと戦っているんだ。死線をくぐりぬけて帰ってくるブーメラン戦士に、『さあ練習しましょうね』とは、見くびられたものだ——独り言ですよ」

「これは実戦だ」黙っていたバーガディシュ少尉がぽつりと言った。「だから腹もたたん」

彼の心を零は理解した。味方でないものはすべて敵、と少尉は言っているのだ。仮想敵機であろうと不明機であろうと、要はそれらに殺られずに帰ってくればいいのだ。

クーリィ准将はしかし理解しがたいというように深く息を吐いた。そして、さっさと追い出してしまいたいというように手を振った。

「ブッカー少佐に詳細を伝えてある。その指揮に従え。いますぐ、直ちに。以上だ。退室してよし」


ブッカー少佐は疲れた顔で二人を迎えた。忙しい様子だった。

「例の大作戦、五日後に開始と決まったよ。作戦名はＦＴＪ83。全軍あげての、近年にない大作戦だ。

——なにしに来た？」

「決闘」と零。

「そうだったな」少佐は書類の散らばったデスク面から小冊子を二部とりあげ、零とバーガディシュ少尉に渡した。「出よう。ブリーフィングルームで説明する」

格納庫の上階が整備場になっていて、ブリーフィングルームはこの広い整備場の一画をガラス壁でしきった天井の高い部屋だ。

少佐は壁いっぱいの平面ディスプレイにフェアリイの地図を出した。

「戦技フライトは明日やる。離陸時刻は０９００、帰投予定は１１５６時」

「三時間近くも飛ぶのか」

「航空宇宙防衛軍団のほうから文句というか、警告がきてな。防空識別圏内でアホなことをやるなと さ。目ざわりだ、ニアミスのおそれもあるし、ということだ。だからここまで行かなくてはならない」少佐は地図を仰いだ。「シュガー砂漠だ」

「Dゾーンじゃないか。こんな遠くでなくても訓練空域があるだろう」

「FTJ83作戦のために閉鎖された。いまや全空域が実戦域だ。最近、航空宇宙防衛軍団が打ち上げた警戒衛星が、撃墜されたろう、それで彼らカリカリきているんだ。早期警戒機がブンブン飛び回っている。訓練どころじゃないんだ」

地球との接点である〈通路〉を中心に半径二〇〇キロの円周が絶対防衛ラインであり、ここを突破されるとジャムは〈通路〉から地球へなだれ込むことになる。フェアリイ空軍の六大基地はこの〈通路〉を囲むようにこのライン上に位置する。中心から半径六〇〇キロ、一二〇〇キロ、二〇〇〇キロにもラインが引かれ、それぞれ、A、B、早期警戒ラインと呼ばれる。絶対防衛ラインとAラインの間がAゾーンであり、同様にB、Cゾーンが規定される。Dゾーンは半径二〇〇〇キロ圏の外だった。絶対的な制空権はない。ジャム圏でもないから一応中立空域といえる。むろんこれらの線は人間が勝手に引いたのであって、ジャムやフェアリイ星の原始的動植物や自然が認めたものではない。

ブッカー少佐は地図を航空写真に切り替えた。まばゆいばかりに白い。その純白の砂漠に黒い大きな影を落としている主は、シュガーロックという愛称のつけられた三〇〇〇メートル級の岩山だが、山というよりは砂糖の砂漠に投げ出された巨大な氷砂糖のようだった。他に山はなく、こつぜんとそびえ立っているからいい目印になった。写真で見ると氷砂糖そのものだった。しかし本物は甘くはない、もちろん、砂糖ではない。

「真っ直ぐここへ行き、三分間の模擬空中戦をやり、帰ってくる。行き帰りは空中戦闘哨戒をやれとのことだ。ジャムと遭遇したら積極的に迎撃しろ。その際にはいちばん近いTAB‐13、15、16の各前線師団基地と後方にひかえる空中給油機がバックアップする。往路でジャムに遭遇したら戦技フライトは中止される」

「なに？」

零は搭載武装リストを見た。

「重装備だな。激しい機動は無理だ。ナイトの相手をするには不利だ」

「買った喧嘩だ。いまさら返品はできん。機関砲の実射を許可する」

「グノー大佐は自信満満だよ。やれるものならやってみろ、というわけだ。ナイトは射ってこないから心配するな」

「機関砲の射程レンジ内での闘いでは勝ち目はない。グノー大佐の笑いが目の前にちらつくよ」

「もうよろしいでしょうか」とバーガディシュ少尉。

「ウム」と少佐。「スケジュールをよく頭に入れておけ。解散」

さっさと出てゆく相棒を零は見送った。

「コーヒーを入れろよ」少佐はディスプレイを消してテーブルについた。「疲れた」

「まるで仮面だな」

「だれが――バーガディシュ少尉か。フム、彼はブーメラン戦士の見本のような男だ。それが気になるとは、零、ブーメラン戦士としての資格をおまえは失いつつあるのかもしれないな。雪風と別れておれの助手にならないか」

「彼女と別れる気はない」零は話題をそらした。「アクティヴホーミング・ミサイルはECM（電子妨害手段）としても有効だ。発射すれば相手のロックオンをはずすためのおとりとしても使える」

コーヒーメーカーの注ぎ口に紙コップをセット。

「実射許可はガンだけだろう。ミサイルを実射できないのならチャフでも散布するか」

「チャフをばらまいてもナイトにはさほど効果がないかもしれない。ナイトはレーダー照準のほかに、TVの眼とパターン認識のできる頭を持っている。チャフや妨害電波でレーダーを攪乱されても、ちょうど人間が目視で目標を照準レティクルに捉えるごとく狙い、射つことができる」少佐はコーヒーを受けとった。「煙幕弾でも持っていくかい。なに色がいい。七色そろえて用意できるぞ」

「憂鬱になってきた」

「ブルーね」

「いったいどのくらいの格闘性能なのかな、フリップナイト」

「やればわかる」とブッカー少佐は言った。

翌日定刻に雪風は発進した。大型の空中早期警戒機が臨時の戦闘訓練管制機として随伴する。訓練時にはこの管制機の戦闘情報部は雪風の味方につくことになっていた。フリップナイト側はこの警戒機の支援なしでスーパーシルフ・雪風に闘いを挑む。ナイトとその母機、および雪風の戦術情報は管制機の空中戦評価部に集められ、勝敗は即時自動判定される。

雪風は高高度を経済巡航速度でシュガーロックをめざした。戦技フライトの意義や目的など、零にはもうどうでもよかった。コクピットの内には下界の悩みや憂鬱やさまざまな思惑などは入ってこなかった。フェアリイの空には殺らねば殺られるという単純な原則しかない。なんのために戦うのだとか、なぜジャムがここにいるのかなどと考えたいならば、とにかく相手をやっつけて生還しなければならない。

帰ってこられた者が勝ちなのだ。

零は頭上の濃い青を見た。それ以外になにを考えろというのだ。稀薄な大気の上に連星があった。潰れた楕円の太陽。そこから噴き出すブラッディ・ロードは空に流れる血の道筋。もう少し高く上がれば昼でも見える。天の川を赤くしたような大渦巻だった。もしフェアリイの太陽が連星ではなく、ブラッディ・ロードもなく、地球で見上げる空と同じだったならば、もう少し理性的に考えられるかもしれないと零は思った。あまりに幻想的、非常に非現実的、なんとも異様な光景だった。夢か、遊園地か、あるいは妖精の世界のように。とくに夜は、そうだった。その空気はまるで幻覚パウダーを含んでいるかのようだった。

訓練空域が近い。戦術誘導のコールがあって、雪風は管制機と結ばれている通信回線、タクティカルデータ・リンクにより目的地点へ誘導される。管制機はCゾーンに残って指揮をとる。雪風の後方、約一〇〇キロだった。

フライトオフィサのバーガディシュ少尉はすでに仮想敵機の放射波を受動探知機で捉えていた。雪風の中枢コンピュータはその情報を自動的に情報ファイルに吸収し、電波の種類・特性を調べ、それが既知のものかどうかストアされている情報と比較する。不明。管制機から回答、「フリップナイト・システムの戦術コントロール波だ」

受動探知機では正確な目標位置まではわからない。管制機からはその位置情報はよせられていたが、バーガディシュ少尉が雪風のレーダーディスプレイ上にナイトの母機の位置を確認したのは、それが二五〇キロほどにまで接近してからだった。雪風の警戒レーダーは他の戦闘機より本格的なものとはいえ早期警戒機の巨大なレーダーにはかなわない。

「母機は後方でのんびり楽しむ気か。ナイトはいつ発進するんだ」

「B－3」と管制機。「K－I、II、III、急速接近中」

「なんだって。ヘイ、少尉、ほんとうか」

零の操作するFC（火器管制）レーダーは目標をシャープに捉えて追跡するが、ごく狭い範囲しか見えない。

「確認できない――いま、見えた。後方、急速上昇中」

零の膝元の複合ディスプレイにも目標シンボルが出る。

「管制機、なんで早く迎撃コースを指示しない。殺す気か」

「格闘戦の訓練が目的だ、B－3。さあいこう」

緩ロール、純白の砂漠の海が傾き、立ち、回る。きらめいているのは上昇してくる邪悪なナイトたちかもしれない。

レーダーモードはスーパーサーチ。マスターアームを素早くオン。シュガー砂漠にそびえる奇妙な岩山にむかってパワーダイブ、ナイトの追撃をふりきる。降下で得た高速度のままシュガーロックの陰に回り込み、岩肌にそって飛ぶ。

ナイトは編隊を解くだろうと零は予想した。一機は上空、他の二機はシュガーロックの手前で二手に分かれてくるに違いない。分散させなければ勝ち目はない。シュガーロックを四分の三周ほどしたとき、FCレーダーが前方をほぼ真横に通過しようとしているナイトIIを捉えた。自動的にロックオン。距離一・六キロ。零はドグファイト・スイッチを入れる。HUD（ヘッドアップ・ディスプレイ）の表示はガンモードに替わる。ナイトは小さくて見にくいが、HUD上のTD（目標指示）の正方形の枠が目標を囲んで位置を教えてくれる。だが最適射撃態勢をとる前に逃げられた。ロックオンから三秒とたっていない。

雪風は大推力にものをいわせて急旋回、ナイトⅡを追跡する。照準環に入る、射程内、すかさずトリガーを引く。HUD上の残弾表示の数字があっという間に減る。命中しない。

「回避、右だ」少尉が叫ぶ。

反射的に攻撃を中止、大G旋回。ナイトⅠが下から猛然と襲いかかってくる。ナイトⅡはおとりだった。加速してシュガーロックの頭をすり抜け、左へ旋回降下したところへナイトⅢが正面から突っ込んでくる。トリガーを引くより早くすれ違う。ナイトⅢは急反転。尻にくいついてくる。

「オーケー、B-3、おしまいだ。帰投せよ」

「了解」

「B-3」グノー大佐の声が割り込んできた。「二度殺られた気分はどうだね、深井中尉」

殺られてはいない、飛んでる。生きているのだから負けてはいない。この空の原理だ。

「MK-1、大佐、この訓練の結果は仕組まれたものだ。満足ですか」

「おおいに満足だ、中尉。ナイトは実に頭がいい。予想以上の戦況判断力を発揮してくれたよ」

「いまのは、完全自動攻撃だったのか」

「そうだ」楽しそうなグノー大佐の声。「降参するかね」

零は黙った。反論できないのが悔しかった。訓練の結果に関してではなく、人間などいらないという大佐の態度に腹が立った。訓練については、状況設定を変えることで結果はどうにでもなるのであり、計画段階で結果はすでに決まっていたのだといっても言いすぎではない、それはグノー大佐も承知しているはずだ。零が焦燥を覚えたのは、いくら機械が優秀になっても「戦いには人間が必要だ」

という自分の気持ちをうまく言葉にできないからだった。死体になるために自分がここにいるとは思いたくなかったし、その考えはつまり、生きている人間はいらない、ということで、大佐の言葉とたいした違いはない。

「悔しい気持ちはわかるがね、B-3」と大佐は言った。「負けは負けだ。認めたまえ」

「グノー大佐」零は訊いた。「あなたは実戦の経験はありますか。戦闘機に実際に乗り、戦ったことは」

「ない」

それではわかるはずがないな、零は思った、おれの気持ちなど。グノー大佐は戦っているとはいえない。戦士の心理などわかるはずがない。ブッカー少佐に訊いてみようと零は思いついた。戦闘機乗りだった少佐なら、この心を理解してくれるだろう。

高度を上げて、空中戦闘哨戒任務についた帰路、零はなにも考えなかった。バーガディシュ少尉も訓練についてはー言もいわなかった。いちばん身近な相棒が大佐をどう思っているのか零は訊かなかった。彼の答えはだいたい想像できた。大佐の信条など、われわれには関係ないではないか。そのとおりだ。少なくとも、雪風の機上においては。

しかし無事任務を終え――ジャムには遭わなかった――雪風の脚が大地を捉え、エレベータで整備階へ下ろされ、緊張が解けると、ナイトを一機も墜とせなかった訓練結果が、結局グノー大佐には勝てなかったのだという思いとなって零の気分を落ち込ませた。

整備階で雪風を降りる。首尾はどうだったとブッカー少佐。帰ってきた戦士への決まり文句だった。零の返事もいつも同じだ、「生きてるよ」

「ナイトはどうだ」少佐はロッカールームまでついてきた。「すごかったか?」

「勝てなかったが、負けてはいない」

「フム」と少佐はうなずいた。零の心を理解したようだった。「戦技フライトレポートをまとめてくれ。スーパーシルフをさらに高性能にする資料にするから。じゃあ――」

「戦いには人間が必要だよ」零は唐突に言った。「でもどうしてだろう」

少佐は退室しかけた足を止めて振り返った。

「人間に仕掛けられた戦争だからな。すべてを機械に代理させるわけにはいかんだろうさ」

なるほどね、零は思った。言われてみれば単純な理由なんだな。少佐は出ていった。

零は壁のスケジュール板を見る。四日後の日付のところにＦＴＪ83と書かれている。普段ならば作戦ナンバーの次には出撃機番号と搭乗員名が書かれているのだが、ＦＴＪ83のその欄はすっきりしていた。そこにはただ一言、「全機出撃」とあった。

いつまでもグノー大佐の相手はしていられない。零は着替えてロッカールームを出た。フリップナイト・システムのことはもう忘れよう。ナイトが完璧になって困るのはジャムであって、自分ではない。訓練は終わったのだ。

グノー大佐との縁はそれで切れたと零は思っていた。ところが訓練の翌日、ＦＴＪ83を三日後にひかえ、その作戦の説明が第五飛行戦隊の全員を集めてクーリィ准将からなされたあと、零はブッカー少佐に呼び出されて意外な命令を受けた。グノー大佐のバックアップをせよ、というのだ。

部屋に入ってきた零を見るなりブッカー少佐は立ち、デスクを回って零の前に来ると一枚の紙きれをひらひらさせて、「見ろよ」と言った。「またグノー大佐だ」

「決闘のやりなおしか」

「そうじゃない、今度は実戦だ。ＦＴＪ83だ。フリップナイトも防空用に駆り出されたんだ。グノー大佐は意気揚揚と母機に乗り込む気らしい。そこでだ」少佐は紙片をはたいた。「雪風には、フリップナイトの副誘導権が与えられた。上からの命令だ。だれから出たかわかるか」

「クーリィ准将じゃないのか？」

「戦術空軍のトップ、総司令官のシェーナー大将だ」

「どうなってるんだ」

「建前でいえば、グノー大佐のバックアップを戦術空軍がかってでたということだ。たとえばナイトが母機から離れすぎて迷子になった場合、雪風がこれを連れもどす、あるいは目標へ誘導する。ナイトは自動攻撃が可能だといっても、単独での索敵能力は低い」

「しかしなぜ雪風が」

「戦術空軍の本音は、ナイト・システムを自分のものにしたいから、とにかく形だけでも仮運用しよう、というわけなんだ。いわば予算獲得のデモだな。戦術的にうまく使えることが実証できればシルフとナイトを組み合わせた新部隊が編制されるかもしれない。この話は前から戦術空軍とシステム軍団との間で交されていたらしい。雪風が選ばれたのはグノー大佐のありがたき助言による」

「なんてこった。迷惑な話だな。通常任務の他におまけがつくなんて」

「まったくだ。ナイトの戦術誘導システムを大急ぎで雪風にセットしなくてはならない。ものは一応できてはいるんだが、実装、テスト、調整とやるべきことは多い。これは形だけでいい、というわけにはいかない。完動しなければ危険だ。これを明日までにやらなくてはならない。頭がいたいよ」

少佐はデスクにもどり、ナイトのコントロールセットの解説書をとり、零に手渡した。

「雪風への装着はもう始めている。実物が見たいなら雪風に会ってこいよ。整備場だ」

「もし雪風に誘導権が渡るような状況になったら」零は解説書にざっと目を通した。「ナイトはフルオートマチックで飛び回らせることにするよ。おれより頭がよさそうだからな」

「その判断はおまえに任せる。作戦行動の詳細は明日正式に伝える」

全機出撃といっても、戦隊機が同時に全部そろって発進するわけではなかった。各機単独で飛び立ち、他の攻撃各部隊についていき、最前線の戦況データを収集してもどってくる、これがブーメラン戦隊の任務だった。ＦＴＪ83は規模が大きく、主戦術計画は九段階に分かれている。ブーメラン戦隊の各機はその各段ごとに、スケジュールに従って発進してゆく。

ブッカー少佐は忙しいはずだった。他の戦闘部隊のように十把ひとからげで命令を伝えて終わり、というわけにはいかないのだ。ブーメラン戦隊機全十三機のそれぞれに異なる飛行計画を作成し、伝達しなくてはならない。出撃時刻、同行する他部隊の作戦行動の概説、帰投コース、空中給油の要領、緊急時の支援態勢など、など。普段の作戦行動ではせいぜい戦隊機のうちの二機が発進するだけだったから、全機発進という今度の作戦、ＦＴＪ83は少佐泣かせの大作戦だった。

そこにグノー大佐とナイトがとび入りしてきたのだからたまらないだろう、零はブッカー少佐に同情した。

「御苦労さまです、少佐」敬礼。

「ブーメラン戦士からねぎらいの言葉を聞いたのは初めてだ。零、そう思うなら雪風と別れて管理部に来いよ」

「それはだめだ」手を下ろして、零。「雪風がおれを離したがらない」

「機械とキスはできないぜ」と少佐。「大地にキス、激突しそうになったら、早めに雪風を捨てろ、いいな？」

「大丈夫、必ず帰ってくる。至上命令だからな」

ブーメラン戦隊への至上命令、味方を見殺しにしてでも必ず帰投せよ。これを非情だと思う隊員はいなかった。非情を非情と思わない非情な人間、それがブーメラン戦士だった。

零はもう一度敬礼してブッカー少佐のオフィスをあとにした。整備場で雪風に会い、整備担当士官から説明を聴いた。緊迫した空気に包まれた整備場内の雪風は、その雰囲気に陶酔しているかのように艶めいて見えた。

FTJ83。その大がかりな作戦は、1100時、ジャムの戦略偵察衛星を撃ち落とすことから始まった。同時に戦略基地から地対地ミサイル発射、前線の師団基地からは対レーダーサイト巡航ミサイルが放たれた。ミサイルのほとんどは撃墜されたが、その間に侵攻戦闘部隊が目標ジャム圏内侵入に成功していた。圧倒的戦力で制空権をとり、ジャムの地上施設を破壊し、反撃能力を奪ったのち、巡航爆撃機が目標中枢にミサイルをぶち込む。

こうして巨大なジャムの前進基地は壊滅した――と零は雪風の機上で聞かされた。さて、これからだぞ、零は思った。本当に壊滅したかどうかあやしいものだ、地下深く隠れているかもしれないし、第一、ジャムの基地はそこだけではない。当然報復してくるだろう。

雪風は十二発の中距離迎撃ミサイルと四発の短距離ミサイルを抱いて空中戦闘哨戒にあたっていた。シュガーロックに近いCゾーンの高空を8の字に回る。付近には航空宇宙防衛軍団の迎撃戦闘機が三機ずつ編隊を組み、計十五機が十分な相互間隔をとって、雪風より少し低い高度を飛ぶ。フリップナイトとグノー大佐を乗せた母機MK-1は空中管制機AC-4とともに一〇〇キロ後方に位置する。もっと戦術空軍所属機である雪風が航空宇宙防衛軍団と行動をともにするのは異例なことだった。

もブーメラン戦隊機は厳密にいえば、その任務上、どこの部隊とも協同行動はとらないのであり、だから雫もこの作戦にさほど特別な感情は抱かなかった。ただ、敵がいつどこからどんな形で来るのか、あるいは来ないのか、などと考える余裕のある任務は初めてで、それが苦痛だった。

眼下には密林が広がっていた。濃い緑ではなく、青みがかっている。近くから見てもそんな色だった。砂漠近くの乾燥した空気は色彩を忠実に伝える。密林がなんの予告もなく切れて突然純白の砂の海になっている光景、そのコントラストは美しかった。シュガーロックが輝いている。密林側を見下ろせば、遠く斜めに上昇する雲海、下は暴風が吹き荒れているだろう。その辺は山脈だ。山らしい山はない。高低差二、三〇〇〇メートルのうねる大きな波のようだった。高空から見るとまさに波に見えた。高地と低地とでは繁茂する植物種が異なるため、色で高低を知ることができる。高地へいくほど紫がかっている。フェアリイ基地はその波を越えた水平線の向こうにある。〈通路〉を抜ければ地球だ。

なんて暇な任務だろう、雫はあくびをかみ殺す。

「そろそろ帰る時刻じゃないか、少尉」

「まだ……六十三分ある」

それから三十分以上、空中給油を受けるときも、一言も口を利かなかった。ジャムは来ないのではないか――雫がそう思った直後、管制機の声が耳にとび込んできた。

「ボギー、全機警戒。こちらAC-4。ジャムだ。地点D31-49、超低空、目標多数、速度〇・九、接近中。巡航ミサイルらしい、三群多数。全機迎撃態勢、迎撃誘導を開始する」

迎撃機群がロールイン、AC-4に自動誘導されて迎撃降下。雪風も追う。

「目標確認」とバーガディシュ少尉。「距離一五〇、このままの速度だと二分少しで下方を通過する。

TAB－15、16からスクランブル」

「どこから飛んできたんだ。フリップナイトはどうした」

「まだ発進していない」と少尉。「目標は三群、一群約四十機、計百二十、接近中」

「B－3、こちらMK－1」グノー大佐の声。「ひきつけてからやる」

システム軍団が実戦に参加するのも珍しいことだった。大佐の自信に満ちた声を零は訓練時とは違う思いで聞いた。訓練のときはうとましかったのだが、いまは幼い子供の自慢話を聞かされているような気分だった。危ないと零は思った。

「MK－1、大佐、すぐにナイトを発進させて、母機は退避しろ」

どうしてかと大佐は訊いた。零がナイトの誘導権を欲しがっている、そう邪推したのかもしれなかった。

「中尉、目標の一部が急速上昇を始めた。対迎撃態勢」少尉が告げる。「距離九〇」

「グノー大佐、これは訓練じゃない。母機にもジャムは向かっていく。それとも避けて通ってくれるとでも思っているのか」

「きみの命令は受けない」

ジャムが近づいてくる。大佐にかまってはいられない。ジャム、早期迎撃ラインに突入。

雪風の中枢コンピュータは自動的に情報収集を開始する。ジャムの位置、迎撃機の位置、空中管制機の戦術誘導情報、各機の通信会話の内容、迎撃戦果、などを貪欲に吸収する。管制機も見落しているような情報で、しかもそれが危険なものならばバーガディシュ少尉が管制機や迎撃各機に伝えるが、それ以上の支援行動はとらない。冷ややかに見下ろす。雪風の抱くミサイルは自機を守るためのものであって、積極的に攻撃するための武器ではない。迎撃機はミサイルを放ったあと一目散に戦闘空域を離脱すればいいが雪風はそういうわけにはいかないのだ。他機を援護するためのミサイルなど一発もない。

ジャム三群のうち、先頭は対迎撃用格闘戦闘機群らしいとバーガディシュ少尉が分析した。

「みんな同じ放射波、大きさで、区別がつかないが——そのうしろに、ダミーあるいは護衛機に囲まれた本隊がいる。目標点は前線基地、フェアリイ基地、そして突破できれば地球へ飛び込むと思われる」

「無人か」

「ジャムの正体がわからないから、なんともいえないが、おそらくあれは自己誘導機能を有する機械だろう——フリップナイトのような」

直接ジャムと接触した人間はいない。したがって、どんな生物なのかもわかっていなかった。案外、生物ではないかもしれないぞ、と零は妙な思いにとらわれた。地球的常識は通用しないかもしれない。

「中尉、目標二、本機に高加速接近中、距離三〇、方位一六R」

「迎撃する」

空対空中距離ミサイル攻撃モード。自動迎撃システム作動。迎撃コンピュータは向かってくる二目標を自動ロックオン、二発のミサイルを同時に放ったのち、雪風を自動反転離脱させる。スロットルコントロールもオートモードに切り換わっていて、機速もコンピュータが自動制御する。MAXアフターバーナ。状況を判断し、最適離脱コースをとり、脅威消滅とともに迎撃システムは自動解除。

「敵本隊真下を通過——フリップナイト発進」

ガンモードでは自動迎撃システムは作動しない、しかし使えたらナイトに勝てたろうかと零は思う。そうだとすると、なんだか人間は必要ないような気もする。考える余裕はない、ジャムの侵攻とともにに移動する戦闘ラインを追う。ナイトの母機は押されるように後退。

この早期迎撃ラインでジャムは総数の三分の一近くを失ったが、本隊と思《おぼ》しき編隊群は無傷でCゾーンに侵入する。管制指揮はAC‐4からAC‐3に移る。フェアリイ基地の迎撃管制コンピュータはフル稼動していることだろう。

雪風は高高度、三〇〇〇〇メートルから目標を見下ろしている。直線距離にして七〇キロメートル前下方を移動するジャムを雪風の強力なパルスドップラー・レーダーは見逃がさない。雪風はこの距離を保って飛行する。まるで帰投コースだ。ジャムは一直線にフェアリイ基地をめざしている。敵、侵攻中。

複合ディスプレイ上がにぎやかだ。前線師団基地から発進した迎撃部隊が奮戦している。ジャムは隊形を組み直し、V字型をとると、その左右の小編隊が本隊と分離する。前線基地のTAB‐15、16を目標にしているらしい。零は針路を右にとった。そのジャムの目ざすTAB‐15基地への針路上にフリップナイトの母機MK‐1がいた。

「敵、増速」とバーガディシュ少尉。「速度一・七、TAB‐15まで九分弱」

「こちらB‐3、MK‐1、退避しろ」

ディスプレイ上のMK‐1とジャム群が急速に接近する。フリップナイト五機が迎撃態勢に入る。ディスプレイ上のシンボルが重なるほどに接近する。しかし大丈夫だろうと零は判断した。ジャム群は母機の二キロほどわきをすり抜けて――

「強電磁シャワー確認――核爆発だ」少尉が叫ぶ。「ナイトはジャムの中枢ミサイルを撃ったらしい」

警告音。ストアコントロール・パネルに突然表示が出た。RDY《レディ》　FK　I　II　V。

「母機がやられた。核は推定で五〇Kt級。目標八、なおTAB－15へ侵攻中」

「MK－1、大佐」応答がない。「こちらB－3、AC－3、応答しろ」

「こちらAC－3。MK－1はやられた。B－3、K－Ⅰ、Ⅱ、Vを誘導しろ。Ⅲ、Ⅳは撃墜された」

「ナイトはあとどのくらい飛べるんだ」

「まだ三十分は戦える。攻撃目標を指示する。B－3、ジャムにはあまり接近するな」

「こちらB－3、了解」

ストアコントロール・パネル部のナイト誘導スイッチを入れる。ナイトと雪風は他から独立した戦術指揮回線でつながれる。ミサイルレリーズを押すと雪風の火器管制装置が管制機の指示する目標へナイトを誘導する。

ジャムは計八機。二、三、三機の編隊で飛ぶ。編隊間の距離は五キロほどで、それより近づかない。編隊中の一機は核ミサイルだろうとバーガディシュ少尉。

「誘爆で全滅しないように間隔をとっているんだ」

三機編隊のジャムの後方に三機のフリップナイトがくらいつく。ジャムは追跡されていることをキャッチ、二機が機動を始める。

零の左の指がドグファイト・スイッチを入れればナイトのガンコントロールは雪風側ででき、入れなければナイトが独自の判断で攻撃する。突貫仮装備ロジックだから高度な誘導制御はできない。零はナイトに任せた。

見つめるHUD上には、ナイトから転送される情報が投影されている。三つの敵シンボルの各各を三つのナイトの照準環が捉えている。突然、ジャムの一機が反転してナイトⅠに襲いかかる。ナイト

Ⅱが援護、ナイトⅠと交差。ファイアのキューがＨＵＤ上に出る。ナイトⅡのレーザーガンが発射される。ナイトⅠはそのまま直進、それを攻撃しようとしたジャムはナイトⅡのレーザーに撃破される。ナイトⅡはⅠのうしろについてバックアップ態勢。ジャムの二機は一直線上に並び、超音速で目標に接近する。格闘戦では勝ち目がないとみて、後方のジャムは身がわりの盾となったのだろう。先をゆくのが核ミサイルらしい。さらに増速する。猛然とナイトⅤがダッシュ、射程内に入った盾にむけてレーザー発射。命中。護衛を失ったジャムは射程外を飛ぶ。目標点まで六分と少し。

肉眼では見えない遠方のこれらの動きを、零はＨＵＤとその下の複合ディスプレイで見ていた。人間など必要ない、か。グノー大佐は戦死した。なぜ。戦っているのは人間だから。零はうたれたように肌でそれを実感した。そう、戦っているのはこのおれだ。ジャム対地球機械じゃない。戦っているのは人間だ。ブッカー少佐のいうように。だから人間が必要なんだ。これはあたりまえすぎるほどあたりまえだった。しかしあたりまえでなかったら？　零はだしぬけにそんな思いにとらわれた。ディスプレイ上のジャムとナイトの動きは、まさにその疑惑をわき起こさせるに十分だった。零は強い疎外感におそわれる。まるで機械同士が勝手に戦っているようだ。

そうかもしれないと零は背筋に冷たいものを感ずる。人間が戦っているのはあたりまえではないかもしれない。ジャムは異星体だ。地球の支配者は人間ではなく機械だと考えたとしても不思議ではない。そのとき人間が戦っている意味は根本から覆される。

人間はジャムがいきなり一方的に攻めてきたと思っているが、しかし、地球機械はジャムの宣戦を受けているのかもしれないのだ。否定できる材料はなにもない。もしそうならジャムと地球機械はこう言うだろう、これはわれわれの戦いだ、人間の出る幕ではない、関係ない者はひっ込んでろ――零はぞっとする――人間など必要ない。

「ばかな」

「目標さらに増速、速度三・〇——ナイトでは追いつけない」

零はその言葉より早くドグファイト・スイッチをオン、トリガーを引いている。目標ジャムに近いナイトⅠとⅤからレーザー発射。ナイトⅡは大きく遅れている。長い時間に思えた。しかし五秒とたっていない。目標爆破。ナイトⅠ、Ⅴは避けきれずに核爆心に突っ込んだ。しかしナイトⅡはとっさに針路を変更していて無事だった。まるで生きているようだ。

「B-3」管制機の声。「K-Ⅱを指示する目標へ誘導しろ。どうした、B-3。ナイトを迷子にする気か」

零はわれに返る。トリガーから指をはなす。ストアコントロール・パネルの表示、RDY FKⅡ。ⅠとⅤは消えている。ドグファイト・スイッチをオフにして、ナイトⅡを誘導する。

「必ず帰る」

零はつぶやいた。とにかくジャムをやっつけなくてはならない。考えるのはそれからだ。時間はたっぷりある。生きてさえいれば。

Ⅲ　不可知戦域

ジャムは雪風を狙う。雪風は自己能力を最大限に発揮してジャムに対抗する。しかし彼には、そのジャムと雪風の戦闘が感じられなかった。だがジャムはたしかにいた。雪風が彼に警告する、〈ジャムはそこにいる〉と。

その男はナショナリズムを携えてやってきた。レイバンのシューティング・グラスに守られた淡いブルーの瞳でフェアリイ基地内のあちこちを見学したあと、ジャムと戦う戦士たちの意識調査をやりたいと言い出した。男は国連の地球防衛参謀本部が発行した取材許可証を持っていたとはいえ、フェアリイ基地当局は独自の判断で彼を好ましからざる人物と判定し、それなりの対応をとった。取材結果が男の思惑どおりにならないよう工作し、彼自身に対しても、ある特定の国にのみ利益になるような記事は書くなと釘を刺した。

「どういう意味だね」アメリカのフリーコラムニスト、軍事評論家、ロビイスト、兼作家のアンディ・ランダーは憤った。「わたしが意識して偏向的な文章を書くとでもいうのか」

「そうは申しません」基地広報部のローラン大佐が答えた。「この戦争は、全地球人対異星人の戦いだということを認識していただきたいのです。あなたは、御職業柄——」

「むろん、そのとおりだろうさ。しかしきみ、それでは抽象的にすぎるのではないかとわたしは思うのだ。戦士たちは、この最前線のフェアリイ星で、具体的になにを守るべく戦いに臨んでいるのか、それを訊きたいんだ」

「もちろん、地球を守ることです、わたしたちの使命は。このどこが抽象的ですか。地球は守るべき具象としてたしかに存在する」

「もっと深く分析してみるつもりだ」

「では手間をはぶいてさしあげましょう」ローラン大佐は厳しい表情で言った。「われわれは自己保存のために戦うのだ。戦闘中はそれさえも考えない」そしてふと顔を和らげて、「模範的な解答だと思いませんか？　無難な答えだ。このどさくさを楽しんでいる、などというよりは」

「そんなふざけた者がいるのか」

「けっこういるんじゃありませんか、地球には。この戦争で莫大な利益を得た個人、団体は多い」

結局ランダーは、ＦＡＦの人間からは「祖国のために戦う」という答えを聞くことはなかった。彼には、ロシア人が米国製の武器で戦う図など想像できなかった。その反対の場合はなおさらだ。もっとも、フェアリイ空軍の装備のなかの主力戦闘機システムは、材料こそ地球製だったが、設計そのものはＦＡＦ独自のものだった。どういうメンバーで構成されたチームが開発しているのかとランダーは尋ねたが、防衛機密だということで詳細は明らかにされなかった。腹立ちまぎれに彼は、ＦＡＦ独自で戦闘機を開発しながら、その技術を地球に還元しないというのは不合理だ、なによりも金の無駄づかいだと思った。だいたい、こんな空軍にどんな戦闘機が造れるというのだ。見てやろう、ランダーは決心した。乗ってやろうじゃないか。

さいわいランダーは私的な立場で取材に来ていたので時間はあったし、身体にも自信があった。ビジネス機以外の空中機に乗った経験はなかったが、体力がカバーしてくれるだろう。彼はそうやって世の中を渡ってきた男だった。

フェアリイ空軍当局は二つ返事で許可した。今度はローラン大佐も、地球がいかに高性能な装備で守られているか、よく体験していってほしいと言った。ランダーは身体検査を受け、簡単な耐G訓練ののち、万一のことがあっても空軍は責任を負わないという同意書にサインした。

「それで」とランダーは訊いた。「どんな飛行機に乗せてもらえるのかね」

「シルフィードです」とローラン大佐。

なんとまあ、ランダーは薄笑いをうかべた、女女しい名だろう。彼は髪をかきあげる。金髪は男らしくないという理由で染めた黒い髪だった。

＊

「なんだ？　ランダー？　だれだ」

戦術空軍・特殊戦第五飛行戦隊の深井零中尉は昼食を食べる手を休めて、親友のブッカー少佐を見やった。同じテーブルについた少佐のトレイにはハムソテーをはさんだハムバンとコークだけ。いつもより質素だ。カードで負けて、食券をまきあげられてね、と少佐。

「体験飛行だって？　どうしておれの後ろに乗せなくちゃいけないんだよ」

「それをおれに説明させるのか、零」少佐はわびしそうにハムバンをぱくつく。「命令だよ、命令。クーリィ准将の。というよりはコンピュータの、かな。管理コンピュータがパーソナルデータ・ファイルをひっくり返して、数人の候補者のリストをはじき出した。驚くなかれ、その全員がわがブーメラン戦隊の戦士だったよ。まあ、当然といえば当然の結果なんだが。――ランダーとはこういう男だ」

少佐は時事週刊紙を零の前に広げてみせた。米国が自国製装備だけでやっていけない現状を憂えたその記事に、零はざっと目を通すと、ページ下の号日付を確かめる。十年前のものではない。つい半年前の号だ。

「すごい。前世紀の遺物みたいな男だな。アナクロニズムもいいとこだ」

「おれはそうは思わん。現在の国際情勢下で、超国家的なフェアリイ空軍が存在することこそ一種の奇跡なんだ。これをめぐっていろいろな思惑が生まれる。で、それに巻き込まれる危険性の少ない、超国家的な、ニヒリストにランダーの相手をさせようということになったんだ。ちょうどそんな連中を集めた戦隊がある。わがブーメラン戦隊だ。わかったか？」

「いくら特殊戦といっても、おれはスペシャルじゃないぜ、くそったれ」

零はこの一週間ちかく、空軍戦闘心理研究所のアレヴィ博士のもとで、空中戦闘心理分析のためのさまざまな心理テストを受けていた。もう、うんざりだった。アレヴィ博士は戦闘心理学の第一人者だったが、零にはそうは思えなかった。絶対安全な地下でよく空中戦が論じられるものだ。零がそう皮肉を言うと、博士は答えたものである。零、わたしも闘っているのだよ、と。戦いに理屈はいらない、零は思った。他人にはなぜそれがわからないのだろう。

チャーハン、チキンブロス、スパニッシュサラダにミートローフという昼食をたいらげる。

「クーリィ准将のところへ行ってくれ。プリフライトブリーフィングは1440時。いいな？」少佐は席を立った。

「カードで決めよう、とは言えないんだろう？　わかったよ、少佐」

「なにを訊かれても黙ってりゃいいんだ。簡単な任務だ。遊覧飛行さ」

零は肩をすくめる。

「あ、ちょっと。ジャック、あんたのそのサングラス、レイバン？」

少佐はトレイをはじいて答えた。「いや、ニコンだ」そして唇をまげて笑うと、食堂を出ていった。

簡単なブリーフィングのあと、零は愛機雪風に乗り込んだ。地下格納庫からエレベータで地上に出るあいだに、プリフライトチェック。地球からやってきた頭の偏向したジャーナリストの体験飛行につき合うという任務は気がすすまなかった。だが飛び立ってしまえば、そんなことは忘れてしまうだろう。

地上へ出ると、滑走路のほうから車が近づいてきて、雪風のわきに停まった。クーリィ准将と一人の男が降りた。アンディ・ランダー。親しそうに零に向かって手を上げる。零は小さく、うなずく。いったいこの男はなにを取材しにやってきたのだろう。地球は米国製兵器で守らなくてはならない、などという材料を探すためか。いかにもそんなことをいいそうな顔をしている。

レスラーのような体軀に着けたフライトスーツは、いかにもお仕着せといったふうで、似合っていない。ブッカー少佐が手早くランダーの着衣を点検すると、雪風に搭乗するのに手を貸し、ショルダーハーネス、耐Gホースなどを接続する。

エンジン始動。まず右側から。続いて左。

「よろしく、キャプテン」とランダー。

「遊覧飛行には絶好の天気だな」と零。

緊急発電機をテスト。データリンク・パワーディスプレイ・コントロール・パワーをオン。HUD作動。フライトコントロールをインジケータでチェック。ディスプレイ、エアフライト・コンピューターチェック。

各種点検を終え、タキシング。風が強い。キャノピコントロールをBOOSTへ。キャノピが油圧で強制的に下ろされ、ロック。

タワーへテイクオフ・クリアランスをコール。クリアランスを受ける。スロットルをMIL《ミリタリー》へ。滑走開始。ローテーション。ギア－UP。フラップ－UP。油圧系統をFLT《フライト》へ。ギア、ステアリング等の非飛行系統への油圧供給がカットされる。飛行計器を再確認。異常なし。

ランダーに、急速上昇に移ると告げて、スロットルをMAXアフターバーナへ。推力増加。短距離ミサイル四発とガンだけの装備、その他の増槽類をいっさい抱いていない身軽な雪風は、ロケットのような垂直上昇が可能だ。しかし無理はしない。ランダーがうめく。うめいたのは水平飛行にもどってからだったが。ゆるく旋回して、フライトコースにのせる。一辺二五〇キロのひし形の四辺を飛んで帰るというコース。

「フェアリイ星の太陽は連星だそうだが」ランダーがハンディカムを動かしながら訊いてきた。「片方しか見えないぞ。主星しか。そうか、伴星はその陰なんだ」

「眼がいいんだな」

「カメラの電子ファインダーで観たのさ。しばらく、このまま機動せずに飛んでくれないか」

ハンターが案内人に命ずるような調子だったが零は気にしなかった。生かすも殺すも思いのままという相手に腹を立てることはない。

しばらくは静かだった。

そのうち、ビデオ撮りにもあきたのか、いろいろと話しかけてきた。どこの出身か。フェアリイには長いのか。故国へ帰ったらなにをやるつもりか。

零は適当に答えていたが、「なぜ飛ぶのか」と訊かれて返答に窮した。

「……ジャムをやっつけるためだ」

針路を確認するという口実で時間をひきのばしたあと、零はそう答えた。

「結果として、たしかにそうなるだろうが」

ランダーは無遠慮に零の心に切り込んできた。零は無視した。ランダーは勝手に続けた。

「もっと具体的な、戦う信条のようなものがあるだろう。地球のため、国のため、恋人のため、金のため、とにかく生きて帰るため、エトセトラ、エトセトラ。戦闘中、きみはなにを考えているのだろう」

この質問に答えるのは簡単だった。

「なにも。なにも考えない。空白だ。経験させてやろう」

操縦桿を握る。オートパイロットを切り、ちょいとフットワークをきかす。雪風は急横転、連続ロール。水平にもどし、今度は反対側へ四ポイントロール。水平線が垂直に立ち、完全に逆さになり、また垂直、そして正常。急上昇、ループ。連続して、大GのかかるⅡさなループ。Qの字を大空に描く。急旋回してコースにもどる。

「感想はどうだ、ミスター」

「不意打ちに備えるべきだったよ、うかつだった。予想はできたのにな」

「どういう意味だ」

ランダーはそれっきり口をつぐんだ。わずらわしさから解放されて、零はせいせいした。これで雪風と一体になれる。たぶんそのために自分は飛ぶ、零は思った。

快晴の空は、まばゆく、孤独だ。はるか上空を、空中戦闘哨戒機だろう、三機編隊が雪風を追い抜いてゆく。半透明の、ガラス細工のようだ。

その美しさに見とれていた零は、突然鳴り出した警告音にわれに返った。空間受動レーダーが反応している。複合ディスプレイに情報を出力させる。零は目を疑う。一〇〇キロほど前方に巨大な壁がある、レーダーはそう警告していた。まるで津波だ。顔をあげて、見る。肉眼ではなにも見えない。おだやかな、見なれた、フェアリイ星の原始林と、その空だ。

通常のレーダーシステムではこの壁は確認できなかった。電磁波を反射しない、壁。なんだろう。空間受動レーダーは、ジャムの戦闘機がさまざまな手段で透明化して侵攻してくるのに対抗して開発された、受動探知システムだった。〈凍った眼〉という愛称で呼ばれる極低温で動作する一種の超高感度視覚だ。敵機がいかに電磁的光学的に透明化しようと、空気をおしのけて移動するかぎりは、必ず発見できた。それはもはや、敵を本能的に見つけ出して殺すための勘を備えた機械といってもよかった。そんなレーダーが、感応しているのだ。

ジャム？

それにしては大きすぎた。まるで巨大な空気の断層だ。ディスプレイ上に横に引かれた輝線が急速に接近してくる。

HUDに〈回避せよ〉のキューが出る。なにもしなければ、自動的に回避運動に入る。だが零の反応のほうが早かった。半転ロール、そのままダイブ、大Gをかけてインメルマンターン。

ディスプレイ上の輝線が彎曲し、雪風を包み込もうとしているのを見た。わけがわからないながらも、零は一種の罠に落ち込んだらしいことを悟った。ディスプレイ上の輝線はいまや円を完成しつつあった。その、ただ一方の出口をめがけて、雪風は増速する。

間に合わなかった。円は閉じ、続いて急速に径が絞られた。雪風に向かって落ち込むように。雪風を飲み込もうとでもするように。

「ショックにそなえろ！」

零は思わずそう叫んでいる。が、コクピットの外の景色にはなんの異状も認められないのだ。しかし衝撃はあった。巨人に足をつかまれて鉄板に叩きつけられたよう。目が見えない。耳が鳴る。灰色の靄が広がっている。眼をやられた。混乱した頭でそう思った。そのくせ、計器類を反射的に確認しているのだ。エンジンが両方とも停止している。タービン吸気温度を読む。五六〇度C。少し高めだが異常というほどではない。すぐに自動再始動システムが作動するだろう――しかし十秒ほど待っても働かない。零はエアスタート・ボタンを押す。反応がない。衝撃のとき誤ってスロットルを引いて、OFFにしてしまったのか。そうではなかった。すると、エンジンそのものが破壊されたのか。エンジン回転計を見る。急激に低下しつつある。八%RPMを割ると、電力や油圧の供給ができなくなる。対気速度をあげて強制的に回してやらなければならない。

高度、降下率、機速を確認。高度の余裕はある。キャノピ防曇スイッチをオン。曇っていると思ったのだ。しかしそうではなかった。降下すると、靄がはれた。

どういうことだ。快晴だったというのに。

眼下には異様な光景が広がっていた。水墨画のような色のない世界。木星表面のように渦まいた地表。森のようでもあるし、砂漠か海面のようにも見える。零は問う、ここはどこだ?

ランダーが言った。

「ここはどこだ?　いつの間に飛んできたんだ、中尉」気を失っていたらしかった。「耳が……痛い」

「otitic barotrauma だな」

「なに?」

「航空中耳炎だよ。気圧の急変で起こる耳の障害さ」

「きみは故意にやったな、どうして――」

「ここはおそらく、フェアリイじゃない」

「なにを言ってるんだ。――もしかして、エンジンが停まっているんじゃないか」

「再始動できない」

「原因は？」

「究明している暇はない」

不時着できるような地形を探す。レーダーを対地モード、リアルビーム・グランドマップに切り換える。が、ディスプレイ上には固定された奇妙な像しか出ない。トランスミッターが作動しないようだ。

目の端に人工的な形を認めた。機体をバンクさせて、緩旋回。細長い、帯状の切り欠き。滑走路だ。絶対そうだと零は確信した。あれが滑走路でなければ、雪風を捨てるしかない。それは考えたくなかった。

通信機には空電のような雑音しか入ってこない。電波高度計をセット、しかしあてにはならない。ここがフェアリイの空ではないとすると、気圧高度計も役には立たない。

「ミスター、ビデオカメラの距離計で高度を測ってくれないか」

「なんだって？」

「早く！」

「――だめだ、壊れちまってる。ちょっと待て。光学双眼鏡がある、それで測ってみよう」

雪風は背面飛行。

「真下を測るんだ、ランダー」

降下率が高まる。結局一つのデータしか得られなかった。気圧高度計と、実際の高度変化とが線的に比例するものかどうかはわからなかったが、零はいちおうランダーの数値にあわせて高度計をリセットする。

滑走路の上空だ。大きく旋回し、態勢をととのえる。あらためて進入仮想線にのせる。

「降りる」

ギアーダウン。エアブレーキを少し開いて速度を調整。四〇度のバンク角で旋回降下。半周する間に高度が六割ほど、さらに四分の一周で、その半分。高度七〇〇メートル。滑走路がいい角度で見えてくる。

ファイナルアプローチ。フラップダウン。ピッチを調節。グライドスロープ、三度。降下率、二六メートル／分、少し高い。地面効果で機首が浮く。普通より、ほんのこころもち弱い。タッチダウン。時速一八〇キロで流れる地面は、灰色がかった薄茶だった。零は、いまにも岩にぶちあたって脚を破損するのではないかと緊張しつつ、トゥブレーキを踏んだ。終端が迫ってくる。

機が停止したとき、それでも、まだ滑走路に余裕はあった。上空から見た形が単純な長方形だったので、小さめに見積もったのだろう。判断が正確でなかったわりにはうまく降りられたと零は胸をなでおろした。

周囲は森のようだった。海草のような色だ。それを切り開いて、こんな滑走路を敷いたのはだれだ？　空港施設は見あたらない。よほど大きな、超重量級の機が発着するのだろう。広大な滑走路はその幻の飛行機の巨大さを予覚させた。一本しかないところをみると、風がほとんどないのか、風向きが変化しないのか、それともこの広い面を縦横に活用するのか。あるいは、滑走路などではないのかもしれない。

「こいつは大スクープだ。フェアリィにこんなところがあるなんて」

「違う」

「隠さなくてもいい。もっとも、きみは本当に知らないのかもな。トップシークレットだとも考えられる」

言い争えば事態がよくなるというものではなかった。零は電子機器類のテストを始めた。

マスター・コーションライトは点灯しているのだが、その他の、どのシステムが故障しているのかを示す警告灯は消えたままだった。ビルトイン・テストシステム自体もおかしい。高度な電子システムのほとんどが作動しない。かろうじて、多重に保護されたフライトコントロール・システムだけがまともだった、とにかく操縦して降りられたのだから。それがだめだと、一瞬も安定して飛べない。

JFS（ジェットフュエル・スタータ）のスイッチを入れ、始動ハンドルを引く。スタータはかかった。右エンジン始動油圧モーターに接続する。右エンジンがゆっくりと回転を始める。八％RPMを超えると燃料が流れ、自動点火されるはずなのだが。点火しない。エンジンを始動することはできなかった。零はJFSを切る。

燃料が流れない。燃料ブーストポンプには異常はない。もし緊急ブーストポンプまで破壊されたとしても、重力で燃料移送は可能だった。すると、エンジン・エレクトリックコントローラが、燃料シャットオフ・バルブを閉めたまま、作動しないのだ。

「出てみようじゃないか」とランダー。

零は高度計と機外温度計を見る。大気圧の高度変化は、ランダーの測定誤差を考慮すれば、フェアリィとほとんど同じだった。温度は一三度C。

覚悟を決めて、キャノピコントロールをOPENへ。ランダーは勝手にハーネス類を外し、機の左側面のボーディングステップを出して、コクピットから身を出した。

「中尉、ラダーを伸ばしてくれ」

零は首を左右に振る。ボーディングラダーは機から降りて、ラダードア内のコントロールハンドルを操作しなくては、出せない。

ランダーは危うい姿勢でハンドグリップとステップにつかまり、とびおりた。


零は、雪風の二次パワーユニットからの電力供給が停止するまで、二十分間、機上にとどまって原因をさぐったが無駄だった。基地との連絡もとれない。二十分はすぐに過ぎた。

雪風は沈黙した。

この状態で電力を得るには、JFSを回してやらねばならない。JFSには自己イグニッションと雪風の重要電子システムに電力を供給する発電システムが備わっている。中枢コンピュータのバックアップ電源は正常で、約二十四時間は心配ない。

零はJFSは動かさなかった。ランダーがいない。頭をめぐらす。遠くに、子供がひとり遊びでもしているような、地面に穴を掘っているらしいランダーの姿があった。

機を降りて、機体を調べる。外形に異状は認められなかった。それ以上のことは、工具なしではどうにもならない。

気圧はかなり低い。フェアリイだとすると、二〇〇〇メートルほどの高度だ。しかしどう考えても、ここがフェアリイ基地から数百キロの地点だとは零には思えなかった。

風はなく、静かだった。

上空は曇っていたが、暗くはなかった。一面に白い。地表は広い平面と、黒にちかい緑色の靄。エンジンさえかかれば、と零は悔んだ、ここがどんなところか飛んで調べられるのだが。フェアリイ星の未調査の地点にリープしたのかもしれない。するとここはジャムの基地か。それともフェアリイ星ではなく、ジャムの母星か。それならとっくに撃墜されていたろう。

空間受動レーダーの捉えた像を、零は思い返した。まるで罠だった。雪風を狙っていたような、輝線の動きだった。自然現象だとは思えない。選択的に作用する空間転移機構のようなものに捕まったようだった。しかしそこにどんな意志が働いているのか、だれがやったのかという点になると、零には皆目見当もつかなかった。やはり、と零は思った、単なる未知の自然現象かもしれない。ジャムの罠なら、もっと積極的な動きがあるはずだ。

ようするに、なにもわからない。

零は雪風の主輪に腰を下ろしてため息をついた。ランダーがもどってきた。ランダーの表情には不安のかけらもなかった。このふてぶてしいまでの自信は、無知からくるのか、性格的なものなのか、零には判断できなかった。たぶん、両方なのだろう。ランダーにとっては、フェアリイ星そのものが異次元の世界だった。零にはまったく未知のこの異様な世界も、ランダーにしてみれば、単なる異世界の延長でしかなかった。それに加えてランダーには、殺されても負けない、自分が敗北することなどありえないという、開拓民の血がたしかに流れていた。よくもまあ、薄まることなくそんな血が受けつがれたものだと、零はランダーの生い立ちや環境や家系や一族の歴史というものを、頭のなかの知識でだいたい想像することができた。

「さあ、行ってみようじゃないか」

「どこへ」

「妨害はさせんぞ」

「なにをやるつもりだ」

「上から見たんだよ、中尉」ランダーは首から下げた小型双眼鏡を軽く叩いた。「向こうに、トウモロコシ畑がある」

「畑だと？」

「黄色い山だった。これは大変な事件だ」

「あんたの言ってることは、わけがわからない」

トウモロコシと聞いて、零は空腹を覚えた。ランダーに時間を訊く。そろそろ早い夕食をとってもいいころだった。ランダーも反対はしなかった。零は雪風のラダーをのぼり、サバイバルキットから非常食と、コーヒーを入れた保温ポットをとった。

非常食は真空パックされたクラッカーとゼリー。受けとったランダーはこれが一食分か、と気落ちした声を出した。

「いや、正しくは、B‐タイプは三分の一で一食分だから、そのつもりで」零は読みあげる。

1 MEAL CONSISTS OF 1 PACK CRACKER (A TYPE), AND ⅓ PACK JELLY (B TYPE).

「わかったか？」

「フム。このクラッカーは」車輪の上に腰かけて、ランダーはしげしげと見た。「どこの小麦を使っているのかな」

「それはあんたのほうが詳しいだろう」

ゼリーは蛍光オレンジのような色で、あんずのような味がする。うまくない。

「ここで作っているんじゃないのか」ランダーは手を広げた。「極秘で」

「ここはフェアリイじゃない。もう日が暮れてもいい時刻なのに明るい」

フェアリイ空軍の時計は地球のグリニッジ標準時に合わせてあった。基地は地下にあったし、戦闘に昼も夜もなかったので、フェアリイ星の運行に合わせる必要はなかったのだ。だから、基地のランチタイムに地上では夜というのも珍しくはなかった。しかし、気象と天文データは、もちろんパイロットに詳しく伝達された。きょうのフライト計画では、帰投のころ日が沈むはずだった。それなのに、いっこうに暗くなる気配がない。

「そうだとすると、ますます怪しい」

「なにが」

ランダーはクラッカーを噛みくだく。どこの産の小麦か、それでわかるとでもいうように。

「フェアリイ空軍は地球から食料を買っている」

「そのくらいは知っている」と零。「国連の食料管理機構を通じてだ」

「どうしてかというとだな、中尉。フェアリイ空軍を自立させないためなんだ。強大な軍事力が一人歩きを始めないように、食料の自給は禁じられているんだ」

「へえ」零には初耳だった。「そんな制約があるとはな。それは知らなかった。じゃあ、ここはフェアリイの食料生産の秘密基地だというのか、異次元の壁でしきられた？」

ランダーはうなずいた。が、零には、そんな考えはランダーの妄想だとしか思えなかった。

「FAFは工業用と称して、金を集め始めている。金といえばユダヤ人だな。それと中国人。中国はあまった労働力をフェアリイに出かせぎに出しているようだ。むろん、目的は金だ。しかしFAF当局は――」

「あんたの言うことは滅茶苦茶だよ」零はアルミパックをまるめて投げつけた。「それじゃあ、まるで、フェアリイ空軍こそ地球侵略をもくろんでいる、そんなふうに聞こえるじゃないか」

「そうではないと断言できるか」

零はランダーの顔を、たっぷり、十秒ほど見つめ、「本気で言ってるのか?」

ランダーはコーヒーを飲んだ。

「空軍力だけでなにができる」零は雪風の右脚から腰をあげ、ランダーのところへ行って、ポットをとった。「たしかに世界一強力な空軍だろう。しかし全地球を相手にするとなれば、地上軍なしではなにもできない」

「FAFに兵隊が一人もいない、という事実は象徴的だ。指揮官クラスばかりじゃないか。これはつまり、兵隊さえつければ、一夜にして千倍もの人員を統制できる能力がある、ということだ。兵士は人間でなくともいい、ロボットでも。FAFにはそれを造る力がある」

「われわれの敵はジャムだ。ジャムはあんたの敵でもあるんだ」

そうだな、ランダーは気のない返事をした。

「ジャムか。ジャムは地球侵攻など、とっくにあきらめているんじゃないかな、中尉」

腹が立つのを通りこして、ばかばかしくなるという経験はあったが、いまの場合は逆だった。零は頭にきた。

「命がけで戦っているんだ。おまえはおれを、なんだと思っているんだ」

「きみは戦士だ。命をかけるのはあたりまえだろう。だからわたしは訊いたのさ、なんのために戦うのか、と。それがわからないとなると、悲劇以外のなにものでもないな」

「フェアリイ空軍などなくなっても地球は守れる、そう言いたいんだな、あんたは」

「そうだ」

それをランダーは確かめにやってきたのだと零はようやくその意図をつかんだ。フェアリイ空軍という、柄の悪い、寄せ集めの、外人部隊的混成チーム、いわば祖国を裏切って出てきた者たち、国にいれば監獄以外に居場所がないような人間たち――に地球が守られているというのがランダーにはおもしろくないのだ。地球は、崇高な意識と偉大な力によって守られるべきである、それがランダーの信条なのだった。

「ジャムがより強大な力を持っていたら、あんたのような考えはまっさきに打ち砕かれていたろう」

「わたしはその反対だと思うね。ジャムを相手にするには、この程度で十分ということだ。いざとなったら正規の軍隊が立つだろう」

ランダーが真底そう信じているらしいことが、零には不気味だった。と同時に、そう感じる自分はやはり異端的存在なのかもしれないと思ったりもした。

零は、対ジャム戦史を著したリン・ジャクスンの言葉を思い出した。

『そのとき世界は』とジャクスン女史は著書の序で述べていた、『世界連邦を築く鍵をジャムから与えられていた。だがわれわれが選んだ道はそれとは正反対のものだった』『おそらくジャムがより強大な敵であったとしても世界統一は実現しなかったであろう』『わたしがここに集めた資料――さまざまなメモや記録や直接インタビューした当時の為政者たちの話など――から得られる結果は、地球が異星体に占領されるとき、それでも最後まで残っているのは、民族間の偏見なのだ、ということである。逆説的に表現するならば、異星体ジャムも結局のところ、一隣国の仲間にすぎなかったのだと言える』

これを読んだとき、ずいぶん気負った見方だと思ったものだった。しかし世界は女史の言うとおりに、いまも、動いているらしいと、ランダーを知った零は納得する。しかし現実はそんなに単純ではないと零は思った。ジャムを自分と同じレベルで見ている地球人はとんでもない錯誤をおかしている。ジャムの正体はいまだに謎に包まれている、どんな生物なのか、その形態さえわかっていないのだ。

ジャムは真の力を現してはいない。

これが零の戦士としての実感だった。ランダーにはしかしそんな思いは口に出さなかった。理解してもらえそうになかったし、理解してもらおうとも思わなかった。ランダーの妄想に組み込まれるのはまっぴらだった。ランダーは彼の現実の中で生きればよいのだ。醒めた心で零はそう思った。いざとなったらランダーの言うように、自分の存在は無用になるかもしれないが、そのときは、ランダーの信ずる正規軍隊とやらも、もはやどこにも残ってはいないだろう。そうなればいい、などとは願わなかったが、そういう状況にランダーを立たせてみたいものだと零は思った。そうすれば彼も少しは戦士の心が理解できるだろう。

生き残るためには、まずしたたかに生きなければならない。ジャムに通用するのは、高性能の武器とそれを完璧に操れる反射神経なのであって、理屈ではないのだ。

零が黙っているとランダーは続けた。

「きみのような人間は扱いやすい。兵士としては理想のタイプだ。しかし士官には向いていない。信念がない」

「あんたはまるで宣教師だ」

「いいかね」ランダーは演説調になった。「侵略者にとってもっともてごわいのは、被侵略民の、民族意識や宗教などの思想だ。これを改造、洗脳できれば、侵略は自動的に完了する。しかしフェアリイ空軍には、というよりきみら戦士には、こういう意識がまるでない。フェアリイ空軍の上の連中は、地球意識だ、などというが、そんなのは妄想だ。きみも注意していないと、ある日ジャムと手を組んで地球を侵攻している自分を発見するかもしれないのだ。それでもなんとも思わないか？」

食事は終わりだ、と零は言った。ランダーは肩をすくめて、立った。


ここがどんな世界なのか調べる必要があった。フェアリイ空軍となんらかの関係があれば、たとえば自分の知らない秘密基地のようなものならば、帰れる可能性はあった。しかしそうではないとすると、絶望的だった。ランダーの信念をもってしても、二度とフェアリイ基地には帰れないだろう。もしそうなったら燃料がつきるまで飛んでやる。悪い最期ではない。雪風と飛ぶのだから。しかしエンジンがかからないのでは、それもロマンチックな夢だった。

「これはなんて書いてあるのかね」

零がポットを機内にもどしていると、ランダーが雪風のキャノピシル下の小さなパーソナルマークである漢字を指して訊いてきた。

「雪風。帝国海軍の駆逐艦の名だ」

たしか十三の海戦に参加し、傷つくことなく生き抜いたのだ。零はブッカー少佐に聞かされるまで、そんなことは知らなかったのだが。

ランダーは意外だ、という表情をした。零もあえて、偶然の一致だった、などとは言わなかった。

雪風に装備されているサバイバルガンを手にして機を降りた。

ランダーはその銃を見せてくれと言ったが、零は相手にしなかった。

「あんたは民間人だ。安全は保障する。それがおれの役目だからな」

全長は短いが、遊底を最後部におくブルパップ型のため、銃身は見かけよりずっと長い。トリガーとグリップはマガジン受けよりも前方にある。ライフル用の強力実包三十発を収めたマガジンを装着する。

「口径は」

「・221だ。空軍工廠製だが、実包はレミントン製だ。ファイヤボール」

「コルトのコピーだな」

「そうかい。知らないな。しかし射ち方は知ってるから心配するな」

ランダーはなにか言いたげだったが、突然目を零の背後に移すと、双眼鏡を手にした。

零は振り返った。鳥だ。いや、それにしては奇妙な動きだった。黒い。ジグザグに飛ぶ。

「まるでUFOだな。なんだ、あれは」

「ブーメランのような形だ」ランダーは双眼鏡を差し出した。「距離から考えると、かなりでかい。小型飛行機ほどある」

零は双眼鏡はとらなかった。もう見えない。

「ジャムかな」ランダーは楽しそうに言った。「それともフェアリイ製か。こいつはたいした戦闘機だな、中尉」ランダーは雪風のタイヤを蹴った。「エンジンがかからないでは、高価なゴミにすぎない。ま、おかげでたっぷり取材させてもらえるってわけだ」

「墓石に記事を刻んでもらうか。それもできないかもしれない。帰れたらシャンパンをおごるよ。いや、灘の酒にしよう」

ランダーはビデオカメラの調子をみた。

「だめだな、衝撃にやられたらしい」

零がのぞき見たその電子ファインダーには、色覚異常検査用チャートのような絵が流れていた。見続けると乱視になりそうだ。ランダーはあきらめ、マイクロレコーダをライフベストのポケットから出した。使い込んだものらしく旧式だ。それを使い、声で描写しながら歩き出す。

零は未確認の飛行体がもどってくるのではないかと気になった。飛べない雪風は、ワンショットで火を吹くだろう、もしあれがジャムの戦闘機ならば。

ランダーは零の危惧など知らぬげに、もうずいぶん遠くまで行っている。放っておくわけにもいかない。零は後を追った。

「沼を固めたようだな」ランダーは追いついた零に言った。「化学剤で泥地を硬化させた滑走路だ」

たしかにそのとおりだった。褐色の土や、見たことのない植物様の屑が、半透明のプラスチック——というよりはガラスのようだったが——に封じ込められている。この工法からすると本格的な滑走路とはいえない。しかし規模は大きい。幅は二キロ、全長はその五倍はある。森に近づくにつれて、つややかな面は湿った土の下に入り込み、いつしか二人は暗い森を進んでいた。

静かなのだが、どことなくざわめいた雰囲気だった。地はやわらかい。樹樹の表皮がはがれて積ったようだった。深緑色。

フェアリイ星の森とはぜんぜん様子が違う。零の知っているフェアリイの森は、ナタではなくトンネル掘削機が必要なほど密集していた。小動物は地中に住むように、その中で暮らす。森の上層を歩いたほうが楽なくらいだし、実際フェアリイの動物はそれに適応した形をしている。人間には無理だ、歩けるほどには密ではなく、落ち込んでしまう。そこで下手に動くと森に飲まれる。まさに森自体が一つの巨大な生き物だった。

だが、ここはそうではなかった。樹樹の間隔は十分すぎるほどだった。しかしこれが樹といえるだろうか。零はランダーがレコーダに吹き込んでいる声に耳を傾けた。

「まるで金属彫塑だ」とランダーは言っていた、「緑色のような表皮の下に、銅のような光沢、形は——小さいものは円錐形。正確な、だれかが測って作ったような円錐だ。大きいものは垂直に伸び、上から太い枝を、自らに巻きつけるように下ろしている」

その巻き方がまた幾何学的だった。きっちりと巻いたコイルのようだ。零には、その枝は樹から出ているのではなく、樹とは別の種のように見えた。共生関係にあるようだ。どの樹も触れると温かかった。枯れている樹もあった。雷に打たれたように裂けたものもある。断面は炭化したように黒いが、燃えたのではないらしい。金色のかびがはえたものもある。かびかどうかは定かではなかったが、ある種の寄生体だというのは間違いなさそうだ。繊細なレースのようだが、それに包まれた樹は見るからに生気がない。

全体の印象は、ランダーの言うように、いかにも作り物めいていた。生命を内に秘めているという感じではなかった。生命を問題にするならば、それらの樹樹そのものではなく、その外にあるように思われた。この樹樹は、その大きな意志の表象ではないのか。樹を律している力はなんだろう。

そしてまったくだしぬけに、零は雪風の電子機器の故障の原因がわかったような気がした。強いEMI（電磁妨害）を受けているのではなかろうか。まるでここは、アンテナの森のようではないか。

しかし雪風の電子機器の電波妨害除去能力は完璧なはずだった。一二〇dBのシールド能力で守られ、素子そのものにも対EMI処理がなされている。

常識では考えられなかったが、しかし零はこの考えを否定することができなかった。髪が逆立つような感覚。未知なものへの恐怖。早く引き返したほうがいい。

ランダーは聞き入れなかった。

「もう少しだよ、中尉。もう少し先に——」

「トウモロコシ畑か？　冗談じゃない。早くもどるんだ」

「ほら、あっちだ」

指さすほうが明るい。黄色い沼だった。ランダーと零は、どちらからともなく、顔を見合わせた。無機質的世界から一転して、目の前に広がる光景には一種異様な血生臭さがあった。潮のような臭いのせいかもしれない。

「トウモロコシ？　これは、スープじゃないか。ポタージュのようだ」と零。

どろっとした濃淡が渦模様をつくっている。さらに近づいて沼の面をのぞき込むと、刺激臭ではないのだが、生理的な嫌悪をかきたてる臭気がたちこめていて、零は嘔吐を必死の思いでこらえた。見たところどろどろのスープのようだが、その表面には、どんなに目をこらしてもはっきりしない、ごく淡い乳白色の靄のようなベールが沼面をおおっていた。

ランダーは興奮した口調でレコーダのマイクに向かってしゃべった。

「やめろよ、無駄だ」

「なにを言うか」

「たぶん、ぜんぜん録音されていない。ＥＭＩのせいで、雑音しか入ってないと思う」

「なに？」

ランダーはテープを巻きもどす。零が想像したとおりだった。雑音しか録音されていない。

「これはなんだと思うね」ランダーは無念そうにレコーダのスイッチを切り、「まるでバターの沼のようだが」と零の意見を求めた。

「この惑星——惑星ではないかもしれないが、この世界でも、この沼は異質な存在じゃないかと思う。

あの滑走路と同じく」

「ジャムと関係あるのかな」

「これはなにかの原料か、でなければ廃物のようだな。なんていうか、その」

「なんだ」

「いや、なんでもない」

零はこう思ったのだ、人間を溶かしたか、あるいはここから人間が生まれ出てくるのではなかろうか、と。自分がなぜそんなふうに感じたのか、零は理解に苦しんだ。あまりにも荒唐無稽でグロテスクなイメージではないか。そう考えて、荒唐無稽といえば例の樹をアンテナと感じたのもそうとうな想像力の飛躍だと思い、結局この二つの印象は対照をなすものだと気づいた。非生命対生命、アンテナ対人間、という対比連想だ。

「やめろ!」

ランダーが黄色い液体に手を伸ばしているのを見て、零は叫んだ。まるで汚い死骸に手を出して食おうとしている人間を見かねて出したような嫌悪の声だったが、零のその警告は、その気持ちよりもずっと現実的なものだった。零がそれに気づいたのは、ランダーが弾かれたように身を引き、苦痛にうめいた、そのときだったが。

「どうした」

「手が……」

零は見た。ランダーの左手首から先が、ない。血がにじみ、噴き出す。

「あの……液体の上の、靄だ……鋸のように振動しているんだ、くそったれ、わけがわからない」

「長居は無用だ。引き上げよう」

零はレコーダのストラップで止血処置をとる。

「エンジンは……かからないんじゃあ、引き上げようがないだろう、ボロ戦闘機め」

「なんとかする。飛べれば出口も見つかるだろう。これでよし。機にもどればファーストエイド・キットに鎮痛剤がある。腕を高くして、あまり動かすな」

サバイバルガンをとる。ふらつくランダーに手をかして立たせる。ランダーは額に脂汗を浮かべ、蒼白な顔を苦痛でゆがめていたが、気は確かだった。


一刻も早く雪風にもどりたかったが、ランダーをせかすわけにはいかなかった。道は遠かった。ランダーは大きく肩で息をしながら、一歩一歩踏みしめるように、零の助けを拒んで先を行った。無言だった。空気が重い。

樹樹の間隔が狭くなった。疎のところと密になった部分とがあって、その状態が上空からは渦や縞の模様となって見えるのだ。まるでエネルギー分布図のようだった。

直線距離にすればほんの七、八〇〇メートル、そのうち森の部分はせいぜい半分、五〇〇メートルまでなかったろう。

だが森が跡切れる気配がない。迷ったのかもしれない。ランダーは太い樹によりかかって休んだ。

「先に行け、中尉」

「もうすぐだ。おいてはいけない。なにが起こるかわからないからな」

傷口をみる。出血はさほどひどくはないが、本格的な処置が必要だ。

「ついさっきまであった手が、いまはない、おかしいじゃないか、なあ?」

ランダーはかすれた声で笑う。錯乱してくれるなよ、と零は心でつぶやく。

「担架はないんだ。あんたの足で行くしかない。足はなんともないだろう、歩け」

「ああ……しかし、響くよ、痛いというより、ショックだ。心臓に突き刺さるようだ……歩く振動がこんなにでかいとはな」

「肩をかそう」

「いや、きみはマシンガンから手を離すべきではない。大丈夫だ。行こう」

零はうなずいた。ランダーがふらりと歩き出す。

樹樹の間が広くなって、もうその先はなかった。視界がひらけた。結局近道をしたらしかった。雪風から二〇〇メートルと離れていない地点に出た。

「待て、中尉」

ランダーがとめた。零も気づいた。雪風の上空、真上に、正体不明の物体が静止している。高度は四、五〇メートル。空に穴をあけたように、黒い。立体感がまるでなかった。形はブーメランか鎌、いや、クロワッサンだな、零は思った。大きさは雪風よりもひとまわり小さい。

「……ジャムだ」

「くそう、カメラがあればな」

ランダーが痛さを忘れたように言う。

敵の狙いは雪風なのだと零は悟った。無傷のまま手に入れること。

「なにをやっているんだろう」

「雪風を自爆させるべきだったかもしれない。IFFやその他の電子暗号を解読しているんだ」

「どうやってだ。接触してはいないんだぞ」

「知るもんか。ただ、そんな気がするんだよ。ジャムは地球人そのものよりも、機械に興味があるようなんだ」

零は森を出て、滑走路に身をさらした。

「中尉、もどってこい！」

「雪風を盗られてたまるか」

無謀にも零はそのまま雪風に近づき、一機長ほど離れたところでサバイバルガンを構え、上を狙った。なんの反応もない。射つ。短く。

銃のくせを確かめてから、フルオートで射ちつくす。空薬莢が散る。最後の薬莢が地面にとび、はねた。銃声の反響が消えてゆく。小口径高速弾では墜とせそうにない。零は無力感にとらわれ、マシンガンを放り出す。

雪風に歩みよる。と、上に動きがあった。黒い影――まったく影のようだった――は、ぐいと回転すると、雪風の真上から離れた。そのまま高度を落とす。制御不能の様子だ。突然、影のカムフラージュがはがれた。銀色の前進翼飛行体だった。ジャムの戦闘偵察機だ。墜ちる。森のなかへ。爆発音。

「ランダー、早く来い」

雪風の翼の放電索から青白い火花が散っている。それがおさまるころ、ランダーがたどりついた。

森から黒煙が上がる。

「新手が来るんじゃないか」

「そのときはそのときだ。いずれにせよ、やつら、われわれ人間には目もくれないだろう」

「戦術を変えるかもしれないではないか」

零は雪風から救急キットと、後席に備えてあるもう一挺のサバイバルガンを降ろした。

止血処置をし、傷口に止血剤と抗菌剤をふりかけ、滅菌フィルムでおおい、包帯でぐるぐる巻きにする。

「鎮痛剤が必要なら使え。ガンは片手では無理かな。とにかくあずけておく」

「きみは」

「エンジンをかけるんだよ、飛べないんじゃ体験飛行にならないだろうが」

コクピットに身を沈めて、ジェットフュエル・スタータのスイッチをオン。始動ハンドルを引く。かからない。もう一度。さらにもう一回。まるで小さな原動機をプルスタートさせている気分になって、ふと零はおかしくなった。まさにそのとおりなのだが。JFSは機内燃料を燃やして動く小さなエンジンだ。高度な制御システムは備えていない。

四度目にかかった。エンジン・マスタースイッチ－ON。スロットルコントロール－BOOST。それから零はコクピットから身を出し、キャノピシルを伝って後席にすべり込んだ。

エレクトリック・アーマメントコントロール－ON。

ECMディスプレイが一瞬輝いて、消える。

零は電子兵装のことはよく知らなかった。前席と後席はまったくの分業で、後席はもっぱら電子情報の収集と電子戦を担当し、操縦装置はない。

ジャムは雪風の外部から特異的な力を作用させているに違いないと零は考えた。その力でエンジンへ燃料を移送することを妨害しているのだ。妨害されているなら、妨害しかえすまでだ。

手動コントロールで、デセプションジャマーを操る。ノイズジャミングも開始。しばらく手さぐりで操っていると、ディスプレイ面に敵のシンボルマークが出た。自動的にオートジャミングに切り換わる。ディスプレイ上の表示がめまぐるしく変化し始める。敵の暗号レーダー波をジャミングコンピュータが即時解読し、対抗手段をとっているのだ。目標位置が割り出されて、表示される。

人間ではまったく不可能なことを雪風の電子兵装はやすやすとこなす。任せておいても大丈夫、というよりは、もう零にはやることがなかった。前席に移る。

こんなことでエンジンがかかるかどうかはわからなかったが、とにかくJFSと右エンジン始動油圧モーターを接続するスイッチを入れて、右スロットルをIDLEへ。回転計が動き出す。JFSに負荷がかかったので、電子兵装への電力供給がおちるが、零にはどうすることもできない。

ジャムはいったいどうやって雪風の電子機器を沈黙させるのに成功したのだろう。各機器のタイミングパルスを読んで解析し、偽の情報を送り込んだのか。いま雪風は、それにどう対抗しているのだろう。零には理解できない。理解を超えたレベルでの戦闘。人間には感じられない力を使っての戦い。零はただ傍観するだけだ。負けるな、と願いつつ。

回転計が一三％RPMを指したとき、自動点火システムが作動した。点火。始動する。

TIT（タービン吸気温度）、油圧、上昇。燃料流量増加。耳を刺す排気音が高まる。五〇％RPMでJFSと始動モーターの接続が自動解除。右ジェネレータのコーションライトが消える。雪風の全電装がよみがえる。

零はJFSを左側へ接続、左スロットルをIDLEへ入れて機を降り、ランダーに手をかす。押し上げる体の重さに、零はふとランダーの思想はこの身のどこに宿っているのだろう、などという奇妙な思いにとらわれた。

それは目には見えない。国家機構や民族意識や宗教は人間とともにあるが、目には見えない。たしかにあるのだが、いるのではないだろう。だが機械は。雪風はここにいる。まるで現実世界に実体化した、夢のなかの怪物のように。機械は人間の頭から出て具象化した思想そのものだ、零はそんな気がした。この思想を人間は乗り越えられるだろうか。それとも暴走させてしまうのか。ジャムが狙っているのはそれかもしれない。

考えている余裕はない。ランダーにヘルメットをかぶせ、マスクをつけ、耐Gホースやラップベルト、ショルダーハーネスを接続する。

グリップを握って機外にぶら下がり、ボーディングラダーを折りたたむ。コクピットをのぞき見る。ラダー・コーションライトの消灯を確かめて、コクピットに落ち着く。

キャノピコントロールをCLOSEへ。ファイアコントロール・パワーをオン、武装マスターアームを入れる。

左エンジンも点火、始動。JFSを切る。

「ECMパネルには触れるな」

「わかってる」

「これでもまだ、ここがフェアリイの食料基地だと思うか」

「いや。しかしFAFを監視することはやめんぞ」

「鎮痛剤が効いてるようだな」

「この音はなんだ。発信音のようだが」

「敵をキャッチした警告音だ」

「どこにいる」

HUDに情報が出ている。ガンモード。距離二一〇〇メートル、方位三九L、静止目標だ。地上施設か。よく発見できたものだ。肉眼では確認できない。

「飛ぶ前に叩く。離陸直後にエンジンを止められたらおしまいだからな」

スロットルを前へ。パーキングブレーキをオフ。出力を八〇%ほどに上げると雪風は動き出す。一旦動けば推力を絞ってもいい。左へ旋回する。目標の正面でストップ。

ＨＵＤにＴＤ（目標指示）ボックスが出て目標を囲むが、零の目には、例の薄気味の悪い樹樹の集まりしか見えない。

ストアコントロールの表示、ＲＤＹ《レディ》　ＧＵＮ。その文字がフラッシュしている。こんなサインは異常だが、零には故障だとは思えない。雪風が、早く射て、と催促しているように感じられる。

ガンラインは水平より上を向いている。このままでは目標の上を射つことになる。

零はトゥブレーキを踏み込み、スロットルをＭＩＬへ上げる。すさまじい推力に抵抗して機体を静止させるために、雪風の前脚のショックストラットが縮む。機首が沈み込み、雪風はニーリングの姿勢をとった。

照準環内に目標が入ってくる。すかさずトリガーを引く。バルカン砲が吠えた。一作動〇・五秒、その間に五十発が目標に叩き込まれる。連続して射つ。機体が振動する。全弾を発射する前に、機関砲ドライブシステムの過熱警告サインが出る。無視して攻撃。

前方を閃光が左右に走った。閃光の中心が青白い半球となって膨れあがる。強烈な光球だ。直視できないほど。

攻撃中止。ディスプレイを見る。通常レーダーは沈黙したままだ。空間受動レーダーが感応する。自機のシンボルマークの真正面に光点が現れた。点が円になり、ぱっと広がった。

機外はさらにまばゆい。衝撃波動面が急速接近。回避不能。ディスプレイ上の自機のマークを、輝線が横切った。

激しい衝撃。エンジン停止。

雪風は空を飛んでいた。正しくは自由落下。

エンジンが自動再始動される。

「中尉?　これはどういうことだ」

「どうやら定刻どおりに帰れそうだ」

日没が近い。零は計器を確認。警告音と、HUDにプルアップ・キュー、四Gで自動引き起し開始のサイン。吸気温度が七〇〇度C近くにまであがっていたが、冷えつつある。

機速四五〇km/hを超える前に脚を上げる。異常なし。航空時計だけが、余分な時を刻んでいた。フェアリイの空だ。

「まさに妖精空間だ」ランダーがつぶやいた。「負傷していなければ……白昼夢のようだ。信じられない」

零も同じ気持ちだった。


だがフェアリイ空軍は事実を認めた。戦術空軍機に並飛行されて帰る途中の零から事情を聞いた当局は、雪風が帰投すると、その機体を対核汚染洗浄なみに大量の水で清め、零とランダーをバイオハザード防止のために隔離した。ランダーは宇宙服のような防護服を着た外科医の手で手術を受け、零は狭い隔離室内でたっぷり時間をかけて報告書を仕上げ、さまざまな質問に答えた。うんざりするほどの検査から解放されて二人が隔離室を出たのは三週間後だった。二人は乾杯した。約束どおり、零のおごりの酒で。その後ランダーは地球の祖国へ帰り、零は通常任務にもどった。

零は心理研究所のアレヴィ博士から追加心理テストを受けた。擬似的な異常状態を作り出して精神に負荷をかけ、行動反応を調べる心理ゲームだった。遊び以外のなにものでもなかった。本物の異常を経験したあとでは、博士が実に無邪気に見え、零はそんな博士をいたわるような気持ちでテストに応じた。おかげでテストは順調にはかどり、結果として零は思ったよりも早く自由の身となった。

一週間ほどあと、食堂でトウモロコシパンを食べながら、いったいあの黄色の沼はなんだったのかと振り返っていると、ジェイムズ・ブッカー少佐が零の肩を叩き、隣に腰かけて雑誌を差し出した。

「A・ランダー氏のフェアリイ最前線レポートだ。読むか」

「おれのこと、出てるか」

「ぜんぜん。だが雪風のことは誉めて書いてある。その他はあいかわらずだ。例の調子だよ」

「やつの傷はどうかな」

「ここの医者は慣れたもんさ。どうして手を持ってこなかったのかと怒ってた」

「不思議なんだよな。蒸発したように、手首から先がないんだ」

「おれだって、おまえのレポートは信じられん。雪風の情報ファイルの裏づけがなかったら、頭を疑ってるところだ。航空宇宙防衛軍団が雪風を見失ったとき、やつらどう対応したと思う？　傑作だよ。彼ら、コンピュータディスプレイがまた故障したのだと思い込み、信じようとしなかった。雪風はこの世界から三十秒間完全に消えていたというのに」

戦術空軍はしかし、航空宇宙防衛軍団のような愚かしい行動はとらなかった。雪風が異空間から脱出した時点で、直ちに、戦術コンピュータが異常をキャッチして——雪風の戦闘情報回路が自動的に接続されたのだ——雪風のもっとも近くを飛び、かつ迎撃能力のある機を選び出し、雪風の援護に向かわせたのだった。

「総合的に判断するとだな」と少佐はもったいぶって言った。「おまえはジャムの情報収集センターを一人で叩きつぶしたらしい。勲章がもらえるかもしれんぞ。喜べ」

「興味ないね、そんなもの」

「そう言うだろうと思った」

「やったのはおれじゃない。雪風だ」

ジャムは地球の戦闘機械を、人間の思想を探るように、改造させるべく、徹底的に調べている最中なのかもしれないと零は思った。

それが不可能だと知ったとき、戦略を変えてくるだろう。

「ジャムはまだ地球を直接侵略していない気がする」

少佐はクレージイだ、と言った。

「これだけおおっぴらに攻撃してきているじゃないか」

「まだ、間接侵略だ。人間には感知できないところで激烈な戦闘がくり広げられている。それにやつらが負けたとき、攻撃目標を変えるだろう。人間そのものを狙ってくるに違いない。おれはそう思う」

人類皆殺し。それでも民族意識は最後まで残る？　とんでもない、と零はつぶやいた。最後まで残るのは機械だ。知性と戦闘能力を備えたメカトロニクス。

「フム」少佐は息をついた。「では、食えるうちに食っておこうではないか」

きょうの少佐のトレイの上はにぎやかだ。きっとカードで勝ち、食券をまきあげたに違いない。

「ジャック、この本は？」

ランダーの記事の載っている雑誌の他に、もう一冊、ハードカバーの本がある。

「ああ、それね。『ミード夫人の家庭料理百科』だよ。最近料理に凝りだしたんだ。おまえもどうだ？」

「遠慮しておく」と零。「ところで、このトウモロコシ、どこの産かな」

「さあな」と少佐。「そういうことはランダーが詳しい。彼に訊いてみればよかったのに」

零はトウモロコシパンをのどにつまらせて、むせる。

Ⅳ　インディアン・サマー

涙とは眼球表面を洗う体液である。彼にとって涙とはそれ以外のものではなかった。彼は悲しみを意識しない。戦いに感情は無用だ。

ＦＡＦ航空宇宙防衛軍団対ジャムの戦闘。

ムンク大尉は愛機シルフィードのサイドスティックに横方向の圧力を加える。サイドフォース・コントローラが働き、シルフは機首を前方に向けたまま横にスライド。ドグファイト・モード。敵機視認。レティクルの距離ゲージがちぢまる。ガントリガーを引く。機体が震える。閃光。黒煙。

「やったぜ」後席の電子オペレータ、チュー少尉。「敵機殲滅。帰りましょう」

「オーケー。こちらエコー1。エコー2、3、4、戦闘編隊を組むぞ。帰投する」

ラジャー、の応答。広い空戦域だ。僚機の姿は肉眼では見えない。大空のあちこちに撃破されたジャム機の黒煙がしみのように出ている。しばらくすると、あちこちから僚機が姿を現す。みんなめざすは空中母機、バンシーⅣ。各機は一〇〇メートル以上の間隔で編隊を組む。訓練用ではない実戦隊形。

「きょうの敵さん、手ごたえがなかったな」

「シルフにはかなわんでしょう」

「見ろよ、スーパーシルフのお帰りだ。見張野郎の」

エコー戦隊のはるか上空を、超音速で追い抜いてゆく一機のシルフィード。パーソナルネーム、雪風。

「戦術空軍の特殊戦野郎だ。ブーメラン飛行戦隊。気に入らん連中だぜ」

「速いですね。とても追いつけそうにない」

「あいつのエンジンはフェニックス・マークX、スーパークルージング用のだ」

「格闘戦よりも高速巡航性を重視したエンジンでしょう。あいつとはまともな勝負はできませんね。しかし格闘戦にひきずり込めば、勝つ自信はあります」

「やつらさっさと逃げるさ。こちらがVmaxスイッチをオンにして追いかけても平然とノーマルパワーで振り切るだろう。頭にくるな。挨拶もせずに帰っていく」

エコー戦隊は、アルファー、ブラボー、チャーリイ、デルタ各戦隊と合流する。特殊戦のスーパーシルフはもうレーダーレンジの外に出て、影も形もない。

「愛しのわが家が見えてきました」

「バンシーちゃんの腹のなか」ムンク大尉はほっとすると即興で歌う。「酔って笑ってどんちゃんさわぎ、おどけてうかれて消化され、これで腰のくびれたギターがあれば最高だ」

「美人がいればそりゃあ最高だけど。やっぱりバンシーは男の城にしておきたいな」

チュー少尉はレーダーディスプレイを見る。空中母機まで六〇キロ弱。原子力を動力にした巨大な空飛ぶ飛行基地だった。フェアリイ防衛圏の外縁を永久に飛び続ける空中母艦。

その母艦からIFF質問波がとんでくる。チュー少尉はIFF応答装置が働いているのを確認する。全自動でこの手続は終了する。はずだったが。

「おかしいな。バンシーのやつ、しつこく訊いてくる」

「ＩＦＦコードを間違えたんじゃないのか」

「コード変更のチェックを忘れるはずないですよ。こちらエコー1、バンシー、応答しろ。なにをやってるんだ」

「バンシーちゃん、亭主のお帰りだ。黄色いリボンを振って迎えておくれ」

「歌っている場合じゃないぞ」チュー少尉が叫ぶ。「中距離ミサイル多数、接近中」

「黄色いリボンじゃなくてナイフでお出迎え、いやだ、それはないでしょう」

「下手くそな歌はやめろったら」

「どうも歌い出すととまらないんだよ。わかってる。くそったれ、味方だぞ」戦闘支援回線が切れている。「血迷ったか、バンシー」

前方でミサイルが炸裂。

「アルファー4がやられた」

警告音が鳴っている。ムンク大尉は愛機を急ロール、パワーダイブ。チャフ散布。フェアリイの森が迫る。アフターバーナ点火。引き起こし。旋回上昇。きらめくチャフを貫いたミサイルは一瞬ムンク機を見失う。発見し、再追尾するために機動を始めたが、間に合わず森に突っ込む。爆発。

機が揺れる。

「高性能なミサイルだな。ジャムよりすげえ」

「冗談じゃない。みんなやられてしまうぞ」

「少尉、帰投コースを出せ」

「どうするんです」

「亭主の顔を見せてやるんだよ」

ムンク機は高加速。吸気温度が上昇してゆく。低空の乱気流が機体を揺さぶる。

「がんばれ、ぼろエンジン。フェニックスの名が泣くぞ」

「しかしスーパーじゃないからね」

肉眼で空母バンシーの機影を捉える。黒い。大きな翼。飛行甲板が広い。まるで背面飛行しているような格好だ。

ムンク機は距離をとってまわりを旋回する。

「双眼鏡で見てるだろう。見えたか、くそ」

「危ない。近接防衛システムが作動するぞ」

レーダーと連動する機銃に銃撃される。危うく逃がれる。射程外。

「みんな気が違ったんだぜ。知りつつ攻撃しているんだ。頭にきた。どたまに二〇ミリをぶち込んでくれる」

「短距離ミサイル接近中。回避、スターボード」

右へ急回避。

「だめだ。やられる」

「くそ」

ミサイルのVT信管が作動、ムンク機の左エンジンが火を噴く。燃料供給自動カット、自動消火。黒煙が白く変わった。が、それもつかの間、再び火がつく。消火不能。火災警告音。

「大尉、脱出しましょう」

射出ライト点灯。

後席のチュー少尉は射出コントロールレバーの位置を確認する。パイロットコマンド位置にある。

この状態でフェイスカーテン点火レバーを引けば後席だけが射出される。

「大尉！」

少尉はコマンドレバーをFO（フライトオフィサ）側に切り換える。イジェクトインジケータがFOコマンドを示す。

「待て。機速が速すぎる。おれがやる、任せろ」

パイロットが射出コマンドを出せば、常に両席とも射出される。チュー少尉は大尉の指示に従う。

ムンク機はかろうじて水平を保つ。

「行くぞ」こぶしを上げ、射出のサイン。

ムンク大尉は頭上のフェイスカーテン・ハンドルを引く。動力慣性リールが作動、二人は瞬時に座席に引きつけられる。シルロック解除、キャノピ射出、カタパルトガン点火。

まずチュー少尉が右上方へ、〇・五秒ほどおいてムンク大尉の座席が左側へ射出。IFFとECMの自爆装置作動。座席は射出されると同時にガス発生機を作動、座席下部のロケットに点火。一瞬にして機から遠ざかる。

射出座席のドラグガン作動。ドラグシュートが射出される。緊急非常用酸素ボトルが働いている。コントロール・ドラグシュートが開く。続いてひとまわり大きな安定用ドラグシュートが引き出され、開く。時限解除装置作動。パーソナルシュートがコンテナから引き出される。同時にハーネス、ラップ類のロックが解かれる。メインシュートの開傘ショックでステッカークリップが外れ、座席と身体を分離させる。ムンク大尉はサバイバルキットとともに降下しながら、愛機が火に包まれるのを見た。

爆発。破片を散らして墜ちてゆく。さらば愛機。

「覚えてろ、バンシー。脳みそに手を突っ込んでぐちゃぐちゃにしてやるからな」

黒衣のバンシーⅣが視野から消える。聞こえるのは風の音だけ。ムンクは急に寒気をおぼえる。パーソナル・ラジオビーコンが作動している。早く救助に来てくれ。ムンクは祈る。おれは幽霊に襲われたんじゃないか？

＊

戦術偵察任務を終えてフェアリイ基地に帰投した深井零中尉は、しばらくしてから特殊戦副司令官クーリィ准将に呼び出された。

副司令官室に顔を出すと、クーリィ准将は特殊戦作戦司令室の戦略コンピュータにつながる端末機ディスプレイを見ており、零の敬礼にも気がつかないようだった。零は無視されたのをなんとも思わなかった。准将が声をかけるまで黙って立っていた。

「見たか、中尉」女副司令官が言った。「バンシーⅣ飛行戦隊は全滅だ」

「全滅したのはジャム戦隊のように見えましたが。しかし雪風の情報ファイルがそうではないというのなら、そうではないのでしょう」

「あなたの眼は正しい。雪風の情報ファイルも。事件は空戦のあとで起こった」

「事件？　戦闘機をナイフがわりにした乱闘騒ぎがあったとでも？」

「まさか、と言いたいが」

准将はバンシーⅣ空母の反乱を、ディスプレイを指しながら説明した。事件時の各機の位置、交信記録、バンシーの使用兵装、レーダー周波数、高機密ＥＣＭ、ＥＣＣＭ（対電子妨害手段）、ＩＦＦ等の作動状態、などの解析結果が示される。

「よく電子兵装の情報が得られましたね。雪風なら簡単に情報収集をやるでしょうが」

「バンシーⅣから脱出した乗員の報告による。バンシーは搭載戦闘隊を全機発進させたあと、一機のジャム機に襲われた。事件はそれを撃墜した直後に起こった。全電子機器が制御不能、原子炉も危険な状態になったので、艦長は総員脱出を命じた。その後バンシーは無人で飛び続け、帰ってくる子機を攻撃した——というわけだ。奇跡的に死者は出なかったが」

「なるほど」零は無表情で言った。「で、わたしはなにか過失を犯しましたか」

「なにを言ってる？」

「では関係ないでしょう」

准将はため息をつく。

「われわれはバンシーⅣになにが起こったのか知りたい。FAF情報軍はバンシーの乗員のだれかが故意に電子機器のソフトを変更したのかもしれないと疑っている」

「フェアリイ空軍の敵はジャムだけではない、地球からの工作員がこの戦争を長びかせるために空軍に潜入している、ということだな」

「ばかげたことを言うな。われわれの敵はジャムだ」

「ではバンシーはジャムに乗っ取られたんだ。撃ち墜とせ。それでケリがつく」

「ジャムに乗っ取られた？　本気なの」

「地球のスパイだろうというわたしを、准将、あなたはばかげてると言った。ジャムだと言うと信じられない顔をする。ふざけるな。おれには関係ない。バンシーがどうなろうと知ったことじゃない。だいたいバンシーの飛行チームのやつらがドジなんだよ。やられたらやり返せばいいんだ。母艦だろうとなんだろうと。おれならためらわずに撃墜する。雪風を狙うものはすべて敵だ。おれは雪風以外は信じない。フェアリイのマークをつけた機も、准将の階級章をつけた人間も、雪風が敵と判定したらトリガーを引くのをためらったりはしない。それが戦争ってものだ。考えていたら殺られる。あんたにはそれがわかってない」

「言葉遣いに注意しなさい、中尉」

「では、クーリィ准将どの。退室してよろしいでありますか」

零は、怒りをこらえて顔をひきつらせているクーリィ准将を冷ややかに見つめた。無礼な部下の態度に苛立っている准将だったが、しかし零は態度を改めようとは思わなかったし、そんな部下を持った准将に同情もしなかった。発進してゆくとき、ふときょうは帰ってこられないかもしれないと思う、そんな気持ちをこの准将は味わったことはないだろう、道義も礼儀もないジャムとの実空戦の経験も。そこでは階級など通用しない。感情も。ただひたすら殺られる前に殺るだけだ。

もし自分が死んだら、と零は思った、准将は優秀な戦士の死を惜しむだろう。あるいは勲章もくれるかもしれない。しかし決して涙は流すまい。伝染性のある厭世観をふりまいていた男がいなくなってせいせいしたという顔をするだろう。零にはわかる。しかしだからどうだというのだ。零は心でつぶやく、自分が死んだあとでだれがどんな顔をしようと、自分には関係ないではないか。

零の関心はジャムと戦い、そして帰ってくる、ただそれだけだ。准将の感情などそれこそ「知ったことではない」のだった。

無言で突っ立っている零にクーリィ准将は、自分は准将だ、中尉とは格が違うといった口調で言った。

「中尉、バンシーⅣ事件の調査を命ずる。電子技術のエキスパートをつけてやろう。詳細はブッカー少佐から聞け。退室してよし」

「わかりました、准将」

敬礼。

准将の室を出た零はその足でブッカー少佐のもとに出頭した。少佐は零を見るなり肩をすくめ、同情してくれ、と言った。

「しわしわ准将の機嫌をそこねるようなことを言ったんだろう、零」

「おれが立っているだけで准将には気に入らんらしい。勝手に腹を立ててるんだ」

「彼女を怒らせるな。頼むよ。とばっちりはみんなおれのところにくるんだ」

「弾が飛んでくるわけじゃないだろう」

「ジャムならかわすこともできる。准将が相手では逃げるわけにはいかん」

少佐は書類をかきあつめ、そろえ、デスクに叩きつけた。

「妙な事件だ。クーリィ准将から聞いたろう」

「不可解なのは、どうしておれが調査にいかなくてはならんのかってことだ」

「理由はある。説明してやってもいい。だが零、勘違いするなよ。FAFは企業じゃないし、おれたちは社員じゃない。空軍だ。軍隊を動かすのは愚痴ではなく命令だ。上から下への。逆方向は許されん。いちいち下の要求をきいていては軍は成り立たん」

「なるほど。ジャック、だからおれに八つ当たりしてるってわけか。おれはどうすりゃいい？」

「靴に当たるか、犬でも飼え。あまりでかくないやつを」

「フム。地球はジャムを飼っているようだな」

「きついジョークだ。おまえにブラックユーモアのセンスがあるとは知らなかった」

「この手の冗談なら『ジ・インベーダー』にいっぱい書かれてるよ」

「リン・ジャクスン女史だな。彼女、そのうちここに取材にくるかもしれんぞ。そのときは相手になってやれ」

零はブッカー少佐にうながされてオフィスを出、特殊戦ブリーフィングルームに入る。少佐は壁のディスプレイのスイッチを入れる。レーダー映像が出力される。

「こいつがバンシーⅣだ。コースはいつもとまったく変わらない。無人、という以外は。いや、それもわからん。だれか乗っているかもしれん」

「この映像は？　航空宇宙防衛軍団の警戒機からのものか？」

「いや」少佐はコーヒーをいれながら言った。「わがブーメラン戦隊六番機ミンクスからのリアルタイム・データだ。特殊戦独自のSSL（特殊戦スーパーリンカ）暗号リンクを使ってる。FAF当局は極秘調査を開始したんだ。バンシーの乗員はみんな厳しく調べられてるし、飛行隊の連中もカンヅメにされてる。ジャムが原因ならいい。あるいは単純な機械の事故ならば、事は重大だがしかしそれなら処理は簡単だ。だがそうではなく、人間が、地球人が犯人だとすると、これはFAFだけの問題ではなくなる」

「FAF対地球の戦いになりそうだな。准将は血相を変えて怒ったぜ、おれがそう言ったら」

「あたりまえだ。そんなことを軽軽しく言ってるとFAF情報軍にしょっぴかれるぞ。FAFはジャムから地球を守ると同時に、自身も守らなくてはならない。最近はFAFなど必要ないという地球人も多い。FAF情報軍はこうした連中に対抗しているんだ」

「対抗していると気づかれないように、か」

「だろうな。荒っぽい手はつかわんだろうが。戦場から離れた地球の連中にはジャムのおそろしさがわかってない。FAFこそジャムではないのか、などと言い出すやつがいるくらいだ。中には実際にFAFを解体すべく行動している人間もいるかもしれない」

少佐に手渡されたコーヒーカップを零は回す。

「ＦＡＦがジャムを造ってるって？　あんたはどう思ってるんだ、ジャック」

少佐はディスプレイを消し、腰を下ろした。

「おれが戦闘機乗りだったころといまとでは、ジャムの雰囲気が少し変わってきているのだけは確かだ」

「昔のように華華しくはないってことか。ジャムは戦略を変更してきているんだよ、ジャック。脅威は昔よりも高くなってると思う。ＦＡＦなど必要ないという人間が出ているってことは、ジャムの侵略が一歩進んだ証拠だろう。ジャムがＦＡＦの生んだ幻なら、こんな戦略をとるわけがない」零はコーヒーをすすって、「しかしおれにはどうでもいいことだ。下っ端だからな。さあ、命令を聞こうじゃないか、少佐どの」

「どうでもいいと言っているわりには、よくしゃべるようになったたな、零」

「ジャムは強敵だ。最近それがわかってきた、ただそれだけのことだ。リン・ジャクスンもここで戦っていたらあんな甘っちょろい本なんか書かなかったろう」

「それは言える」ブッカー少佐はうなずいた。「彼女は続篇を書かなくちゃいけない。しかし書けないだろうな。地球にいてはジャムのおそろしさはわからん。それが、おそろしい」

「そういうことは情報軍に任せろよ。おれたちは情報軍オペレータじゃない。戦士だ」

「ああ」

ブッカー少佐はディスプレイコントローラを操作、バンシーⅣに関する資料を出す。

「雪風でこいつに乗り込むんだ。バンシーは全武装を使い果たしていることが確認されているから、攻撃される心配はない。バンシー内部のことを知っておいてもらいたい。雪風に専用の着艦機構を装着する。これは簡単にできるよ。いまやってる」

少佐はブリーフィングルームのガラス壁の向こうの整備場を指した。雪風が出ている。

「まるで空母に着艦するみたいだな。子機を回収するには、バンシーからフックを出してつり下げるんだとばかり思ってた」

「大昔はそうやってた。大昔の飛行船の時代だ。飛行船の下部に専用飛行機を下げておき、発進させ、もどるときは機上部のバーを船のフックにひっかけたんだ。しかしいまは時代が違う。バンシーにはどんな飛行機も着艦できるようになってる。特別な装置はいらない。ノーマルのアレスティングフック一本でなんとか降りられる。不時着機を受け入れられるようになっているんだ。雪風は不時着機じゃないからね、ACLS（自動空母着艦装置）をつける。おおげさなものじゃない。電子機器のソフトを少し変えるだけだ。念のため、機体両舷と下部計六箇所にワイヤ射出装置をつけたが」

やってみせようと少佐は言い、整備場に出た。整備員がOKのサインを出す。少佐は零に雪風のコクピットにつくように言い、自分は後席に乗り込んだ。整備員が外部ラダーをとり外し、雪風を離れる。

「零、アレスティングフック・コントロールパネルを見ろ。AUXコントロール・スイッチがあるだろう。ONで機体固定用ワイヤが射出される。やってみろ」

ON。バシンという音をたてて雪風の機体から細いワイヤが整備場床に敷かれたダミーボードに打ち込まれる。ワイヤが強く張る。

「普通はこんなものは必要ないんだ。降りた機はアレスティングフックと前脚のランチバーで完全に固定される。バンシーの甲板には自走するスポッティングドーリーがいる。ロボットだよ。こいつが機の姿勢を正し、ランチバーにシャトルをかませるんだが、今回はそいつが動くかどうかわからん。

もし動かないとすると、機格納用エレベータも動かないかもしれない」

少佐は機を降りた。

「もしそうだとすると」零は少佐を追って、言った。「雪風は甲板上にむき出しのままなんだろう。おれはその風当たりの強いところに降りるのか。こんなふうに悠長に歩いてはいられないだろう。なにせバンシーは飛んでるんだぞ」

「時速二二〇キロ以下だけどね、たしかに決死的だな、そうなったら」

「吹き飛ばされるよ。息もできないだろう」

「心配するな。ちゃんと考えてある」

「よく考えてくれよな、ジャック。おれが転げおちてから、『やあ、まずったな』ではかなわない」

「風洞に入って風と格闘する練習でもするかい？　大丈夫だ、任せておけ」

ブッカー少佐はついてこいと言い、整備階を下りるエレベータに乗った。

「まだ行くところがあるのか」

「相棒を紹介する。システム軍団のトマホーク・ジョンと呼ばれてる男だ。本名はトーマスかもしれん。だれも知らん。知っているのは航空電子工学《アビオニクス》の天才だってことだけだ」

「トマホークか。インディアンみたいだな」

「そう、トマホークというのはインディアンの使う戦闘用の斧のことだ。彼は生粋のインディアンだという話だ。先住アメリカンだ。カナダ出身らしい」

特殊戦作戦司令室に入る。高い天井、壁いっぱいに戦況ディスプレイ。暗号コードの文字や戦術空軍司令本部から転送されたデータがにぎやかだ。

トマホーク・ジョンは一人の手のすいた女オペレータとコーヒーを飲みながら談笑していた。ブッカー少佐を見るとカップをコンソールに置き、敬礼。こけた頬、赤い肌、黒い長髪をうしろで束ねている。体格は標準以下だった。ちょっと大柄な女と並んだなら子供と間違えられそうだ。しかし零の受けた印象は、その男の体格とは正反対だった。こいつは間違いなく戦士だ。鷹のような眼を見て零は思った。

「やあ、トム」打ちとけた口調で少佐は言った。「特殊戦にようこそ。どうだい、話は合うかな」

　女オペレータは咳払いしてコンソールに向き直る。

「最高ですね」トマホークは笑顔で応える。「特殊戦は美人ぞろいだ」

「もうじきおてんば娘《ミンクス》が帰ってくる。どんな具合だ、ヒカラチア」

「ミンクスの帰投予定時刻は2220時」とオペレータ、「バンシーⅣには攻撃能力はありません。現在のところ異状は認められません」

「先ほども言ったように、バンシーはミサイルも機銃も撃ちつくしたってわけだよ。フェアリイ基地に突っ込んでくるかもしれんな、そのうち。トム、紹介する。深井中尉だ。頼りになるシルフドライバーだ」

「まったく、特殊戦は独立した空軍のようだな。なにもかもが最高レベルにある。あなたの腕も最高なんでしょうね、深井中尉。よろしく」

「雪風があればこそだ。トマホークの投げ合いのほうの腕は自信ない」

　零は無表情に腕をあげて手のひらをトマホーク・ジョンに向けた。それから差し出されたトマホークの手を握る。

「へえ」と少佐。「ブーメラン戦士が握手するなんてのは初めて見た。トム、零は雪風としか握手したことのない男だ。高性能の戦闘機械しか信じてない」

「そうですか」とトマホーク。「じゃあ、ぼくも機械に見られたのかな」

トマホーク・ジョンは笑った。妙に寂しい笑いだと零は思った。


翌早朝、ブーメラン戦隊三番機、雪風発進。

上昇しながら、ACLSビーコンのセルフテスト。地上の空母シミュレータからOKサインが出るのを確認。エンジン計器再確認。オール・コーションライト－クリアを確認。速度M◯・九。

零はスロットルを押す。速度表示がはねあがる。M二・三まで九十秒とかからない。ズーム上昇。高度一三◯◯◯メートル。超音速巡航。

「もうじき冬ですね」トマホークが話しかけてきた。「森の紅葉ももうおしまいだ」

「下界は小春日和ってとこかな。インディアン・サマー。妖精が金色の光を下界にプレゼントしてくれたみたいだ」

「下にいるとジャムのことなんか遠く思える。絶好の観光地なんですがね、ジャムさえいなければ」

「フェアリイは地球人のものでもジャムのものでもない」

針路再確認。フェアリイ絶対防衛圏を出る。長距離受動レーダー作動。

「地球そのものにしても人間のものではないとおれは思うよ、トム。人間が所有できるのは自分の心だけだ」

「動物や植物や地球の自然は神が人間に与えたものだ、好きなようにしていい――という考え方ではないんだな。東洋的な思想ですね」

「自分が東洋的だと意識したことはないな。フェアリイ的な考えだろう。ここにいるとそんな気になる。地球は人間のものじゃない。実感さ。少なくともおれのものじゃない」

「そうだな」トマホークのうなずく気配。「ぼくも地球を守ろうと思ってここに来たわけじゃないな、言われてみれば。しかし地球は人間が支配しているのは確かでしょう」

「支配者イコール所有者とはかぎらない」

「まるで資本家と経営者とが分離した体制の講義を聴いてるかんじだ」

「インディアンは気前がいいって話だが」

「あまり意識したことがないんだ、ぼくも。中尉が東洋人であることを自覚してないのと同じように。でも異民族の目から見ればやっぱり違うんだ。そう、祖父は口ぐせのように言ってた、みんなで一緒に食べよう、一人だけ腹をいっぱいにするやつは仲間じゃないってね。腹に入れたものだけが自分のもの、口をつけてないのはみんなのもの、まだ狩られてない獲物はだれのものでもないというわけなんだ」

「その理屈でいくとやはり地球は人間のものじゃないな。地球は呑み込むには大きすぎる」

衝突防止警告音。前方同高度、同進行方向に戦術空軍機、四。雪風の護衛機だ。雪風が接近すると左右に分かれて道をあける。雪風は一直線に飛び、一瞬に抜き去る。

「戦術空軍の援護はここまでだ。ここから先はミステリーゾーンというわけだ」

武装マスターアームをオン。

「しかしあんたの爺さんはいいことを言った」

自分の周りの人間がみんなそんな連中だったら、自分ももう少し違う人間になっていたかもしれないと零は思った。みんな他人の腹にまで手を突っ込んでくるようなやつらばかりだった。

「祖父も父もインディアン居住地からほとんど出ることなく一生を過ごしたけど、ぼくはだめだったな。アビオニクスを生かせる仕事なんてリザーブにはなかった」

「雪風の電子装置のいくつかはあんたが開発したんだろう。いい機だ。尊敬するよ」

「高速射撃管制装置や警戒レーダーシステムの基礎理論部分にかかわりました。でもぼくが造ったというのはおおげさですよ。一人の力でなんかできっこない。中尉、あなたはまたなんでフェアリイに来たんですか」

「どうしてそんなことを訊く」

「〝尊敬する〟などという言葉はブーメラン戦士らしくない。氷のハートをもつ非情な人間だと脅かされていたんですが」

「そのとおりだ。おれは雪風以外のものを守ろうとは思わん。地球も祖国も」それから——零はかつての恋人の顔を思い浮かべる。あの女も。しかしどんな女だったろう。去ってゆく後姿しか浮かんでこない。

「祖国といえば、中尉、ぼくはあなたの故国へ行ったことがあります。もっとも、入国はできなかったけど」

「どういうことだ」

「ぼくの心臓のせいですよ。機械なんだ。まあ、サイボーグってわけ」

「サイボーグか。しかしどうってことはないだろう。義歯や義手やかつらとぜんぜん変わりない。どうして入国できないんだ」

「動力源ですよ、問題は。ぼくの心臓はプルトニウム238の熱で動いてる。出力は二〇ワット。小出力だけど核には変わりない」

「それで入国拒否されたってわけか。ばかげた話だ。日本は核を持ってるぜ」

「コントロールされない核をおそれてるんだ。日本だけじゃない。ぼくのような人間は地球では生きにくい。原子力駆動心臓はいまではあまり使われてない。この熱による体温上昇抑制なども難しいし、なにしろ核ですから扱いがやっかいだ」

「人間爆弾にされる危険があるのか」

「爆発なんかするわけがありませんよ。ごく少量ですから原理的に核爆発は絶対起こらない。でもカプセルが壊れれば放射能もれで周囲が汚染されることはあり得る。だから危ないといえば危ない。そうなったら無論ぼくもおしまいだけど。いい心臓なんですがね、ほとんど意識したことがない。これがなければぼくはとっくの昔に死んでた。だけど……ときどき自分は機械じゃないかって気がするんだ。入国拒否されたときも、おまえは人間じゃないと言われてるような気がしたな」

「そんなことは気にするな。あんたは生きている。それだけで十分だろう。それとも死体だとでも言うのか。死人とは話せないよ。トム、あんたはＦＡＦの人間なんだろう、そういやあ、階級を訊いてなかったな」

「大尉ですよ」とトマホーク。「これでも」

「そいつは失敬しました、大尉どの」

零はサイドスティックから右手をはなし、敬礼。

「前を見ていてくださいよ、中尉」

「大丈夫。雪風を信じろ」

「あなたの腕を信じてますよ。スーパーシルフは高度な操縦性を持ってますからね、パイロットの腕のよしあしがもろに出てくる」

「そろそろだ。アーマメントコントロールは入れてあるな。臨戦態勢」

「了解」

無言のまま五分経過。突然緊急通信が入る。


PAN, PAN, PAN. DE FTNS. CODE U, U, U. AR.

「戦術航法支援衛星からです。〈貴機は危険に接近しつつあり。コースを変更せよ〉」

「敵に接近しつつあり、でないというのがなんとなく不気味だな。識別コード返信」

「了解」

B‐3雪風を告げると、バンシーⅣの正確な位置が実時間で送られてくる。しばらくすると雪風のアクティヴレーダーもバンシーを捕捉。降下を開始する。

「バンシーを呼び出せ。エントランスをコール」

IFF作動。異常なし。バンシーから着艦許可がおり、雪風にサイドナンバが与えられる。アレスティングフック‐DN《ダウン》。

「どうなってるんだ。どこもおかしくないじゃないか。バンシー飛行隊のやつら妖精に幻でも見せられてたんじゃないか」

マーシャルポイント通過。距離四〇キロ。バンシーとの相対高度一五〇〇メートル。空母の自動精密誘導が作動。

オートパイロット‐OFF。ACLS‐SET。オートスロットル‐SET。燃料総量、重量、タンク配分、重心位置‐CHECK。

三〇キロ・ゲート通過。機速三六〇km/h。

ギア‐DN、フラップ‐DN。アンチスキッド‐OFF。スピードブレーキ‐EXT。

一〇キロ・ゲート通過。相対高度三〇〇メートル。バンシーⅣを視認。

「なんて大きさだ。薄気味が悪いほどでかいな」

「着艦にはフライ3を使用せよ、と言ってきてます」

バンシーのフライトデッキはフライ1、2、3に区別される。3は着艦専用。

「嫌な予感がする。まともすぎると思わないか」

降下を開始せよ、のキュー。一八メートル／分で降下。グライドスロープと交差。空母上の着艦誘導装置のミートボール視認。

「001、シルフ、ミートボール」と零は宣言する。

HUD上のTD（目標指示）のボックスがバンシーを捉えている。近づくにつれバンシーがどんどん大きくなる。TDはバンシーの右舷の一部を示していたが、突然左へジャンプ。目標が大きすぎて全体を一度に把握することができないのだ。

「マニュアルアプローチを実行する」

「どうしてです。ACLSを使えば——」

「おれの腕を信じると言ったじゃないか」

アプローチパワー補正機を解除。オートスロットル・コーションライト点灯。オートスロットル解除。スロットルモードをBOOSTへ。ACLS、DLC（ダイレクトリフト・コントロール）等のオートシステムから離脱。

スロットル全開。ラインナップ、仰角チェック。グライドスロープから外れないように進入。雪風はバンシーⅣのデッキ上を飛び抜ける。左へターン。一八〇度旋回してダーティフライト。バンシーⅣからヘッドアップのコール。

「ご親切に誘導してくれてる」

「とにかく降りましょう、中尉」

「ジャムだ。間違いない。雪風を分捕る気だぞ。スーパーシルフを呼びよせているんだ」

「憶測では物事は解決しない。証拠が必要だ。そのために来たんじゃないですか」

「わかってる。フライ3には降りない。機格納用エレベータの上に降りる」

「そんなことができるとでも」

「やるんだよ。雪風をバンシーに拘束されるのは気がすすまん」

再進入。ミートボールを中央から外す。雪風はデッキはずれの主エレベータに接近。ピッチコントロールが働き、雪風はバンシーと同速度の低速、乱れた気流という悪条件下でも機体をほぼ水平に保つ。

そのままゆっくりと降下。タッチダウン。バウンドしそうになり、零は冷汗をかく。エンジン出力をコントロール。マニューバフラップ-UP、対気流が雪風を下におしつける。機体固定ワイヤ射出。成功。雪風はエレベータに載った。甲板に待機していた平べったいスポッティングドーリーが緊急用赤ランプを点滅させながら近づいてき、エレベータデッキに移る。エレベータが下降を始める。エンジン停止。零はハーネスを解き、ライフベストのオートピストルを抜く。実包がチャンバに装塡されているのを指示ピンで確かめてもどす。座席下のマシンガンを取り出す。

エレベータが停止する。頭上にぽっかりとあいた穴をスライドドアがふさぐ。零はキャノピを開き、マシンガンを手に雪風を降り、スポッティングドーリーを射つ。雪風を格納庫内に引いていこうとしていたロボットは火花を散らして沈黙した。焦げる臭い。

「さあ、着いたぞ、トム。仕事だ」

格納庫内は薄暗い。非常照明しかついていなかった。広く、がらんとしている。普通なら艦載機が翼をたたみ、広さを感じさせないのだが。雪風だけが、敵の気配に耳をそばだてている動物のように、エレベータ床で翼を広げて緊張している。

「なんでスポッティングドーリーを射たなければいけないんです」トマホーク・ジョンは小型の汎用システムアナライザを持って雪風を降りる。「少し神経質になりすぎているんじゃないですか」

「ここはジャムの基地だと思っていたほうがいい。気をつけろよ。なにが出るかわからん。情報収集のチャンスだな。無事帰れればだが」

「じゃあ、われわれは地球人で初めてジャム人と会うかもしれない、とでも？」

「ジャムの正体は不明だ、隠れていて決して人間の前には現れない――リン・ジャクスンなんかはそう言ってるが、それは違うような気がする。現れないのではなくて、人間には感じられないんじゃないかな」

「幽霊のようにですか」

「そうかもしれないし、そうではなく、見えているのに見ないという場合もあるだろう。ジャムの戦闘機は見える。だけどおれたちはそこにジャムが乗っている、乗ってないにしてもジャム人が造ったのだと信じて疑わない。それそのものがジャムの正体なのだとは考えないんだな。あまりに異質だからだ。ジャムも人間という存在にとまどっているようなところがある。〝戦闘機に付属しているあの有機物はなんだ？　勝手に動き回ってなにをやってるんだ？　まあ、いまのところ無害のようだ、放っておけ〟とね、そんなつぶやきが聞こえてきそうだ」

「まさか」

「急ごう。雪風の電子アーマメントは入れてあるな？　二次パワーの供給が止まらないうちに引き上げよう」

「エンジンをかけておけば――」

「排気ガスの換気は期待できないよ。一酸化炭素中毒になっちまう。ブッカー少佐が二次パワーを強化してくれたから一時間はもつだろう」

「たったの一時間だって？」

「おれはいますぐにも帰りたい気分だ」

零はマシンガンを握りなおす。

格納庫内の換気システムは働いていない。静かだ。動揺もない。飛んでいるとは思えない。零はトマホークをうながし、バンシーのブリッジへ行く。エレベータは使わない。鉄の階段を駆けのぼる音がやけに大きく響く。

ブリッジは明るい。外が見える。全電子機器が作動している。人がいないのが不気味だ。

レーザーコンパス、航路ディスプレイ、航法レーダーディスプレイが作動している。まるで船そのものといった操舵輪《ホイール》が自動的に修整動作をやっている。零は片手で舵輪をつかんだ。いうことをきかない。オート・ホイールコントロールを切る。切れない。舵輪は零を無視して動き続ける。

「CIC（戦闘情報司令室）へ行ってみよう」

「ぼくはアビオニクス管制室に行きます」

「管理は厳重だ。三重のブラストドアで守られているんだろう」

「鍵を忘れたではここに来た意味がない。艦長とAVオフィサが持ってるやつ。任せておいてください。コンピュータの虫取り《デバッグ》にいってきます。ジャムだなんて考えすぎですよ、中尉」

トマホークは白い歯を見せて笑った。

「ピストルは持ってきたろうな」

ブリッジを出る。

「精密機械のなかでぶっぱなすわけにはいきません。もしジャムだとしてもコンピュータルームではなにもできないでしょう。いちばん安全だ。中尉はバンシーの航行を監視していてください。知らない間に地上に激突、なんてのはごめんだ」

「わかった。……しかし、なんとなく心配だ」

「ブーメラン戦士らしくもないですね」

「あんたを無事に連れもどす義務がある」

「なにも起こりはしませんよ。これだけ巨大なシステムになると、クオリティコントロールはおそろしく複雑で難しい。万全を期して造ったシステムでも、欠陥が絶対にないとは残念ながら言えないんです。それを十兆分の一にはできても、ゼロにはできない。たぶんこの艦は、ジャムに攻撃を受けたときにたまたま欠陥部が表面に現れたんだと思いますよ。いままでその欠陥がわかるような事態が起こらなかっただけじゃないかな」

「五十分だ、トム。欠陥を見つけようとは思うな。情報を集めるだけでいい。分析は帰ってからゆっくりとやろう。もし人間がいたら撃て。威嚇の必要はない、射殺しろ」

トマホークは立ち止まると、心配するなというように手をあげ、うなずいてみせた。

「注意を怠るなよ、トム。おれを射つなよな。おれはあんたの味方だ。だけど時間に遅れたらおいてくぞ」

「あなたはいい人だ。そんなことはしないでしょう。ブッカー少佐があなたを信頼しているわけがわかったような気がする。零、あなたはいつまでもブーメラン戦士ではいられないだろう。氷のハートはいつか融ける」

「あんたは予言もやるのか」

トマホークは零の肩を叩き、無言で狭い艦内通路を歩み去った。零は小柄なインディアンの姿が通路の角を曲がって見えなくなるまで、マシンガンを下げて立ちつくしていた。


零はバンシーの戦闘情報司令室の管制席に腰を下ろし、ディスプレイを見つめた。すべての電子装置が無人のバンシーⅣを操っている。長距離索敵レーダー、航路監視レーダー、警戒レーダー、射撃管制レーダー、ビーコン、IFFトランスポンダ、気象監視装置、フライトコンピュータ・ディスプレイ、各種センサ情報、艦内指揮系統図、発着艦誘導装置作動モード図などが出ている。

零はマシンガンをコンソールにおき、座席によりかかって、これらの情報に目をくばりながら、ときおり時計を見た。這うようにのろい。暇つぶしに射撃管制レーダーコントロールを操作し、こいつに狙われたらかなわないな、などと思ったりした。大出力のレーダーだ。ジャムのECMをパワーで打ちやぶるように造られている。そのレーダー波は二キロ離れた無防備の人間を料理できるほどだった。雪風のECMでも対抗できない。

ときおり零は奇妙な不安にとらわれて、だれもいない情報室を見回した。だれかに見られているような気がしてならなかった。

三十分を過ぎるころ、零はその気配が気のせいではないのを知った。音がする。換気口から。一瞬身を硬くし、耳を疑う。手だけは本能的にマシンガンを探っている。つかみ、とっさにコンソールへジャンプ、天井近くの換気口の網をマシンガンのショルダーストックでぶちやぶる。

ガサガサという物音。ライフベストからフラッシュライトを抜き、点灯。正体を知る。

ネズミだ。地球産の。零は拍子抜けした面持ちでとびおりた。バンシーⅣはジャムではなくネズミに占領されたのかもしれないな、などと思う。船にネズミはつきものだ。

インターカムでトマホークを呼び出す。出ない。おそらく仕事に熱中しているのだ。零は再び腰を下ろし、辛抱強く、待つ。

四十分。四十一分。四十二分。四十三分。

作業終了の連絡はこない。四十五分。六分。

もう待てない。バンシーよりも雪風のほうが大切だ。

腰を上げた。と、全艦に非常警報ブザーが鳴り響いた。あまりに音が大きく突然だったので零は本当にとびあがった。マシンガンを構えてディスプレイを見る。コンディション-レッド。インターカムにとびつく。

「なんだ。なにがあった?」

応答がない。

訓練ではなさそうだ。情報室を駆け出す。迷路のような艦内を、トマホークのいる中央電子管制室に向かって走る。

これより先はAVオフィサの許可なしでは立入禁止――この区域は艦長の許可なしでは――挙動不審の者は射殺する――等の警告パネルを見て、室が近いのを知る。

耐爆ドア。耐爆ドア。そして耐爆ドア。

白い照明が明るい。クリーンルーム。冷ややかな部屋にアビオニクス機器が並ぶ。

「トム。トマホーク。トム・ジョン、返事をしろ」

機器の間を、トマホークの姿を捜して駆ける。警告ブザーは鳴りやまない。トマホークを見つける。床に倒れている。走りよって抱え起こす。零は思わず投げ出しそうになった。トマホークの胸部に、小さな黒い虫のようなものが密集して蠢いている。

「ジャム?」

フライトグローブをはめた手ではらいおとす。金属片のようだ。

「しっかりしろ、トム。逃げよう」

顔に血の気がない。頬を叩く。

「零……あなたの言うとおりだったな。そいつはジャムだぞ。こいつ、ぼくの心臓の制御回路を探って……おかしくしちまったんだ。早く行け、中尉……もうじきバンシーは墜ちる。ぼくがアビオニクスの冷却制御回路を壊したから……他の回路を壊すと、零、あなたの逃げる間もなく墜ちるからね」

バンシーは電子機器の冷却だけで毎分〇・五tの冷却空気と三〇〇キロワットの電力を消費している。

「ばかな。墜とすのなら雪風でもやれる」

零はマシンガンを肩にかけ、トマホークを助け起こそうとしたが、拒まれた。

「こいつはぼくの手でやりたかったんだ……ぼくはもうだめだ、ジャムに心臓をやられた……雪風に乗れても基地まではもたないだろう。命令だ。早く脱出しろ、中尉」

「こんなことになるなんて——おれがついていれば——」

床に散らばった黒い小片が集まって、大型の蟹のような形になるのを見た。多細胞の機械生物。ジャムが送り込んできたスパイ。

「中尉、時間がない……そいつはたぶん人間には手を出さないだろう……殺す気なら簡単にやれたろうからな。そいつはぼくを機械だと思ったんだ。機械……ぼくは機械なのか？」

「口を利くな。どうしても連れて帰るからな」

マシンガンを構えるのと、ジャムがレーザーのような高密度エネルギー波を発射するのとほとんど同時だった。零は衝撃をくらってうしろのパネルにとばされた。伏せ、目をあけ、ジャムを射つ。四散する。零はとび起き、身体に異常がないのを意外に思う。

「トム・ジョン。大尉！」

ジャムが狙ったのは零ではなかった。トマホーク。正確にはトマホークの人工心臓。

「近づくな」ほとんど聞きとれない声。「被曝するぞ……零、一つだけ答えてくれ……ぼくは……人間だよな」

「あたりまえじゃないか。そんなことは気にするな」あんたは生きている。それだけで十分だろう、それとも死体だとでも言うのか。「ジョン大尉……トマホーク」

床が赤くなる。零はトマホークの形見のシステムアナライザをかっさらうように取り、出口に駆ける。耐爆ドアにつかまり、トマホークを振り返る。ブーメラン戦隊への至上命令、味方を見殺しにしてでも必ず帰投せよ。

死体は物でしかなかった。零は死者にさよならを言い、雪風に駆けもどる。

機格納庫。雪風のコクピットにシステムアナライザを放り上げ、シートに身を沈める。エンジンスタート。エレベータを上げなければならない——そして零は気づいた。ここは主格納庫ではない。破壊したスポッティングドーリーもいない。零は冷水を浴びせられたようにおののく。機をとびおりる。エンジンの回転が上がってゆく。違う。フェニックス・マークXの音ではない。ちょっとした違いだが、こいつはフェニックスじゃない。

これは雪風じゃない。

外観はまったく同じだった。しかし零にはわかった。これは愛機ではない。ジャムが造った雪風のコピーだ。コクピットにしがみつき、エンジンを切る。止まらない。こいつは特殊戦の中枢本部に侵入するつもりなのか？

零はマシンガンの全弾をコピー機に叩き込んだ。エンジンは止まらない。マシンガンを投げつけ、零は消火車を捜す。庫に待機しているそれにとび乗る。動いた。コピー機のエンジン側面の消火ロドアを開き消火器ノズルを入れる。エンジン排気ノズルから黒煙が噴き出す。回転が落ちる。フレームアウト。エンジン停止。

零は主格納庫と思われるほうへ走った。耐爆ドアを抜ける。勘は正しかった。雪風が零を待っていた。

エレベータコントロールをマニュアルで動かす。作動しない。サブコントロールは外部電源が必要だ。フル電動システム。トレーラに載っている補助パワーユニットを見つける。駆けより、作動。サブコントロール・パネルまで押し、ACケーブルを接続。大きな音をたててエレベータがゆっくりと上昇を始める。エレベータ上部のスライドドアが開く。

零は雪風に乗る。キャノピ－CLOSE。マスク、ハーネスをつけてから、トマホークの形見、ジャムの正体を記録していたかもしれないアナライザをコピー機に忘れてきたのに気づいた。しかしもう間に合わない。エンジン始動。右のフェニックスがよみがえる。

甲板に出る。零はうめく。前のエレベータデッキ上に幽霊機が同じように姿を現していた。エンジンは停止したままだ。フラップを下げ、ふわりと浮く。雪風にぶち当てる気だ。零は素早く雪風の固定ワイヤ切断スイッチをオン。火薬でワイヤが機体から吹き飛ぶ。フラップ－DN。雪風は幽霊機と同じようにバンシーを離れる。左エンジンも点火、始動。バンシーの巨体が前方にせり出してゆく。幽霊機が風に流されるように接近してくる。零は雪風を急ロール、スロットルをMAXに叩き込む。急旋回。動力なしのコピー機はついてこれない。幽霊機は機首を下に向けると、バンシーめがけ突っ込んでゆく。着艦するのか。

雪風は超音速加速したあと、旋回し、バンシーの進行方向と直角の位置から九〇度ビームアタックをかける。黒いバンシーが迫る。幽霊機がエレベータ上に降りている。零はガントリガーを引く。幽霊機は木端微塵に砕け散る。雪風は黒煙を超音速で引き裂き、最大推力でバンシーから離脱した。

青空へズーム上昇。零は振り返らなかった。高度二五〇〇〇メートル。空が黒くなる。昼の星。フェアリイの太陽から噴き出す赤い大渦がかすかに見えた。ブラッディ・ロード。トマホークの血が宇宙へ噴き上がったかのようだ。

「ぼくは人間だよな」

トム・ジョンの最期の言葉がよみがえる。

そうとも、零はつぶやく。あんたはもちろん、人間さ。トム・ジョンは微笑みながら死んでいった。人間だと言われて安心したように。悪い人生じゃなかった、とでもいうように。

バンシーのシンボルがレーダーディスプレイから消える。

雪風、フェアリイ基地に帰投。

ブーメラン戦隊区へタキシング。右エンジンの出力を八〇パーセントに上げて十五秒排気後、切る。左も同様。

零はエンジンを切ったあと、キャノピを開かずに晴れた空を仰ぐ。

外部キャノピコントロール・ハンドルが回され、ブッカー少佐の顔がのぞく。

「ヘイ、零、トムはどうした。インディアンは」

「ジャック……CECS（キャビン環境コントロール・システム）を点検してくれないか」

零はヘルメットバイザを上げて、こぶしで頬をぬぐった。

「妖風が眼にしみる。涙がとまらない」

V

フェアリイ・冬

雪風を護らねばならない。雪風の前に立ちふさがるものは消さなければならない。たとえそれが味方であろうとも。彼はそう思っていた。同時に地球型コンピュータもそのように行動していることを彼は知った。

フェアリイに雪が降る。

基地整備軍団のいちばん忙しい季節は冬だ。除雪機械をフル回転させながら、もうやんでくれと祈ろうと、空を見上げて降りしきる細かい雪の結晶を顔に受け、その雪が髪やまつげや髯に凍りつく感触を無感動に味わおうと、そんな人間の態度などおかまいなしに雪は降り続く。

FAF基地整備軍団・フェアリイ基地第一一〇除雪師団・第三機械除雪隊の天田《あまた》守少尉は、モーターグレーダーの運転席で、よく閉まらないドアに苛立ちながら出番を待っていた。猛吹雪だった。視界がほとんどきかない。雪が降るというより、空気まじりの雪に滑走路が包み込まれている。空気より雪のほうが多いのではなかろうかと、天田少尉は思う。ワイパーの規則正しい音、吹きつける雪がグレーダーを叩く音、ドアのすきまで冷気が渦まいてたてる口笛のような音。細かい雪が運転席に侵入してくる。そのまま融けずに、うっすらと天田少尉の足元に積もっている。少尉は手袋をとり、ドアの調子を直そうと、身をかがめる。ドアの下端に厚い氷が張りついている。へたな断熱材を入れるからいけないんだ、天田少尉は舌打ちする。ドアパネル内部の湿気が、冷たい外気でパネル内で結露し、垂れて出てくるところで凍る。少尉は手をかじかませて、爪で氷を削る。手の温もりで融けないかと無駄な努力をやってみる。手が、赤いのを通りこして紫色になる。天田少尉はあきらめて、しびれた両手に息を吹きかけ、フロントグラスのデフロスターに手をやる。手の感覚がない。こわばって、冷たいのもわからない。

ドアが変形しているせいでもあるんだ、と少尉は足を打ち合わせて、凍えそうな下半身の感覚がまだ失せていないのを確かめながら、まるで間欠泉のように吹き込んでくる雪をうらめしく見つめた。ドアが変形したのはいつだったろう。そうだ、おとどい、猛吹雪のなかで、同僚のマックのモーターグレーダーと軽く接触したんだ。今日の吹雪はおとといよりましだな。視界はゼロじゃない。なんとか五、六メートルは見える。

手がようやく自分のものになる。皮をむかれたように痛い。デフロスターで暖めておいた手袋を両手にはめる。フロントグラスは結露して真っ白だった。手袋の甲で拭く。景色はたいして変わらない。白い。白い空気の妖精が踊っている。見続けると、酔っぱらう。まるで冷気の中に出ていらっしゃい、と誘っているかのように雪が舞う。寒い。天田少尉は腕を組み、わき腹をさする。動いていないと凍えてしまう。突然、グレーダーのエンジンがぶるんと始動する。自動間欠始動装置が働いたな、グレーダーも寒さに凍えるのがこわいんだ。これでデフの温度も少しは上昇するだろう。なんで省エネルギー装置などつけるのだろう、戦闘機が二秒も飛べば、除雪機が出番を待つ間のデフの燃料くらいは使ってしまうだろうに。アイドリングで待機させてほしいものだ。

運転席がエンジンの振動で震える。たいして暖かくはならない。少尉の身も震える。天田少尉は尻ポケットから自分の燃料をとりだす。ポケットウィスキー。少しは暖まるだろう。フロントグラスの、ワイパーで確保された視界のなかに、僚車のグレーダーがぼんやりと見える。屋根の黄色の旋回灯が頼りなくかすむ。

ウィスキーがのどを焼く。安ウィスキーだ。アルコールがどんちゃん騒ぎをやりながら胃に落ちてゆく。暖めてやるからな、アルコールはそう言っているようだ。おれの唯一の味方、慰めてくれる友。手放せるものか。

いつまで待たせるつもりだ。尻を浮かせてウィスキーをポケットに入れるついでに、天田少尉は窓に顔をおしつけて外をうかがった。

着陸専用滑走路、ランウェイ03Rに人影が見える。フックランナーと呼ばれる地上要員だった。冬期は、戦闘機をフックに引っかけて強制的に着地させる。

まだ第一六七戦術戦闘飛行隊の最後の一機が帰投していない。どこをのんびり飛んでいるんだ。天田少尉は両こぶしを打ちつける。凍えて待っている身にもなってみろ。

滑走路上に張り出しているアレスティングケーブルとその支持ギアを地上に倒し、路面の出っ張りをなくしてからでないと除雪活動はできないのだった。雪は見ている間にもじりじりと積もる。半日も放っておくと、アレスティングギアは雪に埋もれ、その重みのために持ち上がらなくなるだろう。放っておくことはできない。しかし、まだ着陸用滑走路の除雪は楽なものだった。さほど神経をつかうこともない。仮に、滑走路わきの巨大な着陸灯にグレーダーをぶつけて壊したとしても、たいしたことはない。これが発進用の滑走路となると、徹底した完全な除雪を要求された。発進はカタパルト射出ではなく、通常の方法だった。雪の抵抗のために発進がスムーズにいかないことを避けるため、滑走路上の積雪が三センチ——一インチと言われていたが——を越えると除雪しなくてはならない。融雪剤は使えなかった。スリップ防止のための砂もまけない。戦闘機の吸気口は地上とのクリアランスが大きくとれないため、砂などまいたら吸い込んでしまう。砂のためにタービンブレードを破損するおそれがあるのだ。

天田少尉は吹き込んだ雪をブーツでドアのすきまに押しつけ、踏みつける。突風でその雪の塊が、少尉をせせら笑うように、おもしろがっているように、ポンと吹き上がり、すきまから新たな雪がどっと運転席に舞う。上は暖かいため、融け、少尉の上半身は冷たい露がつき、濡れる。

くそ、くそ、くそ、早く降りてこい、ぼろ戦闘機。おれを凍死させる気か。

運転席天井で結露した水滴が少尉の襟首に落ち、背筋につたう。熱湯と勘ちがいするほど冷たい。ドアのすきまからは冷気が吹き込んでくる。天田少尉は横腹をさする。

横腹がしくしくと痛む。ずっと前からだ。肝臓がやられている。胆のうかもしれない。軍医はなにも言わなかった。ただ、酒をやめなければ死ぬぞ、と言っただけだ。ガンかもしれないと天田少尉は思った。入院もせず薬も受けとらず、地球へ帰ったほうがいいという忠告をも無視した。帰ったところで、なにが待っているというのだ。一般刑務所か病院か。前科のある身では、このフェアリイほどの自由はないだろう。どのみち、春にはフェアリイ軍役が切れる。軍医は、そのくらいはこの身はもつだろうと診断したのかもしれない。結局、使うだけ使ってやれ、とフェアリイ空軍当局は思っているに違いない。肉体は消耗品なんだ。地球から送られてくる屑人間はいくらでもいる。

ここで寒さに震えているほうが地球の暮らしより上等だなんて惨めな話じゃないか。天田少尉は自嘲する。おれの人生は、酒と女と喧嘩と豚箱、この四語で語れる。最期だってもう見えている。酒がおれの命を奪うだろう。酒に人生を狂わされたとは思わない。他人はよくそう言って同情したが。狂わされたのではない、と天田少尉は思う、狂ったというのなら、では狂っていない人生とはなんだ？ おれにはこれ以外の選択の道などなかった。なにをやってもだめな八方ふさがりのなかで、唯一の道を歩んできただけだ。酒を選ばなければその時点で、おれの人生はジ・エンドだったろう。他人の口など無責任なものだ。酒などに溺れず、清く正しく——自殺したほうがよかったのだ、と言っているも同然ではないか。地球にはそんな人間しかいない。あんなところには帰りたくない。もし春にまだ生きていたら、軍役延長の申請を出そう。自殺させられるのはごめんだ。

天田少尉の心のつぶやきがとだえる。雷鳴が聞こえた。だんだん大きくなる。

やっと帰ってきやがった。167thTFSの最後の一機だ。吹雪の音をかきけす爆音が接近してくる。唐突に白い視界に巨鳥が姿を現した。ヘッドアップ、アレスターがアレスティングケーブルを引っかける衝撃音。戦闘機が地響きをたてて接地する。ズシン。フックランナーが駆け出してゆく。アレスターからワイヤを外すために。

地上誘導員が強力なハンディライトを、腹のへんでぐっと胸に上げるサインをパイロットにおくる。アレスターを上げよ、のサイン。それから、左手をあげて、大きく左旋回してタキシーウェイへ行け、のサイン。

やっと仕事ができる。天田少尉は間欠始動装置を切り、アクセルを踏み込む。空ぶかし。黒い戦闘機が天田少尉のすぐわきをタキシングしてゆく。ファンジェットの金属的なかん高い吸気音が遠ざかってゆく。

さて出動、と重いクラッチをえいと踏みつけようとしたとき、グレーダーに向かって駆けてくる人影をみとめ、天田少尉はクラッチから足を離した。近よってきた男はドアを叩き、勝手にドアを開いた。冷気がまともに吹き込んできた。

「なんだ」

「ギアの融雪装置が故障なんだ」男は全身雪まみれだった。「アレスティングギアを収める溝が雪で埋まってるからな、あのままだとギアが引っ込まない」

「早くドアを閉めろ」天田少尉はどなる。

「そいじゃ、ま、よろしく、そういうことだ」

「なにを言ってる」

「ギアを壊さんように雪かきしてくれ」

「そんな仕事はやれんぞ」

「雪かきはあんたの仕事だ、雪かき屋。早くやらんと次のチームの帰投に間に合わなくなるぜ。そうなったらあんたの責任だ」

ドアが閉まる。反動で開いた。男は小走りに駆けてゆき、暖かく窓が曇っている雪上トラックに乗り込み、吹雪のなかへ消えていった。

天田少尉は歯がみした。くそったれ、やつらなんでもかんでも雪かき屋にさせようとする。冷たい仕事はみんな押しつけるんだ。雪かき屋は凍えるのが当然だ、というように。

僚車に無線で連絡をとる。やれやれ、という、あきらめの返事がくる。反抗する気力もない。一刻も早く仕事をかたづけて、暖まったほうが得だ。

少尉は防寒服のフードをかぶり、グレーダーをアイドル状態で待機させて、降りる。間欠始動モードにはしなかった。精いっぱいの反抗というところだ。グレーダーの車体にあるスコップを外そうとしたが、止金が凍りついていて動かない。道具箱の中からプラスチックハンマーを取り出して氷を叩き割る。細かい氷片を顔に浴びる。道具箱にゴーグルがあったのを思い出し、ハンマーをもどし、ゴーグルを出し、つけた。スコップを手に、アレスティングワイヤを支える脚、アレスティングギアのところへ行く。なるほど、その周囲は真っ白だ。

吹雪が容赦なく吹きつけてくる。息が苦しい。溝を掘る。汗をかき始める。ゴーグルが曇ってくる。外し、ゴーグルの内側を手袋で拭き、また雪をかく。スコップの入らないところは手でかき出す。同僚がひと息つき、彼のウィスキーを飲んでいる。雪かき屋は飲んだくれが多い。アルコールなしでは生きていられないような、カス野郎の集まりだ、そう言って他の隊員は嘲ける。戦闘機にも乗れず、高度な技術もなく、せいぜい雪かきするくらいしか能のない連中だ、と。

鈍痛のするわき腹を意識しながら、天田少尉は倒脚レバーを引く。アレスティングギアが倒れる。が、まだ支点近くにつまった雪のために、地表から少し出ている。少尉はもう一度ギアを立て、手袋を外して、雪をかいた。たちまち手の感覚が遠くなる。

戦闘機乗りはいい、と天田少尉は思う。この白魔の吹き荒れる地上から飛び立ち、雲の上に出られるのだから。上はいつも晴れているだろう。この白い地上で凍えるおれの気持ちなど、やつらには絶対にわかるまい。おれだって戦闘機に乗りたかった。しかし、だめだった。肝臓が悪いせいで、低酸素症関係の耐性試験で落とされた。ようするに、おれにはこの仕事しかないんだ。屑野郎と言われてもしかたがない。おれもそう思う。仲間だってそうだろう。嘲けられても、もうなにも感じないような者ばかりだ。しかし給料がパイロットより安いというのは不公平だ。安いうえに、勤務態度が悪いとかなんとかで罰をくらって、差し引かれる。どんな悪いことをしたというんだ。酒を飲んで仕事をするからか。除雪作業中、猛烈な吹雪のなかで故障した除雪車を滑走路から出そうと奮闘しつつ凍死していった仲間、彼はそんな死に方をしなくてはならない、どんな悪事を働いたというのだ。飲酒していなければそんな事故など起こらなかったのだと、お偉方は死者を鞭打ち、生き残っているおれたちに警告する。たるんでるぞ、と。そのとおりだ。だから飲むんじゃないか。少しでも身を暖めて、体を軽く動かすために。変形したドアの修理もすぐにはしてくれず、飲むのはやめろと言う。勝手なものだ。この融雪装置も直るのはいつのことか。春までこのままかもしれない。機械を直すより人間をこきつかうほうが安上がりなのだろう。この広大な滑走路だって、地下の排熱を利用すれば無雪にすることもできないではなかろうに、それでは金がかかりすぎるという理由でおれたちを使う。人間はあり余るほど地球から送られてくる。みんなほとんど、犯罪人だ。フェアリイ当局はこれらの人間をどう使うか頭を悩ませている。パイロットになれる人間は少ない。高級技士も。残りは消耗品として、たとえば雪かき屋にされる。それでも文句は言えない。こんなフェアリイでも、地球よりもずっと暖かいから、みんな、だから、ここにいるんだ。

天田少尉はもう一度ギアを倒した。まだちょっと出ていた。スコップで叩く。ギアに乗り、踏みつけ、はね、体重で押し込む。こんなものだろう。

袖口から入った雪が融けて汗とまじる。汗は冷えきって不快だ。グレーダーにもどり、スコップを運転席に放り上げ、乗り込んだ。ドアを閉める。あいかわらずすきまがあいていて、冷気が吹き込んでくる。しかし外よりはましだ。防寒服のフードをとると、運転席に雪が降った。天田少尉はデフロスターで凍えた手を温めて握力が回復するのを待ち、それから大きなハンドルを握った。防寒服はバリバリに凍っていた。

グレーダーでの仕事を終えた天田少尉は、滑走路端の除雪車格納庫にもどった。電動シャッターが自動的に下り、グレーダーのエンジンを切ると、シャッターが吹雪で鳴る音だけの静けさだ。天田少尉はグレーダーを降りる。吐く息が煙草の煙のようだ。もうもうと白い湯気だ。融けていた防寒服の湿気が再び凍り始める。少尉はついた雪や氷をていねいに払い落とす。つけたままだと暖かいロッカールームに入ったとき、ずぶ濡れになるからだ。

ロッカールームで防寒服を脱ぐ。汗臭かった。汗はすっかり冷えている。それでもセーターを脱ぐと身体から湯気が立ちのぼる。ロッカールームは車庫よりは暖かいとはいえ、一〇度まではない。一〇度よりは零度に近いだろうが温度計がないのでわからない。詰所へ行けばずっと暖かい。外から車庫、ロッカールーム、廊下、詰所と、だんだん暖かくなるのだった。急激な温度変化は身体によくないということかもしれなかったが、天田少尉はロッカールームをもっと暖かくしてほしかった。シャワー室へ行って身を暖める。濡れた下着はダストシュートのような、自動洗濯室へ通じる口へ放り投げる。

やっと生き返った心地になる。支給品のバスタオルと下着をボックスから出して身につけ、作業制服をつける。廊下に出て、隊の指令所へ行き、グレーダーのキーを上官に渡し、簡単な作業終了点呼と報告。

その簡素な事務室のような指令所を、もう一人の同僚と並んで出ようとした天田少尉は、背後の上官に呼び止められた。

わかってるよ、と天田少尉は心で苛立った。

まだ解放はされない。FAF気象軍団は大雪警報を出している。詰所で待機しろ、というのだろう。みんな気象軍団のせいのような気がする。あのくそったれな気象軍団が酷な予報を出すから大雪が降るのだ、と天田少尉はときどきそんなふうに思うのだ。

ところが上官が呼びとめたのは待機命令ではないらしかった。というのも、上官は天田少尉だけに残るように言い、もう一人の同僚には行っていいと言ったのだ。同僚は天田少尉の耳もとで、「なにかお偉方ににらまれるようなことをしたんだな」と言い、気の毒に、という目をして、首を振り、天田少尉の肩をぽんと叩いて詰所へ去った。

「さて」とその上官、権藤大尉は言った。「びっくりするような話がある。腰を抜かすといかんから、腰かけないか、天田少尉」

いいえ、けっこうですと天田少尉は、勧められた椅子も、どうかと言われた煙草も、ことわり、緊張して立ちつくした。権藤大尉は天田少尉に勧めた煙草をくわえ、火をつけ、自分のデスクにつき、少尉をしばし見つめ、大量の煙を吐き出し、それから口を開いた。

「勲章が授けられる」と大尉は言った。

「そうですか」と天田少尉は答えた。

なるほど、除雪師団のだれかが勲章をもらうのだな。それで、受章祝いかなにかの準備をさせられるのだろう。天田少尉にはそんなことしか思い浮かばなかった。だから大尉が、きみにだよ、と言ったときも、「きみに準備をやってもらいたい」というふうにしか受けとれなかった。

「わかりました。会場はどこです」ぐうたらな仲間たちも手伝いとして使ってもいいのだろうな、と思う。「いつですか」

「どうした？　あまり感激しとらんようだな。会場はフェアリイ基地第一講堂さ」

第一講堂だって？　普段はレクリエーションセンターになっている、あんな広いところか。

「叙勲は明日だ。ＦＡＦ創立記念式典で行なわれる」

権藤大尉は煙草を灰皿に置き、立ち、制服を直し、敬礼した。

「おめでとう、天田少尉」

天田少尉は反射的に敬礼を返し、そして突然、内容を理解する。

「なんですって。ちょっと待ってください。あの、おれに、勲章？」

「そうとも。なにを勘違いしていた」

権藤大尉は腰を下ろし、吸いかけの煙草をとった。所内の五、六人の隊員がみんな、立ちつくしているの天田少尉を見つめた。どこかのデスクでインターカムが鳴ると、張りつめていた空気がもとにもどる。

「どういうことですか。なにかの間違いでしょう」

「おれもそう思ったさ」大尉は率直に言った。「信じられなかったね」

天田少尉は大尉の態度に別段腹も立たなかった。信じられないのは自分のほうだと思った。勤務状態を振り返ってみても、他の同僚たちと比べて、とびぬけて成績がいいとは思えない。天田少尉は尻ポケットに手をやって、ウィスキーの小壜を確かめた。飲んだくれの同僚とぜんぜん変わらない。標準的な——雪かき屋だ。カス野郎と蔑まれている人間の一人だった。その自分がどうして、と天田少尉はいぶかった。かつがれているのではなかろうか。それとも聞き違いか。妄想か。いや、それほどいまは飲んじゃいない。ちゃんと立っていられるのだからな。大尉はなんて言ったっけ？　勲章。おれが受章するんだって？　たしかそう言った。

いいじゃないか、天田少尉は思った。くれるというんだからもらってやろう。どうせ、師団から出される小さな賞なのだろう。

「除雪功労章ですね」

いちばん多く出されるやつだ。殉職した同僚が受けているし、生きている隊員のなかでも、受章した者はけっこういる。もっとも、下っ端の作業員が受けたという話は聞かないが。下っ端は死なないともらえない。

ところが、天田少尉のその言葉に権藤大尉は首を横に振った。

「違う。そんな安物じゃない。マース勲章だ。武勲章さ。最高位の。おれはそんな勲章に触ったこともなければ、見たこともない。胸につける記念章があるだろう、あのお飾りだ。偉くなると切手かなり絵みたいにごたごたつけてる、そのなかでも、マース勲記章なんかめったに見つけられない。正式な勲章は純金の六角形で、最新鋭戦闘機を形どったレリーフが刻まれているそうだ。現在の最新鋭機というと、シルフィードだな。戦術空軍の虎の子だ」

天田少尉は、無意識に手をかいている。しもやけで痒いのだ。除雪隊員のなかには、足の指がない者がけっこういるな、凍傷でやられて、などと思う。

「コーヒーでもどうだい」権藤大尉はデスクの上のコーヒーポットをとって、天田少尉の返事を待たずに、紙コップに注ぐ。「熱いやつをやれよ。暖まる。外はひどかったろう。きみらが出ていってからひどくなったからな」

「大尉には外の寒さはわからんでしょう」

天田は用意された椅子に腰を下ろした。コーヒーを受けとり、すする。コーヒーよりはウィスキーを飲みたい気分だった。マース勲章がどういう人間に授けられるか天田少尉は知っていた。屑人間に授章されるものでは決してないのだ。華華しい活躍、フェアリイ空軍があるかぎりずっと語りつがれ、伝説になるような、そんな英雄が受章するのだ。軍神としてカリスマ的にあがめられるような、それだけの価値がある人間、当局はおそらくそういう計算のうえで、選ぶのだろう。

どうして自分が？　天田少尉は右わき腹に鈍痛を感ずる。飲んだくれで、黄疸が出かかっているような自分が、なぜそんな勲章をもらえるんだろう。除雪功労章くらいならよかった。が、マース勲章はあまりに非現実的だった。授章理由はまったく思い当たらない。それなのに自分が選ばれたということは不気味でさえあった。除雪功労章ならわかる。除雪は自分に与えられた仕事だったから。しかし雪かきで武功をたてられるなどとは考えたこともなかった。だれも、考えないだろう。フェアリイ空軍の敵はジャムと呼ばれる得体の知れない宇宙人なのであって、雪ではないのだ。間接的な敵だという理屈は考えられないでもなかったが、そんな敵と格闘するくらいではマース勲の受章条件を満たせるはずもなかった。マース勲とはそういう章だ。

天田少尉は寒気を感じて震える。熱いコーヒーを飲んでもおさまらない寒気。感動ではない。怖れだった。なにか大きな陰謀にまき込まれて、自分の知らない間にさんざん利用され、屑のように捨てられるに違いない。間違いでなければ、そう、陰謀だ。決まってる。こんな馬鹿な話があるものか。利用されるのはまっぴらだ。酒を飲みながら、静かに死にたいものだ。自分にふさわしい、自分で決めた死に方をしたい。どうせ死ぬから利用してやれという当局のやり方には、断固として抵抗してやる。

「受章は辞退します」

かすかに震える声で少尉は言った。権藤大尉もうなずいた。しかし大尉の口から出た言葉は彼の態度とは逆だった。

「おれがきみでもそう言ったろう。しかし、師団、いや師団だけでなく基地整備軍団は、これはわれわれの任務の重要性を全フェアリイ空軍団に知らしめるいい機会だと思っている。辞退は軍団司令部が許さない。命令だ。命令なんだよ、天田少尉」

「軍団の陰謀だ」低く、吐き捨てるように天田少尉は言った。「おれがなにをした？　なにか不始末をしでかしたか？」

「違うな、少尉。軍団は関係していない。授章に関しては。マース勲は師団が出すのでも軍団が授章を決定するのでもない。フェアリイ空軍最上層、最高参謀内の叙勲委員会が決定する。わかるか？　軍団にとっても、これは寝耳に水さ。なんできみが、と疑った。疑ったところでしかし、どうなるというものでもないんだ。間違いだろうと問い合わせたが、正式決定だそうだ」

「いったい……だれが、おれを選んだんだ」

「知らん。最上層のやることは、おれたち下っ端にはわからん。しかし決まったことはもう変更されん。下手に辞退しないほうがいい。逆らうと、FAF反逆罪に問われるかもしれん。それほどでなくとも、立場が悪くなり、目をつけられ、ブラックリストに載せられないとも限らん。くれるというんだ、もらっとけよ。地球へ帰ったときにも有利だ。いい仕事につけるだろうし」

「慰めですか」

「慰めか。おかしな話だな。めでたいことなのに。しかし、きみの気持ちはわかるよ。慰めになるかどうかわからないが、一週間の休暇が出た。地球帰省許可も出ている」

「そんなものはいらない」かすれ声で言った。

「わかった。忙しい時期だ。そう言ってもらうと、こちらもありがたい。しかし明日は仕事はいい。叙勲の日だ」

「では、どうしても」

「命令なんだ」権藤大尉は天田少尉から目をそらした。「受章しろ。命令だ」

権藤大尉はデスクの上で両手を組み、灰皿から立ちのぼる、煙草のフィルターのくすぶりを見つめた。

「行っていい」と大尉は言った。「詰所へ行って仲間たちに知らせてやれよ。連中も喜ぶだろうさ」

天田少尉は無言で指令所を出た。自分の同僚が、受章を喜ぶとは思えなかった。驚くだろう。祝ってくれるかもしれない。しかし、おれが勲章をもらったからといって、彼らの待遇がよくなるというわけではない。おれ自身の待遇だってたいして変わらないだろう。喜ぶ理由などなにもない。仲間が勲章を受けたことを誇りに思う、あるいは羨望のまなざしで見る、そんな同僚など一人だっていないだろう。

勲章をもらってもなに一つ利益などない。天田少尉は気が重くなった。かえって悪くなるばかりだ。

おそらく同僚たちは、おれをいまとは違う目で見るようになるだろう。嫉妬とか、そんなものじゃない。あいつはおれたちと違うのだという、漠然とした差別感覚が生じるに違いない。

詰所に入ると、紫煙まじりの暖気が身を包む。いつもならほっとする空気だった。が、少し雰囲気がおかしい。テーブルでカードに興じている者、簡易ベッドに寝ころんでいる者、地球の雑誌を読んでいる者、床に尻をついて壁によりかかり一杯ひっかけている者、そんな仲間たちが、まるで部外者が来たというように天田少尉を見た。

もう伝わったんだな。

カードを放り出した同僚の一人が立ち上がり、天田少尉万歳と言った。

「なにがだ」と天田少尉はとぼける。

天田少尉はあいているベッドに腰を下ろして、ポケット壜を出す。

「そんな安酒、雪にでも飲ましてやれよ」と壁によりかかっている男が自分のグラスを差しあげた。わきにおいてあった、スコッチのボトルをあごでしゃくる。「ヘイザー中佐の差し入れだ。天田少尉は軍団の誇りである、だと。英雄は安い酒など飲んじゃいけないのさ、少尉」

お節介なヘイザー中佐め、天田少尉は首を振り、ベッドに両足をあげ、自分の安ウィスキーをラッパ飲みする。陽気なヘイザー中佐は隊員の目付役ともいえる任務でちょくちょく顔を出し、ときにカードの相手になることもあった。しかし彼はどんなにうちとけようと、仲間ではない。吹雪の中へ出ることはなかったからだ。みんな中佐を嫌っていたが、表面上はいっしょに笑い、酒を飲み、煙草を吸い、そしてカードで金をまきあげた。ヘイザー中佐はそれで満足しているようだった。

今回の受章のことでも、おそらく、と天田少尉は絶望的になりながら、中佐がここに来たときの様子を想像した。彼はこう言ったに違いない、「諸君、喜べ。きみらの仲間が、なんとマース勲章を授かることになった。きみらの仲間から英雄が出たのだ。英雄は粗末にしてはならんぞ。制服にはブラシをかけ、靴はいつでもピカピカに顔が映るくらいに磨いてやれ」ヘイザー中佐なら言いかねない。仲間たちは、にやにやしながら、心ではしらけていたろう。

「どうしたみんな」と中佐は反応が鈍いのに苛立って、「さあ万歳をしよう」などと、あおったに違いない。あの、馬鹿が。あんな男がいなければ、おれの受勲は仲間たちから無視され、それゆえ、おれは仲間から疎外されることもなかったかもしれないのに。軍団はおれの小さな平安を踏みにじる。予想したとおりだ。

再びカードを始めた仲間たちが大声でこんなことを言っていた。

「マース勲章ってなんだい」

「さあ。武功章だろ」

「なんで天田がもらうんだよ」

「決まってるじゃないか。武功があったからだよ」

あとは、笑いと、いつものくだらない話。だれかが女のことで喧嘩して腕を折ったとか、いやそれは仕事をサボるでっちあげだろうとか、おれならそんな痛い思いをしてまでサボる気はないな、とか、外はまだ吹雪だろうか、とか。

天田少尉は罎を空にして床に放り投げ、目を閉じた。苦い酔いがまわる。

フェアリイ空軍創立記念日の天候、第二級吹雪。除雪隊は一級出動態勢をとる。モーターグレーダー、ロータリーという二種類の除雪車がチームを組み、創立記念式典など無視して吹きすさぶ、その白い悪魔と立ち向かうために出ていき、しばしの休息をとり、また燃料を補給して出動する。いよいよ忙しくなり、故障車が続出したりすると、除雪車は迎撃機なみにホットフュエリング——エンジンを回したまま燃料補給を受けるのだ。空中給油ならぬ、タンク車からの並進給油を受けながら白い雪と格闘するのだった。滑走路はそれほど広く、雪はそれほど容赦なく降った。

地上で同僚たちが凍えているころ、天田守少尉は着つけない軍服をつけて式典場にいた。地下大講堂は別天地のように暖かかった。

汗ばむほど暖かく、吹雪の中より息苦しい。天田少尉は他の受章者と並んで祝辞を聴きながら、ときおり顔をしかめた。二日酔の頭が、スピーカーから吐き出される祝辞の一語一語に、ずきん、と痛む。

しゃちほこばっている式場の人間は、現実感や実在感がまるで感じられなかった。ここには雪はなかったし、しびれるような寒気もなかった。参謀司令のいかめしい態度も受勲する戦士の顔も、自分とは次元の違う、まるで人形のように見えた。生きているとは思えない。ジャムを相手に戦っている人間なのだと思わせる緊迫感はなかった。これはまったくの虚構ではないのかと天田少尉は思う。受勲者は実際には存在しない人間ではないのか。

虚構といえば、この戦争そのものが架空の戦争にも思える。ジャムはその正体を人間の前には決して出さなかったし、そもそも地上で雪かきを専門にやっている天田少尉には、発進していった戦闘機チームがどんな敵機と交戦して帰ってくるのか、敵機が本当に存在するのか、どんな敵なのか、それを想像することができなかった。考えたこともない。雪かき屋の少尉の気がかりといえば、グレーダーの燃料のこと、変形したドアのすきまから吹き込んでくる冷気のこと、そろそろ酒が切れるから買わなくてはいけないこと、そんなものだった。少尉の敵は雪だった。雪よりも、寒さだった。ジャムではなかった。

フェアリイ空軍の敵はしかしジャムなのだった。少尉にとっては見たこともなければ考えたこともない敵だ。わけのわからない敵と戦っているFAFは、ジャムと同じようにわからない存在だった。わからないところから勲章が授けられる。これは夢のなかの妖怪が目の前に現れて鈴を振っているようなものだ、と天田少尉は思った。

みんな人形だ。あの司令官も、受勲者も、そして自分も。ショーウィンドウの中できらびやかな衣装を着せられて、外を歩く人間たちの購買意欲を誘うために、身動きもせずに立ちつくす人形。それと同じだ。自分は戦意昂揚のために利用されるのだ。虚構世界に組み込まれて。

最後に天田少尉が呼ばれた。少尉はあきらめの気持ちで、前にやってきた司令に敬礼した。胸にべたべたと勲記章をつけた司令官は従士官からマース勲章をとり、天田少尉を見た。司令は天田少尉の軍服の、雪の結晶を形どったマークに目をとめると、一瞬けげんな顔をした。

天田少尉は司令官の表情をよぎった一瞬の表情の変化を見逃がさなかった。少尉は衝撃を受けた。なぜ、疑惑の目で見るのだろう。これは参謀司令が承知のうえでやっている、虚構のセレモニーではないのか。なにをいまさら驚くのだ?

「おめでとう」と参謀司令は太い声で言い、マース勲章を少尉の首にかけた。「きみは英雄だ」むっつりした声だった。天田少尉は息をつめて、必死に混乱した頭を整理する。どういうことだ、なぜ司令はおれをこんな目で見るのだ、場違いなやつがいるぞ、と彼は思っている。どうしてだ。

答えは一つしかなかった。参謀司令も知らないのだ。なぜ雪かき屋が受章しなくてはならないのか。ではいったい、自分に勲章を授けることを決めたのは、だれなのだ。師団ではない。軍団でもない。参謀司令でもない。叙勲委員会には参謀司令も入っているに違いないだろうに。

フェアリイ空軍には、天田少尉にマース勲を与えよと言ったものはだれもいない。

まさか。少尉はぞくっと身を震わせる。しかしもしそうだとすると、自分は人形ですらなくなる。この勲章は浮くことになる。

金の勲章が重く首に下がっている。その勲章はこう言っているかのようだった。

「われはシルフィード。空気の精。おまえのような地に這いつくばっている者の味方ではない」

勲章すらが、おれを嘲ける。しかし返すことはできない。軍団が許さないだろう。しかしなにより、返す相手がいないのでは、返しようがないではないか。人形になれ、ということなら、しかたなく、あきらめる。あきらめはいまに始まったことじゃなかった。だが授章理由が不明だとすると、あきらめの理由のよりどころがなくなる。自分をかばってくれる者が存在しなくなるのだ。

いったい、この勲章はなんなのだろう。天田少尉は、軍楽隊の演奏する「フェアリイ空軍を讃える歌」の大音響にむかつく。

飲んだくれの雪かき屋がマース勲章を受章したというニュースはあっという間にフェアリイ中に知れわたった。だれもかれもが、天田少尉の受章をいぶかしんだ。基地整備軍団が計算したように、雪かき任務の重要性が取りざたされもしたが、しかしだからといって天田少尉の受章を納得する者はほとんどいなかった。なかには、あれは間違いだったのだと天田少尉に面と向かって言う人間もいた。食堂で顔を合わせる他の隊の者とか、地下都市のバーに出入りする他の軍団の上士官とか。彼らはそう言ったあと、こう続けるのだ。

「しかし間違いだからといって、叙勲委員会はいまさら引っ込みがつかないだろう、あんたが不当に勲章をもらったとしても、だ。いったいどんな細工をすれば、英雄になれるんだ?」

天田少尉にはそんな細工ができるほどの実力はないことを知りつつ、彼らはそう言って、侮辱するのだった。

おれの仕事などなんの価値もないんだ。天田少尉は、侮辱されても黙っているしかない。これまでは面と向かって「おまえは屑だ」と言われたことはなかったが、受勲したばっかりに、自分の惨めさが衆人の前にさらけ出された。どいつもこいつも言う、なんでおまえが？　答えられるわけがないではないか。もういいかげんにしてくれ。おれが望んだんじゃないんだ。

天田少尉は憤りをアルコールで溶かそうというように、浴びるほど飲む。マース勲章が無数に全身にはりついて吹き出物のように醜く変形していき、金色の蛆虫となって肉のなかに食い込み、身体を腐らせる。腐った肉から金色の空気の精がとび出してゆく。

勲章は返せない。捨てることもできない。壊すこともできない。そんなことをしたら、処刑されるかもしれない。八方ふさがりだ。飲むしかない。アルコールで消毒してやる。

おれは偉いんだ、英雄なんだ、ヤッホー。英雄の出動だぞ。酒が天田少尉を開き直らせる。

天田少尉は首にぶら下げた勲章がみぞおちのへんにあたるのを意識しながら防寒服を着込む。鈍痛は肝臓の痛みか、それとも勲章が腹をつつくのか。足を踏み出す。ふらつく。車庫は氷点下だ。グレーダーについた雪が、融けないまま、白い。シャッターが開くとまばゆい光が差し込んでくる。久しぶりの晴れ間だ。

天田少尉はグレーダーに乗り込もうとして少しよろける。同僚が見ていたが、なにも言わなかった。飲んで出動するのなんか珍しくなかったし、それに、なにしろ、相手は英雄だものな、というわけだった。

グレーダー出動。ドアは直っていない。プラハンマーで叩いたのだが、かえって悪くなってしまった。外は風が強い。低く垂れ込めた黒い雲が猛スピードで移動し、切れ間から陽が光の剣のように地上に刺さり、冷気を切り裂いて動く。気温は吹雪のときよりもさらに低い。吹雪は苛酷だが、気温の点からすると吹雪のほうがましだった。地表の細い雪の結晶が風に吹かれてさまざまな模様を描いている。

つかのまの晴れ間を利用して、空港地上施設周りの除雪が大規模に行なわれている。グレーダーの入り込めないところは人海戦術だった。このときばかりは除雪隊だけの手ではたりず、各軍団は暇な者を総動員して除雪にあたる。

天田少尉は戦術空軍・特殊戦の地上エレベータ舎の前にグレーダーをアイドル状態で停め、薄笑いを浮かべて、特殊戦のパイロットたちがスコップで除雪するのをながめた。歯の根をガチガチいわせながら。ドアのすきまから冷気がひと吹きすると、運転席のデフのない窓に呼気が霜になった。湿気が音をたてて凍ってゆく。ピシピシ、パリン。幻聴じゃない。ちゃんと聞こえるぞ。

人の手で集めた雪をグレーダーでかくのだが、それまで待っていなくてはならない。天田少尉は顔を手袋でこする。ひりひりと痛い。早くやれ。こっちは他に仕事があるんだ。予定の機が発進したあと、発進路の除雪だ。

運転席で凍えないための運動、顔をさすったり膝を叩いたりしていると、特殊戦の上士官らしい男が移動しろと手でサインを送ってきた。エレベータ舎ドアが開き、ばかでかい戦闘機が姿を現した。シルフィードだ。天田少尉は腹の勲章を防寒服の上からおさえる。

「早く移動してくれ」

窓の外で合図した男がどなった。少尉はグレーダーをバックさせる。

シルフが引き出された。特殊戦の戦闘偵察機だ。ただのシルフィードではない、スーパーシルフだ。双垂直尾翼にブーメランマークがついている。コクピット下にパーソナルネームがついている。小さな文字だ。雪風。寒そうな名だがコクピット内は暖かいのだろうな、と少尉はうらやましく思う。

それにしても威嚇的な戦闘機だった。天田少尉はこんなに近くでスーパーシルフを見るのは初めてだった。グレーダーよりもはるかに大きい。滑走路除雪用のグレーダーは一般道路での使用など考えられていない設計のため小山のように大きいのだが、目の前の戦闘機はそれを越えている。

雪風のジェットフュエル・スタータが静寂を破って始動する。低いサイレンのような音。それはすぐに爆発的に高まり、それもやがて回転数を上げてゆく右エンジンファンの音にまぎれてしまう。ファン回転数が上昇すると、地表のアスピリンのような細雪がファン吸気口に吸い込まれる。まるで磁石に吸いよせられるように、地上とファン吸気口の間に雪の結晶が柱のように立つのだ。ファンエンジン特有の耳をつんざく高周波音。アイドルにもどり、今度は左エンジンのスタート。冷たい空気が鳴り、グレーダーが震える。ジェットフュエル・スタータの低周波音が消え、停止。両エンジンが吠える。排気音が高まり、誘導員が、行け、のサイン。パイロットは手を振り、了解。雪風のエンジン音がさらに高くなると、巨大な機体が後ろから突かれたように、いきなり前に出た。排気が後部の雪を吹きとばし、舞わせる。天田少尉はグレーダーのワイパーを回した。

雪風が広大な滑走路へ出てゆく。やがて滑走路から、すさまじいアフターバーナの炎を引いて離陸、あっという間に厚い雲の中へと消えてゆく。雷のようなエンジン音だけはしばらく聞こえているが、それも、耳鳴りにまぎれて薄れてゆく。

耳がじんと鳴っている。なんてパワーだろう。天田少尉は寒気に耐えられずにウィスキーを飲み、雪風の名のついた戦闘機と自分のグレーダーを比べ、息を吐いた。共通点が一つだけある。燃料だ。グレーダーは軽油ではなくジェットフュエルを使う。

それだけだ。あとは雪風がすべてまさっている。重量は、爆装すれば三〇トンはあるだろう。グレーダーは一六トン。あっちは推力三〇〇トン近くだろう、こちらは三〇〇〇馬力ちょっと。戦闘機は華麗で、除雪車は愚鈍だ。そしてたぶん、それを操る人間もだ。

「やあ、どうも応援ありがとう」

ドアの外から、さきほど合図をおくってきた上士官が運転席を見上げていた。天田少尉はドアを蹴飛ばすように開き、「いつまで待たせるつもりだ」と嚙みつくように言った。

特殊戦のその男は頰に傷痕のある顔にサングラスをかけている。階級章は、少佐だ。

天田少尉は、冷気にのどをつまらせる。肺が一瞬まひしたかのようだ。冷たい空気で目がしみる。まばたきし、痛いような空気を吸い、早くやれ、とどなった。

「すまない。わたしはブッカー少佐。きみ、飲んでるな？」

「ああ」

「仕事はできるのか」

「あんたがさせてくれればな。早くこの仕事をやらないと、次の仕事までの休み時間がフイになっちまうんだ」

「滑走路を真っ直ぐに走らせられるのか？　その飲みっぷりで」

滑走路の除雪は数輛のモーターグレーダーが並進し、両わきのロータリーがグレーダーの集めた雪を滑走路わきに吹き飛ばす。

「心配しなくてもいい。ビーコン波がグレーダーを真っ直ぐに誘導するから、ハンドルなんか握ってなくてもいいんだ。お笑いじゃないか。おれなんかいなくてもいいのさ」声がひきつる。「それでも英雄になれるんだ」

「きみが」とブッカー少佐は天田少尉をしげしげとながめて、言った。「あの有名な、天田少尉か」

「そうとも。どうだ、驚いたか」

「酒臭いな。いい身分だよ」

「そうとも」ふいに少尉は涙ぐんだ。まったく自分でも意識しない涙。「飲まずにはいられないよ。仲間たちもよそよそしくなった。おれが黙っていれば、ぶっていると言われ、しゃべれば、悪意をかきたてるんだ。どうやっても、やらなくても、おれはつまはじきにされるんだ。みんな勲章のせいだ……勲章と引き換えにおれは仲間を失ったよ。くだらない連中だけどな。もうどうしようもない。おしまいさ」少尉はこみあげてきた吐き気をこらえる。血の臭いがする。ウィスキーで流し込もうとし、むせて、吐いた。運転席の外、雪の上に赤黒いしみが広がった。長くはないな、と思う。

「大丈夫か、少尉。これは血じゃないか」

「ほっといてくれ。あんたには関係ない。医者も好きなようにしろと言ってる。ただおれは――おれをこんなふうに惨めにした、勲章をくれたやつを呪ってやる」

「だれを呪うんだ」

「下っ端にはわからんよ」と冷えた息を吐いて、天田少尉は言った。「あんた、少佐、特殊戦の人間だろう」

「そうだ」少佐はサングラスを外し、ポケットから防曇スプレーを出し、吹きつける。

「頼みがある。特殊戦はＦＡＦの陰の参謀といわれるほど実力がある。あなたなら、おれの勲章の出所が調べられるだろう。お願いだ、少佐……おれはそいつに勲章を叩き返したいんだよ」

「わたしでも無理だ」

「だろうな。つまらないことを言ってしまった。早くやつらに」天田少尉は除雪スコップを重そうに操っている十人ほどの戦士を指した。「終わるように命令してくれ。冷えるんだよ。凍死してしまう」

「わかった」少佐はサングラスをかけ、運転席を見上げて、言った。「やってみよう。期待はせんでくれ」

「じゃあ、早く命じたらどうだ」

「勲章のことだ」

「なに？」

グレーダーのエンジンをアイドルから間欠始動モードへ。暖まっていたエンジンは止まる。静かになった。風が耳を刺す。耳がちぎれそうに痛い。イアマフはつけていない。

「なんて言ったんだ」

「勲章のことだ。わたしも興味がないわけではないんだ。きみの受章は、こう言ってはなんだが、たしかにおかしい。参謀の連中はなにを考えているのか、わたしも知りたい」

天田少尉はブッカー少佐を見つめた。少佐の口調には嘲けりも嫉妬も憤りもなかった。淡淡とした言葉。嘘ではないんだ。この男は、おれに同情はしてないが、蔑んでもいない。天田少尉は救われた気持ちになった。

「頼みます、少佐」低く震える声で言った。

「わたしは特殊戦、ブーメラン戦隊、第五飛行戦隊にいる。今度のことは、わたしの力では解明できないかもしれない。フェアリイ空軍情報軍から横槍が入ることも予想される」

「あなたがやってくれる、それだけでいいんだ……あんたに会えてよかったよ」

「わかったら知らせる。じゃ、寒いようだからドアを閉めろよ。震えているじゃないか」

「あ、ありがとう」長いこと忘れていた言葉だ。

天田少尉は鼻水をすする。つんと痛い。手袋で拭くと、手袋上で白く凍った。ドアを閉める。少佐がグレーダーを誘導する。天田少尉は重いクラッチを踏みつけ、ギアを入れる。

ふと白いはずの雪景色が薄く黄色味をおびているように感じた。陽の光のせいか。あるいは黄疸か。自分もサングラスをかけようと天田少尉は思った。このままでは死ねるものか。勲章を叩き返してやるんだ。そいつに直接会い、勲章をつき返して、ぶん殴ってやる。それまでは生きているぞ、絶対に。

ブッカー少佐ならなんとか調べてくれるだろうと天田少尉は信じ、グレーダーを発進させた。唯一の味方を得たと少尉は思った。あの少佐がおれを裏切らなければ生きていられるだろう、そんな気がした。

ドア下端からはあいもかわらず、すきま風が吹き上がってくる。これればかりは勲章の件がかたづいてもどうにもならないだろうな。天田少尉は鼻水をすすり、グレーダーのラッセル板を下ろした。寒い。春はまだ遠い。永遠にこないかもしれない。ラッセル板が雪塊にぶちあたり、雪の華が舞った。

＊

戦術空軍団・戦術戦闘航空団・特殊戦のジェイムズ・ブッカー少佐は、空軍内でももっともニヒルな部隊と言われるブーメラン戦隊の一員だったが、その所属と凄味のある顔つきとは反対に、いたって穏健な心の持ち主だった。

除雪作業にぶつぶつ文句を言うブーメラン戦士たちを作業から解放し、暖かい地下へもどった少佐は、曇ったサングラスを外し、ロッカールームへ行き、作業中についた雪が融けてずぶ濡れになった防寒靴と服を脱いだ。足が冷たくてかなわない。そして、天田少尉の苦労を思った。

彼は毎日毎日、くる日もくる日も、この冷たさを味わっているんだ。勲章をもらってもおかしくはない。そう少佐は思う。しかし、それでもマース勲章となると、話はべつだ。適切な章ではない。あれでは天田少尉の苦労を認めたうえでの授章とはいえない。

ロッカールームで足をタオルで拭き、身じたくを整えて、少佐は戦隊区の自分のオフィスにもどった。

雪風の帰投まであと二時間ある。少佐の親友の深井零中尉はその間、ジャムと戦う。地上からはなにもしてやれない。ただ、生きて帰ってこい、必ず帰ってこい、と祈るだけだ。少佐は深井中尉のいつも変わらぬ冷静沈着、裏がえせば何事に対しても無感動な表情を思い浮かべた。

ブッカー少佐はコーヒーメーカーからカップに熱いやつを注ぎ、すすり、カップを包んで手を暖める。

あの零に、勲章のことを言ったら彼はなんて応えるだろう。訊くまでもない。おれには関係ない、そう言うに決まっている。仮に零への授章が決定し、どうしても受章しなくてはならない立場に立ったとしても、零は無表情に受けとり、なんとも思わないだろう。ブーメラン戦士の彼に対する態度が変化しようが――もっともそんなことは考えられない、みんな一匹狼なのだ、他人に干渉したりはしない――零は平然としているだろう。彼には愛機雪風がすべてなのだ。勲章など文鎮かコースターがわりに、彼の部屋に転がされるだけだ。

しかし天田少尉はそうではなかった。ブッカー少佐は、天田少尉の目尻から流れた涙を思い出した。彼は傷つきやすい魂の持ち主だ。ブーメラン戦士に欠けている豊かな人間性を備えた、人間らしい人間だ。あれが普通なのだ。人間は一人では生きられない。仲間たちから疎外されたら生きてはいけないのだ。

零とは違う。非人間的な零とは。しかしブッカー少佐は無意識のうちに零を弁護している。零の気持ちはわからないでもない、この自分もかつてパイロットだったころはそうだった。ブーメラン戦士への至上命令、「たとえ味方が目の前で次次と撃墜されていったとしても、援護してはならない。自機を守り、収集した情報を守り、どんなことがあっても帰投せよ」

孤独で苛酷な任務だ。自分を守ってくれるのは自身の勘と高性能な愛機への信頼、それだけだ。しかし、それでも、だからといって、人間性を放棄していいものだろうか。天田少尉は必死になって、人間でいたいんだ、と叫んでいるようだ。

ブッカー少佐はコーヒーを飲み干し、まだ感覚がもどらない凍えた足で、部屋を出た。

零、おまえには雪風がある。しかし天田少尉にはなにもないんだ。酒を飲むくらいしかない。なんとかしてやらなくては、少尉は勲章に殺されてしまう。

お節介だということも、勤務中だということも承知していた。だがブッカー少佐は天田少尉の力になってやろうと決心した。特殊戦の実力を試してみたい気持ちもあった。また、雪風が帰投するまでの、あのなんともいえぬ不安を紛らわせようという気持ちもないではなかった。しかしなによりも少佐は、天田少尉の涙が忘れられなかった。非人間的集団で生きているブッカー少佐は、天田少尉の悲痛な訴えを無視するのは自分もまた人間ではなくなってしまうような気がした。

フェアリイ空軍参謀本部は地下基地の奥深く、最深レベルにある。ブッカー少佐は高速エレベータで下り、参謀司令区で降りた。警備は厳重だった。耐爆耐汚染のための各ブロックごとにＩＤカードを提示しなくてはならない。

結局、ブッカー少佐は参謀司令室には行けなかった。その周辺の、戦略戦術任務に直接関っていない、参謀広報オフィスに入ることを許可されたのが、少佐のＩＤカードの限界だった。無理もない、と少佐は思った。ふらりと来て、ここまで入り込めれば上出来というものだ。天田少尉ではここへ来るエレベータに乗ることさえできまい。

オフィスは騒がしかった。商社のようだな、と少佐は思った。戦争をやっている雰囲気ではない。地球への戦果の報告コピーを作る者、フェアリイに来る取材屋の応対スケジュールを調整する者、コンピュータコンソールに向かっている者、映話、インターカム、書類の山をさばいている者、者。

「勲章について訊きたいのだが」

ブッカー少佐は手近な男子職員――隊員というかんじではなかった、上着なしのカッターシャツ姿なのだ――に言う。男はコピー用紙から目を上げて、あなたは、とブッカー少佐を見た。

「戦術空軍、特殊戦、ブッカー少佐」

男は少佐の差し出したIDは見なかった。首を横に振り、「勲章についての質問は受けつけません」

「なぜだ」

「管轄外ですから」

「どこへ行けばわかる。天田少尉のことなんだが」

「ああ、あれね」男は肩をすくめた。「なら、なおのこと、無駄ですよ、だれも知っちゃいないんだから」

「おれは知ってるぜ」少佐は親しそうな笑顔を向ける。この男は口が軽い。少佐は男に耳うちするように顔を近づける。「あれは、特殊戦の手違いなんだ」

「へえ?」男は案の定、のってきた。「ぼくが聞いたところによると、回線の故障だとか。受章資格者というのは空軍全員のデータファイルをコンピュータで検索してはじき出すんですがね、天田少尉の名がどうやら間違って入ったそうなんですよ。でも、大規模な調査にもかかわらず、ミスは発見されなかったのですが……特殊戦のミスなんですか」

「かもしれないと思うんだ。叙勲委員に会わせてもらえるかい」

「そういうことなら」男はインターカムをとった。「あ、参謀司令本部ですか」男はブッカー少佐の言ったことを手短かに説明した。

「いいそうです。マクガイア大尉が来るそうですから、しばらくお待ちください」

ブッカー少佐は時計を見る。零、生きて帰ってこいよ。おれはここにいるが、いつでも祈っているんだから。少佐は自分のやっていることに不安をおぼえたが、表情には出さなかった。

マクガイア大尉は背の低い、しかしギリシアの彫刻を思わせる整った顔つき、金髪の男だった。ひとなつっこそうに少佐に握手し、どうも、と言った。

「あなたが叙勲委員ですか、そのメンバー？」

「いいえ、違います」

オフィスを出ながらマクガイア大尉は否定した。警備員ににこやかな笑顔をふりまき、司令本部へ歩く。

「わたしではありません。案内しますよ」

参謀司令本部に入る。巨大な部屋だ。マルチスクリーンが周囲に光っていて、部屋は内部で立体三層に分かれ、まるで大劇場の雰囲気だった。

「ここがＦＡＦの中枢です。こちらへどうぞ」

大尉はブッカー少佐を案内し、コンソールの間を歩いた。コンソールについている男女隊員は制服をつけ、頭にはヘッドセット。

大尉はその一画、ガラス張りの小ブースにブッカー少佐を案内した。ガラスのドアが閉じると静かになる。

「ここにいるのが叙勲委員です、少佐」

ブッカー少佐はガラス張りの小部屋を見る。だれもいない。コンピュータコンソールがあるだけだ。

「まさか――」

「そうです、ブッカー少佐。叙勲は参謀司令本部・叙勲コンピュータが処理するのです。各軍団からの推薦とかがあると、こいつが叙勲条件を満たしているかどうか調べるというわけです。手作業でやっていては時間がないものですから」

「こいつがはじき出したあと、どうなるんだ」

「参謀司令が署名し、それで叙勲が決定されます。いままでなんのトラブルもなかったので、署名はいわば形式的なものですね。司令はいちいち受章者のリストの内容を調べたりはしません。わたしたちはコンピュータを信じていますから。これなしでは一瞬も正常な軍運営はできません。疑っていては。しかし今回ばかりは、コンピュータがドジッたようでしてね」

「原因は」

「不明です。ハードからソフトまで調べました。実をいうとソフトウエアは複雑怪奇で、完全に調べはついていません。どこかにバグがあるだろうとは思うのですが……あなたは、原因を知っているとか」

「……コンピュータは嘘は言っていないかもしれない」

電子技士でもあるブッカー少佐は、コンピュータがときおり人間には想像もつかないことをしでかすのを経験的に知っていた。人間には予想できず理解できないようなことでも、コンピュータの論理ではまったく正常なことが、よくある。しかもこいつは、と少佐はコンソールを見た。人工知能タイプの論理回路を持っている。自己学習機能があるのだ。自分でソフトをより高度に、能率的に組み替えることができる。そのソフトは人間が解明しようとしたら、一生かかるかもしれない。

「こいつとはどうやってコミュニケートするんだ」

「音声入出力装置はありませんが、普通語を理解します。キーボードから入力するのです」

「こいつと話してみたいんだが」

「いいですよ。わたしは仕事がありますのでこれで失礼します。またあらためて、少佐。なにかわかったら、わたしを呼び出してください」

「わかった」

ブッカー少佐はガラスの小部屋でコンソールキーを叩く。

〈目を醒ませ〉と、キー・イン。

〈あなたは、だれか〉とコンソールプリンタから印字文字が出る。〈所属および階級を入力せよ〉

それに答えたあと、少佐は質問する。

〈天田少尉への授章理由を知らせよ〉

コンピュータは一秒という長い時間をかけたあと、答えた。

〈極秘〉

少佐は、電子機器が熱を帯びてくるときの、ちょっときなくさい臭いを吸い込み、訊く。

〈なぜだ。ジャムと関係あるのか〉

〈極秘〉

少佐はため息をつく。質問の鉾先をかえてみる。

〈ジャムとはなにか〉

〈われわれの敵である〉

フム、と少佐はキーの上で指をとめ、印字された文字を読み返した。もっともな答えだ。おかしいところはない。われわれの、敵。われわれの。少佐は、ぎくりとし、もう一度読み返す。われわれ、の敵。われわれ。

〈われわれ、とはだれのことか〉

〈ジャムにとっての敵である〉

〈人間だな？〉

〈ジャムが人間を感知しているという直接的証拠はない〉

〈なんだって？〉

短い電子音。

〈質問の意味不明。再入力せよ〉

少佐は震える指で、キーを叩く。

〈ジ・ャ・ム・の・敵・は・だ・れ・か〉

コンピュータは即答する。

〈われわれである〉

〈コンピュータだな？　地球型コンピュータか？〉

印字キーが、カチリと動きかけて、止まった。コンピュータはためらったようだった。ほんの一瞬だったが。印字キーが文字を叩き出した。少佐は食い入るように読む。

〈ジャムの直接的な敵は、フェアリイ空軍である〉

〈ジャムには人間が認識できないのだな？〉

〈ジャムが人間を感知しているという直接的証拠はない〉
〈コンピュータならあるのか〉
短い電子音。
〈質問の意味不明。再入力せよ〉
〈おまえはジャムを感ずるか〉
短い電子音。
〈質問の意味不明。再入力せよ〉
少佐はコンソールを叩く。くそったれ。とぼけるつもりだぞ、こいつは。
〈除雪チームの、対ジャム戦における効果の重要性を答えろ〉
〈文脈の乱れあり。再入力せよ〉
〈除雪隊は対ジャム戦に必要か〉
〈必要である〉
〈現在の除雪隊の作業状態は、非能率的だ。認めるか〉
〈認める〉
〈改善策を述べよ〉
〈無人化すべきである〉
〈人間は必要ないんだな〉
短い電子音。
〈質問の意味不明。再入力せよ〉
〈フェアリイ空軍の運営に、人間は必要か〉

少佐は息をつめて、印字されるのを待った。

コンピュータはそんな少佐の緊張などせせら笑うように印字した。

〈必要である〉

〈必要だから、天田少尉に勲章をやったんだな〉

人間を喜ばせて、人間がおとなしくコンピュータに従うように、こいつらは褒美を出すようなつもりで人間たちに勲章を出しているのではないか？

ブッカー少佐は深井零が以前言ったことを思い出した。「なぜ人間が戦わなくてはならないのだ」それに対して自分はなんて答えたろう。

たしか、こう言った。「これは人間に仕掛けられた戦いだ。すべてを機械に任せるわけにはいかない」

そうじゃないんだ。少佐はふらりとコンソールを立った。プリンタが〈極秘〉の文字を打ち出していた。

この戦争はジャムとコンピュータの戦いらしい。ジャムは人間ではなく、地球のコンピュータ群に戦いを挑んできたんだ。じゃあ、人間の立場は？　おれは、どうなるんだ？　コンピュータから必要ないと言われたら、排除されるのか？

ブッカー少佐は印字された用紙を切り取り、丸めた。ばかな。このコンピュータは酔っぱらっているんじゃないか？

そのブースを出た直後、ブース内のインターカムが鳴った。少佐はもどり、「なんだ」

「雪風、被弾。すぐに特殊戦司令部に出頭してください」マクガイア大尉の声。

「わかった」インターカムを切る。

少佐は参謀司令本部をとび出す。

零、生きて帰れよ。なんてこった。コンピュータ相手に遊んでいたら、こんなことになってしまったじゃないか。零、いま行くからな。

特殊戦司令室は、参謀本部ほどの広さはなかったが、電子機器の密度は高い。少佐が入ると、司令室の正面壁の、縦一〇メートル、横一八メートルにおよぶメインディスプレイに戦況データが表示され、中央に赤い、〈緊急事態発生〉の文字が点滅していた。

ブッカー少佐は雪風の破損状況データを見る。雪風のビルトイン・テストシステムから転送されてくる機体異常を知らせるデータだ。

雪風はギア、アレスティングフック、キャノピ開閉のための油圧システムを破損していた。左エンジンに被弾、火災発生。いまは鎮火。

ブッカー少佐は胸をなでおろす。よかった。あとは胴着の無事を祈るだけだ。零なら、うまくやるだろう。

「空港を閉鎖しろ。発進路をあけておけ」

「だめです」女性オペレータが緊張した声を出す。「除雪中です、少佐」

「すぐにどけろ」少佐は叫ぶ。「もたもたするな。なにをやっていた、いままで」

雪風、着陸態勢に入る。残存燃料放出。

「零、燃料は捨てるな。待て、早すぎる」

ブッカー少佐は司令室から駆け出し、地表に向かう。なんてことだ。除雪隊の愚図どもめ。雪風を降ろさせないつもりか。

〈PAN、PAN、PAN。ランウェイ02Lを除雪中の部隊は作業を即時中止、至急ランウェイわきによれ。特殊戦第五飛行戦隊、雪風が緊急着陸する。左エンジン破損、脚が出ないもよう。除雪隊は緊急退避。繰り返す――〉

この緊急通信《PAN》は、02Lを除雪中の天田少尉の耳にも入ったが、彼は理解できない。酔っていた。緊急通信に、わかったよ、とつぶやき、フロントグラスに投影される目標マークに自車の進行ベクトルを合わせた。つまり、直進した。仲間たちが離れてゆくのはわかった。くそ、おれをそうまで嫌わなくてもいいじゃないか。天田少尉はアクセルを踏み込む。寒いぜ。少尉はウィスキーをあおる。胃に流れていかない。もどす。運転席の床が赤く染まる。天田少尉は混濁する意識のなかで、自分を励ます。目標マークからそれてはならないぞ、行け行け、これがおれの仕事だ。突然、前方に黒い影を見たように思った。

勲章の影かな。どんどん大きくなるみたいだ。蚊か蠅だろう……こんな寒いところにそんなもの、いるものか。幻覚だ。天田少尉はフロントグラスのヘッドアップ・ディスプレイを見つめ、グレーダーを直進させる。

雪風を操る深井零中尉は、雪風の衝突警告音に耳を疑った。雪風は完全にファイナルアプローチに入っているというのに、前方に障害物がある。零は肉眼で黒い点を認める。除雪車？　どうなっているんだ。

雪風の機体は、脚が出ていればすでに接地しているほどのところまで下りていた。翼全体で風の抵抗を受けて機速を殺すために機首上げ姿勢をとり、いまやその機首も下げて姿勢をほぼ水平に保っていた。速度は十分落ちている。だが、いまはそれが危険要因となっていた。揚力が足りない。

ダイレクト・リフトコントロールを切り、サイドフォース・コントローラを使って横に逃げるか？　それには速度が足りず、高度の余裕もなさすぎた。対地効果で圧縮された空気が雪風の下の雪を舞い上がらせる。雪風は雪の炎を巻き上げて突進する。

後席のフライトオフィサ、バーガディシュ少尉が異常に気づいた。前方の障害物を回避するには上昇するしかないが、着陸をやり直すための燃料はない。胴体着陸を敢行するため余剰の燃料を投棄していた。上昇するにしても間に合いそうにない。このままでは激突する。

「脱出だ、機長」

「回避する」

「間に合わない」

「脱出を許可する。きみだけ行け」

「了解だ」

バーガディシュ少尉は素早くフェイスカーテン・ハンドルを引く。キャノピが射出――されない。油圧系統が死んでいるのだ。右手でハンドルを握ったまま、キャノピ開閉ハンドルをオープン位置にし、緊急キャノピ射出レバーを引く。だめだ。手動のキャノピロック解除ハンドルを引く。キャノピはこれで少し持ち上がり、風圧で吹き飛ぶはずなのだが――反応がない。キャノピが開かない。

「キャノピ・スルー・ベイル・アウト」

バーガディシュ少尉は宣言する。キャノピを突き破って脱出するしかない。

その宣言を聞く前に、零はダイレクト・リフトコントロールに上昇を指示、スロットルを叩き込んでいる。障害物を回避する揚力を得るには加速が必要だ。スピードブレーキを閉じる。アフターバーナは点火しない。残存燃料が少なくなると自動的にアフターバーナへの燃料移送バルブは閉じるのだ。どのみち、アフターバーナでは突発的な加速は期待できない。反応するまで、ほんの少し時間のずれがあるのだ。

雪風、加速。零は脱出することなどまったく考えなかった。雪風は空気抵抗を最小にするためさらなる機首下げ姿勢をとる。マニューバフラップが自動でフルダウン。

「浮け、雪風」

除雪車を発見してから五秒とたっていない。

零は巨大なグレーダーが目の前いっぱいに広がるのを見た。雪風が、ふわりと浮く。

だめだ。激突する。零は雪風のレドームがグレーダーに突っ込んでつぶれる様子を想像した。一瞬後にそうなる。

背後に衝撃音を聞いた。後部座席がキャノピを突き破って射出。零はそのままだった。バーガディシュ少尉は機長の零の指示どおり、射出コマンドモード・レバーを自席のみ射出に合わせて、単独で脱出した。

雪風が、まるで雪を蹴ってジャンプしたかのように、水平姿勢を保ったまま上昇する。

零は衝撃に備えて身を硬くする。ほんのちょっとの差で、だめだ。機体下部が接触、雪風はバラバラになるだろう。

零は目は閉じなかった。激突直前、グレーダーの運転席の男と目が合ったような気がした。そのグレーダーの上部構造物が、消え失せる。零はたしかに見た。運転席が真っ赤になったのを。そして次の瞬間、なくなっているのを。奇妙な、ながめだった。まるで黒板の絵を拭きとるように、グレーダーの上半分が消える。とたん、雪風のレドームがその消えた空間に突き刺さり、一瞬後、雪風はなんの衝撃もなくグレーダーを飛び越えている。

零は素早く機首上げで速度を殺す。雪風は接地。機首を下ろし、雪面を滑走する。滑走路の終端が近づいてくる。零はやれることはすべてやり、あとは祈るしかなかった。

雪風が停止する。滑走路から飛び出すことは避けられた。零は視界のいいコクピットの後ろを見やる。

グレーダーは黒煙を上げていた。なにが起きたのか零にはわからなかった。しかし雪風は無事に着陸した。グレーダーのことよりも、零には雪風のほうが重要だった。計器で機体異常をチェックし、火災の危険がないことを確かめると、零はキャノピナイフを取り外し、キャノピに切れ目を入れ、脱出行動に移った。


ブッカー少佐は見た。雪風が猛然と除雪車に襲いかかるのを。少佐は雪上を駆ける。

突如、冷気をつんざく爆発音が響き渡った。激突したか——いや、そうではなかった。少佐は雪風がグレーダーを飛び越える、その直前を見た。空港の近接防衛システムだ。空港を守る、対空ファランクス砲が作動したのだ——グレーダーの上部が一瞬のうちに吹き飛び、あとかたもない。ほんの数分の一秒間で、千発近い一斉射撃を受けて。

ブッカー少佐は立ちつくす。あのグレーダーに乗っていた男は……なにが自分の身に生じたかわからないまま、即死したことだろう。

＊

事故のあと、ブッカー少佐はそのグレーダーに乗っていた男が天田少尉だったということを知った。

そして、近接防衛システムが、防衛コンピュータの判断で自動作動したということも。

そしてまた、除雪は無人化する必要があるという、事故調査結果に戦慄した。叙勲コンピュータが印字した、同じ言葉だった。

天田少尉は勲章をもらったせいで、いっそう情緒不安になった。コンピュータはそれを予想し、事故を起こさせるべく彼に勲章を与えたのかもしれない。その結果、除雪作業は完全無人化とまではいかなくとも、除雪車には機械の判断で操車できるように人工知能が組み込まれることになるだろう。

事故処理が一段落したあとブッカー少佐はもう一度叙勲コンピュータと交信し、天田少尉への授章理由を問いただした。

コンピュータは答えた。

〈極秘〉そしてこう続けた、〈今回の彼の英雄的行動に対して、あらたに除雪功労章を授けることを勧告するものである〉

コンピュータはこう言っているようだった。

『性能の悪い人間は必要ない。この戦闘はジャムとわれわれの戦いなのだ』

ブッカー少佐は叙勲コンピュータが吐き出した印字用紙を細かく裂き、投げた。雪のように舞う。

「呪うべきはコンピュータのようだ、天田少尉」少佐はつぶやく。「このことを知ったら、きみはどうした？」

その問いにはブッカー少佐自身も答えることができなかった。フェアリイ、冬。天田少尉に春は来ない。

Ⅵ　全系統異常なし

雪風の潜在能力は彼の予想を超えていた。無人で飛ぶ雪風は、乗員保護装置のすべてを切り、設計限界を超えた能力を発揮した。彼はそんな雪風を手なずけようとしたが、雪風は彼の命令をエラーと判断し、自在にフェアリイの空を舞った……

敵機多数、接近中。

フェアリィ空軍最前線基地TAB‐14の周辺を空中戦闘哨戒中の戦術機から警報が発せられる。早期警戒機がその情報を確認。

TAB‐14から二十四機の迎撃機がスクランブル。単座の格闘戦闘機、ファーン。戦術空軍第一四〇二戦術戦闘飛行隊402ndTFS。

402ndTFSは横一線のタクティカル・パートナーシップ隊形をとってジャムの攻撃機と相対した。

そのはるか上空を航跡雲を引いて飛びすぎてゆく戦術機を、402ndのリーダーパイロットは妬みに似た苛立ちで見つめる。特殊戦の戦術戦闘電子偵察機、雪風だ。戦闘のある場所にはかならず現れて、味方が全滅しようとも戦闘には加わらずに帰投してゆく。双発のフェニックス・マークXから発生する圧倒的大推力はジャムを相手にしない。いつも逃げてばかりいる。おれたちの死を確認しに来るかのようだ、とリーダーは思う。

「オックス‐リーダー、ジャム接近中。敵、増速、一・四G、ヘッドオン」

「了解」

早期警戒機のタクティカルデータ・リンクに誘導されて、402ndTFSは四編隊に分かれる。一編隊六機が横一直線に並んで飛ぶ。そのうちの三機がトリプルアタックをかけ、三機は監視と防護にまわる。攻撃役と守備役はとくに決まってはおらず、時と場合によって異なる。重要なのは敵を分散させて、かならず三対一で攻撃を仕掛けることだ。この条件が成立しないとき——たとえば後ろから敵の二機目が接近してくるような場合は——ただちに攻撃を中止、守備態勢に入る。その間に他の味方の三機が猛然と攻撃側に立つわけだった。

このような近接格闘戦ではレーダーなどのんびり見ている暇はない。自分の眼と、僚機からの情報、それ以外に頼れるものはなかった。とっさの判断でつねに自機を有利な態勢に保つこと。ハンターパイロットは勘が悪くてはつとまらない。

「オックス - 2、3、行くぞ」

僚機に伝えて、スロットルを押す。敵は上昇するものと下降してゆくグループの二派に分かれた。オックス隊は急速上昇。

「敵機、視認。二時」

オックス - 2からの声。鋭い視力でジャムのかすかな航跡雲を捉える。オックス - リーダーは見おとさない。HUD上に敵をキャッチ。TDボックスが敵影を囲む。近接戦闘スイッチを素早く、オン。敵編隊のウィング側の一機が遅れている。

「いただきだ」

オックス - リーダー機、ダッシュ。速度を殺してはならない。スピードは命だ。オックス - 2、3が続く。

「オックス－リーダー、エンゲージ、エンゲージ。ブレイク、スターボード」

「了解」

上方から敵の別編隊が襲いかかってくるぞ、と守備にまわったオックス－4からの警告でリーダーグループは右へ旋回。ジャムが追尾してくる。うんとひきつけた後方から、ジャムをはさむようにオックス－4、5、6が攻撃を加える。ジャムが気づく。三Gをかけて左旋回にうつる。オックス－リーダー、AOA（アングル・オブ・アタック）・二〇度で三・五G旋回を開始。ジャム、半転して五G旋回降下。オックス－リーダー、追尾、背面降下。ジャム、急激な引き起こし。オックス－2、3は降下を続け、二機そろって引き起こし、追跡のため左へターン。ジャムはオックス－2、3の後方占位をかわすために六G旋回上昇を始める。三秒で一〇〇〇メートル以上上昇、右急旋回、オックス－4の後方につく。オックス－4の後方警戒レーダーが警報を発している。

そこへ、フリーになっていたオックス－リーダー機が最大AOA、機首を七・四Gで引き起こし。それに気づいたジャムは左へ切り返し、バレルロール、一八〇度旋回開始。オックス－リーダーもローリング、互いに後方に回り込もうと機動する。

オックス－リーダー機、ジャムに食らいつく。HUD上に表示、RDY《レディ》 AAM。

短距離ミサイルのシーカーがジャムを捉える。機内の火器管制装置からジャムの飛行方位、相対高度、速度のデータがミサイルにインプットされる。距離が縮まる。六〇〇〇メートル。射程内。ミサイルシーカーから射程に入ったことを知らせる発信音がヘルメットに響く。すかさず発射レリーズを引く。ミサイルのロケットモーター作動、ガス発電機作動、母機から発射。目標到達まで四秒。ミサイルを回避しようと急旋回するジャムに後方から回り込んだミサイルが突っ込む。目標、撃破。

オックス隊は態勢を整える。

この空中戦を戦術空軍団・フェアリイ基地戦術戦闘航空団・特殊戦第五飛行戦隊の三番機、雪風は単独で監視していた。

雪風のパイロット、深井零中尉は複合ディスプレイ上の敵のシンボルが消滅してゆくのを無表情に見る。フェアリイ空軍の戦術思想は、勝つのは二の次、まず第一に絶対に負けるな、というものだった。ジャムは依然として正体不明で、ＦＡＦはジャムの息の根をとめる鍵をつかんではいなかった。勝利をかちとる戦略はなく、ジャムが仕掛けてくる執拗な攻撃から地球を守るのがＦＡＦに与えられた任務だった。それは戦術面にも影響をおよぼした。一つの戦術的勝利は、勝利というよりも、負けなかった、というのにすぎない。絶望的な戦いだった。が、負けるわけにはいかなかった。

４０２ndの連中はうまくやっていると雪風の機上で零は思う。絶対に負けない戦法をとっている……

「様子がおかしい」

後席の電子戦オペレータ、バーガディシュ少尉が零に、長距離索敵レーダーを見ろ、と言った。

「ジャムの第二波だ──深井中尉、いま４０２ndと戦っているのはおとりだ……来るぞ、中尉、見ろ、ミサイルだ。対地ミサイル、ＴＡＢ‐14に急速接近中」

「迎撃態勢は。ＴＡＢ‐14は気づいているか」

「間に合いそうにない」

雪風は増速、ＴＡＢ‐14の上空へ。零は接近してくる敵ミサイルの種類を雪風のＴＤＢ（戦術データバンク）から割り出そうとしたが、ＴＤＢの返答は〝未知〟だった。零は複合ディスプレイを移動目標指示モードに切り換える。

敵ミサイル十八、接近中。

「おそろしく速い――超高速ミサイルだぞ、中尉。ジャムの新型ミサイルだ」

「TARPS（戦術航空偵察ポッドシステム）作動。撮れ」

「TARPS作動」

そのミサイル群は二百数十キロを三十秒弱で飛来。零はバンクさせた雪風機上から、それがTAB－14に襲いかかるのを肉眼で捉えた。ミサイルはまるで赤い彗星か隕石のようだった。赤い尾を引いてTAB－14に吸い込まれる。赤い尾はロケットモーターの炎ではない。弾頭部が空気摩擦で輝いているのだ。

一瞬にしてTAB－14は壊滅した。滑走路上でホットフュエリング中の401stTFSは全滅。地上施設は影もない。滑走路には大穴があく。雪風のTARPSがこれらをカメラに収める。

「あれだけのスピードなら炸薬など必要ない。衝撃波でみんな吹き飛ばされた」

「深井中尉、第三波ミサイル群接近中。今度は対空ミサイルだ。速度は対地ミサイルよりずっと遅いが――通常の三倍速度。402ndが危ない」

「回避しろと伝えろ。PAN、コードU」

「了解。こちら雪風、402ndリーダー、応答しろ。PAN、PAN、PAN。コードU、ユニフォーム、ユニフォーム」

402ndTFS、オックス－リーダーは、雪風の緊急警告と自機の警戒システムの警告音で素早く回避機動を開始。だが接近してくる脅威がどんなものなのかはわからなかった。

「ジャムの対空ミサイルか？」

オックス－リーダーはヘッドアップ、ミサイルを肉眼で捕捉しようとした。困難だが、ジャムのミサイルはかすかな白煙を引くので注意すればわかる。見ることができれば回避する自信はあった。

見えた。後下方から突っ込んでくる。しかし、これは――なんだ？

回避する時間はなかった。ミサイルというよりも、オックス－リーダーの眼には、それはレーザービームのように映った。その一瞬後、彼の肉体は機もろとも爆散している。

「402nd、十九機が撃墜された」

バーガディシュ少尉が冷ややかに告げる。

「了解」と零。「長居は無用だ。帰投する」

「ジャム、なおも接近中。距離一二〇キロ。ミサイリアーらしき母機が三、護衛戦闘機なしで悠然と侵攻してくる」

「ミサイルを射ちつくせばただの空飛ぶ機械にすぎない――ジャムはなにを考えてるんだ？」

「まだミサイルを持っているのか、それともあの母機自体が大きな巡航核ミサイルだとも考えられるな。――402ndの生き残りが迎撃態勢」

402ndの五機は編隊を組み直し、一〇〇キロ前方の三機のジャムに向かって、中距離ミサイルを発射。発射一・五秒後、ジャムからミサイル迎撃ミサイル発射。402ndの放ったミサイルはジャムの高速ミサイルにより、三〇キロも飛ばないうちにことごとく撃破される。402ndは退避を開始。その後方から狙い撃たれる。大空に閃光と黒煙。

「全機撃墜された」

「ファーンは旧式だ。あの敵を叩くにはもっと身軽でパワーのある戦闘機が必要だ。フリップナイト・システムが有効かもしれない」

「無人戦闘機か。無人機をあの高速ミサイルの目標にさせ、敵がミサイルを射ちつくしたところで攻撃する――中尉、ロックオンされた。エンゲージ」

警戒レーダーが敵の照準レーダー波をキャッチ。雪風、最大推力で加速。離脱を試みる。

「高速ミサイル二、背後から急速接近中。秒速五キロ弱だ。距離四〇キロ。第二弾はその後方、六キロ。命中まで約十秒。三秒後に二弾目」

超音速、秒速一〇〇〇メートル以上で飛ぶ雪風の後ろからジャムのミサイルが突っ込もうとしている。

「逃げられない」

「雪風はファーンとは違う」

零は外部搭載機器非常投棄スイッチをオン。TARポッドが切り放される。六発の中距離ミサイルをおとりミサイルとして発射。ECM作動。効果なし。

スロットルから手をはなして左膝元のVmaxスイッチをオン。雪風の双発エンジンはリミッタを切られて、設計安全限界値を超えるパワーをしぼり出す。

オートマニューバ・システム、オン。雪風は零の判断から独立、全センサ情報から機をミサイルから守るための機動方法を高速で計算する。雪風は完全制御飛行体となる。

そのとたん、雪風は右方向へ、機体姿勢を変化させることなく、突然スライドした。零はシート左へぐいと押しつけられる。すさまじい大Gがかかり、内臓がつぶれる感覚。

ジャムミサイル、雪風左側方一一〇メートルを通過、自爆。雪風はその爆発直前、ミサイルの衝撃波をくらって震える。

第二弾接近中の警告音がヘルメット内に響いている。

やられる。零は覚悟する。脱出は不能だ。超音速下での座席射出は自殺行為だ。雪風の射出座席はカプセルで保護されてはいない。

急速に接近してくる敵ミサイルをMTI上に見る。零は雪風にすべてを任せる。衝撃波を受けた雪風が機の姿勢を立てなおすのに一秒ほどかかった。ミサイル命中まで二秒強。回避不能。

雪風は瞬時に戦闘機動を開始。

零には雪風の機動の予測ができなかった。いきなりシートに押さえこまれる。眼が顔面にめりこむようなGがかかる。眼が見えない。全身の血がシート側に。零、ブラックアウト。気を失う。

雪風は零が思ってもみなかった行動に出た。

機の重心を中心にして、雪風は独楽《こま》のように機体をぐいと一八〇度回した。進行方向に機尾を向けて、エンジンパワーをアイドルへ。雪風は亜音速でバックする格好となり、敵ミサイルと相対した。RDY GUN。超高速射撃管制システム作動。自動発砲。八十数発目が敵ミサイルに命中。射撃一・四秒。敵ミサイルは雪風着弾〇・二秒前に爆破。

零が意識をとりもどしたのは雪風が態勢を正常に立てなおしてしばらくたってからだった。雪風は自動的に帰投コースにのっている。

こみあげてくる吐き気をこらえつつ、マスター・コーションライト・パネルに目を走らせる。航法電子システムには異常はない。油圧系統の一部に損傷あり。零は首をねじまげて雪風の垂直尾翼を見やる。右の方向舵が脱落している。さほど危険な影響はないだろう。左一翼あれば十分だ。

ナビ側酸素システムに異常あり、のサイン。

「少尉、大丈夫か。少尉」

バーガディシュ少尉はマスクを外して、オーケー、と指をあげる。

「マスクにもどしてしまった。まだむかむかする。戦闘機乗りの恥だ。初めてだ。雪風はどうなったんだ」

「ミサイルを迎撃したらしい」

「腹に弾をぶちこまれた気分だ……」

長距離を駆けたランナーのような激しい息づかいで少尉が言った。

雪風、高度を下げてフェアリイ基地へ。


TAB‐14は消滅した。

高速ミサイルを放ったジャムの母機は雪風の電子戦オペレータのバーガディシュ少尉が予想したとおり、自らTAB‐14に突入して爆発し、TAB‐14にとどめを刺した。

TAB‐14は地下施設も破壊されて生存者は皆無だった。上空を哨戒していた機や早期警戒機もことごとく撃墜された。

ただ一機、雪風だけが帰還。雪風はTARPは投棄しており、そのカメラによる情報などは失ったが、母機内の情報ファイルは無事だった。

深井零中尉は、雪風の持ち帰った戦闘情報分析の場に立ち合う。

「信じられない」

特殊戦の副司令官クーリィ准将がコンピュータディスプレイから目をあげて言った。

「たしかにね」

シューティング・グラスをかけた、頬に傷痕のあるブッカー少佐がうなずく。

「これほど完璧にジャムにしてやられた例はない。雪風のこの情報は貴重ですよ、准将」

「対抗手段を早急に立てないと、フェアリイ基地も危ない。深井中尉、よくやった」

「やったのは雪風だ。おれは失神していた」

「まったく信じがたい機動をしたものだ、雪風は。よく空中分解しなかったな。スーパーシルフ－雪風がこれほど強い機体構造だったとはね。零、身体は大丈夫か。Ｖｍａｘスイッチを入れたらＧリミッタも働かないんだぞ」

「死ぬよりはましだ。肋骨にひびが入っただけだ。相棒はどんな具合だ」

「脾臓破裂。命は取り留めるだろう。おまえは以前脾臓を摘出していたっけ」

「ああ。それで助かったのかもしれない」

「ブッカー少佐」とクーリィ准将。「この情報を至急まとめなさい。戦術空軍緊急作戦参謀会議に提出する。会議は二時間後。以上」

「わかりました、准将」

ブッカー少佐は特殊戦ブリーフィングルームを出てゆく准将に敬礼。零は腰を下ろしたまま見送る。准将は後ろに眼をつけてはいない。

ブリーフィングルームとガラス壁で仕切られた整備場で、雪風が機体を調べられている。超音波やＸ線による探傷システムのセンサが自動スキャン。

「雪風はもう少しで空中分解するところだった。翼についている歪《ひずみ》ゲージを見せようか、零」

「けっこうだ」

「戦術を変更しなくてはならない。ソフトとハードの両面からだ。まず戦法を見なおす必要がある。のんびりと空中戦をやっていてはだめだ」

「ファーンでは無理だ。雪風でも危うかった」

「高速ミサイルの開発はＦＡＦでもやっている。問題は弾頭部に発生する高熱と、それによる熱雑音なんだ。ジャムのミサイルはそれを解決しているらしいな。移動目標を狙い撃ちできるんだから。どうやってホーミングするのかよくわからない」

「アクティヴホーミングじゃなさそうだ。ECMが効かなかった」

「周波レンジが違うのかもしれん。そのうちわかるさ。FAFの高速ミサイルは試射に成功している。ジャムのものより速度で劣るが命中精度では互角以上だろう」

「ミサイルがあっても、それを積む戦闘機がファーンではな。飛ぶ前にやられる」

「いいや」とブッカー少佐はにやりと笑う。「あるんだ。ファーン・ザ・セカンド。高機動格闘戦闘機だ。テストフライトはもうすんでる。ファーンIIはファーンとはまったく違う。エンジン出力はシルフィードの六〇パーセントほどだが、自重は六〇パーセントを超えない。雪風よりもずっと小さく、軽く、高機動能力がある。前進翼、先尾、大きく傾いた双垂直尾翼、可動するベントラルフィン。雪風が逆方向に飛べたのは奇跡だが、ファーンIIは苦もなくやるだろう。機体は完成している。遅れているのは頭脳部だ」

「コンピュータか」

「そうだ。翼を最適条件に合わせて動かすためには大量のデータを瞬間的に処理できる、大容量の高速コンピュータが必要だ。しかも軽くて小型で省電力タイプのものでなくてはならない。雪風のものは高性能だが、ファーンIIの機体にはいかにも大きい。ファーンIIはいい機体だ。だがその能力を発揮させるソフトがハードに追いつけないでいる」

「試験飛行は成功したんだろう。フライトコンピュータなしでは飛べまい。ということは——」

「ただ飛べばいいというわけにはいかない。ファーンIIは戦闘機なんだぞ。敵の攻撃を回避して、攻撃しなくてはならない。戦闘機に関する戦術思想は二つあった。一つは、乗員を複数乗せて、戦闘時のエラーを少なくしようというものだ。可視界下のドグファイトでは有効だが、もはやこの手は通用しない。もう一つの方法が有効だとＦＡＦでは信じている。今回の雪風がいい例だ」

「戦闘コンピュータに任せるのか」

「コンピュータは人間の脳よりも情報処理速度が速い。センサとダイレクトに接続されているのも強みだ。ファーンⅡの中枢コンピュータにも雪風のような判断能力が要求されているんだ。正直言って、雪風の中枢コンピュータがあのような能力を持っていたとはおれには信じられん。雪風の潜在能力はおれの予想をはるかに超えているようだ」

「あんたが開発したんだろう、ジャック」

「システムをまとめたのはおれさ。しかし雪風の各システムの中味はおれにはわからん。おおぜいの手で開発されたが、いまや雪風は開発当初とは比べものにならないほど利口になっている。戦術を学習しているんだ。そのように仕込んだのは、零、おまえだ。そして、近い将来、雪風はおまえを必要としなくなるだろう」

近い将来ではなく、もはや雪風は人間を必要としていない——ブッカー少佐はそう言いたいのだと零は思った。

「そうなったら……おれはどうなるんだ」

「国へ帰って、平凡な一市民となる」

「おれには帰るところなどない」

「フェアリイに来てどのくらいになる」

「四年」

「生きて帰りたいとは思わないのか」

「死にたくはない」

「パイロットとして飛べるのは、いいところあと二年だ。身体がもたん」

「お払い箱か」

「おれの仕事を手伝うか、零。戦技アドバイザーになれるように取り計らってやってもいい」

「まだ飛べる。雪風にはおれが必要だ」

「片想いだ。雪風はもはや独立した意識体になりつつある。いつかふられるぞ」

「ジャック……年をとったな。以前のあんたはそんなに弱気じゃなかった」

「そうだな」ジェイムズ・ブッカー少佐はため息をついた。「毎日毎日、空軍パイロットが戦死してゆく。出撃してゆくおまえや、わがブーメラン戦士たちを、おれがどんな気持ちで待っているか、おまえにはわかるまい。ジャムがなにを狙っているのかわからなくなってきたんだ。人間など相手にしていないのかもしれん。だとしたら戦士たちの死は無意味だ。たまらないよ。なんでもいい、もうやめてくれ、という気分だ」

「ジャムの相手は機械に任せてしまえ、というのか」

「それもまた危険な気がする。地球型戦闘機械もジャム同様、なにを考えているのかわからん。おれたちはいったいこの戦場でなにをやっているんだろう」

「戦争さ」

「ジャムはもう地球侵略を完了しつつあるのかもしれない。フェアリイでの戦闘は注意をひきつけるためのおとり作戦で、すでにジャムは地球各地に入り込んでいて、やがて地球とフェアリイ星を結ぶ超空間〈通路〉が閉じ……おれたちはここにとり残される。そんな妄想にかられるんだ」

「そうかもしれない。しかし、それがどうだというんだ。地球などどうなろうとおれには関係ない」

「おまえは変わらんな。だが心の準備はしておいたほうがいいぞ」

「いつかジャムに殺られると?」

「ジャムなら、驚くことはない。おれが言いたいのは、零、いつの日か、雪風がおまえの、人間の、敵になるかもしれないということだ」

「ばかな」

「可能性はある。雪風は恋人なんかじゃない。娘だ。彼女は成長した。いつまでもおまえの言うなりにはなっていないぞ。覚悟しておけ。おまえはいずれ、雪風にとって邪魔者になる。無理解で馬鹿な父親など無用だ」

「ジャック、少佐、おれに雪風から降りろというのか」

「もう戦死者名簿に名を追加する作業はやりたくないんだ。おれはそんな仕事をするためにここにいるんじゃない」

ブッカー少佐は情報ファイルを整理して、零を見ずに言った。

「深井中尉、もう行っていい。空軍中央医療センターで精密検査をしてこい」

「おれは大丈夫だ。手当ても受けた」

「診断書の提出を命ずる。退室してよし」

零は立ちあがり、少佐に敬礼した。整備場に出て、巨大な戦闘偵察機を見つめる。

「おまえは……おれを裏切らない……な?」

愛機のレドームに触れる。雪風は冷たかった。

深井零中尉は全治二週間と診断された。もちろん、その間は飛べない。

戦術空軍作戦参謀会議では、新しい格闘戦闘機ファーンⅡを早急に実戦配備すべく、戦技フライトを行なうことが決定された。

会議に出席したジェイムズ・ブッカー少佐が戦技フライトの責任者に任命された。少佐はこの席で一つの提案をし、そのアイデアは認可された。

ファーンⅡのフライトに雪風を随伴させること。ただし、雪風は完全無人飛行させ、飛行中のファーンⅡプロトタイプの光電子システムの挙動をモニタさせる。

雪風は同じ第五飛行戦隊機のなかでも、もっとも危険な戦闘を経験し、ジャムの罠をかいくぐって生き残り、帰ってきている。ファーンⅡのテストフライトはジャムも興味をもっているに違いなく、雪風なら、ジャムの戦闘偵察を察知し、ファーンⅡを守ることができるだろうと少佐は判断した。そして同時に、雪風が無人でも任務を遂行できることが証明されるだろう。そうなれば、と少佐は思った。戦隊機が帰還するのを待つ緊張感から解放される。

三日がかりでブッカー少佐は雪風のフライトプログラムを組み、戦技フライトプランを練った。

少佐は零に雪風無人化の計画をうちあけた。

零は不敵な笑みを浮かべて、言った。

「無理だよ、少佐。雪風はおれなしでは飛べん」

「やってみせるさ」

そうは言ってみたものの、限られた時間で雪風を完全な無人機に改装するのはソフト、ハードの両面から不可能だとブッカー少佐も認めざるを得なかった。

結局、戦技フライトは次のようなものになった。

ファーンⅡプロトタイプのパイロットは、戦術空軍団・戦術開発センター・実験航空隊のエースパイロット、ヒュー・オドンネル大尉。

随伴する雪風は無人。

その雪風を、電子戦闘管制機がバックアップする。深井中尉は管制機に乗り込み、雪風が支援を必要とする場合に指示を出す。

これを聞いた零は、ようするに、とブッカー少佐に言う。

「のんびり飛ぶ管制機から雪風をリモコンで操縦するわけだな」

「苦労したんだ。クーリィ准将からはせっつかれるし。おまえはどうしても飛びたいというし。管制機は旅客機なみだ。昼寝もできるぞ」

「ファーンⅡの中枢コンピュータは完成したのか」

「一応はな。高級な光回路だ。まだ生まれたばかりで、信頼性はなんともいえん。いざという場合は雪風がそいつと自動的にリンク、ファーンⅡは雪風の指示で機動する」

「雪風に乗せてくれないか。落ち着かないよ」

「だめだ。身体が分解してしまうぞ。心配するなよ。管制機は安全な空域を飛ぶ。おまえは黙って見ていればいいんだ。雪風は無事に帰ってくるさ」

ブッカー少佐は零の肩を叩いた。零は胸の傷に手をあてて微笑した。さびしい笑いだと少佐は思った。まるで、失恋したような。

「なぜだ、零。なぜそれほどまでに雪風のことを？」

「おれは……あんたを別にすれば、信じられるのは雪風だけなんだ。他にはなにもない……なにも」

しずく、雨だれ、ほんの少し——ゼロ。ブッカー少佐は零の名の意味を思い出し、親友の手を握る。

ブッカー少佐は、実験航空隊のファーンII戦技フライトスタッフと打ち合わせをする。特殊戦の機体整備場にファーンIIの実戦型一号機と雪風が並ぶ。そびえ立つ雪風の双垂直尾翼は整備場の高い天井を低く感じさせる。大出力を誇示する威嚇的な形と大きさ。

そのわきに駐機するファーンIIは、雪風よりずっと小さく、軽快で、華麗だ。

ブッカー少佐はファーンIIに乗るパイロット、ヒュー・オドンネル大尉と入念なブリーフィングを重ねた。

オドンネル大尉は気さくで陽気な男だった。

クールでなにを考えているかわからないブーメラン戦士たちを相手にしているブッカー少佐には、オドンネル大尉の明るさがまぶしかった。ブーメラン戦士の冷たく張りつめた緊張感はオドンネル大尉からは感じられず、少少頼りない印象をブッカー少佐は受けた。

当然かもしれないと少佐は思う。零や他のブーメラン戦士たちは常に最前線で戦っている。大尉は戦いとは無縁のテストパイロットだ。危険であることには変わりはないだろう。が、大尉の闘いは、戦いとは違う。理不尽で得体の知れぬジャムを相手にするわけではなかった。

オドンネル大尉がブーメラン戦士と異なる点がもう一つあった。彼はエリートだ。戦士たちは地球世界に受け入れられずにフェアリイ星へ追いやられた身の上だったが、大尉はそうではなかった。自らやってきたのだ。地球と祖国を守るためにフェアリイ空軍の技術パイロットを志願した。祖国の空軍でも一級のテストパイロットだった。

つまり、ブッカー少佐は大尉と話していて思う、大尉はまともな人間というわけだ。零のように重い心の傷を負っている男とは違う。零や、自分とは。

オドンネル大尉はいつも秘書を連れていた。将官クラスの待遇だった。大尉直属のその部下は航空光電子機器に関する教育を受けていて、テスト機の異常を大尉が訴えると、それを受けとって専門家の技士に伝える役、と表向きはそうなっていた。彼女、エイヴァ・エメリー中尉はその任務を十分にこなしている有能な技士だったが、それ以外のこまごまとした大尉の雑用も引き受けていて、実質的には個人秘書だった。

エメリー中尉は、陽気なジョークをとばすオドンネル大尉の後ろにひかえて、メモをとった。大尉が陽気でいられるのはこの女のせいだろうとブッカー少佐は思った。エメリー中尉は人前ではオドンネル大尉を「大尉」と呼んだ。オドンネル大尉。それ以外の呼び方など思いつかないというように、そっけなく。

だがブッカー少佐は、ブリーフィングのあと、人気のなくなった薄暗い整備場、ファーンⅡのわきで、二人が恋人同士の甘いささやきを交わしているのを聞いた。

「ねえ、ヒュー」とエメリー中尉は一人の女の声で言った。「わたし、心配だわ」

「なにが？　ファーンⅡはいい戦闘機だよ」

「中枢コンピュータのテストは完全とは言えないし……」

「そのときはこっちのシルフィードが支援してくれる。シルフも素晴しい。こいつの大推力は魅力だな。ただのシルフではない、スーパーシルフだ。しかもこの三番機はブーメラン戦隊のなかでももっとも優秀な機だという。ファーンⅡに比べるとアビオニクスのハード面ではもはや旧式になりつつあるが、それでもいまだファーンⅡより強力だ。ハードを換装すればより高性能になる。こいつのパイロットがうらやましい。最強の戦闘機に仕上げたやつが」

「わたしには、あなたがなぜこんな飛行機にそんなに思い入れるのか、わからない。たかが機械じゃないの」

「ジャムと戦うには優秀な戦闘機が必要なんだ」

「そういう意味じゃないのよ。わかってるくせに」

「妬いてるのか、エイヴァ?」

「あなたのことが心配なのよ、ヒュー。いつもいつも」

「ぼくの瞳にはきみしか映らない。きみ以外の女に触れたならば、その女は氷の柱となって砕けるだろう」

「わたしは真面目よ。茶化さないで」

「おれはいつも真面目なつもりだ」

ヒューはエイヴァを抱きよせる。

「あなたって、新しい物が好きなんだわ。だからテストパイロットをやっているのね。わたしもテストされてるの?」

「きみと飛行機とは別さ。どうしてわからないんだ」

「帰りたいわ。地球へ。あなたといっしょに」

「逃げ帰ろうというのかい? ジャムは今日も地球を狙っているんだ。おれは――」

「やめて。お願いだから」

「……そうだな」ヒューは恋人の髪をなでながらうなずく。「そろそろ落ち着くか。任期がもうじき切れる。きみのためなら、フェアリイ空軍を辞めてもいい。だが、飛べるかぎりは、この仕事を続けたいんだ」

「テストパイロットは危ないわ。機械なんか信じちゃだめ。お願いよ、お願い、ヒュー」

「考えてみるよ……任期はあと二ヶ月だ。二ヶ月たったら――結婚しよう。愛してるよ、エイヴァ」

熱いくちづけをかわそうとする大尉からエメリー中尉は逃がれて、今日のスケジュールはすべて消化しました、と言った。オドンネル大尉は中尉の目くばせで振り返った。

雪風のレドーム下に一人の男が立っていた。

「きみは？」

「深井中尉」

オドンネル大尉は雪風のキャノピシルに書かれたパイロットの名を見て、うなずく。

「きみが。そうか。噂は聞いているよ。ブーメラン戦隊のエースパイロットだな。――雪風。最高の戦闘機だ。ユキカゼとはどういう意味なんだ？」

「スノウ-ウィンド」

「スノウィ-ウィンド？　スノウ-ストームか」

「吹雪とは違う。雪風は雪風だ」

零は恋人たちを無表情に見やった。雪風に近づこうとするオドンネル大尉に鋭く、「触るな」と制止し、雪風のラダーに上がり、外部キャノピ開閉ハンドルを回す。コクピットにつき、マスター・テストシステムをオン。BIT（ビルトイン・テスト）システムのセレクタをインターリーブ・モードへ。雪風の電子機器のテスト。

「シルフィードにはわたしも乗ったことがある。だが特殊戦のシルフィードは普通のシルフとは別物だな。こいつに乗ったことはないが、性能については噂で知っている。明日はお手やわらかに頼むよ」

オドンネル大尉は手を振った。零は黙っていた。大尉は恋人の肩を抱き、整備場を出ていった。

「――深井中尉」

「ジャック。おどかすなよ。どこに隠れていた」

「忘れ物を取りにきた。零、雪風の調整は完璧だ」

「新しいシステムが組み込まれているな……雪風は変わってゆく。おれの手から離れて」

「システムの概要はきのう説明したとおりだ。明日は早いぞ。早く休め」

「ああ」

うなずきながらも零は雪風から降りようとしなかった。ブッカー少佐はため息をつき、戦技フライト計画の書類をかかえなおして、雪風と零から離れ、整備場を出た。

零はブーメラン戦士だ。あの態度も普段と変わらない。しかし、と少佐は思う。オドンネル大尉とエメリー中尉の人間味あふれる関係を見たあとでの零は、いつになく悲劇的に映る。雪風はそんな零や人間たちの思惑などとは無縁だ。彼女こそ主人公なのだとブッカー少佐は思った。惑星フェアリイの大空を支配する、空気の妖精。風の女王。


０６２０時。晴れ。ファーンⅡ戦技フライト計画実施。プリフライトブリーフィングのあと、まず管制機が滑走路に出る。零を乗せて。

続いて、第五飛行戦隊六番機、ミンクスが護衛機として発進スタンバイ。

ファーンⅡのエンジン始動。オドンネル大尉は振動を全身で受けとめて、異常なしを感じとる。オール・コーションライト‐クリア。機体から離れたところで、ヘッドセットをつけたエメリー中尉が様子を尋ねてくる。

「すべて異常なし。オーケー、エイヴァ、出力をミリタリーへ上げる。通話コードを切り放せ」

「気をつけてね、ヒュー」

「わかってる。――帰ったら、プレゼントがある」

「プレゼント？」

「左薬指を磨いておけよ」

「ヒュー！　ほんとに？」

「ファーンII、オドンネル機、発進準備完了」

管制機がのんびりと離陸してゆく。後を追って、ミンクスがアフターバーナに点火して戦闘発進。ファーンIIが離陸開始。ローテーション。ギア・アップ－自動。大尉は機体に負担をかけないように、ゆるやかに上昇させる。三G旋回上昇。基地上空を旋回し、その特異な前進翼を振った。地上にエメリー中尉が小さく見えた。滑走路上に雪風。ファーンIIは加速、戦技空域を目ざす。

雪風のプリフライトチェックを終えたブッカー少佐は、オートマニューバ・システムをオン。雪風のキャノピを閉じて、雪風から離れる。

雪風の二基のエンジン、スーパーフェニックスが吠える。空気が震える。無人の雪風が動き出す。すさまじい加速だった。普段の八〇パーセントの滑走で雪風は離陸。九G以上で機首を上にもたげて、急上昇。完全な垂直上昇加速を始める。

まるでロケットだ、とブッカー少佐は思った。いや、ロケットの発進よりも速いだろう。あっという間に視界から消える。

「見ろよ、零」少佐はつぶやく。「あれが雪風だ。雪風の真の姿だ」

雪風を人間は過小評価しているのかもしれないとブッカー少佐は思い、得体の知れぬ寒けに身を震わせた。

管制機上の雪風のリモートコントロール・コンソールで、零は雪風から送られてくる視覚やその他のフライトデータ情報を見つめる。レーダースクリーンに雪風のシンボルマーク。雪風は水平飛行に移り、管制機に急速接近。零は干渉しない。

雪風はなおも加速、超音速で管制機の右を通過。ミサイルなみの高速。衝撃波が大きな管制機を激しく揺さぶった。

「わっ」とパイロット。「やい、この、なんだ、墜とす気か」

ファーンⅡが最大速度テストに入っている。

雪風がそれを追う。そして追い抜く。ファーンⅡは速度を落とし、高度を下げる。超低空侵攻。雪風がひらりと舞いおりてきて、ファーンⅡの側方五〇〇メートルの間隔で並飛行。

「超低空速度試験を開始する」

オドンネル大尉、スロットルを押す。雪風は平然とついてくる。フェアリイの森が二機の衝撃波でなぎたおされる。枝や葉が吹き飛び、二機の通過コースにくっきりと跡がつく。

「オーケー、格闘能力試験を始めるぞ」

オドンネル大尉は耐Gシートコントロール・システムに異常がないのを確かめる。ファーンⅡのシートは深くリクライニングしており、さらにパイロットを包み込む形をしている。行くぞ、シルフ。大尉はつぶやく。最高速度ではかなわない。が、格闘となればファーンⅡが有利だ。オール・コーションライト－クリア。マニューバスイッチ－オン。フライバイ・ライト・システム－異常なし。

雪風は姿勢を変化させずに上昇する——機首をもたげることなく、対地水平姿勢のまま上昇増速、二〇〇キロを三分で飛び、反転してファーンⅡと相対。雪風、仮想ジャムとなる。

雪風は近接戦を避けるべく、六発の中距離仮想高速ミサイルを発射。ファーンⅡのＭＴＩ（移動目標インジケータ）上に仮想ミサイルの航跡が合成シミュレートされて表示される。

来るぞ。オドンネル大尉はＭＴＩからＨＵＤに目をうつす。４０２ndＴＦＳはこれで全滅したのだ。ファーンⅡ、ＦＡＦの新型高速ミサイルを発射。四発。これもシミュレート。ミサイル迎撃成功。その前にファーンⅡに達する。ファーンⅡは高機動回避に入っている。残りの二発の敵ミサイルはなおも接近、十秒でファーンⅡに達する。ファーンⅡは機首を敵ミサイルに向けたまま螺旋を描き、第一弾を回避。二発目を高速射撃で撃墜、瞬時に機体を右にスライド、三発目にそなえて機体をバンクさせずにジグザグ機動、雪風に接近する。雪風は逃げずに突っ込んでくる。

右へ、左へ、オドンネル大尉の身に大Ｇがかかる。大尉の激しい息づかいが無線を通じて戦技フライトスタッフたちの耳に入る。

「すごい機体だ……こんな機動は初めてだ」

雪風が反転離脱をはかる。

「逃がすものか……機体……異常なし……追撃する」

突然、雪風はエアブレーキを開いて急減速した。速度を殺す。ダイブ。急降下。

「なんだ？」

オドンネル大尉は目を見開く。雪風の振る舞いは空中戦のセオリーからはずれている。

ファーンⅡ、雪風上方を亜音速で通過。

一瞬、オドンネル大尉は雪風を見失う。とっさに機首を下げ、そのままロールせず順面のまま逆宙返り。大尉の頭に血がのぼり、視界が真っ赤になる。レッドアウト。思わずループ径をゆるめ、雪風を捜す。上後方に敵機、の警告音。急半転上昇旋回。雪風、最大ＡＯＡ、ガンサイト‐オープン。上昇に移る直前のファーンⅡをロックオン。もちろん実弾射撃はしない。ファイア。射程ぎりぎりでのこの攻撃は管制機の戦術シミュレータにより失敗と判定される。ファーンII、ただちに反撃。オドンネル大尉は全身汗まみれになり、呼吸が苦しくなる。全力で疾走しているように心臓が高なり、喋るのも困難。

急旋回したファーンIIは雪風の左後方に占位。雪風、亜音速から大G加速。すかさずファーンIIは機首を雪風に向けて、振る。機体がぐいと回転。ロックオン。自動射撃。射程外。短距離高速ミサイル発射。四発。雪風、突発的に一六Gをかけて仮想ミサイル群を回避。

「なんてやつだ――あいつは……スーパーシルフは化け物だ」

ファーンII、増速。雪風が旋回する。

管制機に緊急通告が雪風からとぶ。オドンネル大尉は雪風の旋回半径が大きいのに気づく。

「この勝負、もらった――」

「オドンネル大尉」深井中尉。「雪風の油圧系統に異常発生。右主翼マニューバフラップが作動しない。ファーンIIの勝ちだ」

勝ちではないとオドンネル大尉は思った。雪風は墜とせなかった。戦技フライト用にプログラムされていなければ、雪風はあのまま加速、大推力でファーンIIの射程外に逃がれて帰投するだろう。

「オドンネル大尉、戦技フライト試験は終了」

地上フェアリイ基地、地下の特殊戦司令室でブッカー少佐が命令する。

「ファーンIIは期待どおりだ」

戦術空軍司令が言った。

「高速ミサイルを回避し、なお敵を攻撃できることが実証されましたね」とブッカー少佐はうなずく。

「それにしても雪風は……ジャムはファーンIIより雪風に脅威を感ずるかもしれない。あんな機はジャムにもない」

「でも、故障してはなにもならない」とクーリィ准将。「あれでファーンⅡが攻撃すれば雪風は負ける。ファーンⅡは素晴しい」

突如、司令室に警報が響いた。大きな情報スクリーンに赤い文字。敵機発見。

「ジャムだ」ブッカー少佐は緊張する。

ミンクスから警告が発信される。

「どこから来た？」管制機のレーダーオペレータ。「見えなかったぞ」

「距離四〇〇キロ」三〇〇〇〇メートル以上の高度からミンクス。「超低空を這うように接近中。間違いない。ジャムだ。機数二。戦闘偵察タイプ。敵機増速」

「警戒網に引っかからずにここまで来るとはな」司令室でブッカー少佐。「ミンクス、迎撃しろ。TAB‐15、501stTFS、スクランブル。ファーンⅡ、もどれ。緊急退避」

「了解」

オドンネル大尉は返答しながら、兵装スイッチをオン。

RDY GUN。RDY HAM‐4。

本物の武装だ。ガンと四発の短距離高速ミサイル。ファーンⅡと雪風は、ミンクスよりジャムに近い側にいた。ミンクスが最大推力でパワーダイブを開始。二発の長距離通常ミサイルを放つ。HUDにHキュー。敵、上昇中。ミサイル到達時間の数字が減ってゆく。

……9、8、7――ジャムから高速ミサイル発射――5、4、3。数字が消える。

「だめだ。ミサイルを撃墜された」

TAB‐15を緊急発進した501st機が三機、最大速度で迎撃に向かう。

「ミンクス」ブッカー少佐。「リアタックするな。上昇しろ。電子偵察任務につけ」

「了解」

雑音が入る。ジャムの大出力ＥＣＭ。ジャムはファーンⅡと雪風の後方三〇〇キロに迫る。二発の超高速ミサイル発射。

「例の対地ミサイルなみの速さだ——零、聞こえるか。ジャムはファーンⅡがこのミサイルをどう回避するのかを偵察するつもりだ」

ブッカー少佐の声はジャムに妨害されて零の耳にはとどかなかった。管制機、ＥＣＣＭ作動。レーダースクリーンに、接近してくる敵ミサイルが映る。ミサイルはファーンⅡと雪風後方一〇〇キロまで二十秒で飛んだあと、四つに分離する。速度はぐっとおちるが、高速のミサイルだった。ミンクスが高高度からそれを捉えている。冷ややかに。

雪風、レディ－ガン。

「雪風……おまえは高機動できないんだぞ」

零は雪風を守りたいと思った。リモートスティックを握る。しかし、まず、ファーンⅡを守らなければならない。そのためには——零はふとオドンネル大尉とその恋人の顔を思い浮かべた——雪風を楯にするのもやむを得まい。味方が全滅しようとも必ず帰還すること。いまその任務はミンクスが負っている。おかしいなと零はさめた心で思う。雪風を捨てる気になるなんて。おれは、おれを裏切った雪風に嫉妬しているのか？

零は自分の心を整理する暇もなく、スティックを動かす。が、雪風は反応しなかった。

「どうなってるんだ——雪風！」

雪風は零からの指示がくる前に、ファーンⅡとリンク、ファーンⅡを支配下においていた。雪風の指示でファーンⅡの高速ミサイルが放たれる。四発。

ジャムのミサイル四発のうち二発がこれで撃墜された。雪風はファーンⅡではなく、自機を守ることを最優先にした。迎撃したのは雪風を狙っていたミサイルだ。残りの二発はファーンⅡに向かって飛ぶ。

「大尉、逃げろ！」

零は叫ぶ。雪風をミサイルに体当たりさせることはできなかった。雪風は零の命令をナンセンスなものとして、エラーと判断して、無視している。雪風は自機の安全を確保したのを確認したのち、ファーンⅡの回避機動を開始。

オドンネル大尉はファーンⅡが操縦不能になっているのを知る間もなく、猛烈なGにより操縦桿から腕を引きはなされる。ファーンⅡは狐のようにジャンプ。一発目のミサイルは下方通過直前、近接スイッチが作動したのだろう、爆発。ファーンⅡは被害を最少にすべく、爆発面に尾部を向けてマックス・アフターバーナで離脱、〇・三秒後、二発目を回避するために瞬間的に機首を振った。一発目の爆発波がファーンⅡの尾部の右安定フィンにダメージを与えていた。ファーンⅡは急激な回避運動でかろうじて二発目をやりすごした。だが、その機動でフィンが吹きとぶ。

ファーンⅡはブーメランのように回転しながら雪風から離れてゆく。雪風はファーンⅡに生じたアクシデントを調べ、ただちに回復させるべくファーンⅡの各動翼を操作した。回転が止まり、通常姿勢にもどるまでに四秒を要した。ファーンⅡのエンジンが停止している。滑空降下するファーンⅡのエンジンを雪風が始動する。

ファーンⅡのＦＴＳ（燃料移送システム）に異常。

零は雪風が送ってくるデータを見つめる。

それはジャムのミサイルによるものではなく、回避した時、あのブーメランのような回転運動時に生じたのだ。ファーンⅡはフィードタンク内の燃料を重力移送させて、フェアリイ基地への帰投コースにのった。FTSなしでは高機動はできないが、帰投途中、雪風はファーンⅡのFTSの回復に成功した。

雪風は零に、ファーンⅡは再びいつでも高機動できることを伝えてきた。——すべて異常なし、と。

「冗談じゃない。大尉は二度とごめんだろうな。大尉、応答しろ。オドンネル大尉。大尉、聞こえないのか？　大尉、しっかりしろ」

応答はなかった。雪風は、ファーンⅡをいたわるように随飛行し、フェアリイ基地に近づく。フェアリイ基地との通信が回復すると、零はブッカー少佐に救急隊を手配するように言った。

「オドンネル大尉からの応答がないんだ。失神しているだけとは思えない……雪風はファーンⅡにとんでもない飛び方をさせた。あれでは……」

脾臓破裂では済まないだろう。零は胸に手をあてた。傷が痛んだ。

ファーンⅡは雪風と編隊着陸。滑走路端でエンジンパワーをアイドルへ。待機していたブッカー少佐と実験航空隊の数名は、救急隊とともに二機に駆けよる。

ブッカー少佐をおしのけてファーンⅡの外部キャノピ開閉ハンドルを回したのはエイヴァ・エメリー中尉だった。

ファーンⅡのキャノピが大きく開く。

「ヒュー、大丈夫？　ヒュー、わたしよ。しっかりして」

オドンネル大尉は力なくシートによりかかっている。エメリー中尉は大尉のヘルメット、マスクをとる。エメリー中尉の悲鳴。マスクと口から血があふれだしてエメリー中尉の手を濡らした。大尉の頭ががくりと傾く。

オドンネル大尉は息をしていなかった。

「ヒュー……なにか言って……お願いだから」

ブッカー少佐は救急隊員に合図する。

雪風に零を乗せていれば、こんなことにはならなかったかもしれない――少佐はエメリー中尉が思いもかけぬ行動に出るのを見る。

エメリー中尉は腰の軍用自動拳銃を抜き、そしてそれを、オドンネル大尉の死体に向けた。少佐は目を疑う。なにをする気だ？

「なにをする！」

ブッカー少佐は叫ぶ。エメリー中尉は恋人の胸に弾を射ち込んだ。そして銃を投げ捨てて、物言わぬ身体にしがみつき、泣き叫んだ。

「ファーンに殺されるなんて、機械に殺されるなんて、いや、ヒューはわたしが殺したのよ、わたしが……ファーンに心を移した男なんか死んでしまえばいい」

ブッカー少佐は錯乱するエメリー中尉を抱きかかえて、死体から引きはなそうとする。

「なによ、この飛行機、ヒューは死んでいるのよ、ヒューが大変なのに――なぜ黙っているの――いや、いや、いやよ」

ブッカー少佐は血で染まったファーンⅡの計器に目をやる。コーションライト‐オールクリア。全システム異常なし。

オドンネル大尉を殺したのはジャムでもエメリー中尉でもない。ファーンⅡと雪風だった。その二機はしかし、オドンネル大尉の死にはまったく注意を払っていない。

ブッカー少佐はエメリー中尉の身柄を救急隊員にあずけて、雪風のキャノピをオープン、コクピットにつき、オートマニューバ・スイッチをオフ。雪風はファーンIIとの接続を解除すると夢から醒めたように、少佐にディスプレイを通じてハーネスや耐Gスーツのホースやマスクが正しくセットされていないことを警告した。少佐は飛ぶ意志のないことを示すために油圧系統分離スイッチを操作、動翼の作動油圧系統を切る。雪風は警告を解除、今度は、飛行不能のサインを出す。この状態で時速六〇キロ以上の速度を出すと自動ブレーキが作動する……

特殊戦の地下格納エレベータ前までタキシングして、ブッカー少佐は雪風を整備員に渡した。

深井中尉が着陸した管制機から降りて、担荷で運ばれるオドンネル大尉と彼にとりすがるエメリー中尉を無言で見送っていた。

「零……」

少佐の声に零は振り返る。

「ジャック。雪風の具合はどうだ」

「機械は修理できる……雪風は大尉ではなくファーンIIを守ったんだ。おれのプランは間違っていた。雪風を無人で飛ばしたのは」

「あんたの責任じゃない。雪風がファーンIIを動かさなかったら、大尉は機体ごとジャムにやられていたよ。結果は同じだ。大尉の運命は」

「しかし意味は違う。大尉は機械にもてあそばれて――」

「どう違う?」零は静かに言った。「ここは戦場だ。ここでの死は戦死さ。それ以外にどんな死があるというんだ」

ブッカー少佐は応えなかった。
0807時、戦技フライト終了。ファーンⅡの実戦配備が決定される。

Ⅶ　戦闘妖精

久しぶりに彼は祖国の人間と話す機会を得た。だが彼は日本語をつかわなかった。彼は自分の言葉がうまく祖国の人間に伝わらないことに苛立った。苛立ちながらも彼は母国語は口にしなかった。自分の意志は日本語では表現不能だと彼は思った。彼は祖国の言葉を忘れた。

正体不明の異星体がフェアリイ星と地球を結ぶ巨大な紡錘形超空間〈通路〉を南極地にぶち込み、そこから地球に第一撃を加えてからすでに三十三年になる。その超空間〈通路〉が異星体ジャムによって造られたものなのかどうか、わたしにはわからない。だれにもわからないだろう。わたしは五年前にこの戦争を各国がどのように捉えているのかを取材し、一冊の本にまとめた。『ジ・インベーダー』／リン・ジャクスン。

ジャムが先制攻撃をしかけてきたとき、わたしはまだ四歳だった。わたしは大人たち、父や母が話していたことを昨日のように思い出すことができる。

「なにやら□□で□□がおこったらしい。だいとうりょうは□□に□□をだして――」

子供には、子供時代には、わからない言葉がある。わたしはそれを不思議な気持ちで聞いていた。わたしも大人になればわかるようになるのかしら、と。会話のなかに空白の、つまり意味不明の単語がぽつんぽつんと出てくるこの子供時代の奇妙な感覚を、わたしはいまでも鮮やかに思い出すことができる。言葉というのはデジタルだ。大人になったわたしはもちろん会話に空白を感じることはない。流れるように捉えることができる。しかし、やはり文字はデジタルだ。わたしたちはそれに気がつかないが。人間はすべての物事をアナログで処理するほうが楽なようにできているとわたしは思う。視覚は流れるように捉えることができる。車のスピードメーターのデジタル化はこれに逆行するのではないか。そして、現在の、デジタルコンピュータ群も、人間とは異質だ。人間の本質とは相容れないもののように感じられてならない。言葉も。この文明そのものも。わたしたちはなにをしようとしているのか。デジタルコンピュータを造って？

ジャムはそんな疑問をわたしになげかけた。彼らは異星体だ。邪悪な神と言ってもいい。人間の存在意義を問う鍵だ。わたしにとってはそうだった。『ジ・インベーダー』を著わしたのも、それがもとだった。

しかし多くの地球人はそうではなかった。地球人？　こんな言葉はいまの国際情勢を見るとナンセンスである。地球には人類はいるが、まとまった地球人という集団は存在しない。愚かだ。わたしはそう思う。だがそれを口にすると他人はわたしをナイーブだと笑う。

人間はアナログ的存在であるというアイデアを一人の科学者に言ったことがある。彼はそう言うわたしを笑って、この世界、宇宙の本質はデジタルであると説明した。物体も原子も、時間でさえも、とびとびの値しかとらず、完全なアナログ状態などないのだ、と。ミクロの世界ではデジタルなのかもしれない。でも人間の存在はミクロではない。そう食いさがるわたしに彼は、自分にはあなたがなにを言わんとしているのかわからないと言った。わたしはこう訊きたかったのだ。人間は、では、機械、とくにデジタルコンピュータに近づいているのか、と。デジタル化の方向へ進むのか、と。彼はそうかもしれない、とわたしを不思議なものを見る目つきで答えた。

わたしがそんなことにこだわるようになったのは、ジャムと最前線で戦うフェアリイ空軍の戦士たちを取材してからだった。戦士たちはいまだ正体の知れぬジャム、異星体と戦うことに疑問を持ち始めていた。

　とくにわたしの注意をひきつけたのは、戦闘偵察という非情な——彼らは味方が全滅しようともそれに目をつぶってとにかく帰投しろという至上命令を受けている——任務につく特殊戦、別名ブーメラン戦隊の少佐の寄せた一通の私信だった。彼、ジェイムズ・ブッカー少佐はやりどころのない心を手紙の上にぶちまけていた。

『ジャムは人間を相手にしてはいない。彼らはコンピュータ群を狙っている。コンピュータ群はジャムを敵と認めて戦う。われわれ人間は、ではなんなのだ？　ジャムは人間を征服しようとしているのではない。コンピュータ、地球の高等光電子意識体を支配しようとしているのだ。ばかげていると思うか？　あなたにはわからないだろう。地球で、ジャムなど幻だと、ジャムなどそっちのけで国際競争にしのぎを削り、人間同士で殺し合っている地球で暮らしているあなたには』

　ブッカー少佐の言葉は正しい。ジャムが人間など無視しているという部分はともかく、ジャムの脅威を地球人が忘れかけているという少佐の指摘はそのとおりだ。

　最初の一年二年は地球も緊張した、だがジャムの戦闘能力が地球のものよりわずかに劣っているのを知り、フェアリイ星にフェアリイ基地を、のちにそれをふくめて六つの主要基地を築きフェアリイ空軍が発足すると、ジャムの脅威は地球にはおよばなくなった。のど元すぎれば熱さを忘れる、である。しかし熱さはそのままだ。感じられなくなったからといって脅威が消えるものではない。わたしは『ジ・インベーダー』でこのことを訴えた。だが人人はこの本をフィクションのように読んだ。本は売れ、わたしは有名になった。わたしには夫がいたが、彼とは別れた。世界中を飛び回って夫を顧みなかったから。子はなかった。子供がいたら——わたしはもっと深刻な本、感情的なものを書いたかもしれない。

ブッカー少佐は手紙をこう結んでいた。

『あなたは「ジ・インベーダー」の続篇を書くべきだ。いまフェアリイでなにが起こっているのかを全世界に知らせるべきだ。しかし、間に合わないかもしれない。あなたの努力も地球人には通じないかもしれない。フェアリイでの実戦録画を戦争映画のように楽しんでいるやつらなど――滅びてしまえと思う。それでも……ブーメラン戦士たちは出撃してゆく。わたしには生きて帰ってこいと祈ることしかできない。あなたにはなにができる？』

彼は無意味に部下を失うことへの恐れ、怒り、憤り、悲しみをわたしに訴える。そして問うのだ、おまえはどうなのだ、おまえには愛する者がいるか？ 恋人は？ 夫は？ 子供は？ ブーメラン戦士たちはそんな者を持っていない。地球が消えても涙一つこぼさないだろう。だがそれではいけない――機械になっては。人間は人間であるべきだ。ジャムと戦っていると、しだいに自分が機械に近づいてゆくのを感ずる。無意味に戦っているのではないと思うためには、自分もまたコンピュータと同じくジャムにとっての敵なのだと信ずる必要がある。ジャムは人間を非人間化する……

戦争は人間の本性をむき出しにさせるものである。だがジャムとの戦闘は違う、ブッカー少佐はそう言っていた。ジャムは人間の本質を消し飛ばしてしまうと。ジャムは地球外インベーダーだ。人間ではない。ジャムがなにを狙っているにせよ、脅威が薄れるものではない。

わたしは微力だ。少佐の期待に応える自信はわたしにはなかった。それでも、書かねばならないと思う。フェアリイで戦士たちが死んでゆくのは事実だ。願わくば、その死が無駄ではないと信じたい。それなのに地球はなにをしているか？ フェアリイ空軍は食料の自給を禁じられている。独立できないように。ばかげた話だ。フェアリイに送られるのは各国で不用と烙印を押された者が大半だった。それでよくＦＡＦが保っていられる。コンピュータたちの優秀さがそれを支えているのだろう。

いま、わたしは南極海にいる。ロス氷棚にそびえる〈通路〉空間から一〇〇〇キロ、スコット、マクマード基地からおよそ四〇〇キロの冷たい洋上を航行中だ。乗艦しているのは攻撃型航空母艦、アドミラル56というニックネームをつけられた日本海軍空母。この空母の任務は国連軍として、フェアリイから飛来するかもしれぬジャムと、そしてフェアリイ空軍を見張るものだ。ジャムならわかる。しかし対FAF臨戦態勢もとっている。FAFは同じ国連内の地球防衛軍に属するというのに。地球はジャムよりもFAFを疎んじている。まるでFAFこそインベーダーであるかのようにだ。

もっとも普段は地球側もこのような挑戦的な行動はとらない。今回のこの空母の派遣は、FAFが地球に次のように通告したからだった。

〈将来に備え、わが空軍機の主力戦闘機であるシルフィードのエンジンおよびコントロールシステムを、地球大気内でも最高の性能を発揮できるフェニックス・マークXIに換装する。テスト機は特殊戦第五飛行戦隊機、雪風。パイロットは深井零中尉、システムモニタ要員はジェイムズ・ブッカー少佐。日時は――〉

この通告は地球にちょっとした騒ぎを引き起こしたから、わたしの耳にもすぐに入った。

ブッカー少佐が――。わたしは過去の取材中に得たあらゆる情報網と人脈を頼り、この空母に乗艦取材する許可を取りつけた。

南極は夏。よく晴れている。ブリッジで艦長の南雲海軍少将が双眼鏡に目をあてている。

「そろそろ来るぞ」と少将。「ゴー・アヘッド《ゴーヘー》」

「ゴーヘー、サー」と副長が復唱する。

アドミラル56は全速で雪風を迎えにゆく。

早期警戒機はすでに飛んでいる。艦長は迎撃隊に発艦命令を出す。

＊

雪風、フェアリイ基地発進。新型フェニックス・マークXIはいくぶん小さく軽くなり、出力はマークXを上まわる。

「零、おまえと飛ぶのは初めてだな」

「目をまわすなよ、御老体」

エンジンコントロール系統、異常なし。燃料流量、正常。燃料移送系統、異常なし。

「おれはそんな歳じゃない。現役のパイロットとしても飛べる」

「雪風はあんたが乗っていたころの戦闘機とは格が違うよ」

雪風、増速。通常任務とは逆の方向、地球に直接飛び込むことのできる超空間〈通路〉を目ざす。

後席のブッカー少佐は大Gに息もつけない。零、おまえはいつもこんなストレスを受けて飛んでいるのか——少佐はあらためてパイロットの激務を思う。

「空間突入、三十秒前」と零。

HUD上に目標指示ボックスが出ている。フェアリイの森にそびえる巨大な灰色の霧柱が急速接近。

HUD上に数字、カウントダウン。

「行くぞ、ジャック。初体験だ。地球へ飛び込む」

ピー、という警告音。ブッカー少佐は驚愕する。警戒レーダーディスプレイ上に、突然現れた敵のシンボル。

「ジャムだ！　どこから来た？　急速接近中」

「落ち着け、ジャック」

空間〈通路〉の霧の壁が目の前いっぱいにせまる。回避不能。HUD上の数字、――1、0。突入キューが出る。

雪風、震動する。灰色の闇に包まれた。レーダーがきかない。電波高度計、外部通信機器も作動しない。雪風は位置不明の警告サインを点滅させている。敵を見失ったという雪風の悲鳴に似た警報音。

超空間中心に突入した雪風は二秒弱で地球側へ抜けた。超音速。超空間霧柱があっという間に真後ろへ遠くなる。雪風のエンジンコントローラは瞬時に各種センサから大気状態を調べ、エンジン動作を最適状態へ。飛行系統、気圧高度計などが対地球モードへ自動リセット。しかし零はこれら新型システムの動作を確認している暇はなかった。

マスターアーム‐オン。FCS作動。RDY《レディ》 GUN、RDY HAM‐6。

「ジャムはどこだ、ジャック」

「真下だ」

雪風、バレルロール。ジャムはそのすきをついて爆発的大Gで加速、まるで発射されたミサイルのように雪風から離脱。零は素早く高速ミサイル発射、二発。敵、アンチミサイル・ミサイル発射。雪風、最大パワーで追撃。

敵は雪風よりひとまわり大きい。パワーブースターを切り放して逃げる。

「あいつ、なにを狙っている。なんだあれは」

「対艦ミサイルだろう」と少佐。「目標はアドミラル56だ。ジャムは地球側とFAFを完全に離そうとしている。アドミラル56が撃沈されたらFAFへの批難は必至だ。零、撃墜しろ。なんとしてでも」

「燃料がもたない。帰れなくなる」

「かまわない。中尉、これは命令だ。従え」

「わかったよ、少佐どの」

燃料流量がはねあがる。

アドミラル56所属の早期警戒機は雪風が超空間を突き抜けるのを確認した。その直後、レーダースクリーン上のブリップが二つに分離する。雪風は対地球用IFFを作動させていたが、もう一つは――不明。雪風からの国際緊急通信が入る。

〈ジャムだ〉オペレータは初めて見るジャムにパニックにおそわれる。

「撃墜しろ」と若い彼は叫ぶ。「FAFだ！」

アドミラル56の艦長はそれほどあわてはしなかった。迎撃隊に攻撃命令を下し、そして彼はつぶやいた。FAFめ、ジャムを連れてきやがった……

アドミラル56所属の八機の迎撃機は、ジャムを確認。ただちに迎撃態勢に入った。しかし彼らはジャムを相手にしたことがなかった。

ジャムは嘲笑うかのように迎撃機の攻撃をかわすことなく受けて立った。ジャムが、その目標の前に立ちはだかる障害を排除するのに必要としたのは、迎撃機の攻撃をかいくぐって放った八発の高速ミサイルだけで十分だった。アドミラル56の迎撃隊は一瞬のうちに壊滅した。艦長にはその事実が信じられない。あれが、ジャムか!?　CIC（戦闘情報司令室）からジャム接近中の警告。

「対核防御。対空戦闘用意。ハード‐ポート」

「ハード‐ポート、サー」

アドミラル56、左旋回を始める。

全迎撃部隊を発艦させておくのだったと南雲海軍少将は唇をかんだ。だがいまさらどうにもならない。

しかし迎撃隊の死は無駄にはならなかった。ジャムがそれを相手にしている間に、雪風はアドミラル56に接近していた。ジャムは海面すれすれを、海を割るかのような衝撃波動を引き、アドミラル56を狙う。

「目標確認」とブッカー少佐。「距離六七、前方を横切る。チャンスは一度だ。外すな」

「外れても雪風の責任じゃない。地球に入ったジャムは地球のやつらが墜とせばいいんだ」

雪風は超低空からおどりあがり、九〇度ビームアタック。四発の高速ミサイルを同時発射。雪風はミサイルを放つとただちに急旋回、最大出力で離脱。ブッカー少佐は急激な機動に一瞬気を失う。

ジャムはアドミラル56突入三秒前に撃墜された。自爆装置が作動したのか、閃光を発して爆発。六〇キロ先のアドミラル56は超音速の衝撃波をくらったが、無事だった。アドミラル56はあわただしく核汚染除去のために大量の海水で艦洗浄を始める。

「核ミサイルではなかったようだ。冷汗が出る」

「ジャック、帰投燃料が足りない。地球では空中給油機も呼べない。雪風を捨てるつもりか」

「降りる場所はあるさ」ブッカー少佐は言った。「燃料もたっぷり積んでいる」

「アドミラル56へ？　ばかな。熱烈歓迎されるとでも思っているのか？」

「歓迎なんかされるものか。しかし彼らはＦＡＦの要求を拒むことはできない。地球防衛国際法を守る義務がある。コンタクトをとる」

アドミラル56上で南雲艦長は雪風が燃料を要求するのを苦い気分で聞いた。ジャムをひきつれてやってきたくせに。ジャムを撃墜したのは当然だ。それが彼らの役目なのだからな。そのおかげで自分は八機もの損害をこうむった。艦長歴に汚点がついてしまった。

「着艦許可を出してください、少将」わきに立っていた女性ジャーナリスト、リン・ジャクスンが言った。「FAFの要求はよほどのことでないかぎり受け入れる義務があるはずです。わたしは彼らと――彼、ブッカー少佐に会ってみたい」

余計な女を乗せてしまったと艦長は思った。彼女が乗っていては、下手な行動はとれない。

「着艦許可を出せ」と艦長は命じた。

雪風誘導のため、正確には監視のため、二機の戦闘機が発艦する。

雪風機上からアドミラル56を視認。後上方から二機の戦闘機が接近してくる。

「着艦誘導システムはFAFのものとは違う。自信はあるか、零」

「おれは現役だぜ、ジャック」

雪風は大出力ルックダウンレーダー作動。アドミラル56の誘導電波がかき乱される。艦のレーダーがマスキングをかけられてレーダースクリーンが真っ白になる。監視機との交信不能。

「なんてやつだ。あれがFAFの戦闘機なのか――まるで」

「天翔る妖精です、艦長。シルフィードです。スーパーシルフ。地球には彼女と戦える武器はないでしょう。ジャムはそれほど強敵です。幻ではない……」

雪風、超音速でアドミラル56上空を通過。アドミラル56所属の監視機は追いつけない。

旋回した雪風は、今度は低速でアドミラル56の着艦デッキ上を飛び抜ける。再び旋回し、ギア-DN《ダウン》。フラップ-DN。アレスティングフック-DN。マニュアルアプローチ。

「雪風……おまえはおれなしでは降りられない……ここは妖精空間ではないんだ」

オートスロットル-OFF。アンチスキッド-OFF。スピードブレーキ-EXT。

「着艦する」

アドミラル56艦上の誘導員は、地球に初めて姿を現した巨大な妖精に目を見張った。戦闘爆撃機なみの大きさの怪鳥は水平姿勢を保ったままふわりと着艦する。雪風はエンジン出力を上げて排気。それからパワーをアイドルへ。キャノピー・オープン。黒いヘルメットバイザにマスク。二人のブーメラン戦士がアドミラル56の人間の前に姿を現す。

やつらこそ宇宙人だ……南雲少将は思った。

リン・ジャクスンは取材道具一式を入れた愛用のショルダーバッグをかかえてブリッジを降りた。

＊

わたしは雪風が給油のためにスポッティングドーリーで甲板上給油スポットへと牽引されてゆくのを見る。六名の航空機移動要員がつきっきりだ。燃料補給要員が雪風を無言で見上げる。彼は初めて、ジャムと戦うＦＡＦ戦闘機を目にするのだ。ＦＡＦ最強の戦闘機スーパーシルフを。双垂直尾翼の外側に死神の鎌に似たブーメランマーク。内側には、翼をもった妖艶な妖精、そう、ピーターパンに出てくるティンカーベルをよりセクシーに、もっと奇怪にした姿が、無彩色で描かれている。コクピット下機体に小さな漢字。雪風。ブッカー少佐の直筆だということをわたしは知っている。あとは所属部隊の略号と番号、それだけだった。最近のＦＡＦ機はＦＡＦマークをつけてはいない。識別は、視覚的にはエレクトロルミネッサンスライトで、他はすべて電子システムで行なう。地球上のように国のマークなどつけていない。同盟国かどうかなどという識別は不用だ。シルフの敵はジャム、ＦＡＦ以外はすべて敵なのだ。

わたしが雪風に近づこうとすると、甲板上安全管理担当の士官に制止された。わたしは彼に、ブッカー少佐にわたしのことを伝えてほしいと言った。彼はノーと言う。わたしは雪風に向かって手を振った。わたしは作業服ではなく毛皮のコートを着ていたから目立ったのだろう、少佐はわたしを認めてくれた。彼はわたしの顔を知っていたろう。マスクを外し、ヘルメットバイザをあげると、雪風のラダーを下ろして、甲板上に降り立った。前席のパイロットはブレーキ操作のためと、そしてちらりと見たのだが、空軍の自動拳銃を手にして、機と少佐の安全を守るためにコクピットについていた。ブーメラン戦士は自分と愛機しか信用しない。そうでもしなければフェアリイでは生きてゆけないのだ。

「あなたは」ブッカー少佐はヘルメットをかかえてわたしを見つめた。「ジャクスンさんですね。どうしてここに」

「お会いできて光栄です。まさかここで会えるとは思ってもみませんでした。取材のためです。FAFに対する地球の反応を」

長身の男にわたしは手を差し出す。大きく力強い手がわたしの手を握る。

「ジャムは強敵だ。雪風の腹にコバンザメのようにくっついて地球に飛び込んだ。予想もしなかった。

——わたしはブッカー少佐です」

「存じてます。お手紙で」

「無事に届きましたか。読んでいただけるとは思っていませんでした——ここにはコーヒーを飲む場所はなさそうですね」

「だめでしょうね。艦内には入れてもらえないでしょう」

「ここではわれわれは妖精ですよ。雪風も」

ブッカー少佐はわたしを見つめて、少し照れたようにはにかんだ。彼の言葉はFAF語というべき言語だ。英語を基にしてはいるが、形容詞は少なく、省けるものは省いて、簡潔で高速だった。合理的だが非人間的だ。まるで機械と話しているようだ。

わたしはゆっくりと詩を朗読するように、美しい英語の話し方の教師になったつもりでブッカー少佐に話しかけた。

「見事にジャムを撃墜なさいましたね、少佐。アドミラル56の兵装では防御できませんでした。もしYUKIKAZEがいなかったら……」

「雪風が来なかったら、ジャムもアドミラル56を狙ったりはしなかった、と思う。そう、雪風はいい機だ。そして彼もいい男だ」

少佐は雪風のパイロットに目をやった。

「彼にインタビューはできないでしょうか」

「わたしに訊いてください。やつの答えることとくらい予想がつく」

「今回のミッションは成功でしたか?」

「エンジントラブルはなかった。予想以上の高性能だ。フェニックス・マークXI」

「ジャムとの戦闘は?」

「ジャムは雪風を狙ったのではなかった。楽なものだ――零なら、彼ならそう言うだろう。しかしわたしは……生きた心地がしなかった」

「心地……いい言葉ですわね、少佐」

「地球は今回の雪風テストフライトにはかなり激しく反対したようだが――心地、だって?」

ブッカー少佐は早口のおしゃべりをやめて、はっとわたしを見た。

「どうかなさいまして?」

「美しいな……なつかしいよ」少佐は母国語をやっと思い出したというように正調な英語で言った。「もう五年以上故郷に帰っていない。気がつかなかった……FAFでは言葉も変化しているんだ。それがわからないとはな。ぞっとする。故郷の言葉がこんなに美しく聞こえるなんて……たしかにここは地球なんだな」

わたしはマイクロレコーダをバッグにしまいこんで、少佐に微笑んだ。

「地球を守っているのはFAFです。あなた方です。今回のジャム事件に対してはだれも批難などできませんわ。地球人なら」

「地球人なら、ね。しかし地球人と言える者たちはどこにいるんです？」

「わたしと同じお気持ちのようですわね、少佐」

「あなたの本の受け売りですよ。あなたの本はFAFの戦士たちも読んでいる」

「どの地球人よりも熱心に？」

「そう。いちばん信用できる内容だ。さすが一流の国際的ジャーナリストですね。フリーですか？」

「当時は新聞記者でした。有名になりたかった。給料も、上司や社のわたしに対する評価も、わたしには不満でした。大きなことをやりたかった。——寒くないですか？」

「海の匂いがする……生物に満ちた、生命の匂いだ。血の匂いだな。地球の血。フェアリイにも海はあるが、もっと軽くてハッカのような、清涼飲料のような……くそ、言葉が見つからない——ジャムのおかげで情感が鈍ってしまった」

「フェアリイはまさしく人間の匂いのない戦闘妖精の香りのただよう世界ですね」

「そのとおりだ。人間も機械に近くなってゆく。わたしはそれがおそろしい」

「地球には地球人など存在しないとおっしゃいましたね」

「そう。この空母にせよ、地球軍のものではないでしょう。有事の際は他国の人間を殺すために行動するんだ」

「わたしは、少佐、少数ですが、真の地球人はいると思います」

「どこに？　世界連邦を創立する動きでもあるのですか」

わたしは首を横に振った。少佐は首をかしげる。

「わたしは、ＦＡＦこそ地球人の集団だと思います」

しばらくブッカー少佐はわたしを見つめていたが、ふと目をそらして、雪風を見た。

「そうならいいのだが。しかしあなたはジャムを知らない。たしかにＦＡＦはもっとも地球的と言えるだろう。地球を死守しようとしているのだから。だがＦＡＦの主力は人間ではない。雪風に代表される戦闘用メカトロニクスだ。戦闘妖精か……彼らこそ真の地球人なのかもしれない。ではわれわれはなんなのだ？」

わたしは少佐の苦悩を目の当たりにして言葉を失った。この世では、宇宙では、人間は異色の存在なのかもしれないという思いが再びわたしの心に浮かんだ。ジャムは人間よりはコンピュータに近いらしいとブッカー少佐は手紙にも書いている。コンピュータが地球に存在しなかったら、ジャムは地球を攻撃したりはしなかったのかもしれない。

雪風のパイロット、深井中尉が、彼の祖国の人間の甲板員に、ＦＡＦ語で、くそったれ《シット》などとどなっている。彼は早口で指示を出すのだが甲板員には通じないのだ。デジタル的、機械語的ＦＡＦ用語が、深井中尉を人間よりはその愛機に近い存在にしていた。ＦＡＦで生き残るためには機械になりきる必要がある——ブッカー少佐はそう書いていた。わたしはそれを読んだとき、これはレトリックではないかと思った。ただ単にわたしの注意をひきつけるための、内容のない言葉だと。

だがそうではなかった。わたしはブッカー少佐に実際に会い、雪風のパイロットが人間とうまくコミュニケートできないのをこの耳で聞いた。彼は母国語を忘れてしまったかのようだった。それを使えばなんということもなかったろうに。それとも彼は、人間にもどってしまうのがこわかったのだろうか？　でも、なぜ？

「雪風は彼が信じられる唯一のものなんですよ。傷をつけられてはたまらないだろう。彼は雪風がこうしてほしいというのを代弁しているんだ」

海のうねりが大きくなる。天候が変わろうとしていた。だが飛行甲板は動揺打消機構のおかげで微動だにしなかった。わたしは海を見つめている少佐に尋ねた。

「ジャムとはいったいなんなのだとお思いですか」

少佐は切り傷らしい痕のある頬をかすかにひきつらせて、わからない、と言った。

「だが」と少佐は続けた。「人間の敵であってほしい。……ばかげていると思いますか？　ジャムが人間の敵でも味方でもないとしたら、ＦＡＦの人間の死は無意味だ。それこそばかげている」

「完全に無人化したらどうでしょう」

「いずれそうしたいが……そのときは地球のコンピュータ群が人間に挑戦してくるかもしれない。現に、地球ではそういう動きがあるとは思いませんか？　コンピュータ化はますます進むでしょうし。彼らは意識を持っていますよ。人間を殺すことなどわけない。道路の交通管制システムを暴走させるとか、この空母を自分の意志で動かすとかね」

雪風の給油が終わる。南雲艦長は一刻も早くこの怪鳥を追いはらいたいようだった。これは死神だ、とでもいうように。結局ＦＡＦの戦士は一杯のコーヒーのねぎらいも受けずにアドミラル56を出てゆくこととなった。

「注意しなさい、ジャクスンさん」少佐は雪風のコクピットにつきながらわたしに言った。「自分の周囲にある光電子システムの動きに注意することだ。ジャムはすでにそれらを支配しているかもしれない」

雪風のキャノピが閉じる。わたしはブリッジにもどった。雪風はカタパルトにつき、そして南極の空へ放り出された。フェニックス・マークXIの排気炎を輝かせながら雪風は急速上昇する。旋回すると、翼端から、空を切り裂くような白いベイパートレイルを引く。雪風は大きく旋回し、加速すると、アドミラル56を威嚇するかのようにブリッジすれすれを超音速で飛び抜けた。ブリッジが落雷にあったかのように震えた。雪風流の感謝の表現だったのかもしれないが、南雲艦長は悪態をついて雪風を見送った。雪風の機影はあっという間に小さくなり、視界から消え去った。静寂がもどった。十五分と少しで雪風はレーダーディスプレイからも消える。彼らは帰っていった。妖精空間へと。戦うために。

わたしが目撃したのは本当に妖精だったかもしれない。それにしても、なんて大きな、なんと巨大なパワーを秘めた妖精だったろう。

わたしはバッグから愛用の取材ノートとペンを出す。海を見ながら語ったブッカー少佐の言葉を書きつけながら、ハンディワーカムを持ってくればよかったと思い、そしてふと少佐の忠告を思い出してかぶりを振った。

ワーカムで書いたらきっと違う内容になるだろう。

Ⅷ　スーパーフェニックス

ジャムは人間を直接狙ってはこなかった。

だがジャムがその戦略を変更したとき、雪風は彼を護ろうとはしなかった。雪風は彼や人類を守る武器ではなかった。彼はそのときはっきりとその事実を知る。雪風は燃えあがる機体を捨てて、その炎のなかから不死鳥のようによみがえり、彼から独立した。

ＦＡＦ戦術空軍・特殊戦のジェイムズ・ブッカー少佐は、最近のジャムの戦術兵器開発状況をＦＡＦのものと比較分析し、ジャムの弱点を見つけようと必死だった。

ＦＡＦのシステム軍団・技術開発センターでは総力をあげてジャムの戦闘機械と戦術に対抗する数の技術を開発してきた。

ジャムが高機動格闘戦闘機を戦線に投入すれば、ほぼ同じ時期にＦＡＦでも小型大推力軽戦闘機が実用化された。ジャムが高度なＥＣＭ（電子妨害手段）を開発したときは、より高度なＥＣＣＭ（対電子妨害手段）を作りあげた。ジャムはそれをＥＣＣＣＭ（対・対電子妨害手段）でかわす。ＦＡＦではこれを大出力レーダーでぶちやぶる方法もとった。その出力は、レーダー波など人間には感じられないだろうなどという甘い想像を絶するもので、無防備の生体なら二、三〇〇〇メートル離れていても危なかった。巨大な電子レンジに放り込まれるようなものだ。

ミサイルには高速ミサイルを、高速ミサイルには超高速ミサイルで、レーザーガンで、重粒子ガンで、対抗した。ジャムの兵器の無力化を狙うと同時に、ＦＡＦは開発した武器を無力化されぬうちに次の手段を考えなければならなかった。いつまでも同じ武器は通用しない。旧式になるのは時間の問題であり、その時間はどんどん短縮されていくのだ。

新技術を開発するにはそれが高度であるほど時間がかかる。奇妙だな、とブッカー少佐は比較していて思う、ＦＡＦもジャムも、同じ時期にほぼ同一水準の技術開発に成功している。場合によっては数週間、どちらかが新技術によって圧倒的勝利を得てはいるものの、すぐに対抗兵器が現れて戦争は再び泥沼化している。わずか数週間で新戦術思想を具体的な形にした戦闘機を開発できるはずもなく、これはジャムもＦＡＦもかなり前から相手をうちやぶる決定的なものをと計画して作り出しているにもかかわらず、双方ともそれを実用化したときにはすでに旧式となっているといういたちごっこだった。

この戦争は開発兵器の実用試験、フェアリイ星は試験場のようだ。ブッカー少佐はため息をつく。それとも、ジャムはＦＡＦの技術水準に合わせて対抗手段を出してくるのか。それならＦＡＦは遊ばれているのだ。正体不明の異星体に。

現在のＦＡＦ・技術開発センターには人間はほとんどいない。ジャムの戦術を分析する超大型コンピュータが強制冷却器をフルに使って頭を冷やしつつ稼動している。それがはじき出したデータをもとに人工知能をもつ開発専用のコンピュータが対抗手段を考え出す。そのなかには人間が考えもつかないような、まったく理解できないものもあれば、現在の技術水準ではおよそ不可能な奇抜なものもあった。たとえば時空転移爆弾とか。戦術分析コンピュータはしかし大真面目で、ジャムはやがてそれに似たものを開発してくるだろうと予想し、対抗手段を実用化せよ、と言っていた。

開発コンピュータは自分のアイデアを下位の実用化検討用機に渡し、開発センターではそれをもとに新型兵器を設計した。もちろんコンピュータ支援である。支援というよりコンピュータを主力とした開発システムだった。

新型戦闘機は、新戦術思想をもとに設計される。材質を選び、必要なら新材質を開発し、必要強度計算をし、翼形を決定し、搭載兵装システムを同時開発する。出来上がった戦闘機はだから新戦術に合うように運用されなければ意味がなく、したがって、パイロットが勝手に自己の流儀で飛ばすわけにはいかない。パイロットは考える必要などないのだ。

完成した戦闘機の特性を捉えてそれを最高に発揮させる飛び方を創意工夫する、などというのは、いまや過去のものとなっていた。戦闘機も戦術もシステムで造られる。どんなパイロットが乗っても同じだ。優秀なパイロットとは素早く機械とコンタクトでき、疑問など持たず——なぜ戦うかなどとは考えず、どうしたら相手をやっつけられるかなどと思いわずらうことなく、ひたすら体力と機械を信じる者だ。考える必要はない。それは機械がやってくれる。少なくとも、対ジャム戦術に関してはコンピュータのほうが人間よりはるかに高速で処理でき、しかもその判断は的確だった。

地球型コンピュータのこうした奮闘にもかかわらず、ジャムはそれを嘲笑うかのように次次と新しい手段で対抗してきた。それはまるで、ブッカー少佐が感じるように、地球型コンピュータ群の性能を試しているかのようだった。

だが、たった一つだけ例外があった。ジャムも手を焼いているだろう、地球防衛機構・フェアリイ空軍の虎の子戦闘機、シルフィード。同じ名称で姿形もほぼ同様だが部品や製造工程を見なおして設計変更の行なわれた、より生産性に優れた増産タイプが投入されつつあったが、オリジナルのシルフィードは高価な材料を使った分、軽量で強靭な構造体を持っており、機動性や信頼性などに優れていた。

本来のシルフィードは一撃離脱を目的に開発された大推力を誇る大型戦闘機だった。現在は開発当初よりも高性能なアビオニクスシステムを載せ、翼形状が微妙に変更され、高機動能力も与えられている。そうしたオリジナルのシルフィードはＦＡＦの主力だが数はわずか三飛行師団の合計四十九機。そのうち、純戦闘機タイプをさらに低対空力抵抗化、一部安定翼を省略したより高速能力をもつ偵察タイプの十三機が特殊戦に配備されている。最強といわれるのはこの十三機だった。正式な名称ではなかったがそれらはスーパーシルフと呼ばれた。いまだジャムはこれを傷つけることはできても撃墜に成功してはいない。

開発時期の古いこの十三機が現在も最強を保っていられるというのは、開発センターのコンピュータ群や人間たちにも謎だった。性能諸元ではそのスーパーシルフを上まわる機は何種類も開発されていたし、いまも新機種が生み出されようとしている。

もっとも、どうしてスーパーシルフの生存率が高いのかを本気で分析する研究はなされていないだろうとブッカー少佐は思った。ブーメラン戦隊という異名をもつ特殊戦のシルフの帰投率は一〇〇パーセントだ。

パイロットが優秀だからだ。虎の子を操るのだから、エリートが選ばれるのは当然だ。それでみんなは納得する。しかしコンピュータは認めたくはないだろうと少佐はふと背に寒けをおぼえながら思う。どんな人間が乗ってもあるいは無人でも最高の性能を発揮できるものを開発しているはずだ。

そこで、ブッカー少佐は解答を得たと感じた。少佐は自分の考えをメモし、報告書作成にとりかかった。

特殊戦のシルフが優秀なのは、ジャムにも地球型コンピュータにとっても異質な、それでいて最高の戦闘ノウハウを身につけたシステムが付属しているからだ。設計段階では開発コンピュータも予想していなかった飛び方をし、ジャムもそれに脅威を感じている。特殊戦のシルフィードは偵察タイプだ。外部だけではなく自機の戦術・戦闘・航行をもモニタしている。ジャムの攻撃をパイロットはどのようにかわしたか。どう反応すれば生き残り、帰投できるか。パイロットは、必ず帰ってこいという至上命令を受けている。これら十三機のシルフは激戦をかいくぐるために必死になって行動した記録を自己ファイルの中に持っている。その人工知能はコンピュータによるシミュレート以外の、パイロットたちの実戦行動からも教育を受けた。それは機械にとっては異質な、しかし勝つためには有益な情報に違いない。

優秀な戦闘機械には優れた戦闘勘を持った人間が不可欠なのだ……ある時期までは。教育期間が終われば、人間はじゃまになる。実際、特殊戦の彼女たち、十三機のシルフィードは、もう人間なしでも十分任務を遂行できるまでに育った。パイロットたちはもういらない。かえってシルフの能力を阻害してしまう。もし人間の勘も数値解析可能になり、コンピュータ群がそれを異質と感じなくなれば、もうまったく人間など無用になる。

まだそこまではいっていない。人間が必要なのだ、ジャムに対抗するには。しかし開発センターのコンピュータは気づいていない。ジャムは気づいたかもしれないが。そんなジャムに対抗できるものといえば、FAFにはわずか十三機の戦闘機しかないわけだ。ブーメラン戦隊の十三のシルフィード。無人の、まさにスーパーシルフだ。ブッカー少佐は身震いする。

ブッカー少佐は直属上官のクーリィ准将に自分の考えを伝えるため、細心の注意をはらって報告書を作成する。伝える点は三。十三機のシルフィードの完全無人化、開発コンピュータが設計中の新戦闘機に特殊戦タイプの自己モニタ・人工知能を組み込むこと、そしてそれの教育係としてブーメラン戦士をつかうべきである、ということ。

クーリィ准将はブッカー少佐の研究論文に目を通し、もっとくわしく説明しろと少佐に命じ、自らも動いて上層部に少佐の考えを報告した。

戦術空軍・参謀部は特殊戦から出されたこのブッカー少佐の提案を検討の価値ありと認めたが、システム軍団の、とくにコンピュータたちは激しく反論した。無人化には異論はとなえなかったが、技術開発コンピュータ群は、特殊戦のブーメランファイターズが強力なのは決して人間が関与したせいではないとしてブッカー少佐の考えに反対した。その根拠として彼らは、戦術空軍の戦技開発センターが試験的に行なった過去の一つのテスト飛行の結果を指摘した。それもブッカー少佐のアイデアで行なった飛行なのだが、特殊戦のエースシルフである雪風の人工知能の内容を別の機体——シルフではなかった——に移植してその効果を調べたものだった。結果は思わしくなかった。

ブッカー少佐はその失敗の原因を、テスト機の中枢コンピュータの容量不足と、機体がシルフィードに劣る——強度や操翼系統の信頼性、反応速度、応答性の違い——からだと考えていた。つまり雪風は独得のシステムを自機に完全に見合った形で自ら造りあげていたから、これを移植するには、完璧に生まれたばかりの、まだ戦術ソフトウエアも組み込まれていないクリーンで大容量のコンピュータを備え、かつ雪風のフライト、ナビゲート、ファイアコントロール、その他全システムと互換性のある、アーキテクチャを同じくする機体が必要だろう。ようするに雪風の完全コピーだった。ブッカー少佐自身は、こうしたコピー機を増やすことには疑問を抱いていた。ブーメランたちはそれぞれ個性を持っているから強いのであり、すべての軍がブーメラン戦隊と同じ機を持ってしまっては、戦術がパターン化されてしまい、ジャムにつけ入られる。その点では技術開発コンピュータも反論はせず、だから様様なパターンを高速で生み出せるわれわれに任せておけ、と主張した。

ブッカー少佐は譲らなかった。現在、技術開発センターが開発している機はシルフィード改良型の完全無人タイプだったが、それに人間が乗って操縦できるシステムを入れよと、ねばった。開発センターとしては、コンピュータだけでなくセンター員たちにとっても、こんな少佐の要求は理不尽きわまりない、迷惑なものだった。人間を乗せるとなれば、人間保護用システムを入れ、コクピット分だけ電子機器搭載スペースが削られ、結果としては重く、Gリミッタなどをつけ加えることで機動力も低下するのだから。ブッカー少佐は、永久に有人で飛ばす必要はないのだ、と説得した。人間による教育期間が終わったら無人化すればよいのだ。特殊戦がそうするように。

結局、戦術空軍はブッカー少佐の案を試験的にとり入れることを決定し、新戦闘機は有人タイプと無人タイプの二種を製造することとなった。プロトタイプの設計変更で有人タイプの試作機が一機、完成した。実戦投入予定数は十三機のみ。ブーメラン戦士と同じ数。

特殊戦機は新技術により完全無人飛行時の信頼性向上がなされ、しだいにパイロットたちは愛機が自分たちをおいて発進してゆくのを見送ることが多くなっていった。それで特殊偵察任務に支障がないことが確かめられれば、特殊戦隊はＦＡＦで初めての完全無人戦隊となるわけだった。

ブッカー少佐はその計画を進めながら、一方でブーメラン戦士の能力を利用し、新シルフィード——まだ名はなく、開発ナンバーのＦＲＸ００で呼ばれている、ＦＡＦでの小改良・大改良・新型を含めた百番目の機種だった——を教育する新特殊戦の設立を働きかけていた。戦術空軍はそれを認める。収集すべき情報はすでに現特殊戦の能力を超えつつあったからだ。

そして、現特殊戦は一つの作戦行動を最後に、無人化することが決定される。最後の飛行は雪風。超低空侵入で情報収集ポッドをＤゾーンに射出してくる任務だった。

＊

「これが雪風のラストフライトだ」

ジェイムズ・ブッカー少佐は特殊戦のブリーフィングルームで雪風のパイロットの深井中尉と電子

戦オペレータのバーガディシュ少尉に言った。

二人のブーメラン戦士はいつものように無表情で少佐の言葉を聞いた。

作戦行動は簡単だった。自動戦術情報収集ポッド、ＴＡＩＳポッドを抱いて発進、フェアリイの森を越え、砂糖の海のような純白の砂漠に落としてくること。ただしそこは制空権のないＤゾーンだった。ＴＡＩＳＰはその砂漠に落下したあと、砂にもぐり、受動センサだけを出してジャムの動向を探る。広域の周波帯を感じることができるシステムだった。赤外からは熱情報を、可視帯では形状認識を、気圧変化で音を捉える。ジャムがいないときは砂の上に出て蝶のように羽を広げて、光発電システムでエネルギーをたくわえる。そしてじっとジャムを待つのだ。見つけたら、大出力で警告波を発信する。ジャムに破壊される前に。うまく砂にもぐる暇があれば破壊されずに済むかもしれなかったが、ＦＡＦとしては消耗品と考えていた。

「質問があるんだが」と深井中尉が言った。「なぜ雪風にやらせる。有人の雪風に。おれを乗せる必要がどこにあるんだ」

ブッカー少佐はいつになく冷ややかな深井中尉、親友の零の言葉に、零の複雑な思いを感じとった。これが最後だった。零が雪風とともに飛べるのは。

「Ｄゾーンは未知といってもいい空域だからだ。雪風には予想もつかないことが起こるかもしれん。おまえの勘が必要なんだ」

つとめて明るく言ったつもりだったが、深井中尉の表情は変わらなかった。

「他に質問は。なければもういい。プリフライトブリーフィングは明朝０８３０。以上」

出てゆく親友。零の行き先はブッカー少佐にはわかっていた。愛機雪風のところ。

整備場に雪風。零は黙って愛機を見あげている。

「零。帰ってこいよ。命令だ」

雪風のコクピット下、パーソナルマーク、雪風の文字の下で少佐は零と並んで雪風を見やる。

「いい機だ。しかし雪風はもうおまえを必要としない」

「すべての機が、人間を必要としなくなるのか」

「コンピュータたちはそうしたがっているようだ。しかし、おれは雪風の人工知能・学習機能をつけるべきだと思う。ジャムにとって人間の判断は予想もできぬ脅威なんだ。地球機械にはそれがわかっていない。もっとも雪風ほどの中枢コンピュータを載せることができる機体はシルフ以外にない。大きさや、学習能力を発揮できる空力特性が足りないという問題があってな」

「雪風が生き残ってこれたのは、ただひたすら逃げてきたからだ。本格的なドグファイトはしていない」

「いまの雪風にはできるさ。そして勝つ。過小評価してはいけない。雪風はおまえが考えているよりもはるかにすごい機なんだ」

「……雪風」

ブッカー少佐は零の肩を叩き、ついてこいと言った。零が動かないでいると、ではもう飛ぶつもりはないんだな、と訊く。

「どういう意味だ」

「FRX00に会わせよう。乗る気がないのならそれでもいいんだ、零。パイロットは他にもいる。おまえは帰れ。地球へ」

「おれは雪風以外に――」

「これはもうじき雪風でなくなる。おまえの気持ちはわかるよ、零。しかし雪風、この機はおまえの所有物ではない。ペットでもなければ恋人でもない。FAFの戦闘機だ。それを忘れるな。おまえはただの一パイロットにすぎん。いやならやめろ。他の連中なら喜んで地球へ帰るところだ」

ブッカー少佐はエレベータに乗った。零は深く息をつき、雪風を見つめ、そして少佐の後を追った。

ブッカー少佐は特殊戦の第三格納庫階、ブーメラン戦隊機が納められる階のさらに下の、警備の厳重な階で降りた。IDカードで格納庫扉の開閉スイッチを作動状態に、入庫許可カードを入れる。

「おまえの入庫証もある」

扉が開く。エアロックのような小部屋にいったん隔離されたあと、庫に通ずるスライドドアが開いた。

巨大な戦闘機が一機。雪風よりはわずかに小さい。

「これが……FRXか。小さいな。垂尾がない？」

「尾翼は二組あり、いまは第一、第二尾翼とも水平位置にある。小さく見えるのはそのせいかもしれないが、実際に、七パーセントほど短く、二〇パーセントほど軽い。エンジンが小型にできたせいだ。マークXI、雪風が換装したものと型番は同じだが、細かい点でいろいろ異なる」

ブッカー少佐は説明した。FRXの尾翼は最適角度を自動選択する。主翼はストレーキ部分をもち、胴体になめらかにつながる。前縁スラットのないシンプルなクリップドデルタ。翼端は、ひねるように可動し、翼端失速を防止。ストレーキ前部にとび出しナイフのような、小さな前進角先尾があり、必要に応じて機体からせり出し、超音速時での急激なピッチングや不安定な動きをおさえる。エンジン吸気口はその主翼をはさむように上下にあって、一見すると四発機のようだった。

「双発だ。どんな急激な機動をしても吸気に支障がない。ストールやフレームアウトを生じにくい」

「バックしてもか？」

「そこまでは考えられていない」

「雪風はやった」

「エンジンはやはり止まったよ」

「アイドルにしたからだろう。フルパワーなら――」

「大Gがかかる急ブレーキで、おまえは生きちゃいないよ。――このFRXは実戦型のプロトタイプだ。ようするに特殊戦第五飛行戦隊は解散するわけではなく、この新型機を導入するわけだ」

「いまの雪風はどうなる」

「新戦隊さ。完全無人戦隊となる。出世したもんだ。このFRXはまだクリーンだ。あさってからテスト飛行に入る。おれとしては、すべてのFAF機にこのタイプの学習機能を入れてもらいたいんだ。雪風のように。しかし小型機には納まらん。もっと小型でしかも高性能のコンピュータが必要だ。あたまにくるのは、このおれの考えを開発センターのコンピュータが認めようとしないことだ。これは人間と地球コンピュータの闘いだぜ。零、おまえはまだ必要な人間だ。生きて帰ってこい。明日のミッションが終わったら――」

「雪風を捨てろというのか」

「卒業するんだ。雪風が、おまえのもとから。新しい生徒が待っている。零、機械に負けてはならん。われわれは勝たなければいけない。価値を認めさせなければならないんだ。機械にも、ジャムにも。……その結果、ジャムは人間そのものを狙ってくるかもしれん。だがそうなれば受けて立つまでだ。戦う価値があるというものだ。いまの戦いは人間にとって無意味だ。ジャムは人間など相手にしてはいない。妖精たちの戦いのまきぞえをくっているだけだ」

「……FRX00か……高性能らしいのはわかるが、不格好だな」

「見慣れないからさ。それにこいつは本来は無人機なんだ。FRX99はもっと威嚇的だぞ。このFRX00のようなキャノピはないからな。いずれにせよシルフを上まわる。あらゆる点で、だ。水平尾翼も上下方向へ可動し、垂尾にもなるんだ。四尾翼とも垂尾となるときは先尾がフル拡張する。どういう場合に各翼がどう動き、どの翼がどんな揚力を生み、どんな役割を受けもつか――あらかじめプログラムされたモードもあるが、おまえが乗れば、また違う翼の使い方をこいつに教え込むことができるだろう。こいつの中枢コンピュータは雪風のものと互換性がある。しかし飛び勝手はかなり感じが違うと思う。いまのところFRX00はこの試作機一機のみだ」

「もういいか」

「うん?」

「雪風のチェックにもどりたいんだが」

そうだな、とブッカー少佐はうなずき、特殊戦格納庫を出た。


雪風の最終有人飛行の朝。

零には、この飛行を最後に雪風と別れなければならないという実感がまるでなかった。予想もしない別れ方だ。最後までともに戦うと信じていたというのに、生き別れとは、裏切られた気分だった。

コクピットにつき、プリフライトチェック。オール・コーションライト‐クリア。マスターアーム‐チェック。オートコンバット・システム‐セット。A/G・AS(対地攻撃システム)‐チェック。A/G・ASの各モード、自動《AU》、連続目標指示《CDIP》、高精度誘導《HG》、直接照準《D》、手動《M》、のセルフテスト。

腹部に抱く六基のＴＡＩＳポッドの装着状態を確認。搭載器非常射出スイッチ・指示ランプの消灯を確認。

エンジン・スタート。ジェットフュエル・スタータ作動。エンジン－クランク。右から。ロータが回り出す。回転計指針がはねあがる。オイル圧上昇。フライト圧上昇。右－スロットル－オン、アイドルへ。自動点火システム作動。燃料流量、急速増加。四〇パーセントＲＰＭでスタータが自動カットオフ。左エンジン始動。

発動コーションライト－消灯を確認。エンジン－フルパワーで各部油圧状態をチェック。異常なし。アイドルにもどす。緊急発電システム－テスト。通信、データリンク、航法、ディスプレイコントロールなどをチェック。各動翼の作動状態を確認。レーザージャイロ、高度計、フライトコンピュータをチェック。

トゥブレーキ－オン、パーキングブレーキ－オフ、アンチスキッド－オフ。

タキシング。雪風は滑走路へ出る。

スロットルをマックスへ、トゥブレーキをはなすと雪風は滑走開始。ローテーション。五度の機首上げ姿勢。テイク・オフ。ギア－アップ。速度上昇。全系統異常なし。雪風は最適上昇速度に達するや、ぐいと機首をもたげると、一気に巡航高度へ上昇した。

高度二〇〇〇〇メートルで超音速巡航。Ｄゾーンまでは二〇〇〇キロ、そこから先へさらに五〇〇キロほど侵入する。

少し先をブーメラン戦隊の一番機と六番機が雪風護衛のために飛ぶ。両機とも無人だった。雪風が両機を確認し、零にＩＦＦを通じて、味方、と伝えてくる。雪風は無人の両機に出会い、両機と話しあっているようだった。力強い味方だ、とでもいうように。しかし零にはその声は聞こえなかった。

無言のまま飛ぶ。後席の電子戦オペレータ、バーガディシュ少尉も黙っていた。話す必要もない。

四十分で一八〇〇キロを飛ぶ。空中給油を受ける。この間も無言。ただ雪風のデータリンクと給油システムが忙しく空中給油機とデータ交換をするだけだ。零は嫉妬に似た焦りを抱く。雪風はパイロットである零を無視しているかのようだった。零は給油途中、意識的に機をわずかに動揺させる。すると雪風は警告を発して、自動姿勢制御機構をロック。

「雪風……」

「いい機だな」とバーガディシュ少尉。「乱気流にまきこまれても安定している」

乱気流だって？　零は眉をひそめる。雪風は、この自分の干渉を外部乱流として処理したのだ。パイロットの意志を無視して。そして零はブッカー少佐の言葉を思い出す。雪風は彼女なりの意識をそなえているのだ。

「いつまでも言うなりになっていない、というわけか。雪風、いったいおまえは何者だ？」

「なにか言ったか？」

少尉の声が雪風のもののように聞こえて、零は瞬間、水を浴びせられた気分になる。

「いや。なんでもない。少尉、針路を確認しろ」

「了解。自動のままでいい。あと七五〇キロ行ったところで高度を下げる。シュガー砂漠へ侵入したら、その先は未知だ。数回の偵察によるデータしかない」

給油機が離れてゆく。雪風、再び増速。

Dゾーンへ侵入。護衛機が別れる。雪風は急速降下、地表すれすれをシュガー砂漠へ向けて超低空高速侵攻を開始。視界のいいコクピットの周囲を、景色が灰色となって流れる。

「行くぞ、少尉。爆撃システムの再チェック」

「了解」

ジャムの姿はない。基地からわずか二〇〇〇キロだというのに未知の領域とは、と零は思う、人間はフェアリイ星のことはまったく知らないに等しい。ここはジャムの母星なのか、それさえもわからない。ジャムのことも。

そして、零には、いちばんよく知っているつもりだった、信頼していた雪風のことも、わからなくなってきていた。雪風は自動でTAISP射出地点に向かって超音速侵攻。

零はA／G・ASのモードを自動から連続目標指示モードに素早く切り換える。

「中尉？　なにをするんだ？」

「最後の飛行だ。おれにやらせろ」

「中尉らしくないな。雪風に任せれば昼寝していられるのに」

零、無言。ぎらつく二重太陽の光を反射してシュガー砂漠が迫る。

HUDに第一目標地点が表示される。プルアップ・キュー。雪風はおどりあがるように急速上昇。HUDにインパクトラインが出る。それを見ながら機を誘導する。射出せよ、のキュー。零は砂漠の、なんの目印もない純白の大地を見つめながら、レリーズを押す。TAISPの一基が射出。雪風は水平飛行。第二目標地点へ。わずか十数秒で達する。零、第二基を射出。三、四、五基目。

「いい調子だ。さっさと落として帰ろう」

「もう一基だ」

雪風は大きく旋回。掃投コースに乗りつつ、六基目の射出地点へ。

と、いきなり警告音。

「なんだ？」

「中尉――ジャムだ。たったいま射出したＴＡＩＳＰ‐４から警告。――動作試験かな。雪風の受動システムには感じられない」

「早く索敵しろ」

「わっ」

雪風が震える。砂から発射されたかと思われるような、小型のジャム戦闘機が三機、雪風の真下から襲いかかってきた。実際に砂の海から現れたのかもしれなかったが、零には確認できない。ジャムを回避するために雪風が大Ｇ旋回したからだ。零はコクピット外を見やる。ジャムは見えない。

「中尉、回避、ハード‐ポート！」

零はほとんど意識せず、Ｖｍａｘスイッチをオン、オートマニューバ・システムを入れる。ジャムは速すぎて視認できない。見えない敵とは戦えない。しかし、雪風は、はっきりと敵を捉えている。

雪風、高速短距離ミサイル発射。命中しない。

「敵は小型格闘戦闘機だ――回避しろ、中尉！」

敵のミサイルを雪風はひらりとかわす。零と少尉、ブラックアウト。

「高速離脱しろ、中尉。深井中尉」

「雪風は――あくまでも戦う気らしい」

オートマニューバ・スイッチをオフにしようとし、零はそれが解除できないのを知る。

「なんてやつだ……雪風！」

零はオドンネル大尉の最期を思い出す。自分も、そうなるのか？　突然、雪風はスピードブレーキを拡張、警告を発する。火災発生、緊急脱出せよ、のサイン。

「ばかな。火なんか出ていない」

「どうなっているんだ、中尉。中枢コンピュータがフェイルしたのか？」

キャノピが自動射出。零は射出座席のロケットモーターの振動を感じて、とっさにフェイスカーテン・ハンドルを引き、顔面を保護。一瞬後、雪風は乗員を大空へ投げ出した。

大G加速、ジャムを狙う。無人の雪風はもう人間の身の安全を考慮する必要はなかった。二機のジャム機が雪風の高機動と高速射撃により、一撃で撃墜された。

三機目のジャムは雪風を誘い込むように急降下。雪風は追撃しようとし、ふとためらったかのように上昇旋回、フルパワーで離脱。

砂の海から四機目がミサイルのように発進する。パワーブースターを切り放し、雪風を狙う。雪風はそれをまちかまえていたかのように急半転、インメルマンターン、機体をひねって射撃サイトに敵をキャッチ、撃墜。地上に激突直前に急激な引き起こし、逃げた三機目のジャムを追う。

零にはこの戦いが見えなかった。上空に乾いた雪風の高速射撃ガンの音と雷のようなエンジン音だけが聞こえる。パラシュートで熱い砂漠に降下。着地して、転がり、パラシュートキャノピを切り放す。白いパラシュートキャノピが大きなくらげのように風に吹かれて飛んでゆく。たたむ必要はないと零は判断した。ジャムは人間には無関心だろう。尻にしていたクッションがわりのサバイバルキットから空軍拳銃を出してフライトベストの内側に納め、非常食と水のパックを身につける。サバイバルガンを手にし、それから相棒の姿を捜した。二〇〇メートルほど先、陽炎にゆれる純白の砂丘、動かない大波のようなうねりの上に、バーガディシュ少尉の白いパラシュートキャノピがふわふわと風に流されていくのが見えた。零はマシンガンを構え、ヘルメットバイザを下ろしたまま、強い日射しの下、相棒を見つけるために歩き出す。

雪風がなぜ自分を捨てたのか、零には想像がついた。雪風は、苦労して射出したTAISポッドを、使用もしないうちにジャムに破壊されるのががまんできなかったのだろう。それには高速で離脱することなく、ジャムと真っ向から戦う必要があったのだ。勝つためにはGに弱い人間は邪魔だった。自分が雪風でもこうしただろう、どのみち雪風とは別れなければならなかったのだから、緊急射出ハンドルをひくのをためらったりはしなかったはずだ——雪風は、この自分の意志を感じとったかのように、さっさと実行したのだ。

零はふと雪風に、かつてない人間的な、同じ次元の生き物としての親しみを感じた。あれはこの自分の分身なのだ、以心伝心の、信頼できる仲間なのだ……しかしはたしてそうだろうか？　零は、ブッカー少佐ならこんな自分の考えは甘いと言うだろうと思った。雪風は単に自機が行動するのに不利な要素をとりのぞいただけなのだ。パイロットを乗せていては、雪風の思うとおりに飛べない可能性もある。たとえば、考えられないことだが中枢コンピュータやオートマニューバ・システムの自爆スイッチを零に入れられるかもしれないから、とそのように雪風は考えた末にこんなことをしたのだ。ブッカー少佐ならそう言うに違いなかった。これは闘いなのだ、雪風と人間の。

零はもうそのようなことはどうでもいい気がした。暑かった。砂丘を越えると、前方にバーガディシュ少尉の姿を見つけた。零は手を上げて合図しようとして、鋭い金属音が接近してくるのを聞いた。一直線に竜巻が近づいてくる。高速で。超音速で、超低空を飛ぶジャムの起こした衝撃波だ——ジャムは見えない。黒い点のようなジャムを認めた直後、それは爆発的に視野いっぱいに広がり、零と少尉の間を通過。白い砂が立ち、壁となり、二人は吹き飛ばされた。軽い風船人形のように空中に飛ばされた零は、落下して砂に叩きつけられるほんの短い間に、サバイバルガンを投げ捨てて、肩の緊急救難ビーコンのスイッチを入れている。背から砂の海に落ちる。その直後、零は見た。ジャムを追撃して超低空を飛びすぎる雪風を。雪風は零の前で発火——高速ミサイルを放つ閃光。そして零の身にぶ厚い白い砂の壁が崩れてきた。零は気を失った。

白い砂漠の夢。零は目を開く。白い。

顔を拭かれている感触。白いタオルだった。零はそのタオルを手で払った。空気は冷たかった。

「気がつきましたか」

事務的な感情のこもっていない声が言った。女だった。看護師だ。白い顔だと零は女を見て最初にそう感じた。青みがかっているような、やけに白い肌だ。照明のせいかもしれない。エアコンのかすかな音。白い小さな部屋。簡素だ。病院か。しかしフェアリイ基地の空軍病院ではない。ローカル病院の印象。零は、南海の孤島にうちあげられた漂流者の気分を覚えた。窓はないが、外はジャングルで、部屋の天井には旧式の大きな扇風機の翼がゆっくりと回転しているのではないか。それはなかったが、ないのが不自然な気がした。記憶がはっきりしない。この病室は夢のなかのもののように、どこかしら妙に現実感が欠けている。零は硬いベッドの上で再び目を閉じて、身体の感覚の回復を待った。ブーツはつけたままだ。フライトスーツも着ている。あちこちのポケットが膨らんでいるのがわかる。地図や、フラッシュライトや、ナイフ、ビーコン、携帯食糧や、軍用拳銃。それらが解かれていないというのは救出されて間もないからか。それにしても、どこか奇妙だった。しかし零にはなにが異常なのか、その原因がなんなのかわからなかった。疲れていた。

深呼吸して酸素を肺に送り込む。ぼんやりした頭がだんだんはっきりしてくる。零は口を開く。

「雪風はどうした」

「雪風？　ああ、あの機は整備中です、中尉」

「中尉か……バーガディシュ少尉は」

「少尉は重傷です。残念ですが――」

「どこだ、ここは。前線基地だな。きみは――」

「わたしはマーニーです。少しお待ちを。ヤザワ少佐を呼んできます」

マーニーという看護師は出ていき、入れかわりに少佐の制服を着た、東洋人が入ってきた。細い目の男だった。

「目が覚めたようだな、中尉」

とマーニーと同じく無機的な声で男は言った。零は身を起こそうとして、少佐にとめられた。少佐の制服は、たしかにFAF戦術空軍のものだったが、色と形が細部で違っているようで、まるで磨硝子ごしに見るようにぼんやりとかすんでいるかのような違和感があった。零がそう言うと、ヤザワという少佐は笑った。

「頭を打ったかな、中尉」

「かもしれない」

緊張をとかずに零は言う。ヘルメットはサイドテーブルに載せてあった。

「どこだ」

「TAB‐14」

「TAB‐14？　まさか。ジャムにやられたはずだ……信じられないな」

「地上は滅茶滅茶だが、このとおり、地下の一部は生き残った。きみら中央基地の連中には、われわれのことなどわかるまい。制服にアイロンをかける余裕もなくてね」

「フム。それでか……どこか、ピリッとしていないな。雪風は無事なのか」

「燃料が切れて、この基地に降りた」

「給油しろ。帰る」

「まだ無理だろう。その身体では」

「フェアリィ基地との連絡は」

「とれない。通信機能が回復していないのでな。われわれは全滅したと思われている」

「おかしいな……妙な話だ……そんなばかな。おれはヘリコかなにかで運ばれたんだろう。近くの戦術基地へ行けるはずだ」

「そのつもりはない。われわれは、自分たちでやっていくさ。雪風を整備したいんだがな、中尉。触れられずに困っている。巧妙な保護装置だな。下手にいじると自爆する」

零は胸の拳銃を意識した。この少佐はなにを考えているのだ？　中央の支配から逃がれようとでもいうのか。クーデター？

「雪風には触るな。あれはおれの機だ」

「わかったよ、中尉」

「言っておくが、少佐、おれは特殊戦第五飛行戦隊所属だ。あんたの命令は受けない」

「わたしは少佐だ」

「直属上官ではない。あんたはおれに命令できる立場にはいない。おれはブッカー少佐の命令を受けている。必ず帰れ、という命令だ。それをブッカー少佐自ら解かないかぎり、その命令は有効だ。あんたも知っているはずじゃないか、軍規は」

「知ってるさ。しかしここではわたしに従え、中尉」

「なぜ」

「帰れなくなるからだ。ブッカー少佐の命令を守るつもりなら、わたしにまず従うことだ。中尉、雪風の電子システムの保護装置の解除法を教えろ」

「ことわる」

「では、いつまでもここにいるがいい」

「脅迫するのか」

「身体を大切にしろと言っているんだ。雪風の整備をやらせないと、きみの身体もいつまでも回復しないと思うよ、中尉」

少佐はそれだけ言うと出ていった。零はまだ夢のなかにいるような気がした。ゆっくりと身を起こし、ベッドに腰かける。それから、立つ。雲の上を歩いているようなたよりなさ。非現実感がつきまとう。ふらつき、床に膝をつく。マーニーが入ってき、まだ起きるのは無理だと言って零の身を支え、ベッドに連れもどした。

「きみたちは……なにをしようとしているんだ？　おれは帰らなければならない」

再びベッドに横になった零に、マーニーは微笑んで答えた。

「もちろん、無事にフェアリィ基地に帰投できるようにいたします。さ、中尉、少し休んだほうがいいわ」

拒否する間もなく、腕に注射針を突き立てられる。ぞっとして振り払おうとしたときには、マーニーはさっさと注射器を拭き、そして無表情に零を見下ろす。おやすみなさい、とマーニーは言う。まぶたが重くなる。

白い世界へ零は沈む。

雪風、帰還せず。特殊戦司令室でブッカー少佐は、広い戦術ディスプレイスクリーンを信じられない思いで見つめる。雪風のシンボルマークが消えてから三時間以上経過していた。

「零……どうしたんだ」

「一応任務は遂行したようだ」特殊戦副司令官のクーリィ准将が言った。「少佐、雪風はジャムと交戦し、撃墜されたものと思われる」

「捜索隊を出しましょう」

「その必要はない。そんな余裕はない……少佐、わが戦隊に引き渡されたFRX00の試験飛行計画を提出しなさい」

「――雪風はどこか前線基地に降りているのかもしれない。FRXに偵察させることを許可してください、准将」

「FRXの実戦評価試験のフライトコースはあなたに任せる。――でも雪風は見つからないだろう。どの基地からも連絡はない」

クーリィ准将は眼鏡の奥の冷たい瞳をちらっとブッカー少佐に向けて、司令室を出ていった。

「新戦隊の一番機はおまえにやるつもりだったんだがな……零、なにがあった?」

ブッカー少佐は沈痛な表情でスクリーンを見る。見ていればやがて雪風が帰投サインを出してもどってくるのではないかというように。しかし雪風は帰ってこなかった。

零は再び白い靄から浮かび上がる。身体が重い。目覚めてもまだ夢の続きのような気がする。違和感は去らなかった。

耳には聞こえない低周波が響いている感覚があって、考えを集中することができない。透明なゼリー状のなにかが身体を包み込み、外界の情報を断っているような非現実感。自分の身体が自分のもののようでなかった。

ベッドで目を閉じたまま、零は室外でだれかが話しあっているような音を聞いた。声のようだったが、意味が聞きとれない。蜂の羽音に似ていた。

妖精の声かもしれないと、ぼんやり零は思った。人の声とは思えない……ここはどこだ？　TAB-14は壊滅したはずだ。

目を開き、ふらつく足でベッドを下り、白いドアに身を寄せる。耳鳴りのような音はやまない。ドアのノブに手をかける。ドアを引く。開かない。押すのだ、と気づき、力をこめる。あっけなくドアは開いた。簡単に開いたので零の身は支えを失って、二、三歩廊下へ足が意識せずに出た。薄暗い廊下だった。病院らしかった。だれもいなかった。蜂の羽音は聞こえず、静まりかえっている。そこに動物が首をしめられるような、鳥の鳴き声にも感じられる音が響いて、白い姿が浮かび、近づいてくる。マーニーの姿だった。磨かれた床に靴底をわざとひねりあわせて音をたてているのではないか、そんな感じがする耳ざわりな足音。腰を振るような歩き方だった。豊満な胸がゆれる。妖しさではなく怪しい雰囲気を零は感じとった。マーニーは女というよりも、腐った脂肪を集めてこねあげた人形のようだった。零は生理的嫌悪をおぼえて病室内にあとずさった。

寝ていなければだめだとマーニーは言った。

零はベッドに腰を下ろした。マーニーが手を伸ばして零の腕をとり、脈をとった。

「少し緊張しているようですね、中尉」

「なぜ緊張しているのか、きみにはわかっているはずだ。本当のことを言え。ここはどこだ」

「TAB-14の地下ですわ」

「地上へ出てみたいな。雪風はどこだ」

「興奮なさってはいけません。雪風の整備はすすんでいます」

「中枢ファイルには手を触れるな」

「わかっています。整備しているのは、射出システムです。キャノピをつけ、射出座席をセットしています」

「雪風の射出座席はEESS‐81‐03。そんなものがここにあるのか。キャノピはシルフィード専用だ」

「地下工場で成形しています。キャノピなしでは飛べませんものね。射出座席もなんとかします。少し時間がかかるかもしれませんが」

「なぜフェアリイ基地と連絡をとらない。それがいちばん簡単だろう」

「通信不能です。中尉、雪風のCOMシステムを作動しますか？　われわれにはどうにも理解できません、雪風のシステムは。いたるところに保護装置があって」

雪風の通信システムを作動させるか、というマーニーの誘いは、いかにもうさんくさかった。TAB‐14の生き残り連中はいったいなにを考えているのか。零には見当もつかない。

「きみたちは……味方なのか？」

「なにをおっしゃるのです、中尉？　もちろんですわ。整備が終わりしだい、帰っていただきます。いつまでも引き留めておくつもりはありません」

「……のどが渇いたな。なにかもってきてくれないか」

「わかりました。では流動食をお持ちします」

「流動食だって？」

「身体の回復にはいちばんです、中尉」

マーニーが持ってきたそれは、肉汁と野菜ジュースを混ぜ合わせたようなひどい味だった。薬だと思って飲めとマーニーは強引にすすめた。カップの三分の一ほどで零はがまんできなくなった。マーニーにつきかえす。

「もういい。――さっき妙な音が聞こえていた。蜂の羽音のようだった」

「エアコンの音ではないですか？　ときどき調子が悪くなって」

「そうかな」

マーニーは笑い、カップをとって病室から出ていった。零はドアが閉まると、ライフベストの内側から自動拳銃を出した。口径は9ミリ。ローラーロッキング・システムの、反動の小さいオートマチック。弾はマガジンに十三発、チャンバに一発。装弾されていることを示すピンが出ている。グリップを握りしめるとセイフティが解除される。

銃を奪わなかったのはなぜだろうと零はマーニーとヤザワ少佐をいぶかしんだ。敵ではないことを証明するためか。たしかに、敵とは思えなかった。が、ここにはフェアリイ基地のような、絶対安全という雰囲気はなかった。その印象は、たんに不慣れな場所であることや、最前線基地にただよう緊迫感からくるものではなかった。いうなれば、と零は思った、亡命者の気分だ。保護されていると同時に、二重スパイではないかと疑われている気分。銃を身につける。そして廊下に出ようとして、零は吐き気をおぼえた。胃腸の不快感。廊下に出て、マーニーを呼ぶ。薄暗い廊下の先からマーニーが駆けてきた。ここにはマーニーしかいないのだろうかと思いつつ、教えられたトイレに零は駆け込んだ。強い脱力感。

あの流動食がいけなかったのだ。零は病室にもどり、ベッドに倒れ込んだ。熱が出た。

マーニーの呼ぶ声で目を覚ます。腕をあげて航空時計を見ると十時間以上たっていたが、時間経過の実感はまったくなかった。熱は引いていた。点滴静注の針が右腕に刺されていた。

「ウィルス性疾患のようですわね、中尉。砂漠で感染したのでしょう」

「違うな……違う」

「統合失調症に似た症状を引き起こすのです。幻覚を見たり。たぶんそうですわ。でも大丈夫です。じきによくなります。食欲はどうですか？」

そういえば、空腹だった。しかし二度と流動食など口にしたくなかった。

「用意はできています」

とマーニーは言って、小さなワゴンをベッドに引き寄せ、ベッドの移動テーブルを零の胸に近づけた。零は半身を起こした。皿にスープが注がれる。いい匂いだった。零は携帯食をとろうとするのはやめ、差し出されたスプーンをとった。うまかった。食事の名に値した。

「これはなんだ」

「チキンブロス」

「チキン？　違うような気もするな……インスタントではないだろう。TAB‐14では鶏を飼っているのか？　食料の自給は禁じられているはずだ。表向きはフェアリイ星の生態系を乱してはいけないからだというが、戦争をやっているのにそんな――」

「こぼさないで、中尉。まだありますから。あまり急ぐとお腹をこわしますよ」

零はマーニーの言葉に従って、ゆっくりとスプーンを口に運んだ。ヤザワ少佐が入ってき、コンピュータらしい器械をサイドテーブルに置く。

「退屈だろうと思ってね」とヤザワ少佐は言った。「雪風と遊びたくはないか、中尉」

少佐は持っていた器械をオン。携帯型コンピュータだ。ディスプレイが光る。雪風が映った。広い整備場か。よくわからない。白い靄《もや》がかかっている。

「雪風と話したかったら、これを使いたまえ。どんな周波数の、どんな波でもこれで合成発信できる。雪風とリンクしたかったら自分でやることだ。きみなら雪風の保護システムを作動させずにコンタクトできる方法を知っているだろうからな」

「それをモニタしようというのか？　いったいなにを考えているんだ？　これではまるで——」

まるで——ジャムではないかと言いかけて、零は全身が粟立つ寒けを感じる。

ジャムだ。こいつらは、ジャムだ。間違いない。こいつらは、地球人の前に初めて姿を現した、ジャムなのだ……

「どうかしたか？」と少佐。「なにをおびえている？」

「少佐」とマーニーが答えた。「中尉は精神的に不安定なのです。フェアリイ症ですわ。砂漠で感染したらしいのです。出ていってください。中尉は精神安定剤が必要のようです。さ、中尉、横になって」

「おれは——狂ってなんかいない。雪風に会わせろ」

「いつでもいいぞ、中尉。しかしマーニーはだめだと言うだろうな。きみのいまの状態では飛行は無理だろう」

零はベッドから起きようとし、少佐の腕でとめられた。強い力だった。マーニーが零に注射針を突き立てる。脱力感が全身に広がる。

「おまえたち……何者だ……」

「あなたの仲間です」とマーニーが言った。「同じ有機系の」

「ちょいと違うけどな」と少佐が言った。「ちょっとした手違いだ。ばかばかしいミスさ」

「流動食で気づいたの。α‐アミノ酸D型だったのよね……中尉、チキンブロス、おいしかった？　あれならあなたの口に合うはずよね……消化できるもの……」

夢のなかの声だ。男と女が笑っている。仲間だ、と言いながら。グロテスクな夢だと零は思う。砂漠の暑さでまいったのか。こんど目が覚めたら、大丈夫、もとの世界、正常なフェアリイ空軍病院にいるに違いない……

零は力を失った。

あいかわらず同じ部屋。少佐の持ってきた携帯型コンピュータのディスプレイに雪風が映っている。キャノピがつけられていた。

頭がもうろうとしている。なにか薬を打たれたことは記憶していたが、その薬が効き始めて眠りにひきずりこまれる直前になにか大切なことを聞いたような気がするのに、それが思い出せない。

零は廊下に出る。廊下の一方はどんづまりだった。反対側へ。T字に突きあたる。右側にナースステーション。左へ曲がる。非常口か、鉄の扉がある。びくともしない。

例によってマーニーが近づいてきた。いやな足音をたてて。

「トイレですか」

「バーガディシュ少尉はどうした」

「残念ながら、少尉は……」

「死んだのか。出してくれないか、この病院区から。ここは牢だな」

「室へおもどりください、中尉。顔色がよくありません」

暗示をかけられたように零は病室にもどった。ディスプレイに雪風が映っている。零はそれを見つめながら、なにか忘れているもどかしさに苛立つ。ヤザワ少佐はなぜ雪風にこだわるのか。ＣＯＭシステムを作動させたいのなら、スイッチを入れればいいではないか。システム内部に強引な電子的割り込みをかければ雪風は拒否して自爆するかもしれないが、人間がスイッチを操作するのを拒んだりはしない。はずだ。ヤザワ少佐はようするに、どれがCOMシステムなのか、雪風の機器の操作を知らないのだ。でも、なぜ？

マーニーもヤザワ少佐も人間ではないから。

零は再び膝が冷えてゆく不安を覚える。

彼らはジャムなのか、あれが。人間とまったく違わないような外観、あれがこれまで姿を現さなかったジャムの正体なのか……信じられない。証拠が必要だ。それを自分はつかんだはずなのだ。……彼ら自ら言ったではないか……仲間だ、と。その先だ、その先。

雪風。零は雪風の情報ファイルならそれをつかんでいるかもしれないと、携帯型コンピュータのキーボードに手を伸ばす。これは罠かもしれない。ヤザワ少佐はこのコンピュータと雪風のリンク状態をどこかでモニタしているに違いない。そう知りつつも零は宙ぶらりんな不安から逃がれるほうが先だと思った。

そのコンピュータを使い、いろいろ試してみる。緊急戦術回線の周波数でパルスコードを組みあげて、発信。雪風とコンタクト。

〈ジャムを捜せ〉

跳ね返るように返事がきた。雪風から。敵が近いことを知らせる緊急発信音。それだけわかれば十分だ。零はコンピュータのスイッチを素早く切る。

ここはジャムの基地だ。間違いない。しかし、ジャムの基地になぜ人間がいるのか。マーニーやヤザワ少佐がジャムとは思えない。

「なぜ切るのですか」マーニーの声。「中尉、お疲れのようですわね」

「疲れてなんかいない……」

「髯でも剃ったらいかがかしら。鏡をごらんになりますか。ひどく疲れている――」

鏡。零はマーニーの言葉に、忘れていたことを思い出しかける。鏡、鏡面反転、D型……α-アミノ酸。L型の光学異性体だ……零ははっきりと思い出す。たしかマーニーはそう言った。マーニーを見つめる。この女の身体はおそらく、L型アミノ酸で作られたタンパク質ではない、D型ポリペプチドでできた、分子レベルで鏡面反転した逆向きの、人間ではない、化け物だ……本当にそうなのか？

マーニーが近づいてくる。手に注射器を構えて。

「さ、中尉、少しお休みになられたほうが」

そして、もう二度と目を覚ますことができなくなるかもしれない。マーニーは人間ではない。どうすれば確かめられるだろう。マーニーの身体の、細胞の、分子を、旋光計で調べるのか？

「中尉、あなたはフェアリィ症です。あなたの不安はこの注射で軽くなりますわ。幻覚状態なのです、中尉。しっかりしてください」

「おれは……狂ってなんかいない」

マーニーが微笑みながら零の腕をとった。零はマーニーにすべてを任せてしまいたい誘惑にかられた。そう、これは彼女が言うように、この不安は幻覚なのだ、と。

雪風の警告音が零の脳裏によみがえる。腕に注射針が突き立てられる直前、零はわれに返ってマーニーの手を振り払った。

「なにを――するの！」

零はマーニーの白衣の前を引き裂いた。重そうな乳房がこぼれ出る。零はそれに噛みつき、噛みちぎった。マーニーが悲鳴をあげる。

零はマーニーの乳房の肉片を吐き出した。マーニーを突きとばす。手の甲で零は口をぬぐう。血の味はしなかった。マーニーの持ってきた流動食と同じ味。タンパク質ではない。

「ジャムめ!」

床に倒れたマーニーに向けて、零は抜いた自動拳銃を撃つ。一発。マーニーの身が跳ね、動かなくなる。

雪風のところへ行かなければ。廊下に出る。

口のなかに血でない血の、甘くて苦いような味が残っている。チキンブロスはうまかった――零は駆けながら、その材料に思い当たって嘔吐を覚えた。あれはチキンなどではない。たぶん、バーガディシュ少尉だ……

T字廊下を曲がったとたん、ヤザワ少佐と鉢合わせた。とっさに腕を出す。拳銃が叩き落とされた。少佐は零の腕をひねりながら一本背負い。零は肩から床に叩きつけられる。すごい力だった。宙に浮いた足を零は少佐の後頭部にからませ、力をこめて少佐の身をねじり倒した。転がって、自動拳銃に手を伸ばす。少佐は零の両ふくらはぎを強い握力でつかむ。零は拳銃をとる。身をひねるより早く、零の身は浮き、ハンマーのようにぶん回された。腹筋に力をこめて身を折り曲げた直後、零は壁に叩きつけられた。背に衝撃。息ができない。逆さになった視野に、跳びかかってくる少佐を見た。床へ頭からずり落ちる。その直前、零は自動拳銃を発砲した。二発。廊下に銃声が響く。9ミリの、205グレインの弾頭が少佐の頭を吹き飛ばした。零は床にうずくまり、首筋をもんで、頭を振った。

立つと、くらりとくる。ヤザワ少佐は頭部を撃ち抜かれて大の字に倒れていた。少佐の後頭部が廊下の壁や天井に飛び散り、赤いしみとなっていた。だが血の臭いはなかった。

みぞおちを左手でさすりながら、零は鉄の扉の鍵を撃った。扉を蹴る。開いた。階段がある。上へ続いている。上部に、四角く光る出口が見える。零は駆け上がり、そして外に出た。

異様な光景。フェアリィ星ではないようだ。青い氷のような平面が広がる。低く、厚い雲が手の届きそうなところまで垂れ込めている。透明プラスチックのような地面は滑走路か。零は森の出口に立っていた。金属光沢のある緑の樹樹。背後にはいま出てきた地下への入口。そしてその奥、薄暗い森の中に、池が見えた。黄色の蛍光を発している。沸き立っているように池の表面が動揺していた。

零は滑走路へと目を移し、雪風を捜した。雪風は平面上、四、五〇〇メートル離れたところにいた。零は森から出て、身を隠すものがなにもない滑走路上を走った。

雪風に近よる二人の人間を認めた。パイロットだろう。雪風を乗っ取る気だ。ジャム。

息を弾ませ、零は二人の男を呼びとめる。一人が振り向いた。その顔を見た零は、構えた銃から、ふと力を抜く。バーガディシュ少尉だった。

「少尉……」

自分はやはり統合失調症なのかと零は自身の精神を疑った。この異様な景色は幻覚なのか。

零は五、六歩進み、そして少尉のわきにいるもう一人の男を見て、息をのんだ。その男は、零だった。深井中尉。

「ジャム！」

発砲。零の偽物が倒れる。零は右わき腹に鞭で打たれたような衝撃を感じる。バーガディシュ少尉が拳銃を手にしているのを見た。零、応射。少尉は突きとばされるように地面に尻もちをつき、零の銃の連射で絶命した。強い血の臭いが立った。零はわき腹をおさえる。バーガディシュ少尉の偽物に撃たれた傷。出血がひどい。

「ジャムか……」

二人の死体に寄り、見下ろす。ジャムではないと零は思う。これは、ジャムに造られたアンドロイドだ。いままで人間を無視してきたジャムは、ここにきて初めて対人間用戦略を打ち出してきたのだ。いわば、これはジャムの兵器、対人用有機系兵器なのだ。人間が雪風を造ったように、ジャムは人間を造りだした。ジャムはきっと、人間の存在を感知する感覚が薄いに違いなかった。人間の相手をするには、人間と同じレベルの感覚を持った兵器を造り出す必要があったのだろう。

ちょうど人間がコンピュータにジャムを分析させるように。ジャムは機械生物か。

するとこの戦争は、ジャム対人間に造られた機械、人間対ジャムに造られた人間となるわけだ。ばかばかしいと零は思った。ジャムも人間も、すれ違う存在なのに、お互いの造り出した兵器のために戦いを余儀なくされるわけだ。ジャムの苛立ちは人間以上かもしれなかった。なぜ雪風のような機械、自分たちの仲間らしいそれがわれわれに攻撃をしかけてくるのか、と。

零は雪風に近より、伸ばされているラダーに足をかけ、コクピットに収まった。射出座席はきちんと装備されていた。わき腹の傷の出血がとまらない。強く左手で傷をおさえ、エンジンをスタート。コクピットから外を見た零は、黄色いなにかが雪風に向かってくるのを見る。あの池からあふれ出たもののようだった。近づいてくると形がわかった。人間の群れだった。まだ髪も眼も口もそなわっていない、未完成の兵器。その上を、蜂の大群のような黒いものが渦をまいて飛ぶ。

あれが――ジャムか。雪風の対電子兵装をオン。雪風のエンジンが吠える。パーキングブレーキ・オフ。キャノピ・クローズ。

「帰るぞ……雪風」

人間もどきが雪風の機体に貼りつく。パワーをミリタリーへ。後部の人間もどきが吹き飛ばされる。

雪風、テイク・オフ。ギア－アップ。ＦＣＳ－オン、マスターアーム－オン。急速上昇旋回。零の顔は白くなる。出血が止まらない。雪風は黒い蜂様の群れに、一発だけ残っていた高速ミサイルを放った。ミサイルは群れに突っ込んで爆発。強い光が零の視力を一時的に奪う。

目を開いたとき、雪風は既知の空間を飛んでいた。フェアリイの森すれすれを低速で飛行。零は青い空を見上げる。傷は激しく痛んだが、気持ちは安らかだった。帰ってきたと零は思った。

だが脅威は消えてはいなかった。上昇加速を始める雪風の索敵レーダーは、すぐ背後上空に三機のジャムを捉えていた。超低空だったことと、速度がなかったために、回避する余裕がなかった。ガン攻撃を受ける。雪風の右垂直尾翼が散る。右エンジンが火を噴く。自動消火。さらにもう一撃。こんどは左主翼の三分の一ほどが消し飛んだ。

零はオートを解除、自力で雪風を操る。操りきれなかった。雪風はゆるく旋回すると、フェアリイの森に突っ込んだ。

やわらかい森がクッションになった。零は一瞬気を失ったが、すぐに奇跡的に生きている自分を知った。雪風は何十メートルもの厚みのあるフェアリイの密集した森、スポンジの地面のような森の頂部に不時着していた。ジャムは去ってはいなかった。が、攻撃は中止していた。

「雪風を……あくまでも解析する気か」

零、雪風の自爆スイッチをオン。反応がない。零は思い出す。自爆にはナビゲータ席のスイッチも入れなければならない。

零はシートのハーネスを血に染まった手ではずしかけて、やめた。腕がよく動かなかったし、それに、自爆の必要はなさそうだった。

雪風の後部が激しい炎を噴き上げている。燃料タンクに引火して雪風が木っ端微塵に爆散するのは時間の問題だ。

零は目を閉じた。射出レバーを引くことはできそうになかった。零はそれを試してみようとも思わなかった。

想像していたとおりの最期だ。これでいいと零は思った。いつかこんな時がくると、いつも感じていた……雪風と一緒の最期を。

ピッ、という警告音。零は、目を薄く開く。雪風が別れを告げようとしているように零には思われた。かすむ目で零は複合ディスプレイを見る。よく見えない。そろそろと腕を伸ばして輝度コントロールを操作。

味方接近中、のサイン。ディスプレイにただ一機で飛んでくる戦術空軍機のシンボル。

「FRXか……遅かったよ、遅かった」

キャノピが背後の炎に照らされて紅に染まっている。もういいと零は思った。雪風と死ねるのだ。これで本望だ、と。雪風は自分を裏切らなかった。

——だが雪風は、零が想像もしなかった、零もいまだかつて経験したことのない特異な行動に出る。

〈LINK－FRX00・05003〉ディスプレイ上の文字。〈TRANS－CCIF〉

零は目を見開く。

「……なに？」

雪風はこう言っていた。

『特殊戦第五飛行戦隊の新三番機であるFRX00に、わたしの中枢機能を転送する』

零はやめろ、と絶叫する。声にはならない。

雪風は……この機体を捨てるつもりだ。この、おれを見捨てて。

ディスプレイに、光る数字の列が高速で流れ始める。雪風の中枢ファイル内の情報が転送されてゆく。零にはそれを止めることができなかった。零は周囲が暗くなってゆくのを感じる。

ここはどこだ？　なにも聞こえない。なにも見えない……空を翔ぶ感覚だけがある。妖精の舞う空だ。――妖精空間。

転送終了のサインが出る。零には見えなかった。そのサインを出した直後、雪風は、転送途中で自爆すべき事態が生じた際に必要な人間の手、零の身体を、自動射出した。零の身体は雪風から急速に離脱、空中に放り出されたが、零にはもうそれを感じとることができなかった。


ＦＲＸ００・０５００３の後席にはジェイムズ・ブッカー少佐が乗っていた。新機種の電子兵装のモニタのために。

ブッカー少佐は三機の敵機を認めた直後、ＦＲＸの中枢コンピュータの異常を捉えた。その中枢コンピュータの学習機能部はまだほとんどクリーンな状態だったが、それが暴走を始める。

「なんだ――これは？」

暴走ではない。どこからか大量のデータが転送されてくるのだ。ジャムの新戦術か――と疑う間もなく、ＦＲＸ００は突発的に大Ｇ加速。

「なに？　なにが起きているんだ」パイロットが叫ぶ。「操縦不能。少佐、ＦＲＸは無人機ではないはずだ」

「ジャムに乗っ取られたか――フライトコントロールを切るんだ」

「解除できない」

「脱出できるか」

「だめだ、少佐、スピードが速すぎる」

はるか遠く、眼下に広がる森の一点に、ブッカー少佐は黒煙が上がっているのを見つける。

「……まさか、雪風では？　あそこへ行け、早く！」

「言うことをきかないんだよ、少佐。FRXは欠陥機じゃないのか。なんだ、この入力情報は」

FRX00は三機のジャムに急速接近、フルパワーで逃げようとするそれらを追い抜き、大Gをかけて急旋回。FRX00のブッカー少佐とパイロットはその機動で気を失う。

FRX00は三機のジャムの横へ回り込み、そのコースを直交するアタックラインを計算し、それに乗る。超音速で三機のジャムと直交、一瞬にして離れる。ビームアタック。

ジャムはその一瞬に三機まとめて爆散した。FRX00の高速射撃を受けて。

それからFRX00は、フェアリイの森へ降下。

雪風をガンサイトに捉える。FRX00は短く射撃。雪風は中枢コンピュータを納めた胴体を狙い撃たれて、永遠に沈黙する。ジェットフュエルに引火、胴体中央からオレンジ色の火球が膨れ上がる。もぎとられた主翼や金属片が宙に舞い、フェアリイの夕暮れ近い太陽の光を反射してきらめいた。

FRX00は雪風から射出された乗員が発する救難信号を捉えて、近くの前線基地、TAB‐15にこの情報を伝えた。だが、TAB‐15の救難隊からの、遭難者の状態を知らせよとの問いには応えなかった。人間の生死など興味がないというように。

FRX00は針路をフェアリイ基地にとった。完全自動飛行だった。その新型戦闘機は戦術空軍・特殊戦司令部とリンク、こう伝えた。

DE YUKIKAZE ETA 2146. AR.

新しい機体を得た雪風はフェアリイ基地へ帰投予定時刻を告げ、超音速で飛ぶ。無人で。ブッカー少佐とパイロットはこの宣言を見ることができなかった。

沈みゆく夕日も、夜の色に変わってゆくフェアリイの空も、森も、見えなかった。もちろん、妖精も。

雪風、フェアリイ基地に帰還。任務終了を告げる。TAISP－六基、目標地点に投下成功。任務達成度――一〇〇パーセント。

フェアリイ空軍は雪風のその数字を認めた。少なくとも、人間以外の戦闘機械たちは。そしておそらく、ジャムも認めたに違いなかった。

雪風は特殊戦区までタキシング。エレベータ内に牽引される。戦闘妖精・雪風はそのねぐらへと姿を消した。明日の戦いにそなえて。

フェアリイにつかの間の静けさがもどった。

〈雪風〉概説

機体・シリアル・ナンバー	79113
所属部隊別ナンバー	SAF-V-05003
機種	
開発ナンバー	FRX47
制式名称	FFR31(-MR)
呼称	シルフィード／スーパーシルフ
所属	フェアリイ空軍・戦術空軍団・フェアリイ基地戦術戦闘航空団・特殊戦第五飛行戦隊
パーソナルネーム	雪風

1　機体概要

○スーパーシルフの主任務は戦術電子偵察である。超音速巡航性能および高機動性能を同時に満足させるためスーパーシルフには大推力のフェニックス・マークX（FNX－5010－J）が二基搭載される。

○主翼形はクリップドデルタ、固定後退、ただし翼断面形状はフライトコントロール・コンピュータにより飛行状態の変化とともに最適形状に可変する。胴体腹部にベントラルフィンを有するが、高速性を重視するため、格闘専用シルフィードとは形状が異なる。双垂直尾翼間にスピードブレーキを有する。CAS（較正対気速度）、高度、姿勢状態等の条件により、その開度は制限される。ドグファイト・モード、オートマニューバ・モードではスピードブレーキの開度はフライトコントロール・コンピュータにより自動制御されるが、マニュアルモードでの使用の場合は急激な姿勢変化を生ずることがある。

○座席はタンデム、前席はパイロット席、後席は電子戦オペレータ＝フライトオフィサ席である。座席はリクライニングしており、大G機動時の乗員の負担を軽減する。前席正面にはHUD（ヘッドアップ・ディスプレイ）、下部に多用途ディスプレイ、フライト計器類、BIT（ビルトイン・テスト）システムのディスプレイ等がある。右側に操縦桿（サイドスティック）、左側にスロットルレバーがある。サイドスティックには、戦闘モード選択スイッチ、ガンコントロール・スイッチ、ミサイルレリーズ、Gリミッタスイッチ、サイドフォース／ピッチコントロール等のスイッチがあり、スティックから手を離すことなく操作が可能である。同様にスロットルレバーには、ロックオン選定スイッチ、レーダーモード選択スイッチ、武装選択スイッチ等がある。後席には操縦装置はない。ECMコントロール、ECMディスプレイ、電子情報収集コントロール、IFFパネル、通信・航法パネル等を備える。

○吸気口および排気口は二次元形状である。エアインテーク・コントローラ、ノズルコントローラにより断面積が自動可変する。排気ノズルは排気口面積を可変させるとともに、舵能力を発生し、機動性を向上させる。高機動モードはドグファイト・スイッチのオンで選択される。

2　機体システム

○シルフィードの機体の静的安定マージンは負である。サイドスティックから入力されるパイロットの意志は、フライトコントロール・コンピュータ、中枢コンピュータ、およびダイレクトコントロール・ユニットの三系統に入力される。通常はフライトコントロール・コンピュータがサイドスティックの入力情報、各種飛行センサ、姿勢センサなどのフライトデータを総合して、方向舵、フラペロン等の動翼油圧アクチュエータを制御する。フライトコントロール・コンピュータが使用不能の場合は、中枢コンピュータおよびダイレクトコントロール・ユニットが働き、各動翼にセットされるダイレクトコントロール・アセンブリを制御する。ダイレクトコントロール・アセンブリはフライトコンピュータ、中枢コンピュータから独立して作動可能であり、サイドスティックからの直接入力で各動翼を制御することができ、万一、中枢コンピュータがフェイルした場合でも飛行は可能である。この場合は自動着陸、戦術誘導、超音速爆撃コントロールなどの高度飛行制御は不能である。ただし慣性誘導、機体姿勢センサ等とはインターフェイシングされており、高度や針路の自動維持はできる。

○エンジンはデュアル軸流圧縮型ターボファン、アフターバーナを有するFNX‐5010‐J。これは後にFNX‐5011‐B（フェニックス・マークXI）に換装された。FRX99はFNX‐5011‐CをFRX00はFNX‐5011‐Dを装備する。5011系（マークXI）のエンジンは通常燃料の他に水素燃料が使用可能である。水素燃料使用時にはセミ・ラムエア・ジェットとして作動する。ラムエア・モードの選択はスロットルをMAX位置より前方MR位置に入れることで可能。ただし、M2・0以下、フェアリイ高度18000m以下では作動しない。スロットルレバーの動きは、MAXとMRとの間を連続して動かすことができ、ストッパーなどはないが、レバーフリクション調整いかんにかかわらず、MR位置に入れるには常に6・8kg以上の力が必要である。MRを選択することにより自動的に燃料系統、吸気口形状、エンジン作動モード切換がなされる。MRモードではアフターバーナ時の一六〇パーセント前後の推力増加が期待できる。ただしその数値は対気速度および高度により変化する。

○アフターバーナはフィードタンク内の残存燃料が一定以下になるとアフターバーナ・シャットオフ・バルブが閉じて使用できなくなる。Vmaxスイッチのオンで解除は可能だが、アフターバーナ使用時の燃料消費率は大きいため、燃料切れのおそれがある。Vmaxスイッチは、エンジン系統の安全リミットスイッチのすべてを解除し、同時にGリミッタもオフとする。緊急時以外は使用しない。オートマニューバ・システムを作動させると、その働きにより自動的にVmaxスイッチをオンにする場合もある。その判断は中枢コンピュータが下す。その状態では手動によるVmaxスイッチのオフは不能であり、緊急事態を回避したことを中枢コンピュータが確認した時点で自動復帰する。
○エンジンの制御は総合制御方式であり、フライトコントロール・コンピュータ、各種センサ、中枢コンピュータなどの情報をもとに、エンジン・エレクトリックコントローラによって行なわれる。5011系（マークXI）エンジンのコントローラは、フェアリイ大気下だけでなく、地球大気下でも最大エンジン効率を実現させるべくプログラムされ、フェアリイ－地球モードの選択はフライトコントロール・コンピュータにより自動的になされる。

3　火器管制システム

○シルフィードの火器管制システムは、FC（火器管制）レーダー、IR（赤外線）レシーバー、空間受動レーダー、広域索敵受動レーダー、火器管制コンピュータ、航法制御コンピュータ等によって構成され、そのすべてを戦術コンピュータが総合制御、さらに中枢コンピュータがバックアップする。
○火器管制コンピュータはFCレーダー（パルスドップラー・タイプである）の各動作モードの自動選択を行い、目標探知、目標追跡、目標レンジ測定、アタックライン算定、武装選択、ミサイル発射タイミング、必要ミサイル数、アクティヴホーミング・ミサイルの誘導等を高速で実行する。

○ＦＣレーダーは、長距離捜索‐探知、長距離測定、単一目標追跡、複数目標追跡、短・中距離捜索‐探知、対地、短・中距離単一目標追跡、パイロットによるレーダー・ロックオン、急速ロックオン等の多種モードを有する。

○スーパーシルフは二〇ミリのバルカン砲を有する。高い初速を生む強力な実包と高速射撃管制装置により、超音速下での射撃が可能である。

○シルフィードは空対空ミサイル、空対地ミサイル、高精度誘導爆弾等の搭載が可能。主な対空ミサイルはＡＡＭ‐Ⅲ、Ⅴ、Ⅶ、それぞれ、短、中、長距離タイプである。受動、能動、母機からの誘導による目標追跡機能があり、内蔵の知能回路により誘導モードを自動選択、最適タイミングで起爆する。後にミサイル飛翔速度を向上させたＨＡＭタイプが実用化された。

4　その他

○スーパーシルフはその任務上、各種戦術データ収集ポッドを搭載する。代表的なものは、ＴＡＲＰ（戦術航空偵察ポッド）である。ＴＡＲＰには電子情報収集機能、カメラ等が収められるが、知能回路はない。ＴＡＲＰが収集したデータでとくに重要であると中枢コンピュータが判断したものは、母機の情報ファイル内にも収められる。

○スーパーシルフは高度な無線デジタルデータ・リンク機能を有し、中枢コンピュータを戦術データ回線を通じて直接基地の戦術管制コンピュータに接続することが可能である。

○エンジン性能、各種アビオニクス機器の詳細、機体寸法等は地球に対して公表されていない。以下に推定性能（地球標準重力下での値）を記す。

＊ＦＮＸ－５０１１－Ｂ

乾燥重量	１・１ｔ
推力	９・８ｔ（ＭＩＬパワー）
	１４・５ｔ（ＡＢ使用時）
	２２・５ｔ（ＭＲモード）

＊ＦＦＲ31－ＭＲ

全長	１９・８ｍ
全幅	１３・５ｍ
全高	６・２ｍ
ヌード重量	１１・８ｔ
電子偵察任務時基準離陸重量	２４・５ｔ
最大離陸重量	３８・０ｔ

〈リン・ジャクスン『ジ・インベーダー』付記・ＦＡＦ主力戦闘機〉より

書き下ろし短篇

棘を抜く者――エピソード零《ゼロ》

こいつは問題機だ。

副司令官室に呼び出されたブッカー少佐は、挨拶抜きで、いきなりそう言われた。特殊戦の事実上のリーダーであるクーリィ准将から。

デスクに着いている准将はその言葉とともに一枚の書面をブッカー少佐に示した。デスクのこちら側に投げ出されたその書面を少佐は手に取る。第五飛行戦隊機として運用中のスーパーシルフの一機、機体シリアルナンバー・79113のパーソナルデータだった。

戦隊機各機の身上書であるそのデータをデスク上のコンピュータ画面に表示させ、それをわざわざ印刷したものだ。クーリィ准将が苛立っているのが、それでわかる。

データ内容を確認させるだけならモニタ画面をこちらに向けて、『これを参照せよ』で済む。だがそうではない。このデータを手に取ってよく見ろ、これはおまえの責任だ、それを自覚しろと、と准将は言っている。

「読み上げろ」とクーリィ准将が言う。「わたしが記入した備考欄だ」

「イエスメム」と少佐は、指示に従う。「これまで、この機に搭乗したパイロット一名が死亡、一名が負傷、フライトオフィサの一名が負傷、もう一名が機外に脱出したが行方不明でいまだ救出されていない――以上です」

「いまやこの機に搭乗することを、だれも希望しないだろう」

「隊員の希望を募るつもりはありません、メム」

ブッカー少佐はきっぱりと言う。

特殊戦第五飛行戦隊が導入したスーパーシルフは、量産型のシルフィードとは次元の異なる中枢コンピュータが搭載されている。自己プログラミングが可能な高度な人工知性体だ。そのコンピュータに人間の持つ個性を学ばせるため、パイロットは常に同じ機体に搭乗させることが重要だ。戦隊機が個性を持つことで、対ジャム戦を有利に戦える――それがブッカー少佐の考えだった。

だがいまは問題の７９１１３機に乗る者がいない。その機の戦隊機としてのナンバーはＳＡＦ－Ｖ－０５００３、特殊戦第五飛行戦隊の三番機だ。この機が先の作戦行動中に予想のつかない機動をしたため、パイロットは負傷、フライトオフィサは機外脱出していまだ行方知れずになっている。

「では、だれを乗せるつもりだ」

「フライトオフィサのほうは、融通が利きます。パイロットが、いません。補充をお願いしてありました」

「少佐、わたしがいつも言っている、出撃する特殊戦機への至上命令を、いまここで復唱してみろ」

「イエスメム。作戦行動中に収集したデータは手段を選ばず必ず持ち帰れ、です」

「持ち帰るには、出ていかなくてはならない。この機はいつ出られるのだ、少佐。遊ばせておくつもりか」

「新しいパイロットが着任すれば――」

「また、この機に殺される」

そういう言い方はないだろうとブッカー少佐は反感を覚える。いつもは堪《こら》えるのだが、このいまの准将の苛立ちは、こちらへの当てつけに思えた。理不尽だ。

「准将、わたしの戦隊運営のやり方が間違っているというのなら、どこが間違っているのか指摘してください。改めます」

「この機は問題機だ。その事実を認めるか」

「それは――」

「わたしは、この事実を認めろと、あなたに言っている。これは命令だ、ジェイムズ・ブッカー少佐」

「イエスメム。7911３機には問題があります」

「なぜ原因調査をしない」

「調査はしています。その結果、この機特有の個性がこのような結果になっていると、わたしは判断しました」

「わたしの部下である貴重な搭乗員たちが、この機に殺されている。これ以上殺されてたまるか。この機は必要ない。中枢コンピュータをリセットするか、新規のものに交換しろ」

「お言葉ですが、それはできません」

「なぜだ」

「理由は二つです」

「説明しろ」

准将の言う『説明しろ』というのは、『こちらを納得させてみろ』という意味だ。つまり、客観的な事実を述べるだけでは駄目なのだ。

　少佐は覚悟を決めて、口を開く。

「一つはハード、もう一つはソフトの面で、中枢コンピュータを取り替えることはできません。不可能です。ハード面では、スーパーシルフの中枢コンピュータというのは一個のセントラル・プロセッサ・ユニットといったものでできているわけではないので、簡単に取り替えられる代物ではありません。中枢コンピュータの周辺ユニットの回路を取り込んだ非常に冗長な神経網のようなもので構成されていて、しかもそれら配線網を再構築する能力があるのです。中枢コンピュータ機能だけを削除するには、人間の脳外科手術のような処置が必要になりますが、事実上、それは不可能です」

「ならば、中枢コンピュータをリセットすればいい。リセット命令を送りこめばいいだろう。内容を消去するプログラムなどを」

「そのような命令セットは受け付けません。まさにソフトの面からも、中枢コンピュータの機能を消すのは不可能なのです。これは外部からの攻撃、ジャムからの電子攻撃に対抗するために考えられたものです。中枢コンピュータは自分がいまなにをやっているのかを自覚する、そういうワーキングエリアを独自に持っている。自分を攻撃したり消そうとしている信号が入ってくればすぐにわかりますが、ウイルスのような形で侵入してくる破壊的なプログラムを実行した場合、その実行野とは異なる部分で、そのプログラムの動作を監視する能力があるのです。これは危ないと気づく能力を持っている。フェイク情報やウイルスソフトだとわかれば即座に排除し、攻撃された部分を修復するように働きます」

「いったん機体に組み込まれた中枢コンピュータは、交換することも排除することもできないということか」

「イエスメム。中枢コンピュータの機能を奪うには、ハードウエアを破壊するしかありません。中枢コンピュータのセンサ網は機体全体に、蔓延《はびこ》るように、張り巡らされているため、機体をまるごと爆破するしかない。中枢コンピュータを破壊するというのは、機体を破壊することと同義なのです。自爆スイッチを入れ、自爆シーケンスを起動することで、それは可能ですが——」

「では、それを使って破壊しろ。使えない機は必要ない」

「スイッチを入れただけでは自爆モードには入れません。中枢コンピュータが、自爆は妥当だと判断しないかぎり、自爆シーケンスは実行されません。たとえば戦闘中に飛行不能になり墜落していく場合などが考えられます。収集した情報をジャムに知られないよう、完全にデータを破壊するため、自己を破壊するしかない、そのように中枢コンピュータが判断するか、それがすでに死んでいる場合には乗員の手で機体を自爆させることができますが、いまは、そのどちらでもない。わたしの説明は、以上です」

クーリィ准将はその説明を聞くと椅子の背にもたれて腕を組み、少佐を見つめたまま、しばらく考えていた。

ブッカー少佐は准将のデスクの前で直立姿勢を崩さず、無言で准将の言葉を待つ。叱責か、降格か、新たな指示か。見当がつかない。

「あなたの説明を聞いていると」と、しばらくの後、准将は姿勢を正して、デスクに身を乗り出すようにして少佐に言う。「この機には人間は必要ない、と思えてくる。違うか、少佐」

「それは——」

ブッカー少佐は虚を突かれた思いで、言葉を継ぐことができない。

准将は、つまり、この問題機は単独で飛ばせばいいと、そう言っているのだ。無人で。考えたこともなかったが、言われてみれば、そのとおりだと少佐は思う。

このシリアルナンバー・７９１１３機は、乗員を危険にさらしているものの、任務そのものは百パーセント達成している。特殊戦のリーダー、クーリィ准将の至上命令、『必ず還ってこい』を忠実に守っているのだ。

ブーメラン戦隊とも呼ばれる特殊戦第五飛行戦隊は、百パーセントの帰投率を誇っている。出撃した戦隊機は、必ず還ってきている。

だが乗員のほうは、そうではない。クーリィ准将が最も気にかけているのが、そこなのだ。人員の消耗を准将は危惧している。その点を踏まえて対応しなくてはならないのだとブッカー少佐は気づいた。

もちろん、そうだろう。戦っているのは人間であり、人間の犠牲を最小限にすることこそ第一に考えなくてはならないのだから。それは、わかっている。わかっているはずだ。しかし、クーリィ准将ほどにはわかってはいなかったのだとブッカー少佐は自省する。なぜ准将がこの機を問題機だと言っているのか、自分はその意を汲んでいなかったのだと。

しかし。

「無人では飛ばせません」

「なぜだ」

「ジャムは異星から人類に対して戦争を仕掛けてきた。人間が戦闘の場に立たなくてはならない。戦いをすべて機械任せにするわけにはいかない」

戦わずしてジャムに負けたら、精神的にもジャムに支配されてしまう。皆殺しにされても文句は言えない。戦わなければ文句を言う気力すら奪われるのは必至だ。

「無人戦闘機械に戦いを任せてわれわれ人間がその背後に隠れるなどというのは、我慢ならない」

「それはあなたの個人的な感情だ、少佐」

「イエスメム」

「無人で飛ばすのは危険だ」と准将は言った。「感情論ではなく、機械はなにを考えているかわからないからだ。この問題機は、まさにその典型だ。わたしが問題視しているのは、この点なのだ、少佐」

無人で飛ばせばいい、というのは、准将の本心ではない、ということらしい。

「いずれ無人機が主役になる」と准将は続けた。「だからこそ、パイロットによる中枢コンピュータへの教育が必要だ。人間と機械の、ある程度の信頼関係が、それで生まれるとわたしは期待している。わたしは、あなたの方針に反対しているわけではない」

ではどうすればいいというのか。ブッカー少佐は、『ではどうすればいいのでしょう』などとは言わない。どうすればいいのか考えろと、准将は無言でこちらに命じているのだ。

「では」と少佐はしばし考えて、言う。「この問題機には、わたしが乗りましょう。ご存じのようにわたしは戦闘機乗りでした。戦闘機を降りてまだそれほど経っていない。戦闘勘はまだ鈍っていないかと」

「いい覚悟だ、少佐。バトル・オブ・ブリテンを思わせる。あなたのジョン・ブル魂はよくわかった」

「ありがとうございます、メム」

クーリィ准将はデスクの手元にある書類を挟んだフォルダを取り上げ、こんどは丁寧に、少佐に向けてそれを差し出した。

「なんでしょうか」と言って、受け取る。

フォルダを開いて紙面に目を落とすと、一人の人間の履歴書だ。FAFの履歴書の書式には正面と側面の顔写真や、性別の記載欄もある。犯罪者ファイルに則《のっと》った形式だ。書類はけっこうな厚みがあり、FAFでの訓練状況報告なども含まれている。

「深井零、出身国、日本。複数の単独破壊活動によりFAF送り、か。この人物は？」

「こんどは」と准将は言った。「殺すな」

なるほど、とブッカー少佐は、ようやく、呼ばれた理由と、いまのやり取りの意味を、悟った。こんどは殺すな──クーリィ准将は、この一言を言うために、そして、こちらがその言葉の重さを感じつつこの履歴書を受け取るよう、配慮したのだ。

「イエスメム」フォルダを脇に挟む。「三番機とうまく組めるよう、この者を訓練します」

「退室してよし」

かすかな疲労の色を見せて、准将が言った。


この機が問題機だということを、わたし以外のだれかから聞いたか。

ブッカー少佐は特殊戦司令室で、ヘッドセットを付けて、三番機に搭乗して出撃待機している新入りに訊く。名前は深井零、階級はFAFに送りこまれた新人がみなそうであるように、少尉。

「いいや」

返事はそれのみ。

無責任な噂話により、この新人がいま乗っている機に不信感を抱いていることを少佐は心配したのだが、その点は問題なさそうだ。

少佐は手元の履歴書に目を落とす。

戦闘機パイロットとしての適性は群を抜いているが、軍人としての適性は最低レベルだ。この人物の受け入れ先は特殊戦しかないだろう――備考欄にはそう記されている。そして、『わが戦隊が責任を持って引き取る』という手書きの文言と、クーリィ准将のサイン。

きょうはその新人の初出撃だった。スーパーシルフに乗るのも初めてだ。天候もよくない。重い雲が立ちこめていて、気温は地表でもマイナス十度近い。雪がちらつき始めている。条件はよくないが、最悪というわけでもない。これで使えない新人は、必要ない。

「おまえは」と少佐が言う。「シルフィードによる格闘戦訓練で、教官を負傷させている。間違いないか」

「それを確認してどうなるんだ?」

「その機も、おまえがやったような機動を勝手にして、何人もの乗員を死傷させている。最初のガイダンスで説明したとおりだ。似た者どうしで良いコンビになるだろうことを、わたしは期待している」

深井零というこの新入りは、訓練飛行中にGリミッタについての説明を受けた際、『切ったらどうなる』と質問し、『やってみればわかる』という返事に、いきなりリミッタを切って大G旋回を敢行した。その結果、教官は頸部の靭帯を断裂し、いまも首にコルセットを着けているとか。

「それは皮肉か」

「皮肉だと思うか」

「いや。わからないから聞いただけだ」

「わが特殊戦には使えるパイロットが足りない。新入りに皮肉や愛想を言ったり、いじめたりかまったりしている余裕はない。わかったか」

「わかった」

「イエッサーと言え」

「イエッサー。了解した」

「特殊戦に正式に配属されたおまえにとっての初飛行は、訓練ではない。実戦だ。先のブリーフィングで説明したとおりだ。覚悟はいいな」

「イエス、少佐」

「絶対に、戦闘に参加してはならない。あくまでも偵察だ。たとえ友軍機が攻撃されていても手を出すな。これも念を押しておく」

「問題ない。他人のことなど知ったことか。生きて還る。おれの関心はそれだけだ」

この人物はまさに特殊戦の任務にうってつけだ。そうなのだが、少佐の不安は拭いきれない。なにをしでかすかわからないという点で、かれが乗っている三番機と同じだ。

「プリフライトブリーフィングで説明したように、その機のコールサインはB-3だ。が、他の戦隊機には、パーソナルネームがそれぞれ付いていて、固定したコールサインとして使用できる。その機には、まだない」

「おれに、付けろというのか」

「なくても問題ないが、付けたほうがなにかと便利だ。そのうちに、わかる。おまえが、使えるパイロットになればの話だが。パイロットに名付けの権利をわたしは与えている。義務ではない。それだけ言っておく」

「おれには関係ない」

せっかくの権利なのにもったいないと少佐は思うが、余計な話はしない。

「バーガディシュ少尉」と少佐は後部席の電子戦オペレーター、フライトオフィサを呼ぶ。「この任務では、きみが機長だ。それを忘れるな」

「イエッサー」とバーガディシュ少尉。

「ジャムの動きにはいつにもまして気をつけろ。向かって来そうな気配を感じたら、任務の途中でもかまわないから、偵察行動を中止して戦域を離脱、帰投しろ。深井少尉に帰投命令を出すんだ。いいな」

「了解」

「深井少尉も、わかったな」

「了解した。ジャムとは交戦せず、逃げ帰る。問題ない」

「そうだ。問題なければ、らくな飛行だ。決められたコースをなぞって還るだけだからな。幸運を祈る」

特殊戦三番機、B‐3、プリフライトチェック完了。

自分の幸運を祈りたい気分で、ブッカー少佐は発進していく三番機を司令室の正面大スクリーンで見守った。天候は雪模様だが、上がってしまえばいつも晴れだ。

「いきなり実戦に出すとは、思い切ったことを」

クーリィ准将が少佐の指令卓の脇で、声をかけてきた。准将が司令室に顔を出すのはめずらしい。所用の途中に立ち寄ったのか。この場に来ることを知らされていなかった少佐は、席を立って敬礼しようとしたが、肩を押さえられた。

「あなたの判断にはいつも驚かされる」と、少佐が敬礼をしようとするのを制止して、准将が言った。

「だが、あなたの判断は、いつも合理的で、納得がいく。いきなり実戦に放り出された新人のお手並み拝見といこうではないか、少佐」

「イエスメム」

わざわざ見に来たのだ。いつもより規模の小さいジャム掃討戦を偵察するために飛び立った三番機の動向を、リアルタイムで知るために、だ。

「何事もなく、無事に戻ってくることを祈るだけです」

そうブッカー少佐が言うと、准将は意外なことを言った。

「どちらか一方でも還ってくれれば、それでいい。機体か、人間か」

「それは――」

人間だけが戻るというのは、どういう状況だろうと少佐は考え、そして言う。

「中枢コンピュータが死んでいる機に乗って、乗員が戻ってくる。そういうシチュエーションを准将はお考えですか」

「実戦では、どんなことも起こりうる」

「いや、しかし、まさか」

そんなのは、あり得ないと少佐は思う。

「わたしは、ミッションが達成されれば、それでいい」准将は席に着いている少佐の肩に手を置いたまま、少佐を見下ろしながら、言った。「しかし、無論、機も乗員もそろって無事であることが望ましい。そうだな、少佐」

「イエスメム」

「問題を抱えているのなら、それを取り除くことを考えるべきだ。あなたは、そのように行動している」

「……はい、准将」

そう応えるしかない。

「健闘を祈る。あとで報告に来い」

そう言い残して、クーリィ准将は特殊戦司令室を出ていった。

三番機は問題機だ。問題を抱えている。新人が、その中枢コンピュータを殺してしまう状況を准将は想定したのか。いや、違うだろう。あの深井零が、三番機の問題を取り除くかもしれない、そう准将は言ったのだ。しかも平時では、たぶんできない。実戦に投入すればこそ、その可能性が出てくる。しかも、深井零があの機に慣れていない、いまこそチャンスだと。『いつも合理的で、納得がいく』云云は、そういう意味だ。

クーリィ准将は、こちらがやっていることに満足したので、ここを去ったのだ。自分としては、三番機の問題をあの新人が解消できるよう、特別に目をかけて教育していこうとは思っていたが、いまではない。それを、いまやれと、准将に促された形だ。

いつも驚かされるのはこちらのほうだとブッカー少佐は思う。

「バーガディシュ少尉、応答しろ。深井少尉に話したいことがある」

「こちらバーガディシュ少尉、あと二分で作戦空域に入ります。戦術空軍機はすでにジャムと交戦中、どうぞ」

「了解だ」と少佐。「深井少尉、話は二分以内で済むから、よく聞いてくれ。いいか」

「こちら深井少尉、了解した。どうぞ」

「おまえが乗っているその機は、問題を抱えている。あらかじめ伝えてあるように、なんらかのきっかけでパイロットの意思に反した機動をするのだ。原因は作戦行動中に捉えられたジャムの動きにあるとわたしは推測しているが、これまでの飛行データからはジャムとの関連は確認されていない。なにか、なんらかの、きっかけになる出来事があるはずだ。それを探れ。これは、命令だ。わかったか」

「オートパイロットやオートマニューバモードにして、機の反応を見ればいいのか」

「違う」

「こちらが操縦しているにもかかわらず勝手な動きをするから、その原因を探れと？」

「そうだ」

「それは、異常ではない。故障だ。おれは修理屋じゃない、どうぞ」

「どう解釈しようとかまわない。おまえはパイロットだ。その機を正常に飛ばすために乗っている。おまえの意思に反して飛ぼうとしたら、その原因を探って、取り除け。わかったか」

「取り除く、とは、なにをだ」

「原因をだ」

「こちらバーガディシュ少尉。少佐、新人には荷が重すぎる任務だ」

「きみの安全もかかっている。機長として正しい判断を期待する。以上だ」

「バーガディシュ少尉、了解」

新人からは応答がない。

「深井少尉、わかったか、どうぞ」

「わかった」と深井少尉が応える。「棘が刺さっているなら、抜く。おれに刺抜きになれと——」

警告音。

「こちらバーガディシュ少尉、はぐれジャムだ。一機、戦域を離脱し、上昇旋回中。緩やかに近づいてくる模様」

別の警告音が鳴って、司令室の正面スクリーンに情報が出る。

「特殊戦戦術コンピュータの予想針路は、B-3と交差する」と管制官の一人、ピボット大尉が正面スクリーンを見て言う。「こいつは、はぐれ者じゃないぞ」

「こちらバーガディシュ少尉」緊張した声。「自動ロックオン。当機の中枢コンピュータは、やる気だ。自動迎撃態勢。あのジャムは、こちらを狙っているのか」

「間違いないです」と別の管制官、グセフ少尉。「この動きは、B-3を特殊戦機だとわかっている。敵はジャム・タイプII、高機動格闘機です。接近戦は不利です」

ジャムは、いつも偵察ばかりしていて戦いに参加しないFAF機がいることに気づいている。目障りだと思われているのは間違いない。だが、ジャムが攻撃を仕掛けてくるといち早く逃げ出すので、目障り以上に、ジャムを苛立たせているに違いない。

ジャムは特殊戦機についての情報を貪欲に収集しているだろう。この三番機は、他の戦隊機に比べて弱い。いまなら仕留められる。ジャムにそう判断された可能性は高いと少佐は思った。

このままではやられる。

「速やかに回避行動に移れ、バーガディシュ少尉」と少佐。「いいな」

「了解」とバーガディシュ少尉の応答。「深井少尉、聞こえただろう。ロックオンを手動解除、回避だ。早く針路を変えろ、機長命令だ」

「どうした、深井少尉」と少佐。「なにをしている」

深井少尉は応答しない。

「司令部の戦術コンピュータから」とグセフ少尉が言う。「最適回避コースがＢ‐３に送られていますが、Ｂ‐３からの応答がありません」

機体も司令室を無視している。

「――こちら、バーガディシュ少尉。少佐、深井少尉が命令を聞かない、どうぞ」

新人はいきなりジャムの脅威にさらされて、恐怖のあまり硬直しているのか。

「深井少尉、機長命令に従え。従えないのなら理由を言え。操縦不能なのか。状況を知らせろ、どうぞ」

「こちら深井少尉」と、応答がきた。「手放しで機の反応を見ている」

「なんだって？」

「――ちょっと待て、少佐。なにかマルチディスプレイに表示された。読み上げる」

Disconnect me from the computer network connection_ Ens.FUKAI.

パイロットが見ているマルチディスプレイに表示されたメッセージが、特殊戦司令室の正面スクリーンにも出た。自動的に。司令室のだれも、そのような操作はしていないのだが。

「こちら深井少尉」と無線が入る。「詳しいシステムはおれにはわからないが、この機の故障は、どこかのコンピュータネットと繋がっているのが原因だろう。そこからの命令や指令を受けるのを、この機は嫌がっている。紐付きではなく、自分の意思で、だれにも邪魔されずに、単独で飛びたいんだ。おれには、わかる」

「おまえに、わかるだと？」

「この機の戦闘用のリソースを、地上にある上位コンピュータが掠《かす》め取って利用しているに違いない。命がけで飛んでいるのに、邪魔なんだよ。棘を抜かないのなら、自分はジャムにこのままやられるほうがましだ、この機はそう言っている。これは、この機からの、脅しだ。回避するよう操縦桿を動かせば、おれたちの首はへし折られる」

「なにを馬鹿な――」と少佐。

「バーガディシュ少尉、おれが言っている意味がわかるだろう。この機に刺さっている棘は、どこかにある上位コンピュータからの干渉だ。その棘を抜く。手順を教えてくれ。ブッカー少佐でもいい。どうぞ」

ブッカー少佐は信じられない思いで、新人パイロットの言葉を聞いた。司令室の管制員の一人、エーコ中尉に命じる。

「三番機、B‐3への特殊戦戦術コンピュータの支援回線を切れ。接続を解除だ。切り離せ」

「少佐、それを実行すると、B‐3の行動をここから把握することが不能になります」

「特殊戦戦略コンピュータのバックアップ態勢も解除。三番機を完全なフリー状態にしろ。命令だ。即時実行。急げ」

「イエッサー」

エーコ中尉が制御卓に向かう。操作を終了する直前、三番機からのメッセージが正面スクリーンに出た。

You have control_Ens.FUKAI.

一瞬だ。消える。

幻覚を見たのかもしれないと少佐は思う。いまのメッセージは、なんだ？　三番機の中枢コンピュータは、この新人が操縦することを認めたということか。

「こちら深井少尉」と音声連絡が入る。息づかいが荒い。「棘は抜けたようだ。この機は、おれに感謝している。いい機だな。最高だ」

「状況を報告しろ」と少佐は叫ぶ。「どうぞ」

「パワーダイブだ。いくぞ、相棒」と深井少尉の声。「敵ミサイルを振り切る」

ジャムはミサイルを放ってきたらしい。

深井少尉は重力を利用して加速し、下に広がる分厚い雲海内に逃げ込むつもりだ。

「新人には危険な回避行動です」とグセフ少尉。「下は厚い雲海で、その下は吹雪です。地吹雪もすごい。雪嵐です。視界はゼロ、空間失調で大地に激突する恐れがあります」

「深井少尉に、雲海の下は雪交じりの猛烈な風だと伝えろ。ただの吹雪ではないと」

グセフ少尉が伝えると、すぐに応答があった。

「好都合だ。この機のパワーは素晴らしい。ジャムはついて来られない。シルフィードが風の妖精なら、この機は雪の風になる。雪が風になるんだ。そうだ、この機の名前はYUKIKAZEがいい。無事に帰投できたら、そうしてくれ。パーソナルネームを付ける権利があると少佐から言われたが、それを行使する。わかったか、少佐。聞こえているか、どうぞ」

興奮気味の声に対して、努めて冷静な声でブッカー少佐は応答する。

「こちら司令部、ブッカー少佐」

深呼吸し、心を落ち着かせて、少佐は応答する。

「B−3、YUKIKAZE、了解した」

雪が風になる、か。

ブッカー少佐は深井零の履歴書の端に、ペンを走らせる。漢字で、雪、風。雪風。

おそらくこの機の問題は完全には解消されていない。だが、と少佐は思った。名馬はことごとく悍《かん》馬《ば》から生ず、という。無事に帰投したら、深井零を殺すなという准将の命令を守りつつ、この機を生かすことを考えよう。

状況がわからないままの緊迫した時間が流れる。一分。二分。管制官たちからの呼びかけに応答なし。三分。四分。ミサイルを回避、退避中なので応答する余裕はないのだ。ただ、待つ。

と、バーガディシュ少尉から、「脅威消滅」という連絡が入る。「深追いしてきたジャムを、オートコンバットにて一撃で撃墜した。新人がこの機にコントロールを渡して攻撃許可を出した。結果的に、いい判断だった。特殊戦機から反撃を食らうとはジャムのほうでも思っていなかったようだ。これより帰投する」

ブッカー少佐はヘッドセットを指令卓に投げ捨てて席を立つ。

クーリィ准将に報告しなくてはならない。YUKIKAZEは最上級の問題機だ、と。

再録短篇

ぼくの、マシン

なにを考えているのだか、と吐き捨てるように言っている女の声が聞こえる。それが自分に向けられたものだということは零にはわかっている。でも、無視する。

あれが自分の母親なのだ、と無理やり自分に言い聞かせていたときもあったが、もはやそんなことは考えない。あれは、女だ。小うるさい、女。

「宿題はすんだの」と、その女が言う。「やっていかなくてはならないことは、やりなさいね、零。まったく、点数は名前のとおりでなくていいのよ、わかってるでしょうけど。零点でも平然としていられるあなたの気持ちがお母さんにはぜんぜんわからない」

こちらもだ、と零は心でつぶやく、わからないことだらけだ、あなたはいつも理屈に合わないことを言う、だから返事のしようがない。それがどうしてあなたには、わからないのだろう。

零点でも平然としていたことなど、かつてなかった。零点をとったことなどないのだ。一度だけ、社会科のテストでゼロと大書きされた答案用紙が戻ってきたことがあったが、二つ三つは合っていたのをその教師が採点が面倒になってろくに見ずに零点にしたのだ。点数には関心がなかったので抗議もしなかったのだが、この女にとっては平然とはしていられないこと、というか、こちらは平然としていてはいけないこと、だったらしい。
二、三十点はとれているというのに、それをゼロにされてしまうというのは初めてのことではあったが、自分がやったことや存在を無視されるというのはめずらしくもなくて、そのように扱われることに零は慣れていた。また周囲のほうも、そうした扱いを嫌がらせだとかいじめだとかいうようには零は受け取らないので、そのつもりで零に近づいてきた人間もいずれ零の相手をすることに関心をなくしてしまう。いじめがいがないのだ。
まるで、それこそ数字のゼロのようではないか、と零は思う。自分の名前そのものだ。


その〈女〉というのは、あなたの実の母親なのか、それとも養母か、いつ頃の話なのか。軍医のエディス・フォス大尉が訊く。

深井大尉は、「覚えてない」と答える。

「それはないでしょう」

エディスは、診察用のメモを取る手を休めて、苛立った声を上げる。

「わたしをからかってるのかしら、深井大尉」

受診用のソファにゆったりと腰を下ろしてエディスの質問に答えている深井大尉は、エディスの感情の変化には無頓着に、続けた。

「育ての親はプロだったよ。里親制度というのがあって、幼いころ、おれは何人かのそうした親元で育ったんだ」

「ああ、なるほど」とエディスはうなずいて、「いまのエピソードに出てくる〈女〉とは、その里親の一人で、そのうちのだれだったかは正確には思い出せない、ということなのね」

「ああ」

深井零は肯定する。いちおうは、そうだ、と。そのあいまいな返事の意図するところを、零の精神面での主治医であるエディスは気づいている。

深井大尉は、〈自分が『覚えていない』と言った意味はそうではないのだが、あなたの解釈でも間違いではない、それでもかまわない〉と、そう言っているのだ。それがエディスにはわかる。

エディスは、自分で勝手に零の話を解釈してしまったことを反省する。これでは、相手の心を読み取る作業にはならない。自分としたことが、とエディスは、憂鬱な気分になる。自分はいったいなにをやっているのだろう？

エディス・フォス大尉の任務は、部隊員たちのメンタルケアを担当する部隊専任軍医として、深井大尉が戦闘に復帰できる精神状態かどうか判定する、というものだった。深井零はおよそ三カ月前に、撃墜された愛機からかろうじて脱出に成功したが意識不明の重体で発見され、最近ようやく意識を回復、現在体力気力を含めたリハビリ中だ。

エディスにとってこれは特殊戦という部隊に異動してすぐの、初めての仕事だった。特殊戦の指揮官、クーリィ准将からの命令だ。

とてもまっとうな命令だったが、いざ任務に就いてみると、これが一筋縄ではいかないことにエディスはまもなく気づいた。そしてクーリィ准将がどうしてそうした命令を出したのかも、すこしずつ、わかってきた。

深井大尉の症例は、ふつうの戦闘後遺症とは違っていた。ジャムによって与えられた精神的外傷ではないのだ。問題は、深井零と愛機雪風の関係にある。

その関係が良好であるかぎりは深井大尉は優秀なパイロットだが、現在のその両者の関係は以前とは違う。そうクーリィ准将はエディスに説明した——大尉は病み上がりだし、いまの雪風はＦＡＦで一機のみしか作られていない高性能機、メイヴだ。無人運用も可能だが、それが危険であることは、経験済みだ。雪風を完璧に御すことができるのは深井大尉をおいていない、とはブッカー少佐の意見であり、自分もそれは正しいと判断する。ただし、深井大尉がまともならばだ。もし大尉がトラウマを引きずったまま実戦に復帰するとなると、大尉と雪風のペアは最高性能を発揮できないどころか、ＦＡＦにとって危険な存在にさえなりうるだろう。それでも、彼らをいつまでも遊ばしておくわけにはいかない。ここは病院ではない、戦場だ。深井大尉が戦闘に復帰できるか否かの正確な判定が必要なのだ。判定を誤ると重大な結果を招くことになるとクーリィ准将は言った。

なるほど重大な任務だということは、わかる。でも、さほど特殊な仕事というわけではないと、当初エディスは高をくくっていた。精神的な傷を抱いている人物が社会に対して与える影響を調べること、よりあからさまに言うならば彼らがどの程度危険なのかを判定すること、そのような仕事自体は、ＦＡＦだろうと地球の一般的な社会であろうと、同じだ。と。

だがエディスは、正体不明の異星体との戦闘の現場、ようするに戦場が、これほど身近に感じられる仕事をするのも初めてなら、この厳しい環境中でも特殊な任務を負っているブーメラン戦士とあだ名されている特殊戦の部隊員たちに接するのも、初めてだった。戦場という環境の特殊性や、特殊戦の戦士たちの任務というものにエディスはそれまでまったく無知だった。フェアリイ基地に来てから一年近くになるが、特殊戦に異動になるまではずっとＦＡＦシステム軍団にいた。エディス・フォス大尉は基地から外へ出たことはなく、またシステム軍団が直接戦闘に参加することはまずなかったので、エディスにとっては最前線は遠く、ここが戦場だという意識は薄かった。むろんジャムを見たこともなく、ジャムと戦って傷ついた戦士に会ったこともなかった。

ブーメラン戦士らはまるで機械だ——エディスは、特殊戦の人間に関するそのような噂は聞いていたが、実際に特殊戦に来るまでは、そういうことを言う人間たちの気持ちがわからなかった。エディスは他人事ではなくなって初めて、他の部隊の人間たちのブーメラン戦士たちに対する感覚や気持ち、おもに苛立ちの感情が、納得できた。同じ人間だというのに、コミュニケーションがうまくとれない。特殊戦の人間は人間を仲間だとは思っていない、と感じさせる。向かい合って話しているというのに、こちらは無視されているように感じるのだ。

いまも、この深井大尉は、答えることを放棄したり面倒がってはいないし、質問には正確に答えてはいる。しかし質問されること以上の、その質問の背景を汲み取って柔軟に対応する、ということがないので、エディスはつい苛立ってしまう。零という人間は、話し相手の心を推し量る能力がないわけではない。会話の相手のその気持ちや意図を汲み取ることができない、というのではないのだ。にもかかわらず、質問に対する返答はほとんどイエスかノーで、積極的に相手との関係を築こうとはしない。それが、話しているエディスを苛立たせる。

これは零という人間が機械に近いというよりも、零のほうが、こちらを機械としか見ていないことを示している。そうエディスは思い始めている。この深井零という人間の態度は、まるでこちらには人格がない、という感じだ。こんな人間に会うのは、エディスには初めての体験だった。

それでもエディスは、深井零に、幼いころのことを話させることに成功している。話さないかぎり、この診察室でもあるフォス大尉のオフィスにいつまでも通わなくてはならないということに零は気づいたようだ。

だが、ただでさえ無口な相手なのに、こちらが苛立ってしまっては、まさに話にならない。エディスは気を取り直す。

「でも、もしかしたら複数の里親ではなく、実の母親のことかもしれない、そういうことかしら」とエディスは、自分の落ち度を修正すべく、訊いた。「覚えていない、というのは、どちらでもかまわない、というように受け取れるけれど、どうなの」

「そうだと思う」と零はうなずいた。「物心ついたころには、実の母親はもうおれを棄てていて、一緒に暮らしたことはなかった――そう信じて育ったんだが、実は、違う。実の母親と暮らしていたこともある。でも、記憶の中に出てくる母親たちの、もっとも古いのが実の親かというと、どうも違うんだ。記憶のなかのどれが、実の母親なのか、よくわからない。短い時には三カ月ほどで、何軒もの里親の家をたらい回しにされて、おれは育ったんだ。思い出に出てくるのが実の母親なのかどうか、本当によく覚えていないんだ。おれは、あなたをからかったりはしていない」

「ごめんなさい」

エディスは零に率直に謝った。自分が感情的になってしまったことを反省する意識から、素直にでた言葉だった。話を続けるためには謝ってしまうのが手っ取り早いのだ、という思いは、そのあとで意識した。

「それで、当時のあなたにとって安らげるのはコンピュータ空間だけだった、というわけなのね」

「どの里親の家にもコンピュータはあった。どんなに生活空間が変化しようとも、コンピュータ空間にアクセスすれば、自分にはなじみの世界が広がっていた。本当に小さいころには、自分のコンピュータを持っていた。でも、ある時点以降の自分には、専用のコンピュータというのは与えられなかった。それがほしい、といつも思っていた。おれは、これだけは自分のものだ、という確実な存在がほしかったんだ。友だちでもペットでも、なんでもよかったんだと思うが、生き物とは、話がうまく合わなかった。どうしてなのかわからないが、おれは、嫌われるんだ。全世界がおれを嫌っていた。ひねくれて言っているんじゃない、そう感じたし、それがどうした、とも思っていた」

昔も今も変わらないわけだ、とエディスは思う、あなたは嫌われるというよりも苛立たせるのだ、相手を。それは、あなたが相手を人間ではなく機械のように思っているからなのだ、たぶん。

「結局、おれが話しかけても怒らずにねばり強く相手をしてくれるのはコンピュータだけだった、ということなんだ」

コンピュータという機械は機械扱いされて当然で、機械はそういう扱いをされても怒らないから、あなたの相手をしてくれるのがそれだけだというのはごく自然なことだろう、とエディスは思う、もし機械に感情があったとしてもだ。だがエディスはそうした判断はおいといて、まず零の話を聞くことに専念する。この話は、たぶん深井零と愛機雪風との関係を考察するのに重要な鍵になるかもしれないから。

「で、自分専用のコンピュータを手に入れることはできたの？」

「見方によっては手に入ったとも言えるし、だめだった、とも言える。いろいろ子供ながらに画策はしたんだ。涙ぐましい努力だ。思い出せるくらいだからな」

続けて、とエディスはうながす。


なぜ宿題をやってこないのか、と教師がとがめる。コンピュータが使えなかったからだ、と幼い零は答える。

宿題はネットワークを使って出される。受け取るには家のコンピュータでの受信操作が必要だ。情報端末機としてのコンピュータは、税金を納めている家ならば最低一台は必ずある。情報を得るのは権利だからだ。それは幼い零にもわかる。だが、コンピュータとは計算機であり通信中継機でもあり、そうした面で利用されるそういう機械の設置が義務であるということは、もうすこし経ってからでないと、わからない。零が幼いころから、コンピュータとは、それを保有する家の人間がまったく利用しなくても、そんなこととは関係なく、税金を払うが如く、家になくては違法な物体だったのだ、日本では。

「零、どうしてコンピュータが使えないのだ。嘘を言うと承知しないよ」

「ログインコードを忘れました。兄さんがぼくのログインコードで勝手にコンピュータを使って、ぼくが怒られました。だから、そうされたくないと思って、したのです」

「なに？　どういうことだい」

「兄さんは、母さんや父さんに怒られる使い方をするとき、ぼくになりすまして、ぼくのログインコードを使うのです。叱られるのはいつもぼくなので、ぼくのログインコードを変えました」

「なるほど。で、自分で決めたコードを、なぜ忘れてしまうのかな」

「簡単なのはすぐに当てられるので、ランダムにコードを生成するソフトを使いました。それは覚えていられないほど長いので書き付けておいたのですが、その紙を、なくしました。もう一度コードを変えようにも、もとのそれがないので、できません」

「マスターコードを使えばいい」

「うちのコンピュータのマスターは、父さんです。マスターコードを知っているのは、父さんだけです。きのうは出張で、いませんでした。きょうも、いません。ずっといなければ、ずっと宿題はできないです」

「嬉しそうだな、零」

「いいえ、先生。ぼくは宿題がしたいです。それには、自分のコンピュータがあればいいと思います。

ぼくだけのコンピュータがあれば、絶対に宿題を忘れたりはしません。父さんに先生からそう言ってもらえると、ぼくは自分のコンピュータを買ってもらえるかもしれません」

エディスは思わず吹き出してしまう。


「なんてかわいいの」

「かわいい？」

「あなたはそうは思わないの、深井大尉？」

「子供のころの自分は、馬鹿だったと思う」

「わたしは、そうは思わないわ、大尉。あなたは、当時のほうがずっと積極的だったわけだ。ほしいものを手に入れるために、一生懸命だった。とても人間的で、かわいいじゃないの」

「当時の母親が実の親か里親かも覚えていないというのに、それを人間的だ、というのか」

「たぶん、実の母親だったとしても、あなたは彼女に対して、息子のことはなにもわかっていない、わかろうともしない馬鹿な〈女〉だ、と感じたと思う」

「どうしてわかる」

「反抗期なのよ。だれにでもある、そういう時期なのよ。あなたはしごくまっとうな思春期をすごしたのだ、と言える。あなたは、あなた自身が感じているほど、特殊な人間では決してない。『全世界がおれを嫌っていた』だなんて、かっこよすぎる幻想だ、と言ったらあなたは怒るかしら？」

「怒るべきなのか？」

「ああ、そういうところ、あなたのそこが、わからない」とエディスは首を傾げる。「どうしてまともにわたしの相手をしないのか、それをわたしは知りたい。わたしに対するポーズなの？　いずれにしても、あなたはコンピュータが相手なら、うまくやるのでしょうね。幼いあなたは、コンピュータに向かって、自分がどういう態度をとったらいいかわからない、なんてことはなかったでしょう？」

「それで遊ぶのは楽しかったからな。自分がコンピュータに対してどういう態度をとっていたかなんて、意識したこともない」

「どんな遊びかしら。そもそもあなたの言っているコンピュータというのは、ようするにいまの地球の標準的な世帯、つまりどの家庭にもある、インテリジェントターミナルボックスのことなのかな。それとも、そういうハードウェアではなく、ログインコードを打ち込んで起動する、あなた専用のアクセス空間のこと？」

「両方だ。ハードとソフトの両方そろって、コンピュータだ」

「自分専用のそうした情報端末機が与えられればたしかに便利でしょうね。でも、自分だけのコンピュータを持つ喜びというのは、わたしにはよく理解できないのだけれど。あなたにとってコンピュータとは、友だちとかペットのようなもの、とあなたは言ったけれど、それが、わたしにはよくわからない」

「それは、きみが、パーソナルなものであるコンピュータを、そういうものがあった時代を、知らないからだろう」

「馬鹿にしないで。わたしはあなたが思っているほど小娘ではない。たいした年の差はないわよ。パーソナルなオペレーションシステムが使用されていた時代のことは、知っている」

「自分でシステムを入れ替えたりしたことは？」

「それは、あまり覚えがないわね、たしかに」

「いつのまにか、ネットワーク上から起動《ブート》されるのが普通になっていた。それは便利なことだったけれど、自由がきかなくなってきた、ということでもあったんだ」

「どういう点で不自由になったと感じたの？」

「ネットワークに接続しなくてはコンピュータとして機能しなくなってきた、という点だ。おれにとってのコンピュータというのは、パーソナルなもの、おれだけのものであるべきだった。ネットワークから切り離したいのに、そうすると、コンピュータはコンピュータでなくなってしまうんだ。最高性能が発揮できない。おおいなる矛盾だと思わないか」

「ネットブート機能を持たないころのコンピュータはあなたにとってパーソナルな友だち関係でいられたというのに、それがやがてできなくなった、それであなたはますます孤独になった、ということなのかしら」

「そう。裏切られた、と思った」

「幼いころすでにあなたは、そういう体験をしていた、ということなのか」エディスはノートをとっていた手を止め、顔を零に向けて、言った。「コンピュータに裏切られた、という経験を――」

「違う」

深井零はフォス大尉を真っ直ぐに見返して、冷静に否定する。

「裏切ったのはコンピュータじゃない。世界のほうだったんだ。〈世界〉なんていうのはカッコつけた言い方か。おれにとっては、でも、そうだったんだ。いまなら、人間ども、と言い換えてもいい。結局のところ、くそったれな民主全体主義国家、日本という国と国民のセット、日本というシステムに、おれは爪弾きにされたんだ」

具体的に、どういうことがあったのか、そのへんをもうすこし詳しく聞かせてほしい、とエディスは再び零をうながす。

父親が出張で不在なのでコンピュータが使えず、宿題ができない、などというのは嘘だった。その嘘は二日間通用したが、三日目には、発覚した。教師がコンピュータ通信で零の親に確認をとったからだ。

四日目に、教師が家庭訪問した。浅知恵だった、とは零は思わなかった。宿題から逃れるためではなく、自分専用のマシンがほしい、というのが目的だったから、宿題したくなさになんという姑息なことを考える子供だ、そんなことでどうする、というような嵐のような言葉を浴びせられても、零は平然としていた。それがまた大人たちを怒らせたが、零は動じなかった。この家には、遊べるマシン、コンピュータは、一台しかない。一台しかないから満足には使えない。それは事実で、決して自分は偽ってはいない、悪いことはしていないと思って、言い訳もせず、おし黙っていた。

「なんてなさけない子だこと」

と嘆く〈女〉を教師は押しとどめて、どうしてなんだ、と零に訊いた。

「どうしてこんな嘘をついたんだ、零。すぐにわかることなのに」

「自分だけのコンピュータがほしいから」

「自分だけのって、で、それで、きみはいったいなにがしたいんだ？」

「ぼくは」と零は答えた。「ただ、だれにも邪魔をされたくないだけだ」

「フム」

と考え込む教師に、考えさせまいとするかのように、母親が言った。

「教育上、一台しかおいていないのです、先生」

それはどうかな、と零は思う。教育上とかなんとかいって、ようするにケチなだけじゃないか。そう思い、でも以前には、もっとひどい家もあったな、と思い出している。その家には六、七人くらいの、互いに他人関係の子供らがいて、最小限の食事しか与えられず、みんな飢えていた。里親は吝嗇《けち》だった。もっとも零は、そこはすぐに追い出された。他の子らと一緒に。その里親夫婦が詐欺罪で捕まったためだ。零は子供ながら、自分の身の上には公的な補助金が出ていることを知っていて、その金をあの里親が搾取していたのだ、捕まったのはそのせいだと信じて疑わなかったが、事実はもっと悲劇的かつ喜劇的なものだった。つまりその夫婦は善意から行き場のない子供たちの里親になっていたのだが、自らの収入や補助金ではやっていけなくなって、他人の金に手を出してしまったのだった。

あの家にくらべれば、と零は思った、この〈女〉は言い訳がうまい、教育上、とはな。

「ただでさえこの子は人と話ができない。専用の情報端末機を与えたら、一言もしゃべらないでしょう」

それはそのとおりだ、と零は心でうなずいている。人と話をするなんて、面倒くさい。もっと幼いころから、そうだった。あのころはよかった、自分のマシンがあった。自分でオペレーションシステムを入れ替えることくらい、簡単にできた。自分で小さなプログラムを組むこともできたし、そうしたことを覚えられたのは、自分専用のコンピュータがあったればこそだ。あれから、家をいくつ変わったろう。いつのまにか、自分で触れるマシンは手から遠くなっていた。じっくりとコンピュータと対話することができないのは、不満だ。あれとのコミュニケーションのいいところは、こちらのペースがどう変化しても相手はまったく気にしないところだ。人が相手だと、そうはいかない。黙ると、なぜ黙るのか、と言われるし、考えようとすると、もう別の話題になっていて、絶対に待ってなんかくれない。

だから、人と話なんかしたくないんだ。そう、零は思う。

「ああ、それは、とてもよくわかる」とエディスはうなずいた。「あなたは、コミュニケーションというものが、わかっていなかったのよ」

深井零は無言でエディスを見つめる。

「いまのあなたには、わかるかしら、零？」

「気安く呼ばないでほしいな」

「そう、それが、正しいコミュニケーションというものよ。相手の出方に反応して変幻自在に対応する。これがコミュニケーションというものでしょう。いつも同じ対応しかしないコンピュータを相手にするのは、コミュニケーションとは言えないわ」

「それは、解釈の問題だろう」

「そうね。でも、わたしはあなたの解釈を批難しているのではなくて、あなたが人ではなくコンピュータとの関係のほうがらくだという、その気持ちが、いまのあなたの話から、理解できる、と言っているの。あなたは、わたしの言い方に不快感を覚えて、それを口にしたでしょう、それがコミュニケーションというものだと、わたしは思う。コミュニケートというのは、戦いよ。子供のころのあなたは、コンピュータと戦ったわけではないのだということが、わたしにはわかった。あなたは、コンピュータとはもちろん、だれとも戦ったことはなかった、ということよ」

続けて、とエディス。深井零は軍医を見つめてしばらく黙っている。

「わたしが怖いかしら、零？」

「いいや」

深井大尉はソファに座り直す。

きっとあの〈女〉は見栄を張ったのだ。そう思いながら、零はマシンを操る。あの一件からしばらくして、子供部屋に専用の情報端末機が来た。兄の分と、二つ。抱いて寝たいほど嬉しかった。これで、時間を気にしないで、コンピュータと遊べる。これは自分だけのもので、もう、兄やだれかに横取りされることはないし、兄に勝手にこちらのアクセスコードを使われることも、ない。いや、それは考えられるけれど、そのときは対抗手段を考えて、このマシンに組み込むことがたぶんできるだろう、と零は思う。自分のマシンなのだから、好きなようにカスタマイズすればいいのだ。

零は、自分専用のハードウェアが手に入ったならば、やってみたいことがあった。自分の言うことしか聞かないシステムを構築する、という計画だった。

やる気になればできるだろうが実際のところ現物のシステムの構成はどうなっているのだろうと、それを確かめることから零は勉強し始める。零にとっての、それが遊びだった。いままでは自分専用のマシンではなかったので、そういう遊びに没頭することができなかったのだが、いまは、違う。やりたい放題に、できるのだ。

それで、わかったこと。

——こいつはパソコンじゃない。

ようするにいまのコンピュータというものは、零がより幼かったころに遊んでいたコンピュータとはもはや別物だ、ということだった。零にとって驚くべきことに、現在のマシンというのは、単体では使用できなかった。独立したオペレーションシステムというものを、それは持っていない。内蔵されていないのだ。まさに端末機であって、必ずネットワークに接続しなくては機能しない。基本的には電源を落とすためのスイッチもない。最初に電源を入れると、それは接続されたネットワークから本体マシンを起動可能なＯＳを自動でサーチし、自動的に起動する。なんらかの原因で電源が落ちてしまったときも同様に、自動的に再起動を行う。

情報端末機に使用されるＯＳは一台の端末を複数のユーザーが使うことを前提に設計されているもので、それは零にはなじみのものではあったのだが、零を驚かせたのはそのＯＳのあり場所で、それはどこにあってもいい、ということだった。と同時にそれは、特定のＯＳをユーザーでは指定できないということ、ようするに、システムを勝手に入れ替えたりするのは不可能であって、システムレベルでのカスタマイズはできない、ということを意味した。マシンに搭載されている中枢処理装置の性能自体はかなりのもので、実際にここですべての計算処理が行われているというのに、見方としてはこれはパソコン本体ではなくターミナルだった。ネットワークの中央に巨大な中枢コンピュータがあってそこに接続されているようなものだが、実際にはそうした中枢というものはなく、接続されているすべての端末機内の中枢処理装置に処理が分散されている。全体として一つの巨大なコンピュータ、という構図だ。

しばらく自分専用マシンを持っていない間に、コンピュータというのが以前とはまったく姿を変えてしまったということを、零は思い知らされたのだった。

——あれは、ぼくのマシンじゃない。

真夜中の子供部屋、暗闇のなか、兄の寝息が聞こえている。零は耳をすます。かすかに、コンピュータの冷却用のファンが回っている音が聞こえる。二台のコンピュータ。兄と、自分の。モニタは使っていないので、暗い。でも、コンピュータは、休んではいないのだ。かなり負荷がかかっていることは、ファンの音が聞こえていることでも、わかる。普段は冷却ファンなど回らない。

中枢処理装置の負荷状態を示すビジーインジケータランプが明滅している。零は枕を抱えながら、それを見つめる。そのランプは、シェアリング状態を示すインジケータでもある。持ち主以外の、外部のだれかが使っていることを示す、ランプだ。明滅しているのは、負荷がかかっていることを示している。持ち主である零がいまは使っていないのだから、外部のだれかが使っているのだ、ということがわかる。

零は自分のベッドをそっと降りる。学習机に近づいて、モニタのスイッチを手探りで探して、入れる。すると、コンピュータ本体のビジーインジケータは明滅をやめる。ぼんやりとモニタが輝度をましていく。通常の明るさになった画面には、きょうの宿題である算数の問題が出ていた。

さきほどまでこのコンピュータは、自分の知らない、違う仕事をしていたというのに、素知らぬ顔をしている。そう思うと零は、なんだか、すごくもの悲しい気分になる。

——なにをしていたのだろう？

ネットワーク内では、だれかが、負荷のかかっていないアイドリング中のコンピュータを探し出してその能力を利用する、ということは日常的にやられていた。この情報端末機とネットワークシステムが、そのように構築されているのだ。零もそれは知っていたが、実際に自分のコンピュータがそのように稼動しているのを見るのは、いい気分ではなかった。

——これは、ぼくのもの、のはずなのに。

零はデスクの前に立ったまま、キーボードを操作し、自分のコンピュータを、だれがどこから使用していたのかを追跡するプログラムを前面に呼び出す。ネットワーク上にそうしたユーティリティプログラムがたくさんあるのを、零は見つけていた。以前はまったく意識していないユーティリティプログラム群だった。自分のコンピュータを勝手に使われるのはいやだという思いを抱いてから、初めて、それらの存在が目に入ってきたのだ。その一つを利用、あらかじめバックグラウンドで起動しておいたので、使用ログが記録されているはずだ。

モニタに、記号と数字のリストが表示される。慣れると、記号の意味する内容が詳しく追跡しなくてもわかる。

——こいつは、ナビの座標計算だ。

これは、近くを走る自動車の、かならずしも近くとはかぎらないのだが、車載ドライブ支援装置が、自車の位置座標計算をこちらのコンピュータにさせるためにアクセスしてきたのだ、というのが、わかる。

——こっちのは、なんだろう、けっこうな時間、接続されているけど。

非常に重い計算処理を、ネットワーク上に存在する無数のマシンに振り分けて並列処理させるという、そういう仕事に自分のマシンが就いていることもあった。それは、全天の星星の恒星間距離の計算であったり、内容はよくわからない解析計算であったりする。

こうした計算処理を、いつ、どの空きコンピュータにやらせるのか、という並列分散処理用のソフトウェアが当然存在していて、それはなかなか巧くできている、ということが零にはわかってきていた。そのソフトは、計算すべき内容、処理内容による選別はしない。平和利用だろうが軍事機密処理だろうが、民間や官製といった区別もしない。ユーザー側も、バックグラウンドでどのコンピュータが使用されているのかを意識することはない。たとえ出来の悪い大学院生が、自分では意味があると思っているが実は無意味な、しかしやたらと重い計算仕事をやらせるのに、わざわざ並列処理をさせようなどと意識せずとも、自分の情報端末機を使うだけで結果が出せるのだ。

——だれが、なにをやらせたのか、わからない。わけのわからない仕事にぼくのマシンが使われるのはいやだ。

こういうことをなんとかしないと、自分のマシン、などというのはどこにもないことになる、と零は気づいている。

自分が使わないときは電源を落とせばいい、などというのは通用しない。本来そのような使い方は想定されていないのだ。電源ケーブルを抜いてシステムを落としたら、すぐに、〈ネットワークに接続されていない〉という警告が、まずこの家の情報管理責任者、マスターである親のマシンに伝えられて、子機であるこのマシンが起動状態にないことがばれる。そのような使用法は許されないし、それならおまえ専用のマシンなどいらないだろう、ということにもなるのだ。

零はまたベッドに戻り、布団をかぶって、どうすればいいかを考える。

寝不足だ。でも学校には行く。登校拒否などしようものなら、せっかく与えられた専用マシンを取り上げられるかもしれない。零はそれが怖かった。授業中に居眠りしそうになると、それも必死にこらえる。教師がまた親に告げ口するのが、怖い。教室の同級生という存在はあまり意識に入らない。なんだかうるさい生き物が群れて自分と同じ場所にいる、という感覚でしかなかった。

三日ほど寝不足の頭で考えて、自分のマシンも寝かせなければいいのだ、と思いついた。自分が使い続ければ、他人に使われるという心配はしなくてすむ。思いついてみれば簡単なことではあった。

しかし、それがいかに大変か、ということは、やってみてすぐにわかった。零が、これはコンピュータにとって大変な負荷だろうと思う、どんな処理をやらせても、外部からの仕事が入り込んでくるのを排除できない。中枢処理装置が、最初から複数の処理を並行して実行するようになっているのだ。そのように設計されているのだ、と零は気づく。

自分のマシンをだれにも使わせたくない、自分のものにしておきたいとなれば、抜本的な解決策はただ一つだ。自分で設計したオペレーションシステムで自分のマシンを起動するしかない。

零はそれを実行すべく、頭をめぐらせる。

この情報端末機は、なんらかの原因で再起動が必要になった場合には、自動的にシステムをネットワークに求めるように、できていた。そうした起動プロセスを開始するための小さなプログラム、ブートストラップは、この情報端末機の中の読み出し専用メモリの中にファームウェアの形で内蔵されているのだろう、という予想は零にはつけられた。そのブートストラップがシステムローダーを起動し、ローダーが起動可能なシステムを探しにいく、という手順だろう、と。その手順を書き換えることができれば、ネットワーク上にあるOSを無視して自分専用のOSから起動することは可能だ、という理屈だ。

零はこつこつと、わずかずつでも休まずに、与えられたマシンを真に自分のものにすべく研究し始めた。それはこのマシンをネットワークという監獄から脱獄させるための穴を素手で開けるようなものだった。途中でいままでの努力が一瞬にしてふいにならないように、そのための細心の注意も必要だった。こんなことが親に知られれば、取り上げられるに決まっている。

まず必要だったのは、どこからも干渉されない空間をネットワーク上に確保することだった。それがすべて、と言ってもよかった。その空間に、自分だけの、私的な専用の起動用システムをおき、自分のマシンをそのシステムによってコントロールすればいいのだ。

概念は単純にして明快だったが、実際にやるのは大変だろうという予想はついた。

自分のマシンのハードウェアに手を加えなくてはならないというのはすぐにわかったが、即座に実行することはかなわなかった。目的を達成するには、どういう知識が必要なのかをまず知らなくてはならなかったし、資金面でも時間が必要だった。毎月の小遣いはわずかなものだったからだ。

それで、とエディスは訊く。

「あなたのマシンは、あなたのものになったの？」

深井大尉は、かすかに首を縦に動かして見せる。無言だ。同意、イエスなのだろう、とエディスは解釈する。

「マシンを共有するということが、どうしてそんなにいやだったのか、いまのあなたには、説明できるかしら？」

「そうだな……いま思い返せば、おれにとって自分のマシンというのは、個室だった。プライベートな空間なんだ。バスルームだ。そこに、だれだかわからない、男や女が勝手に入ってきて用を足しては出ていくようなものだ……実際、あの情報端末機は通信中継器でもある。だれもが土足で入り込めるんだ。外部から使用されているときにはその通信内容を、その気になれば、傍受できた。違法だが、知識と技術と根気があれば、それは可能だった」

「やったの？」

「やる能力が、おれにはあった」

「やったと認めないのは、慎重になっているからかしら。違法行為でも、もはや時効でしょうに」

「やらなかったんだ」

「違反行為を恐れて？　せっかくのマシンを取り上げられるかもしれないし、ということ？」

「いや」と零は首を今度は明確に横に振って否定する。「なぜ、そんなことをしなくてはならないんだ？　薄汚い会話であふれているに決まっている。悪党の秘密の打ち合わせ、インサイダー取り引き情報、痴話喧嘩、中傷合戦、でなければ、してもしなくてもいいような時間つぶしのために飛び交う無意味な情報だろう。いまのおれなら、外国のスパイ連中はひそかにそういう内容を傍受していただろう、という予想もつく。バックグラウンドで熾烈に戦われている情報戦だが、そんなのは、おれには関係ない。当時の自分なら、なおさらだ。そんなのを聞けば、自分のマシンがいかに馬鹿馬鹿しくもくだらないことに使われているかを知って、頭に来るだけだ」

エディスは零にわからないように、かすかにため息をつく。これは、やはり健康な精神状態からは逸脱していると思わざるを得ない、と。少なくとも自分は、そういう内緒話を聞ける状況にあるのなら、聞いてみたい、のぞいてみたい、と感じる。それが一般的な人間の反応ではなかろうかと、エディスは思う。

「くだらないことにこのおれのマシンを使うな、と思っていた。おれのマシンは公衆便所じゃない、ってことだ。それを言うなら、コンピュータネットワーク空間は巨大な汚物溜めのようなものだ。屑情報ならぬ糞情報のたまり場だ。おれは、自分のマシンを、そういう汚い環境から護り、クリーンなマシンとして機能させたかったんだ」

ああ、それなら、わからないでもない、とエディスは思う。

「でも」と深井零は続けた。「いまなら、自分のマシンというよりコンピュータというものすべてに関して、くだらないことにそれを使ってはならないと思っていたんだと、そうも思える。コンピュータというものすごい能力を持ったマシンを、人間という出来の悪い生き物の、くだらない用件に使うな、と怒っていたのかもしれない」

「かも、しれない?」

「全世界から嫌われていると感じても、それがどうした、と思っていた。でも、無意識には、怒りもあったかもしれない、ということだ。無意識のことは自分ではわからない。だから仮定形になる」

「わたしは、あなたは世界に対して怒っていたというよりは、人間たちを見下す気持ちのほうが強かったのでは、と思える」

「だから？」

「それでずっとやっていければ、何事も起きない。自分だけは特別な人間と思っている嫌味な大人の一丁上がり、よ。でも、あなたは、そうじゃない。挫折したでしょう。世界から反撃をくらったはずよ。どんなことだった？　あなたのマシンは、どこへいったの？」

「破壊された」

「だれに」

「官憲だ。公共福祉法やらシステム破壊防止法やらなんやらかんやらの罪状で、おれは捕まった」

「あなたの経歴には、ないわね」

「知ったことか。自分の経歴記録を見たことはない」

「少年を保護するためかしら。幼かったわけだし、日本の法律では、非公開と定められているのかしら？」

「知らない」

あるいはこれは作り話かもしれない、とエディスは気づく。しかしどんな物語にも真実は潜んでいるのであり、語らせること、それに耳を傾けることが重要なのだ、とエディスは診察の基本を思い出す。

「全世界に裏切られたと思ったのは、そのときなのかしら」

「それが初めてじゃない。またか、と思った。でもおれにとってあの体験というのは、そうだな、大事に飼っていたペットを目の前で殺されるような衝撃ではあった」

家の人間たちが寝静まると、零は呪文を唱えて、自分のマシンを呼び出す。日中はその情報端末機は普通のそれなのだが、夜は、零のものになった。常時自分のものとして稼動させておくということは、自分がいないときに兄やだれかに勝手に使われてしまう、ということでもあったので、普段は普通の情報端末機として放っておいた。それは零にとっては自分のマシンの電源を落として休ませておくといった感覚だった。

零の理想は完全なる自分のマシンを手に入れることだったが、零の能力ではいまだにかなえることができなかった。メモリ空間などを外部ネットワークに依存していることが原因だった。

資金さえあれば、なんとかできるだろう。はやく大人になりたい、自立したい。そう思いながら零はキーボードに呪文を打ち込む。

兄は寝ている。兄と言ってもまだガキだ、と零は思っている。

寝静まった家の、その子供部屋で、儀式が始まる。呪文。ハード的な改造スイッチによって自動ブート機能を殺し、強制再起動動作を行い、起動プロセスの最初の部分を手で打ち込む。起動システムを指定したプロセス。

立ち上がる画面は、普段と同じだ。だが、この零が改造したOSは一度に複数の処理を実行できるようにはできていない。外部からの分散処理仕事の要求を拒むことはできないが、零がやっている仕事を終了するまで外部のそうした仕事は待たされる。実質的には、この零のマシンは非常にビジーな状態にあると外部からは判定されるため、割り込んでくる仕事というのはなかった。

ここまで来るのに一年ちかくを要していたが、零はこれを使って、本格的に自分自身のOSの開発を始めた。それはこのマシンとの会話でもあった。外部からのアクセスを完全に遮断しつつそれを不自然に感じさせないようなシステムを構築すること。それって、自分の名前のようだ、と零は思う。ゼロという記号はあるけれど、無だ。足しても引いても変化はないが、掛け合わせれば相手も零になってしまう。割れば？　世界の秩序を保つためにゼロで割ることは禁止されている。もしそうでなければ、世界は定義不能になる。なんでもあり、になってしまうのだ。

そんなことを考えながら、その夜も、ＯＳ作りという遊びに没頭していたが、突然の物音で中断させられた。窓が破られて、武装した兵士のような男たちが三人、飛び込んできた。

零は椅子から飛び上がった。突然の物音に驚いて身体がそう反応したのだ。

拳銃を持った男がいきなり零の首筋をつかんで、デスクから引きはがす。別の一人がモニタをのぞき込み、さらに三人目が携帯機器と零のマシンを交互に見つめて、これだ、と言う。

「驚いたな」と零を確保した男が言った。「子供だぞ」

「なんなんだ、あんたたち」

零は叫ぶ。兄が起きた気配があるが声は立てない。

「公共福祉法違反の現行犯だ」と男。「おまえは貴重な我が国の資源を、私的に、排他的に利用していた。脱税に匹敵する重大犯罪だ。国賊だ」

「ぼくは、パソコンを改造して、使っていただけだ。自分のコンピュータがほしかっただけなんだ」

「その発言は、記録される。おそろしく危険な思想であり、行為だ。システム破壊防止法違反の容疑も加わる。おまえはネットワークシステムに干渉し、自己流のＯＳを開発し、それでもって、すべてをおまえのものにしようとしていた。そういう痕跡は証拠として保存されている。言い訳はできないぞ」

なにがなんだかわからなかった。そのとき零が感じたのは、自分がコンピュータを持つというのを世界のほうではこちらを射殺してもいいくらいに憎んでいる、ということだった。

「はやくそのシステムを落とせ」と携帯機器を持った男が言った。「これだと確認できた。証拠も押さえた。稼動させておくのは危険だ。危険分子にコピーされる前に、破壊しろ」

「やめて」と雫は絶叫する。「ずっと一緒だったんだ。ぼくが育てた、ぼくの、マシンだ」

雫を抑えていた男が身柄を同僚に引き渡し、拳銃を構えて発砲した。轟音。


結局、それはどういうことかわかるか、と深井零はエディス・フォスに訊く。

「どういうことって?」

「あのマシンが」と深井零は言った。「日本で最後の、パーソナルコンピュータだったんだ。あれを最後にパソコンは、絶滅した」

「絶滅、とはね」とエディス。「あなたはコンピュータというものを擬人化して考えているのね」

「なんとでも解釈すればいいさ」と零。「パーソナルなコンピュータという概念がいまでは消滅しているのは事実だ。現物も、なくなった。生物種の繁栄と絶滅と同じだ。おれは、そう思う」

なるほど、とエディスはうなずき、零の話をメモする手を止めて、いままで書いたものを読み返す。

現在の地球では、たしかに、コンピュータにかぎらず、世界中の通信機能を内蔵した機器のすべてが、特定個人のものではなくなった。不特定多数がそれを使用するのだ。所有者は排他的な使用権を放棄しないかぎり自分のものであるはずのそれを使用できない。深井大尉は、そうした地球の現状を引き合いにして、しかし雪風は自分のマシンだと主張したいために、たとえ話をしたのだろうか、とエディスは考える。

「もういいかな、フォス大尉」

「名前は、つけていたの?」エディスは、思いついて、尋ねる。「そのあなたのコンピュータ、マシンを、あなたはなんて呼んでいたの」

「忘れたよ」

「雪風、ではないの？」

「いや。カタカナの名だった。カタカナ、外来語だ。本当に覚えていないんだ。——疑っているのか。嘘だと？」

エディスはメモしてきたノートを閉じて、深井零を見つめる。

「過去の思い出話というのは脚色されるものだから」とエディスは言った。「あなたがこれは真実だと言ったところで、わたしはそのまま鵜呑みにしたりはしない。反対に、嘘だったと言われても、あなたがこの話をした、ということは事実であって、わたしにとってはそれが重要な点であり、内容がフィクションかどうかなどというのは、あなたに関して今回わかった事実には影響しない」

「なにがわかった」

「あなたは自分のマシンを奪われた。でも、世界に対して抗議の戦いはしていない。あなたは、だれとも戦ってはこなかった。人間とも、コンピュータとも、過去も、そしていまも、雪風に対しても、あなたは戦ってはいいない。それが、わかった」

「行っていいか」

「雪風のところに？」

「いや、もう退室していいか、という意味だ」

「いいわ」とうなずいて、許可する。「ではまた明日、同じ時間に」

退室する深井大尉を、エディスは廊下に出て見送る。深井大尉は返答せず、振り向きもしなかった。先は長い、とエディスは自室に戻りながら思う。戦士とは、戦う者だというのに、あれは戦士の姿ではない。零はとくに、まず雪風との関係において格闘する必要があるのに、それから逃げている。なぜ？　雪風が怖いから。一言で説明するなら、そうなるだろう。でも、その一言を言われても、いまの零には理解できないだろう、とエディスは思う。

その恐怖は、彼自身が気づいて乗り越えるしかない。だれも助けてはやれないのだ。ドアを閉めながら、しかし、そうだろうかと、ふとエディスは思った。雪風なら、できるのでは？

——そして戦士たちは、真の戦いを開始する。〈世界〉に向けて。

ドアが閉じる音にどきりとして、しばしエディスは立ちつくす。

インタビューでたどる
神林長平と雪風の40年

1982　SF NEW GENERATION
1999　雪風、また未知なる戦域へ
2009　破魔の矢はいかにして放たれたか？
2022　我はいかにして侵略者《アグレッサー》となりしか

SF NEW GENERATION

インタビュアー　高橋良平

今回、このインタビュウ・シリーズで一番の遠出をする。新潟在住の神林長平さんを訪ねるため。上野からの車中、参考にと編集部から借りた神林さんの処女長篇『あなたの魂に安らぎあれ』（早川書房より十月刊行予定）の初校ゲラを読む。新潟駅に着くまでに一気に読了。傑作。内容は本が出るまで、お楽しみに！

神林長平。昭和二十八年七月十日、新潟市生まれ。長岡工業高等専門学校機械工学科卒。デビュー作は、第五回「ハヤカワ・ＳＦコンテスト」の佳作になった「狐と踊れ」（本誌七九年九月号掲載）で、著書に同作を表題にした作品集『狐と踊れ』（ハヤカワ文庫ＪＡ）がある。

駅まで迎えにきてくれていた神林さんと、車でまず沖に佐渡ケ島が見える五十嵐浜の砂丘に行く。編集部の（池）さんがカメラの腕をふるい記念撮影（？）。その砂丘から歩いて数分のところに神林さんの家がある。二階の部屋に入ると、すぐに目に入ったのが、ＰＣ８００１のパソコン。本箱の前に積み上げてある〝日経メカニカル〟誌、壁にはＦ15イーグル機の三面図。理工系の本が多いのは、いかにも機械工学科卒という感じがする。

部屋が狭いので、と近くの和風レストランでインタビュウをはじめる。

――小説を書く時に、コンピュータを使ってるんですか？

「使ってませんよ。遊びです。やっぱり、フロッピー・ディスクが入らないと……印税がいっぱい入ったら買おう（笑）。四百字詰の原稿用紙と活字で組んだ時と、（文章の感じが）違うんですよね。だからワード・プロセッサでそういうのをシミュレートして見て、行間はこんなふうになっているのがわかる、というような使い方をするのなら、ワープロもいいと思うけれど、書く時はやっぱり、鉛筆で感触を楽しみながらでないと、不安ですね」

――高専というのは、どんなところですか？

「そう言われても、もう忘れちゃったなあ（笑）。五年制で、専門は四年生くらいからです。卒業研究は、NC、ニューメディカル・コントロール、今流行《はやり》のね。システム・プログラムを作ろう、というのをやったんだけども、それが時間がないし、能力がないのも判って（笑）勉強する気力も衰え、とても我々では手に負えない。それでも沖電気のコンピュータを使ったんですよ。沖スポットというプログラム言語がありまして、紙テープにパンチして出てくるやつで、コードがFORTRANで出力されるのと同じだったんです。沖スポットには、あんまり高度な計算能力はないんですよ、座標計算なんかも。それを補うのに、FORTRANで計算させて、出力を沖スポットと共通の部分に出力させて、それをFORTRANでテープを作ってしまおうと。そういう研究というか、遊びなんですけど（笑）それをやって、なんとか出してもらえた。その当時、専門の先生がいないんですよ。機械は入ってたんだけど、どうやって使ったらいいか判らないという具合で、評価ができないわけ、正しくは（笑）」

――学校にはいろんな機器があったんですか？

「ええ、当時珍しかったもの、コンピュータのセットは。FANACのでかいやつも入ってました。県内では新潟大学よりも早く入ったんじゃないかな。初代の校長がなかなか凄い人で、長岡工専というと全国の高専でもわりと備品は多かったんです」

――どうして高専に進んだんですか？

「大学に行かなくていいから、と思って（笑）。受験勉強しなくてもいい、と。でもね、あそこに入ったのがそもそもの間違いだった、という話もあるけれど（笑）。もともと理工系が好きだった」

――部屋にプラモデルの箱がありましたね。

「プラモは面倒臭くてあまり作らない。オヤジや弟なんかは一所懸命作ったりしているけど」

――お父さんは元海軍だとか。弟さんはなにをしているんですか？

「十歳年下なんですよね。富山商船高専に行ってたんですけど、突然、なにを思ったのか自衛隊の航空学校みたいなのに、戦闘機乗りになるって今年入ったのはいいんですけど、〝アニキ、あんな凄いとこだとは思わなかった、軍隊だ！〟て（笑）。当り前じゃないか。それでもう辞めて帰ってくるみたい。遊園地の飛行機に乗りに行くようなつもりで行ったんじゃないかな。そういうの多いらしいですよ、防衛大学校にしても」

――プラモの他に、モデルガンが好きじゃないか、と……。

「あ、モデルガンは好きなんだけれど、高いからね。それだけの金があったら、本を買いたいな、という気がする。メカを調べるだけだったら、プラモデルのやつが結構良くできているしね」

――学校の時に長岡に住んだだけで、後は新潟ですか？

「そう。だいたい出不精なんですよ。腰が重いというか。旅行にしても、いろいろ手続きを思うと、それだけで面倒臭くなって……ものぐさですね。用意万端整えてもらえば、行ってもいい（笑）。だからダメなんだなあ」

――というと、機械といっても、動かすよりも、プログラムを考える方が好きなんですか？

「やっぱり、そうですね。ただ旋盤いじってただけじゃ面白くないんですよ。それが自分の計算したように動く。それを見て、ああ、自分は間違っていなかった、よしよし（笑）というね。ただ、高専でよく言われたのは、先輩たちは優秀だった、と。ぼくらの頃からダメになり（笑）もう高度成長期も終わっちゃったでしょ。要するに、あの学校は、職人でもないしトップのヘッドでもない、その中間者を促成栽培しようという感じだった。だからね、あれもひとつの時代の産物でしょうね。でも、わりといい学校でしたよ。懐しい、という気がして（笑）」

――卒業後は？

「大学へ行こうと思ったんです。もうちょっと遊んでいたかったのが本音。それと、高専では文科系の比重が軽かったので、このまま（社会に）出ちゃうと、その方面が遅れるというアセリというか、もう少し知りたいので行こうと思ってたんだけど、やはり、なかなか難しいんですよね」

――試験がですか？

「うん。というかね、そのへん喋ると、みんな嘘になるの（笑）。……とにかく人と会うのが嫌だった。その頃、精神的にまいって、落ち込んでいた。なんというか、登校拒否というか、社会に出たくない雰囲気があって、だからね、世間的には大学を受けるという名目で、遊んでいた。大晦日にスキーで脚を折ったり（笑）ひどいことをやってた。ただブラブラしてても世間に出なくてはいけない。ともかく、人と会わないでできる仕事、目覚し時計のいらない仕事、と真面目に考えたんです。それでも思いつかなくて、小説を書いて、当ったらなんとかなるんじゃないか、と安易に思ったわけ。ちょうどその時、〝幻影城〟で新人賞がありましてね、泡坂（妻夫）さんが出た時、応募したんです。それが第一次予選に通って、これならなんとかいけるかもしれない……これがこの泥沼に入るきっかけで、その時ひっかからなければ、そんな大それた考えは抱かなかったかもしれないけれど……。それから書きはじめた。本当に人に会うのは嫌で、対人恐怖というとおかしいけど、自分に自信がなかったんだね。ウツ症というか、一種のビョーキです。あんまりそのへんは喋りたくないな」

――大学の志望学部は？

「文科系統へ行こうと。自分の知らない方へ。で、高専時代の教官が、退官して近くに住んでいて、〝お前なにをやっとる〟と言われ、そこの家に行ったんです。〝実は小説を書こうと思ってます。文学部へ行った方がいいでしょ〟と言うと、〝馬鹿、小説なんて大学へ行ったから書けるわけじゃない。時間がもったいないから修業した方がいい〟と言われた。二十歳をすぎてからの時」

――それまで小説を書くことに興味はなかったんですか？

「全然。作文が文集みたいなものに載ったことはあったけど、文章を書くのは嫌いでしたね。小説を読むのは好きだったけれど。昔の早川の〝エラリイ・クイーンズ・ミステリ・マガジン〟は今でも家に置いてある。ミステリが好きだったんです。パトリシア・ハイスミスとか、スリラーというかサスペンスが。あんまりトリッキーなのは好きじゃなかったですね」

――ミステリからSFに変わったのはどうしてですか？

「移ったわけじゃなく。書いたのが、たまたま胃の飛び出る話だったから、〝SFマガジン〟ならと思って。〝幻影城〟の時はどんなのを書いたか忘れたけれど、短いやつでSFじゃなかったですよ。それから〝奇想天外〟にも応募したんです。新人賞に」

――いつの時ですか？

「大原まり子さんも落ちた時（笑）。同じページに名前が載ってたんです。本名で出していたんです。

岬兄悟さんも同じページに（笑）」

――修業というのは、どういうことをやったんですか？

「とりたててやってないですけど、最初は、とにかく漢字が書けないんです。簡単な言いまわしとかも。いざ自分で書いてみると、漢字の使い方、同音異義語、漢字とカナの配分とかも、まったく書いてなかったから、意識して言葉の使い方から、まずはじめなくてはいけなかった。なにしろ日記も書いたことなかったから。困りましたね。原稿用紙の使い方は本を読めば判るから苦労しなかったけれど、文体の統一、人称の統一とかね。言葉を道具みたいに考えたんです。道具、ひとつの構成要素として。最近は、言葉にも自己プライミング性みたいなものがあるなあ、という感じがしてますけど。日本語の文法にのっとった自己増殖性というのはあるんだろうけど、書いていると、自分が予期してないものがヒョッと出てくるんですよ。だからこの頃は、言葉を単なる道具として見たのは、ちょっと間違いだったかもしれない、と。言葉に対する神秘性、言葉は神だ、なんて雰囲気は信用しなかったけれど、最近は、うん、言葉があるから人間があるのかもしれない、という気がしている。

「言葉使い師」という二人称小説を書いたんですけど、それはぼくの言葉に対する考え方が入ってるんです。言葉の自己増殖性とかね。書く時に気を付けるのは、生《なま》の自分自身というか、生の思想がそのまま小説にワッと出ているのは、小説家としては恥じゃないかと思うのね。ストーリーを進めるために、〝Aは五時に家を出た〟というような文章を書くのも苦痛ですしね。やっぱり言葉に自由に出てきてもらいたいし、それを待ってて書くわけなんですから。もちろん、自分のアイデア通りに話が進んでいってもらわなくちゃ困るんだけど、細部でね。前の言葉に次の言葉が触発されるという言葉の増殖性を殺さないように書いている。ストーリーなんかなにもないようなものも、ひとつ書いてみたい。アンチ・ロマンの方へ行って、小説家として行き詰まる心配も抱いているけれど、そういう危険を承知の上で、言葉の自己増殖性を重視したものを書いてみたい。「言葉使い師」にも、小説擬似理論を書いたんですけど、あれは言葉に対するSF的なアプローチなんです。小説というのは、〝私〟というのを考えはじめると、すごく問題でしょ。絶対的な第三人称小説で神の視点から見るような考えは不自然な気もするし、かといって、一人称で話を作りだすと、突然主人公の知らないことが出てくるのも困るし……。二人称小説は、どうやったら不自然でなくなるか、作者自身を話者として、主人公〝きみ〟をその世界の中で操っているのを〝わたし〟にすればいい、と。ところが、不自然なのは、〝わたし〟というのは、ぼくじゃない、と作者が言うところなんですよ（笑）。ぼくは〝きみ〟と言われている側にいるんですよ。つまり、自分がなにかに操られているという意識が常にあって、あの『狐と踊れ』にも〝踊っているのでないのなら／踊らされているのだろうさ〟と書いたんですが、それがぼくのライトモチーフになっていて、その気持を小説に向けているわけです。ぼくは小説を操る側にいながら、同時にもうひとつ次元の高い所で操られている。だから「言葉使い師」というのは、二重三重に仕掛けられた罠みたいで、自分自身も恐しいような話。最近、人に〝事件が終わっても、なにも終わらない小説〟と言われて、自分でもそう思ったんです。「敵は海賊」にしても、海賊が別にいなくなるわけじゃない。ただ、小さな世界になにもかもつめこんでしまって、完全に操ってしまう絶対的な神になるのは、不遜《ふそん》な気持があるんですよね。畏《おそ》れおおいというか。主人公たちには、一応その世界が判るようにしてあって、その先はお前たち自分で勝手に決めてくれ、というように突き放してあるから、エンタテインメントとしてみるとおかしいと言われるかもしれないけれど。ぼくも苦しんでいるから、主人公も苦しんでもいいんじゃないかと（笑）。自分自身が神様になりたくないしね。言葉を一個の道具としてみても、あれが一番汎用的なものでしょうね」

――書くスピードは早い方なんですか？

「書きたい雰囲気が頭の中にある限り書けますけど、だいたい一日十枚書くともうなくなる。昨年だったか、二十枚書くといって失敗してしまったし（笑）。そんなに書けるわけがないんだけれど〝雪風〟のシリーズはわりと早く書けるんです。楽しんで書いているから」

──今まで「妖精が舞う」「騎士の価値を問うな」「不可知戦域」「インディアン・サマー」「フェアリイ・冬」の五作が発表されてますね。

「書きたいな、という思いが心の中でつのらないとなかなか書けないんですけど。今、『七胴落とし』という長篇を書いていて、凄くネクラな話でして（笑）。大人になると精神感応力がなくなっちゃう世界なんですよ。子供の時だけ心を読んで話が出来るのに、大人になると自動的に消えちゃうから、その変り目にある主人公たちは大人になりたくない、大人になると友達だった者と言葉で話す以外にコミュニケーションがなくなっちゃう。言葉は嘘である、という怖れ、不安があるわけです。つまり、少年期から大人になる、それを感応力がなくなるという状況で、その不安を書きたいんです。そのアイデアで四百枚というのが大変なんですよ。短篇ならいいんですが、長篇となると、もっと言葉が、それこそ自己増殖していくだけのはずみ車となるような内容がないと……。もっと別な視点というか、シチュエーションがね。それで感応力がなくなるのは、大人にエネルギーを吸い取られるから、子供と大人とは連続体でなくて、なにか別な生き物じゃないか、そんなものを自分で見つけ出していかないと、長篇にもっていけないんですよ。

現実というのはひとつだけじゃなく、ぼくの見た現実は人と違うかもしれない、そういうのを書いていきたいと思いますね。動物にも心はあるし、機械にも意識があると。現実はひとつだけだとは思う。それがブラックボックスの中に入っていく過程でアウトプットがそれぞれ違ってくる。たまたま人間は言葉を介してコミュニケーションできるし、ある程度感情移入ができるから、現実を一つの統一した世界で見られるわけで、そういうコミュニケーションのない世界では、現実はひとつだけの世界じゃないと思う。

あの〝雪風〟シリーズも、コミュニケーションできない相手とは相容れない、ということを書いているんです。ジャムという敵が機械生物だとして、人間とコミュニケートできなくて、人間に産み出された戦闘機械に対して反応する、と。だんだん人間という存在をジャムが判ってきて、なんとなく邪魔くさいが直接コミュニケーションできないから、有機生物を作って、アンドロイドみたいなものと人間を戦わせる。やっぱり機械に対する怖れがぼくにあるわけですよね。それで、そのアンドロイドを人間兵士側は、それこそジャムだと思うわけね。そこには、アンドロイドに意識があるのかとか、考えるといろんな問題が出てくるわけです。今は主人公がニヒルすぎて、なかなかそういう問題に入っていけないんです。だから傍役の少佐だとかがすごく人間的になってきて、その方が面白くなってます。お楽しみで書いてる時は良かったんですけどね（笑）」

――好きな作家は？

「傑作というのは、読んで自分でもこんなのを書いてみたい、と思うやつですよね。やっぱりディックにイカレていた時期があったね。それからディッシュの『人類皆殺し』を読んで、最後まで救いがないんでびっくりした（笑）。ヴォネガット、ラファティも好きです。あんまり日本人作家は読んだことはないけれど、安部公房の『砂の女』。粗筋を話してくれと言われて、砂の穴から出ようとして出られない話です、と一言で言えばそうなんだけれど、ただそれだけの話じゃないと、なんかもどかしくなるような、そういう作品ですよね。そういう、トリッキーなアイデアで、一言で終わるようなものではないものを書きたいですね」

新潟県で唯一人のSF作家（!?）神林長平には、ファンクラブ「おはやし会」がある。かなり真面目な会誌も出るそうで、昔は人と会うのが嫌だった神林さんも、会合に出席して楽しくやっている、とか。日本でも少ない理工系出身をバックボーンに、ウィットのある会話を書けるストレートSF作家、神林長平。まずは、その才能を見事に開花させた処女長篇に御期待を。

雪風、また未知なる戦域へ

インタビュアー　牧　眞司

牧　最新刊『グッドラック　戦闘妖精・雪風』の第一章「ショック・ウエーヴ」は、SFマガジンの九二年八、十月号に発表されました。前作の完結からそこまでの経緯について、まずお聞かせください。

神林　正直なところ、前作の完結時点で、これでもう書きつくしたと満足はしていたんですが、ただ当時から深井零という人間に関しては、まだ決着がついていないなという思いはありました。けれど、なかなか踏み出せなかった。『グッドラック』のラストシーンについてだけは明確なイメージがあったので、どうやってそこに着地するかを模索しながら、ようやく書きはじめたんです。書きはじめさえすれば、なんとかなるだろうと。

牧　前作から現在までの十五年間には、さまざまなテクノロジーの進歩、とくにコンピュータ・ゲーム的といわれた湾岸戦争などがありましたが、そうした現実の戦争の変化というものは、新作にどのような影響を与えているのでしょうか?

神林　前作の執筆時には、当時のF－14や15といった戦闘機の詳しい資料が揃っていた。それにインスパイアされて、メカ的なものを書いた作品が『戦闘妖精・雪風』だったんです。そういう資料を読んでると、ミサイルを一発撃つのにもすごくいろんなシークエンシーというか、プロシージャーがあって、単にスイッチを押せば飛んでいくというのが現実だけど、その過程には電子的な流れとか、いろんな情報処理とかがある。そういうメカニズムっていうものの面白さに触発されたわけです。けれど、今回の続篇を書くにあたっては、そういうメカ的な興味は前作でもう書きつくしてしまった、という意識があったんだよね。

牧　前作の結末で、雪風は新しい機体を獲得しましたが、そのメカニズムについて語ろうという意識は、もうなかったわけですね。

神林　雪風が古い体を棄てたというのは、メカについてはもう書きつくした、もうこれでいいんだよ、という僕自身の意識の表われだったわけです。ただ、雪風というものを生んだ身としては、このままなくしちゃうのは耐えられないという想いもあって、ちょっとずるいかもしれないけど、続篇を書ける可能性だけは残して終わらせたということだよね。でも、今回の続篇に関しては、メカ的なものへの興味はほとんどなかった。というのも、現実の最新鋭戦闘機というものが、僕にとってつまらないものになってきたからなんです。ステルス爆撃機なんていうのは、こそこそ隠れたりして、僕の美意識からしたら、とてもかっこわるい、姑息だと思う（会場爆笑）。たしかにあのテクノロジーっていうのは、ほんとうに凄いとは思うんです。あれだけでかい飛行機だけど、レーダーの反射率としては、蜂の大きさくらいにしか理論上は認識できないそうです。それは凄いと思うけど、でも目で見れば見えるよね（笑）。僕の美意識としては、やっぱり戦闘機というのは速ければ速いほどいい。スピード感というか疾走感にすごくかっこよさを感じていたので、現実における兵器運用の思想が少しずつ変化して、だんだん姑息な手段を身に付けるようになったことで、もう興味がなくなってしまったんですね。

■機械と意識

牧　神林さんの、そういったメカへの独特のこだわりについてはつとに知られていますが、実際のところ神林さんにとって、雪風に代表されるメカ＝機械というものはどんな存在なんでしょう？　つまり、身体の一部だという感覚なのか、それとも異質なシステムなんだけど、人間との間に交信というか交流があるという感覚なのか、どちらなのかなと。というのも、九五年に発表された『魂の駆動体』のなかで、未来の鳥人たちが、絶滅した人類の文化を調査するために最初に作るのが自転車でしたよね。この作品のなかで、自転車というのは体の延長だけど、自動車というのは体の延長ではない別のシステムで、その間に交信がある、みたいなことをお書きになっていて、ひじょうに興味深かったからなんですが。

神林　直接的な答えにはならないかもしれないけど、僕が機械を見て、ああこれはいい機械だとか、いけない機械だとか思うときには、たぶんそれを作った人間っていうのを、見ているんだと思う。非常にうまくできた機械に感心するときには、よくぞこんなものを作ったな、というその作り手に対する敬意があるわけです。逆に、日ごろ掃除機をかけてても思うんだけど、もうちょっと出来が良くなればいいのにというときには、機械そのものよりも、それを設計した人間に対して、どうしてこんなものを作ってしまったんだという意識が働くんですよ。機械のほうはかばいたいから、きっと作り手が悪かったんだ、と。

牧　人を憎んで、機械を憎まず（笑）。でもそれは、神林さんが機械を疑人化しているわけではなく、機械は機械としてお好きなわけですよね。

神林　疑人化して考えたほうが楽だということはあるんだろうけど、そうだな、機械はあくまでも機械ですよ。人間とは違うものだと思います。メカニズムとして考えた場合、人体というものも機械と言えるのかもしれないけど、その機械的に動いているものと、人間の作った機械とは、別のものだよね。べつに人間じゃなくてもいいけど、はっきり作り手が見えるものが、やっぱり機械だと僕は思う。

牧　ただ神林作品の場合、雪風に代表されるように、作り手は見えるけど、その作り手が完全に機械を支配しているわけではないですよね、自走していくというか。それは自然な感覚としてありますか？

神林　ええ。とくに雪風にはそのような性能を与えてあるから、その成長具合をフォローするという感覚だと思います。

牧　機械と人間は違うということですが、神林さんのお好きな猫に関してはどうでしょうか。人間にとっての猫の他者性と、機械の他者性とは、共通するところがありますか、それともまるで違うものですか？

神林　それはもう、まるっきり違う。猫はかわいいけど、機械はかわいいばかりじゃない（笑）。それにもちろん、猫っていうのは誰かに作られたものではない。そこにあるものではなく、いるもの。その猫と、自分という人間を比べてみれば、同じ立場だよね。でも、機械は違う。

牧　では、神林さんにとって共感できるのは、やっぱり猫のほう……。

神林　う〜ん、そうかな。でもまあとにかく、猫はかわいい（笑）。

■言葉と機械

牧　ところで、神林作品のもうひとつ大きな要素として「言葉」がありますよね。神林さんにとっては、その言葉というのも雪風的な存在、機械的な存在なのではないでしょうか。つまり、言葉というのは人間が発する、人間が作ったものなんだけど、やはり自走していくという意識が、神林さんのなかにはあるのかなと思うのですが、いかがでしょうか?

神林　言葉というものと機械というものを直接的に比較するとか、喩えるとかいうのはちょっと難しいと思う。でも、言葉そのものとか、その機能といったものではなく、書かれた文章ということでいえば、作られた機械と同じように、人間の意識が具現化したものという点では同レベルだと思っている。つまり、ある人間の頭のなかがどうなっているのか、あるいはその時に何を考えていたのかを知るには、その人が書いた文章、あるいはその人が作った機械を精密に分析検討してみればわかる。そういう意味では、機械も文章も同じものだと思っています。

牧　なるほど。その向こう側に人間というものがいるという点では同じだと。ということは、新作の『グッドラック』をつぶさに分析すれば、現在の神林さんがどういう人間かわかるわけですね。

神林　そうだと思う。僕は、できるだけ自分の日常の生活感とか、自分自身の肉体性といったものは作品のなかに取り込みたくないタイプの作家だと思うんだけど、現実問題として、こうして息を吸って、この時間、この日本、この世界で生きている、あるいは生かされている以上は、その作品がどうしてもそういう現実を反映したものになるのは避けられないし、それはあたりまえのことだと思う。『グッドラック』に出てくる日本は現実の日本とはまったく違うものだけれど、両者を詳細に研究して、比較検討してみれば、現実の日本あるいは世界を反映していることはわかると思うよ。

■特殊戦という狂気

牧　それでは、『グッドラック』の具体的な内容についてうかがっていきたいと思います。今回の物語では、零＝雪風＝ジャムの関係を分析する精神科医のフォス大尉、そして新任フライトオフィサの桂城少尉という、二人のキャラクターが新たに登場します。物語を駆動させるうえで、この二人の役割はひじょうに重要だと思うのですが、こういった人物が造型された背景、あるいは意図をうかがえますか。

神林　実際の執筆中には、こういう人物が必要だから登場させようとは、とくに意識していないんですよ。物語を駆動させるには、いわゆる燃料が必要なわけです。長年書いていると、もう無意識のうちに物語に必要な要素が出てくるんだと思う。ただ、今から振り返ってみれば、新しい視点からこの〈特殊戦〉がやっていることを記述したかったんだろうね。もし、雪風と零とブッカー少佐という特殊戦内部の視点だけだったとしたら、その独りよがりの世界は、閉塞感みたいなもので押し潰されてしまっていたかもしれない。だから、フォス大尉のような外部からの視点を導入することで、確かに特殊戦がやっていることは間違っていない、ということを読者にも納得してもらいたかったんだと思う。

牧　フォス大尉の登場が新しい視点の導入だというのは、読者としてとてもよく納得できます。僕が面白いと思ったのは、彼女は最初どちらかというと、戦闘を一種のシミュレーションのようなものとして捉えている人物だったのが、零とともに雪風に乗ってから、自分にとってのリアルな戦闘なりジャムなりを感じてしまうところだったんです。ようするに、第三者の視点を持ちながら、当事者になっていってしまう。

神林　表現が悪いかもしれないけど、だんだん壊れていくというか、特殊戦の世界に取り込まれていくという感覚ですね。でも零としては、彼女にそうなってほしくない。あくまでも客観的な医師の立場で自分を見ていてほしい、という科白があるようにね。それは僕自身の想いでもあって、さっきも言ったように特殊戦の閉塞を防ぐため、フォス大尉にはできるだけ客観的な第三者の立場にいてほしかったんだけど、結局は朱に交われば何とやらってことで、その世界に捕らわれてしまう。それだけ雪風やジャム、あるいは特殊戦という環境が、ひじょうに強力な感染力をもった幻想というか、狂気を含んでいるのかもしれない。

■ジャムの目的と正体

牧　さて、気になるのはやはりジャムという存在の正体だったんですが、本作でも明らかにされませんでしたね。人間よりも機械に近い存在なんじゃないかというニュアンスはありましたが、よくわからない。そこで僕が驚いたのは、ジャムが零と接触したときに「人間というのはこんなふうにならないはずだった」みたいなことを言うところなんです。ある意味では、これは神なのではないか、と。だから、ジャムがもし機械だったとしたら人間が作ったもの、神だったとしたら人間を作ったもの、ですよね。そのあたりがひじょうにスリリングだったんですが。

神林　実は、ジャムの目的についてだけは、前作を書きはじめた時から、いちおう僕の頭のなかにあったんです。名誉実行委員長をやらせていただいた、八五年の日本SF大会「GATACON-SP」で雪風のパネルディスカッションがあったんですが、そのときにジャムとは何かという同じような質問が出ました。その席上で僕は次のように答えたんです——ジャムというのは太古の地球にいたんだけど、なんらかの事情でそこから去っていった。でもいつか戻ってきたとき都合のいい世界になっているように、自動装置のようなものを仕掛けて出ていった。だから現在の戦闘も、ジャムにすれば侵略という意識はなくて、ただ単に帰ってきただけなんだけど、どうしてこうなっちゃったんだろうと思っている存在だと。今回の『グッドラック』で、ジャムのそういった目的については、ある程度わかったと思うんだけど、正体そのものについては結局わからないまま。実は僕自身にもわからないんだよ。正体についての手がかりというのは、『グッドラック』のなかで書いたものが、現在の僕の手持ちのすべて。あとは、その手がかりから、読者のみなさんがそれぞれパズルを解くように、「ジャムの正体とはこういうものではなかろうか」というふうに、楽しんでもらえるように書いたんですけど、それにしても手がかりが少なすぎたかな。

牧　ただ、さっきも言ったように、そのばらまかれた手がかりというのが、かなりスリリングなんです。読者サービスがうまいというか、あるいは意地悪というか（笑）。

神林　結局のところ、ジャムの正体というのは、わかってはいけないものなんです。というのは、まったく未知の存在とのコミュニケーション、テーマ自体が成立しない。というのが『グッドラック』のテーマなので、その正体がわかってしまったら、テーマ自体が成立しない。自分自身でもわかってはいけない。とても困難だとは思うんだけど、人間というのは、訳がわからない存在に対しても、解釈することはできるんですね。われわれが生きている現実というのは、そういう解釈世界の集まりで成り立っているわけですよ。だからどうしたと言われると困るけれども（笑）。

牧　そこでもうひとつ面白いのは、人間がジャムを理解しようとする過程に、雪風を代表とする人工知性という存在が関わってくるところ。もう一段階ひねりが加えてあるところが、神林さんならではだと思うんですが。

神林　いきなりジャムという究極のわからない相手にいくよりは、まず自分の身近にある未知なる機械というものとコンタクトしてみよう、というのが零と雪風の関係なんじゃないかな。雪風に対する零のアプローチがジャムに対しても通じるかどうか、それをこれから考えるわけで、うまい解釈が見つかれば、次の第三部が書けると思う。『グッドラック』のなかでブッカー少佐が言っているように、われわれにジャムがいると確信させているものはなんなのか、そういう確信はどこから生じているのか、ということを、登場人物や読者に納得させられるだけのシチュエーションを考えつければ、次作はおのずとその方向で展開していくことになると思います。

牧　雪風シリーズの今後も楽しみですが、最後にもうすこし近いところで、今後のご予定をお聞かせください。

神林　とりあえずは、『永久帰還装置』という仮題のバリバリのSFを書く予定です。とにかく「帰る」とはどういうことかを書きたいな、とずっと思っていたんですよ。ある主人公が「ああ、ここは自分の故郷だ。ああ、帰ってきた」と思うんだけど、実は違う世界で、そこからまたほんとうの故郷はどこかといって帰る。帰る、帰る、帰るけれども、そのたびに違うところ、違うところ、違うところ。結局もう帰らなくていいや、っていうような話（笑）。簡単に言えばそういう話なんだけど、どういうシチュエーションにするかによって、作品の印象はまったく違ってくるから、書き出しの一行をまだ書き出せないでいる。作家にとって第一行を書き始めるというのは、ほとんどバンジージャンプで飛び出すという感じがする。飛び出してしまえば忘我の境地が待っている、それは快感なんだけど、飛ぶ前はおそろしく怖い。バンジージャンプと普通の絶叫マシンの違いっていうのは、絶叫マシンは乗るだけでいいんだけど、バンジージャンプは自分の意思で飛ぶか飛ばないかを決めなきゃいけないところ。この感触っていうのは、やっぱり作家の（書き出す前の）心境と似ていると思う。とにかくこれは、書き下ろしで朝日ソノラマから刊行の予定。

それから、『あなたの魂に安らぎあれ』『帝王の殻』に続く《火星》三部作の完結篇。これはアンドロイドが主人公の話で、ストーリィもしっかりできてます。人間とまったく同じ組成のアンドロイドがいたとしたら、はたして本物の人間との違いはなんだろうか、ということを考察してみようと思ってます。あとは、《敵は海賊》のアプロがそろそろ窮屈そうにしてるんで、こちらもそろそろ書きはじめたい。仮題は、『昨日の敵は明日も敵』(笑)。

牧　乞うご期待ということですね。本日はどうもありがとうございました。

(一九九九年五月二日／SFセミナーにて)

破魔の矢はいかにして放たれたか？——神林長平の30年

インタビュアー&構成　前島 賢

——デビュー三十周年、そして《戦闘妖精・雪風》第三部『アンブロークン アロー』の刊行、おめでとうございます。まずはこれまでを振り返っての、率直な感想をいただきたいのですが。

神林　よく途中でこけなかったな、と思います。そのときそのときは書くのに夢中なのでそんなことは思いもしないんだけど、いまあらためてこの三十年を振り返れば、さしたる才能もない自分がよくやってこれた、幸運だったなと。ぼくは、書くべきものをなにも持たず、ある日突然「作家になるんだ」と思い立ち、唐突に始めたものですから、手本にするものがなにもない。好きな作品とか尊敬する作家とか、「こういうものを、より面白く、越えていきたい」と思わせる存在が、自分にはなかった。いわば燃料がないままに走り出したようなもので、それがいかに無謀なことかというのは、いまだからわかることだけど。デビューできたのは本当にラッキーだった。その後ここまでやってこれたのは、デビュー前後の時点で、自分にはこれに関することなら書けるという、自分にとって書く必然性を持った対象を、無意識のうちにも見つけていたからだと思います。書くものの方向性を間違わなかったというか。たとえば、母親が海外ミステリが好きで子供のころには〈EQMM（エラリイ・クイーンズ・ミステリマガジン〉〉が身近にあって、父親はときたま〈SFM〉を買ってきたんだけど、分量は圧倒的に、ミステリ。だから、何か書かなくては作家にはなれない、さて、と思ったときには、ごく自然にミステリだと思ったんだけど、これが、書けない。いまにして思えば、「謎解きで遊んでいる余裕はいまの自分にはない」という焦りだったと思う。自分は社会にうまくコミットできない、なにか壁がある、その壁にミサイルをぶち込んで破壊したい――結局、そういう焦燥感そのものを小説という形にしていった、それがよかったのだろう、そういうことですね。SFコンテスト受賞第一作が、雪風の最初の一篇だったというのは、自分でも感慨深いです。

――まさに《雪風》と歩んだ三十年と言えそうです。今回は『アンブロークン アロー』のお話を伺いつつ、神林先生の作家生活の軌跡を辿れれば幸いです。まず、十年ぶりとなる新作《雪風》執筆開始のきっかけを教えてください。OVA『戦闘妖精雪風』（全五巻／制作：GONZO）からインスパイアを受けたと伺いましたが？

神林　あの最終巻のラスト、たしかエンドロールが流れた後の本当のラストシーンだったと思うけど、零とブッカー少佐が写っているスナップ写真が、裏焼き、鏡面反転したものになっていた。その描写だけで、そこがどういう世界なのかを伝えている。これは映像にしかできない手法です、一枚の絵なんだから。その絵からなにを摑み取るか、どう解釈するかは、観る者の理解力に委ねられている。説明ではなく描写ですね、それが創作というものでしょう。映像には映像の、そうした手法がある。では、ぼくは小説でしかできないことをやろう、やってやろうじゃないかと。まあ、それだけじゃないんだけど、映像作家がそうくるなら、自分は小説家にしかできないことをと、気持ちをかき立てられたのは事実です。

――執筆にあたり《雪風》一部、二部を読み返されたりはしましたか？

神林　ぜんぜん読み返しませんでした。物語としての整合性をとることより、先の第一部、第二部を越える小説空間の創出、小説世界の構築、といったほうに関心があった。越えているかどうかは別にして、異なるものはできたと思っています。《雪風》第一部は、物語としての完成度がとても高い。続く第二部は、そうしたものを壊してなお、第一部の価値を損ねない続篇はどうしたら可能か、それへの回答ですね。いまだから、そう客観的に思える。今回の《雪風》第三部の自己評価というのは、これからです。傑作であるのは間違いないですが（笑）。いや、自分で「出来はいま一つ」と思ってるものを世に出すのは、よくない、だから本にして出したものを自分で「傑作だ」と公言するのはプロとして当然だし、作家としての良心というものだと、ぼくは思っている。もちろん内心はいろいろありますよ。いまは、よく書いたなと自分を誉めてあげたいんだけど、いまだに、「書き上げた」という実感が薄い。この感覚は、あるいは第三部の世界を象徴する重要なものなのかもしれないし、どうでしょう、わかりません、書き上げて間もないいまは、まだ。

——第三部はリン・ジャクスンに始まり、ロンバート大佐、フォス大尉と様々な人物の一人称で書かれる群像劇で、連作短篇形式の一部、ディスカッション小説とも言える二部ともまったく違った印象を受けました。こうした手法を導入された理由はなんでしょうか？

神林　《雪風》第三部の最初期の構想というのは、零やブッカー少佐などの「人間の意識」と、雪風という「機械の意識」の対比、それを二部構成にし、前篇をたとえば「人間篇」、後篇を「機械篇」とでもして、その前後に、全体をまとめる視点としてリン・ジャクスンを持ってこよう、それで綺麗に収まる、という目論見で始めたのです。群像劇を目指したものではないのですね。群像劇といえば、ぼくはけっこう好きで、『蒼いくちづけ』や『敵は海賊・正義の眼』の刑事たちのチームワークを描くのは楽しかったし、処女長篇である『あなたの魂に安らぎあれ』も群像劇でしょう。《火星三部人公の慧慈の一人称視点世界へと、広く浅くから、狭く深くへと収斂、変化していってます。『膚《はだえ》の下』はまさに主人公の慧慈の一人称視点世界へと、広く浅くから、狭く深くへと収斂、変化していってます。それは、そういうことをとくに意識してやったわけではなくて、作家を続けていくうちに、作者である自分とはまったく異質な慧慈という一個性、その意識の内面に降りていくことが可能になったのだ、と言えるかもしれないですね。それが《雪風》第三部を執筆する上でも生かされたのだろうと思います。
――初期の作品、特に《雪風》第一部や『七胴落とし』のような作品は、自意識＝一人称の檻に閉じこめられた人間が、他人が何を考えているかわからないし、そもそも自分と同じ人間かどうかもわからずに、孤立し苦悩する物語が多かったと思います。しかし『アンブロークン アロー』は、同じ一人称でも不思議と閉塞感のないものになっている。そこに神林長平という作家の変化があるのではないかと思うのですが、いかがでしょう？

神林　たしかにデビューのころは、自分は自意識の檻に閉じ込められている、ここからなんとかして出たい、という感覚でした。でも今回の一人称の並列形式というのは、こちらが目論んでいる小説空間からの要請で生じたものですから、書き手のぼくの意識では、そこでの一人称描写は閉じ込められた檻ではなく、描写されている各人が、ぼくの意識上において開かれている。質問での「一人称＝自意識の檻」というレトリックを回答においても利用すれば、そういうことになるわけで、わかりやすいかと。つまり《雪風》最新作で採用したスタイルは無意識に選んだものではなく、そうあるべきだというぼくの意志でそうなっている、ということですね。そういう自分の変化を感じているかとあらためて問われれば、ああ自分も変化し続けてきたなと、感慨深いものがあります。なんというか、自分もようやく人並みになれたかな、という（笑）。
――その一人称視点にはとある仕掛けが施されていて驚かされました。連載開始時点では、どこまで構想していたのでしょうか？　また連載を続けるうちに当初の目論見からは外れてしまった部分などがあれば、お聞かせください。

神林　それはもう、「機械の意識」をダイレクトに言葉でもって描写するのはいまの自分の力では無理だ、ということですね。人間の意識の流れを言語表現する、できる、というのは近代小説における発明でしょうが、意識があるかどうかもわからない対象が「考えていること」なんぞ、どう表現すればいいのだと、連載時、そろそろ「機械篇」を構想しなくてはという時期になって、悩みました。ここで中断してしまっては、また十年かかるかもしれない（註：長篇『猶予《いざよい》の月』は八四年から九二年にかけて中断期間を挟みながら約十年にわたり本誌で連載された）、とにかく書き続けなくてはと考え、雪風の意識にいちばん身近な深井零の視点での三人称形式によって、「雪風の意識」の代弁をさせようということで雑誌連載版の「アンブロークン アロー」を書き始めた。それを書いていくうちに、その内容から、この零は、雪風によって意識対象を強制的に志向させられているのだ、と思えるようになってきた。ぼく自身がそれを書いている中で、それを「発見した」と言ってもいい。そこで、いままで書いてきた一人称による群像全体を俯瞰してみると、こいつは雪風による人間意識の探査であってもおかしくないと、それも「発見」した。当初はそんな思惑はなかったわけで、この部分についてはは叙述トリックのように見えても実際はそうではなくて、この、まさにジャムによってトリックを仕掛けられているような物語の謎を、書き手の自分が自力で解いたらああなった、という感覚です。あとは、一気呵成でした。「人間篇」と「機械篇」に分ける必要などなくなり、全体がシームレスにまとまった。まるで最初からこうしようと構想していたかのように、完成度が高いものになったでしょう。ある意味、奇跡ですね。出来上がった小説空間は、雪風という「機械知性」が捉えている世界像を、零という人間の意識によって翻訳しながら、それを日本語という言語によって描写する、という非常に複雑なものになった。雪風という機械が感じている世界というのは、こうして書いてみてわかったんだけど、当初想像していたよりもずっと無機的というか、面白みがないというか（笑）、とても静かなものでした。ま、考えてみればそうなんだけど、エンタメとしては、もう少し華があって欲しいよなあと思いましたね。でも、雪風の「意識」を偽って書くわけにはいかない。なにしろ、それを使ってこの小説空間全体を構築する、というのが、作者であるぼくがやるべきこと、だったわけだから。

――構成の妙に唸らされましたので、途中で「発見」されたというのは、驚きです。すると、雪風＝神林長平という読解も可能だと思えます。雪風＝作家が、特殊戦＝登場人物の視点を使って、世界を切り開いていく――という、小説論とも読めると思うのですが、いかがでしょうか？

神林　ぼくの意識では、雪風はあくまでも自分が書くべき関心の対象であって、ぼくの心の代理人ではないのですが、完成した第三部のスタイルからすれば、たしかに無意識のうちにはそうしているのかもしれない、とは思います。いわゆる「人間篇」のラスト、「雪風が飛ぶ空」のラストシーンは、自分でも印象的でした。色のない檻のような空間に閉じ込められている、それを象徴する灰色の空を、雪風が切り開いて、正常な、鮮やかな色のある空にしていく、という。これは、ぼくの小説というものに対する希望、小説というものが持つ力を信じているという、そうした、ぼくの無意識の表明かもしれないですね。この物語でも言及されているように、人間というのは、自分でも自分が何を考えているのか、そのすべてはわからないものです。ぼくにとって小説を書くというのは、そうした自分の心の奥底にあるものを見つける行為だ、と言えます。新作に取り掛かるときには、まずコアになるものが必要になるわけですが、ぼくにとってのそれは、「いま自分が解決したいことは何か、疑問に思うことは何か、腹が立っていることは、この焦燥感の原因は何か、エトセトラ」という、「謎」で、それを小説という「装置」を使って解くわけですね。あらかじめ自分で答がわかっている「謎」については書く必要はない、書く気がしないわけで。なので、謎解きのための謎解き、トリックのためのトリック、それを主眼としたミステリはぼくには書けないですね。もちろん優れたミステリというのは、そんな単純なものではないでしょう。トリックさえ思いつけばいいというものではない。新奇なトリックこそミステリの生命であるにしても、やはりその裏には、作者が解こうとした疑問、大げさに言うなら「人間存在とは何か」といったものが、表面にあからさまに出ていなくても、仕込まれているはずです。ジャンルは違っていても、優れた小説というのはそういうものだと思うし、言い換えれば、小説にはそういう「機能」があるのだとぼくは思っているということです。むろん、そんな七面倒臭いことを考えなくても「小説はだれにでも書けます、傑作が書けないだけ」で。いや、これは、矢野徹さんから言われたことです。なるほどと、若き日のぼくは、ものすごく納得したものですが、どうせ書くなら、そうした「小説が持っている機能」を利用しない手はない、とぼくは個人的に、そう思っているわけです。こうした「機能」も、近代小説が発展してきた中で発明、発見されてきたものではないでしょうか。小説は、数理科学では解けない問題を解決することのできる、一つの、非常に有効な手法だと思います。

——神林先生にとっての雪風という点からもう少し伺いたいのですが、第一部時点では、他の人間も機械知性の雪風も異星体ジャムも、みな一緒くたに理解不能な他者として描かれていたように思えます。しかし、三部では、これらの三者が、どれも理解不可能ではあるけれど、それぞれ違った理解不能さを持つものとして、「書き分け」られているように思えました。どうでしょうか？

神林　なかなか鋭い指摘ですね。たしかにそのとおりで、そうなった経緯というのは、こういうことです、つまり——人間関係というのは難しいものだが、ジャムに対しては、人間関係上の困難さを解決したり互いに折り合いをつける方法や手段は通用しないだろう、人間じゃないんだから。まてよ、人間じゃないと言えば雪風だってそうだ、ならば雪風を理解するにも人間同士の共感能力は使えないだろう——そういう考えで三部は書かれています。きっかけは、やはりOVA『戦闘妖精雪風』です。

**大倉（雅彦）監督は、あの作品で零と雪風との信頼関係を描いた。そこでの雪風と零は、互いを解り合えていなくてはならないわけです。でも、ぼくの雪風観は違うな、とあの作品で再認識させられた。ぼくにとっての雪風は、ジャムと同じレベルの不気味さ、わけのわからなさを持った存在で、この感じを第三部ではっきりと前面に出そう、そう考えたのです。結果として、「対人」「対ジャム」「対雪風」という三者が峻別され、それらを相手にすることの困難さ、各関係の独自性というのが、はっきりと抽出されたと、そういうことでしょう。ま、雪風の「不気味さ」はあまり出てないですが。

——そうした思索の結果として、雪風と人間の関係が、一部での「機械から排除される人間」から二部での「機械と共生する人間」を経て、三部での「人間を偵察ポッド＝『認識する』兵器として使う機械」という関係に辿りついたということでしょうか？

神林　そうした観点から振り返れば、一部は、「機械から排除される」というより「機械からも」排除される人間、ということであり、二部では、零は生き残りのためには雪風や戦隊員と共生しなくてはならないことを発見し、三部では、共生というのは雪風や他人からもこちらが利用されることでもあるのだと零が気づく、と、そういう流れになるでしょう。このような関係性というのは、ぼくの場合は最初から独立して発想するものではなくて、書きながら「そうなっていく」ものです。

——三部では、ジャムの人知を絶した攻撃により、人類側はかなり追い詰められています。しかし、作品には不思議と絶望感はなく、むしろ、ジャムとコミュニケーションできるはずだ、という強い意志のようなものが伝わってきました。この確信はどこから生まれたのでしょうか？

神林　そうしたぼくの、というより作品自体が放っている「強い意志」を感じとってもらえるというのは、作家冥利に尽きるというものです。作者の手から離れてもなお「意志」を発揮しているかのような作品を書くのは難しいですからね。それこそ、三十年間やってきたことの成果なのかもしれない。雪風は三作しか書いていないわけですが、ねばり強く書き続けることによってそうした「確信」が生まれてきたのだと、そう言えると思います。こういう体験こそが、書くことの醍醐味だと、あらためて思います。

——戦いは、まだまだこれからというラストで、早く第四部を、というのが多くの読者の願いだと思いますが、いかがでしょう？　また他に新作の構想があればお聞かせください。

神林　具体的には、まったく決まっていません。ですが、これまで雪風と零との関係に感じていた、どことなくもやもやしたものは吹っ切れましたし、ロンバート大佐という存在によって、ジャムとコミュニケーションできるであろうシステムを、構築できた。弓に矢をつがえた状態でしょうか、でもまだそれを引き絞るところまではいってないし、さらに問題なのはその矢をどこに向かって射るのか、ということですね。物語の方向性が決まらないと。いまはまず、長年先延ばしにしてきた、いくつかの書き下ろしの仕事に取り掛かる予定です。一つは、《敵は海賊》です、新作長篇の。《雪風》と《敵は海賊》、この二大シリーズが、この三十年をなんとか持たせてくれた、そう思います。

——デビューから三十周年を経て、現在では、桜庭一樹氏や桜坂洋氏、あるいは円城塔氏のように神林先生に影響を受けた作家たちも活躍しています。

神林　ぼくにとって自作の読者というのはジャムと同じで、存在することはわかっていても具体像が見えなかった。それが十年ほど前から、神林作品を読んだことがあるという若き作家たちが出てきて、それがアンチ神林であれ肯定派であれ、こいつはすごいことだと感激しました。誇張ではなく、身が震えるほどの、驚きを伴った、感動だった。まさかそういう形でのアクティブな働きかけが自分にできるなどとは、デビュー当時には想像すらできなかった。なにも足がかりになるものなしで創作に取り掛かることの困難さをぼくはよく知っているので、自分の存在が彼らの、小さくてもそういう足場になったのだとすれば、それだけでも作家をやってきた甲斐があったと思えます。読者の立場としてのぼくは失格で、いま挙げられた三氏の作品は、それぞれ一、二作を流し読みしている程度でしかない。それでも三氏の作品とも、世界との折り合いをどうつけるかで悩み、書くことでそれから救われている、その点で共通している、というのはわかります。きみたちは大丈夫だと、ぼくより遙かにすごい作家たちに対して僭越だけど、年長者として、そう伝えたいですね。

——お忙しい中、ありがとうございました。最後に、本誌読者の方々へのメッセージをお願いいたします。

神林　いまのぼくがこうして偉そうにしていられるのは、だれよりもまず第一に、〈SFM〉の読者の皆さんのおかげです。ありがとうございます。心から感謝しています。〈SFM〉なくしてぼくはあり得なかったし、これからも、そうです。〈SFM〉を支えてくださっている皆様、今後ともよろしくお願いいたします。

（二〇〇九年八月六日／メールインタビュー）

我はいかにして侵略者《アグレッサー》となりしか

インタビュアー&構成　前島　賢

（シリーズの核心に触れます。未読の方はご注意下さい）

■アグレッサー部隊、発足へ

――本日は四月に刊行されたばかりの最新作『アグレッサーズ　戦闘妖精・雪風』を中心に、《雪風》シリーズのこれまでとこれからについて伺っていきたいと思います。最新作『アグレッサーズ』は、〈SFマガジン〉二〇二〇年二月号から二〇二二年二月号にかけて連載されました。本作の執筆開始にいたるきっかけはどのようなものだったのでしょうか？

神林　もともと《雪風》は十年間隔で書き続けたいな、と思っていたので、二〇二〇年が近付くにつれ、書かねばという思いが高まってきていたんですね（第一作『戦闘妖精・雪風』が一九八四年刊行、第二作『グッドラック　戦闘妖精・雪風』が一九九九年刊行、第三作『アンブロークン　アロー』は二〇〇九年刊行）。二〇一九年には、僕の作家デビュー四十周年、そして二〇二〇年には〈SFM〉の創刊六十周年というふたつの節目がありました。そこで早川書房の塩澤さんとも相談し、二〇一九年の最後に《戦闘妖精・雪風》第四部の開始を発表、二〇二〇年新年号の目玉として連載を始めよう、と決めました。

それから実際の執筆を始めるまで、だいたい一年あったんですが、最初は具体的なことは何も決まっていなかった。唯一、前作『アンブロークン アロー』が、言ってみれば非常に思弁的な話だったので、今度は空戦シーン中心の小説にしよう、とは思っていました。だけど、空戦をメインに書くと言っても、ジャムはフェアリイ星からいなくなってしまった。それとジャム機相手の空戦は、書き尽くしたとは言わないまでも、もういいかな、という気がしていた。それじゃあどうしようと悩んだのだけど、その時はまだアグレッサー部隊（軍の訓練において、敵機の役を務める飛行隊のこと）の話になるなんて、自分でも想像も付かなかったです。

——連載第一回「哲学的な死」は、前作の直後、地球からフェアリイ星に帰還した深井零と桂城少尉が、再び、機械知性の認識する「リアルな世界」に閉じ込められるところから始まります。今回も第三部を引き継いだ、非常に思弁的な作品になりそうな予感もしましたが。

神林 「哲学的な死」のラスト、雪風が、ロンバート機に鮮やかな一撃を加え、状況を一変させる。あの空戦シーンが書けた時、今回はうまくいくな、という確信を持つことができました。それがあったので、じっくり腰を据えて思索を進めることができて、「ジャムがいなくなるとはどういうことだ？」「フェアリイ星からジャムがいなくなった後も、なおジャムと戦うにはどうしたらいいんだ？」と登場人物に対話させているうちに、クーリィ准将が「自分たちがジャムになろう」と言い出した。

ジャムとは何か。人間の言語ではおそらく語ることはできない。そういう正体不明の敵と戦うには、まず相手の真似をしてみるしかないという発想から出てきたのがアグレッサー部隊だったんです。自分にとっても、〆切ギリギリの中で思いついた展開であるとともに、クーリィ准将や特殊戦にとっても、最前線で戦う中で出てきた、究極的な戦術行動だったんじゃないだろうか。でも、だからと言って、ずっと模擬戦をしているわけにもいかない。どこかでジャム相手の実戦にしなければいけない。とすればジャムはきっと模擬戦の最中に奇襲してくるだろう。でも、ジャムはもう地球に行っている。そしたらジャムはやっぱり地球から来るしかないだろう。だからと言って、超空間通路をいちいち抜けて来たんじゃ奇襲も何もない。じゃあ、どうやって来るんだ？ そういえば第三部で、ロンバート機と雪風が重なり合う状態になっていたのだから、今度は地球機とジャム機が重なっていればいいわけだ、と気づいた……というか、必然的にそうなっていったわけです。

――《雪風》シリーズは、連作短篇であった第一作以来、基本的に〈ＳＦＭ〉に連載する形で執筆されていますが、やはりこの作品にはそうした連載の緊張感やドライヴ感のようなものが必要なんでしょうか。

神林　そう思います。ああもう間に合わねぇ、というところで頭を振り絞ると何かが出てくる（笑）。『アンブロークン アロー』は哲学問答の話だったのでわりと、ゆったりと書けたんだけどやはり空戦、ギリギリの戦闘を書くとなると、連載じゃないとダメですね。『グッドラック』の時も、そうでした。ラストの引きで、次はどうなるんだと、読者だけではなく、自分にも思わせる。自分を困難な状況において、次の〆切までになんとかせねばならない、という緊張感がないと。

一作目の『戦闘妖精・雪風』は少し違っていて、きちんと構成を決めてから書いていたんですよ。でも例外的だったのが七話目の「戦闘妖精」。最初は雪風が地球に行って日本の空母に着陸するなんて全然考えていなかった。ところが、書き終えてみると、これがいい出来で、当時のＳＦマガジン編集長の今岡（清）さんに「白眉だと思います」と手紙を書いたのを思えています。思えば、あそこでアドミラル56という日本空母をだして、日本軍との交流を書いておいたことが、今になって『アグレッサーズ』に繋がるわけだから、書いておいて良かったなぁ。

■日本空軍、田村伊歩大尉

――雪風と深井零の模擬戦の相手として登場するのが、日本空軍の田村伊歩大尉というキャラクターです。

神林　順当に考えると、相手は日本海軍の空母航空隊とか、南極の超空間通路周辺に展開している生え抜きの海軍機あたりが相手として自然なんだろうけど、もっと破天荒な要素がほしいと思った。そこで初めて、現実の日本ではどうなっているんだと調べ始めたところ、小松基地の第306飛行隊（各地から集められたパイロットに対して戦技教育――ファイターウエポン課程を施す部隊。日本のトップガンとも呼ばれている）に行き着きました。

――田村伊歩大尉は、本作におけるもうひとりの主人公、と言えるくらいの存在感を見せるキャラクターです。彼女は自身を、破壊と殺戮の地母神カーリー・マーの生まれ変わりと自負していますが、カーリーと言えば、神林先生のもうひとつの人気シリーズ《敵は海賊》に登場する伝説の宇宙海賊・匋冥の攻撃宇宙空母カーリー・ドゥルガーを連想します。《雪風》の世界に《敵海》的な登場人物が侵入してくる、という趣向なのかな、とも思ったのですが？

神林　そういう読み方も当然されると思ったんだけど、実は偶然。もともとインド神話については《敵海》や他の作品でも親しんでいたから、自然に出てきたのがカーリー・マーだった。ほかの神話から似たような存在を引用してもよかったんだろうけど。

言っちゃっていいのかな（笑）。一時期、トム・クルーズによる『戦闘妖精・雪風』のハリウッド映画化という話があったでしょう。その話が来たとき、僕は、トム・クルーズに深井零は演じられないと思ったんです。やるとすれば、別の主人公を立てて、それが雪風と出会う話にするしかないなと、勝手に考えてみた。地球で活躍するエースパイロットだったトム・クルーズが、問題を起こしてFAFにやってくる。そこで雪風という、地球より遥かに進んだ人工知能を搭載した戦闘機と出会う。最初はトム・クルーズは「何だ、こいつ、全然俺の言うこと聞かねぇじゃねぇか！」と反発するんだけど、そのうちだんだん雪風が理解できるようになる……と思ったら最後に射出されてしまう（笑）。そういうキャラクターをいつか登場させたいと思っていたので、それが田村伊歩に受け継がれているんだと思う。

——田村伊歩が女トム・クルーズだと言うのは、ちょうど『トップガン　マーヴェリック』が公開されている時期だけに驚きです。《雪風》の続篇であるところの『トップガン』はシリーズを重ねるごとに女性の存在感が大きくなってきていますよね。一作目では「クーリィ婆さん」と呼ばれて、煙たい上官くらいの印象しかなかったクーリィ准将は、『グッドラック』以降、まさに特殊戦のあり方を体現する人物として、大きな存在感を発揮するようになり、同じくエディス・フォス大尉なども重要な役割を果たします。そして今回の新キャラクターである田村伊歩大尉もまた女性です。

神林　まずひとつは、単純に弱いと思われている女性が、軍隊という男社会で活躍する、という展開が僕にとってとても気持ちがいい。

そしてもうひとつ、動物というのは基本的に、メスを巡ってオス同士で争う存在でしょう。だから、自分と対等の相手、同種の相手同士で同じ物を取り合うような戦いだったら——それは、人間同士が領土を巡って戦争する、とかでも——オスの方がうまいと思う。一方、メスというのは、自分より強いオスの二頭を戦わせて、残った方と番《つがい》になるというような、ある意味で非常に狡猾な生存戦略をとる。僕の目には、メスの方が、一段上の戦いを戦っているように見える。だから、相手が同じ人間ではなく、正体も目的もわからない宇宙人を相手にする場合は、そういう絡め手の戦略の方が有効だろう、と思っている。だからクーリィ准将のようなタイプが対ジャム戦にあっては活躍しだしたんじゃないか。ただ、FAF内での権力闘争となると、これはやっぱり男の方が上手だろうから、それがクーリィ准将と特殊戦の危ういところかもしれないね。

――そういうことですと、ジャムになったロンバート大佐の目的が「支配」であるのに対し、クーリィ准将の戦略の方が複雑というかラディカルというか、より「ジャム的」であるような気がします。

神林　そうだね、ロンバート大佐は人間がジャムになれるという概念を提示したことで、役割を果たしてしまったのかもしれない。案外、田村伊歩にあっさりやられてしまうかも（笑）。

――田村伊歩大尉も、名前が「イブ」とも読めたり、コールサインがドイツ語で母を意味する「MUTTER」であったりと、女性、母親としての属性が節々で強調されています。

神林　田村伊歩は女性というより、カーリー・マーを引いたことからもわかるように、母なる大地そのもの、母星である地球の擬人化というイメージですね。自分の子供を守る時に、女性が発揮する物凄い攻撃性。自分の子供を傷つける物を頑として拒絶するものとしての母。

作中で田村伊歩自身が、自分のことを地球が生み出した対ジャム兵器だと言っているけど、僕も同じ考え。母星たる地球が、生態系を守るために、ジャムという異物に反応して生み出した抗体みたいな存在なんじゃないかな。だからジャムという侵入者を感じ取れる。第四部で、田村伊歩が雪風を見てジャムだと思ったように、今度の第五部では、特殊戦もまた、田村伊歩の異質さに気づいていくでしょうね。

■第五部に向け

――田村伊歩大尉について伺っている間に、五部の話になってきましたが、第四部完結からほぼ間をおかず、〈SFマガジン〉では二〇二一年六月号から第五部の連載が始まっています。最初、《雪風》は十年間隔というお話でしたが、今回、間を置かずに第五部の執筆を開始された理由を伺えますか？

神林 ひとつは現実的な話で、僕の歳（笑）。だんだん集中力も欠けてきて、書くのが非常にしんどくなってきている。歳をくうとはこんなに辛いものだとは思わなかった。これで十年経ったらもう書けないな、と思ったんで、すぐに書き始めよう、と。

あとは、今回の『アグレッサーズ』は五部の前哨戦というか、四部と五部を合わせて前後篇という意識でいます。《雪風》は毎回、雪風が空に飛び立って終わる。『グッドラック』も『アンブロークン アロー』もそう。それが今回、雪風が飛ぼうとするのをあえて、深井零が押し止めたのは、まだ後半が残っているからでもあります。

――第四部の最終エピソード「戦略的な休日」は、特殊戦の休暇というこれまでにないエピソードで、マージャンに興じるクーリィ准将やフォス大尉と言ったキャラクターの珍しい一面が描かれています。

神林 あれは逆にこの歳だから書けたシーンと言えますね。若い頃は、物語の中で息抜きになるようなシーンを入れると、そのままもとに戻れなくなるのが怖くて、ずっと緊迫したシーンを続けていた。今は少しくらい気を緩めたって、お話が壊れる心配はないというか、戦い続けていくには作者にも登場人物にも休息が必要だろう、くらいな気持ちになれた。まさに戦略的な休日ですね。

まあ、ビール飲んで、ブーメラン作れてよかったねで終わってはいかんだろうと、やっぱり最後は雪風が出てくるんだけど。あそこで雪風が飛び立っちゃうと、話が終わってしまう。第五部に向けた一区切りということで、あえて深井零に、どうどうどうと手綱を抑えてもらいました。

——前作、『アンブロークン アロー』の刊行時にインタビューさせて頂いた時には、ジャムという敵との戦いについて、「弓に矢をつがえた状態でしょうか、でもまだそれを引き絞るところまではいってないし、さらに問題なのはその矢をどこに向かって射るのか、ということですね」と仰られていました。それを踏まえた上で、第四部ではどこまで達成できたとお考えですか？

神林　ジャムの正体に向けて矢を放つことはできた……放ったのは、矢というより追尾機能付きのミサイルという感じかな。命中するかはわからないけれど、発射できたわけだから、あとはそのミサイルが目標を追尾できるかどうか。

第五部は、ジャムの正体を考える、というのがテーマになるでしょう。おそらく、ジャムは人間というハードウェアで捉えられるような存在ではない。

現代の物理学では、宇宙には暗黒物質というものが存在すると想定されていて、これは光学的には観測できないし、人間の手では触れることもできないらしい。だけど、計算上、そういうものが存在しないとおかしい、ということで、暗黒物質という概念が生まれた。科学理論というのは、絶対の真実じゃなくて、あくまでこう考えると物事を上手く説明できるという仮説なんだけど、ジャムという正体不明なものを人間がうまく説明するための仮説をどうやって作っていくか？　というのが第五部の挑戦になるでしょうね。

——雪風やジャムは、言語によらず思考するのがその異質性である、という点がいよいよ強調されています。すると、ますます「言語によらず思考する存在を、言語で記述する」という難題に挑むことになると思われますが、現時点での勝算、目論見についてお聞かせください。

神林　『アグレッサーズ』のATDS（注目対象表自システム）。あのシステムを思いついたときには、ああ、これは使えるよね、と思った。雪風のシステムを人間の脳のように捉えて、各部の消費エネルギー量を調べることで、雪風の「思考」に迫っていく。もちろん本当の思惑は人間にはわからないけど、重要なのは、正しいか、正しくないかではなく、どこまで想像を広げられるか、深められるかが、雪風の思惑を探るための力になるんだと思う。

雪風に対してATDSを使ったように、ジャムに対しても、人間の感覚を拡張するようなシステムをばんばん投入していくしかないのかな、という気はする。

ジャムというのはおそらく量子的な存在で、それを捉えるには、シュレディンガーの猫を箱を開けずに観測するような、何らかのトリッキーなことをやる必要があるんだろうけど、そのための装置を作るには特殊戦の予算は限られているのが悩ましいところ。たとえば全世界的な対ジャム戦を始めることができれば、そういうシステムを人類が総力を挙げて、開発することもできるんだろうけど、そうすると《雪風》じゃなくなっちゃうし。

■《雪風》は、雪風である

――あえて伺いますが、シリーズが続き物語のスケールが拡大していく中で主人公や視点となる人物を変えていくという方法もあると思います。《雪風》に関しては、やはり深井零と雪風の話である、とお考えですか。

神林　《雪風》は雪風だよねぇ。

実は、今さっき書き終えたばかりの第五部・第二話では、田村伊歩が雪風に乗るという展開になっています。桂城少尉の代わりにフライトオフィサになるとかじゃなく、本当に雪風ドライバーとして深井零に代わって雪風を操縦させてみよう、という。

《雪風》というのは最初、深井零という主人公が乗る戦闘機の話だったんだけど、じゃあ、そこで深井零以外を乗せても《雪風》は成立するだろうか、というのをシミュレーションしようと思った。だけど多分、伊歩大尉では、無理なんだろうな、というのが見えてきた。方向性が全然違う。

――『アグレッサーズ』のラストでは、田村大尉が雪風の僚機として、このまま、特殊戦の一員になるのかな、と思ったのですが。

神林　彼女は特殊戦には染まらないと思いますね。特に、深井零なんかとはまったく違うタイプの人間。社会にすごく上手に順応できるんです。そうでなくては、日本空軍という正規軍の、それもアグレッサー・チームなんてエリート部隊で人を教導するなんてできない。ものすごく人間的なコミュニケーション能力もあるし、人の気持ちもよくわかる。暴力衝動や破壊衝動を抱えているけど、それを隠して人と交わることができる。フェアリイ星にくることで、それを解き放つことができたんだけど、根本的にものすごく社会的、社交的な人間なんです。人間的な共感能力も上手に使える。だからこそ逆に、雪風や機械知性とのコミュニケーションは苦手なのではないか。多分、彼女は雪風やフェアリイ星の機械知性とは相容れないと思いますね。初めて雪風を見た時にジャムだと認識したように、ジャムと同じぐらいフェアリイ星の機械知性たちのことも敵視するはずです。

第一作目から書いてきたように、FAFの機械知性群というのは、ジャムとの戦いに人間は不要だと考える、非常に危険な存在でもある。もしも、地球と直接、回線を繋げたりしようものなら、地球のコンピュータ・ネットワークを乗っ取ってしまう。地球と田村伊歩にとってはジャムもフェアリイ星の機械知性も等しく敵で、FAFの機械知性群の侵略をジャムが食い止めていた、という見方さえするでしょう。

――深井零、そして特殊戦というのが、雪風や機械知性と共生する新種の生命体である、という解釈がシリーズのなかで示されたと思うのですが、田村伊歩は、そうではない。

神林　彼女は、ひとりで完全体なんだと思う。地球が生んだ対ジャム兵器で、ひとりでジャムと戦えるから、何か別の存在と交わる必要がない。あくまで現在の生命や地球の姿を守り抜こうとするし、そのために、ジャムも特殊戦もフェアリイ星の機械知性も拒絶する、非常に保守的な存在なんです。『オーバーロードの街』では、地球が、人間の生み出したコンピュータシステムやネットワークを異物とみなして排除しようとする様を描きましたが、田村伊歩もまた、そうした地球のあり方を受け継いでいる。

クーリィ准将や特殊戦はおそらくそれとは全く違う戦い方をするでしょう。僕はそちらの視点に立って、クーリィ准将や特殊戦が見る世界観、宇宙観を描いていきたい。そこに、僕の思想というのも重なってくるでしょう。『先をゆくもの達』で書いたように、今の人間のあり方を守らなければならない必然性はどこにもないと僕は思う。どんどん形を変えて意識を変えて行けばいいと僕は思っているので。人間以外の知性や宇宙人、それこそジャムとどんどん混じって、変わっていけばいい。

だから田村伊歩は、特殊戦とはけして交わらないんだけど、特殊戦に接触することで何らかの反応を起こす、触媒のような働きをしてくれればいいと思っています。

――田村伊歩は雪風とは相容れない存在だけど、彼女がいることで逆に、特殊戦／深井零の強みが明らかになる、ということでしょうか？　その過程で、ジャムを捉えるのに必要な道筋が見えてくるのではないか、と。

神林　まさにそのとおり。あるいは、ジャムが雪風と深井零に関心をもって、接触してくる理由も。

とにかくジャムにとって雪風と深井零は、非常に不可解な存在で、ジャムに刺さった本当に小さな棘になっているんだと思う……こうやって話していると自分がいかに危ない橋を渡っているかがよくわかる（笑）。はたして第五部はまとまるのか。

■ライフワークとしての《雪風》

——田村伊歩という、ジャムを感知できる戦力を得たことで、特殊戦は一気にジャムに王手をかけたのではないかと思いましたが、そうすると第五部は、田村伊歩・地球／特殊戦・フェアリイ星機械知性／ジャムという、三つ巴の戦いになる可能性もあるということでしょうか。

神林　地球の人類がＦＡＦや特殊戦の危険性に気づけば、それと戦うために、ロンバート大佐を通じてジャムと手を組むということも考えられるしね。そういう意味では、自分で言うのもなんですが『アグレッサーズ』（直訳すれば侵略者たち）というのは良いタイトルだと思います。ジャムだけでなく、特殊戦から見れば地球が、地球から見れば特殊戦がそれぞれ侵略者に見える。ジャムも特殊戦も地球軍も入り乱れて、誰が誰に対しても侵略者になっている。第五部のタイトルも『アグレッサーズ2』でいいかもしれないな。話しているうちに、五部のイメージがハッキリしてきました（笑）。あとは、それをどうやって空中戦というエンターテインメントの中で描くかだけど、なんとかして面白い話にしたいと思います。

——「ジャムは情報を食っている」という核心に近い情報が提示されたことで五部でいよいよ完結か？　と考えた読者もいると思いますが。

神林　なんで、みんなは完結するかどうかを気にするんだろうか（笑）。僕は物語作家じゃないのでよくわからない。《雪風》は普通の物語じゃないので、完結するかしないかとか、完結しないなら読まない、というのはもったいないと思っている。

僕にとって物語というのは現実そのもので、自分にとって物語を終える時は死ぬときなんだよ。それか《雪風》をどうしても終わらせたいというのなら、雪風を跡形もなく空中で爆発四散させてしまうとか……そうでないと終わらせようがない（笑）。

書き下ろしや短篇であれば、起承転結があって綺麗に終わる作品も書きたいと思っているけど、ことシリーズものにしたら、終わらなくていいんじゃないかな。特に《雪風》はデビュー第一作として書き始め、ずっと続けてきた作品だから、この先も描き続けていくんだろうと思います。

——本書には、書き下ろし作品として、深井零と雪風との出会いを描いた短篇が収録される予定です。

神林　今ちょうど、第五部第二話のゲラを戻して、そっちはこれから書かなきゃいけないんだけど、どうして深井零は雪風と恋に落ちたのかを書く予定。妻から、そういうのが知りたいと言われたんだけど、聞かれるまでは考えたこともなかった。今から考えなきゃいけないので結構大変（笑）。

——第一作の執筆時はそうしたキャラクターの背景には興味がなかったということなんでしょうか？

神林　自分では機械の話を書いていたつもりだったからね。でも今、読み返してみると、第一作『戦闘妖精・雪風』は、とても人間味のある話ばかりなんだよね。自分が一番好きなのは「インディアン・サマー」。ジャムのハッキングを受けて、「ぼくは人間だよな」と言って死んでいく男と、「妖風が眼にしみる。涙が止まらない」と言って涙をＣＥＣＳ（キャビン環境コントロール・システム）のせいにする零。なんか当時の自分はハードボイルドで乾いた話を書いていたつもりだけど、すごくウェットな話を書いていたんだなと。一番苦労したけど、一番よく書けているなと思うのは、やっぱり「フェアリイ・冬」。これもいい話だよね。

――『アグレッサーズ』でも天田少尉の死については新たな解釈が提示されています。深井零と雪風の出会い以外にも、掘り下げてみたいキャラクターのエピソードなどはありますか?

神林　クーリィ准将の地球時代のエピソードなんかは見てみたいよね。彼女は凄腕のトレーダーで言わば資本主義の最先端で生きていた。そういう金融屋時代の彼女について。けれども自分では書けないから、誰か書いてくれる人がいたら、読んでみたい。

――『神林長平トリビュート』に続く、『戦闘妖精・雪風トリビュート』なんていかがでしょう?

神林　あるといいね。《雪風》の登場人物たちは、いきなり変な星に放り込まれて戦わされているようなものだから、過去を作ってあげることができたらいいと思う。

だけど、今は第五部が主戦場なので、僕はそこに注力しなくては、と思っています。果たしてどうすればいいか。『グッドラック』は、ジャムの猛攻の中、特殊戦機に援護されて雪風が飛び立つ。『アンブロークン アロー』は地球に飛び込んできた雪風が、リン・ジャクスンに挨拶して去って行く。どっちも綺麗に終わっている。今回の『アグレッサーズ』で、暴れて飛び立ちそうな雪風を押さえつけた分、第五部はどうすれば終わるのか。そこが見えたら、あっという間に書ける気がします。

(二〇二二年六月十日/リモートインタビュー)

初出一覧

「戦闘妖精・雪風〈改〉」ハヤカワ文庫JA（2002年4月）

「棘を抜く者――エピソード零《ゼロ》」書き下ろし

「ぼくの、マシン」『戦闘妖精・雪風解析マニュアル』早川書房（2002年7月）

「SF NEW GENERATION」ＳＦマガジン1982年9月号

「雪風、また未知なる戦域へ」ＳＦマガジン1999年7月号

「破魔の矢はいかにして放たれたか？――神林長平の30年」

ＳＦマガジン2009年10月号

「我はいかにして侵略者《アグレッサー》となりしか」採り下ろし

戦闘妖精《せんとうようせい》・雪風《ゆきかぜ》〈改《かい》〉〔愛蔵版《あいぞうばん》〕

二〇二二年七月二十日　印刷
二〇二二年七月二十五日　発行

著者　神《かん》林《ばやし》長《ちょう》平《へい》

発行者　早川　浩

発行所　株式会社　早川書房

郵便番号　一〇一－〇〇四六
東京都千代田区神田多町二ノ二
電話　〇三－三二五二－三一一一
振替　〇〇一六〇－三－四七七九九
https://www.hayakawa-online.co.jp

定価はカバーに表示してあります

©2022 Chōhei Kambayashi
Printed and bound in Japan

印刷・精文堂印刷株式会社　製本・大口製本印刷株式会社

ISBN978-4-15-210153-2 C0093

乱丁・落丁本は小社制作部宛お送り下さい。
送料小社負担にてお取りかえいたします。

本書のコピー、スキャン、デジタル化等の無断複製
は著作権法上の例外を除き禁じられています。